IK NIET OP JOU

SALLY
THORNE

Ik niet op jou

Vertaling Angelique Verheijen

HarperCollins

MIX
Papier van verantwoorde herkomst
FSC® C083411

Voor dit boek is papier gebruikt dat onafhankelijk is gecertificeerd door FSC®
ten behoeve van verantwoord bosbeheer.
Kijk voor meer informatie op www.harpercollins.co.uk/green

HarperCollins is een imprint van Uitgeverij HarperCollins Holland, Amsterdam

Oorspronkelijke titel: *The Hating Game*

Vertaling: Angelique Verheijen
Omslagontwerp: bijBarbara
Foto auteur: Katie Saarikko
Zetwerk: Mat-Zet B.V., Soest
Druk: CPI Books GmbH, Germany

ISBN 978 94 027 0364 1
ISBN 978 94 027 5843 6 (e-book)
NUR 352
Eerste druk juni 2019

Originele uitgave verschenen bij
Deze uitgave is uitgegeven in samenwerking met HarperCollins Publishers LLC
HarperCollins Holland is een divisie van Harlequin Enterprises Limited

www.harpercollins.nl

In liefdevolle herinnering aan Ivy Stone

Hoofdstuk 1

Ik heb een theorie. Iemand haten lijkt ongemakkelijk veel op verliefd zijn op die persoon. Ik heb een heleboel tijd gehad om liefde en haat te vergelijken, en dit zijn mijn observaties.

Liefde en haat zitten heel diep. Je maag raakt overstuur als je aan een bepaalde persoon denkt. Je hart gaat zo tekeer dat je het bijna door je huid en kleren heen kunt zien kloppen. Je eetlust en slaap gaan eraan. Bij ieder contact sta je stijf van een gevaarlijk soort adrenaline, en je zet je schrap om te vechten of te vluchten. Je hebt je lichaam nauwelijks onder controle. Je wordt verteerd, en dat vind je doodeng.

Liefde en haat zijn twee kanten van dezelfde medaille, en je móét winnen. Waarom? Je hart en je ego. Geloof me, ik weet er alles van.

Het is vrijdag, vroeg in de middag. De komende uren zit ik gevangen op kantoor. Ik zou willen dat we het over eenzame opsluiting hadden, maar helaas, ik heb een celgenoot. Iedere tik van zijn horloge voelt als een nieuw streepje op de muur van onze gevangenis.

We zijn verwikkeld in een van onze kinderachtige spelletjes, waar geen woord aan te pas komt. Zoals alles wat we doen, is ook dit belachelijk onvolwassen.

Allereerst even wie ik ben: mijn naam is Lucy Hutton. Ik ben de directieassistent van Helene Pascal, een van de twee directeuren van Bexley & Gamin.

Ooit stond ons uitgeverijtje Gamin Publishing op het punt van omvallen. Het ging zo beroerd met de economie dat mensen nauwelijks geld hadden voor hun hypotheek, en literatuur was een luxe. Overal in de stad gingen boekhandels dicht, alsof de kaarsen werden uitgeblazen. We zetten ons schrap voor het onvermijdelijke einde.

Op het allerlaatste moment sloten we een deal met een andere uitgeverij die net als wij kopje-onder dreigde te gaan. Gamin Publishing was gedwongen om een gearrangeerd huwelijk aan te gaan met het instortende rijk van het kwaad, Bexley Books, geregeerd door de onuitstaanbare meneer Bexley in eigen persoon.

Beide bedrijven bleven koppig geloven dat ze de ander hadden gered. We pakten onze spullen en verhuisden naar de nieuwe echtelijke woning. Dat was voor niemand ook maar een klein beetje leuk. De Bexleys dachten in weemoedige sepiatinten terug aan het tafelvoetbalspel in hun voormalige kantine. Ze konden niet geloven dat de zweverige Gamins zo lang overleefd hadden, met hun lakse houding ten opzichte van prestatie-indicatoren en kerndoelstellingen, en hun dromerige volharding dat je Literatuur als Kunst moest zien. De Bexleys geloofden dat cijfers belangrijker waren dan woorden. Boeken zijn eenheden. Eenheden moet je afzetten. High five met het hele team. En herhalen maar.

De Gamins rilden van afgrijzen toen ze hun onstuimige nieuwe stiefbroertjes bijna letterlijk de pagina's uit hun Bröntes en Austens zagen scheuren. Hoe kreeg Bexley het voor elkaar om zoveel stijve harken om zich heen te verzamelen, types die veel geschikter leken voor de accountancy of advocatuur? De Gamins walgden van het idee dat je boeken als eenheden kon zien. Boeken waren een beetje magisch en verdienden respect, en dat zou altijd zo blijven.

Nu we een jaar verder zijn kun je nog steeds in één oogopslag zien van welk bedrijf iemand afkomstig is. De Bexleys hebben harde geometrische lijnen, de Gamins zijn eerder zachte krabbels. De Bexleys trekken rond als een school haaien, ze hebben het altijd over geld en houden de vergaderkamers permanent bezet met hun lugubere planningssessies. Samenzweringsbijeenkomsten, dat zou een beter woord zijn. De Gamins kruipen bij elkaar in hun hokjes, als zachtaardige duiven in een kerktoren. Ze buigen zich over manuscripten, driftig speurend naar de nieuwste literaire sensatie. De lucht om hen heen is geparfumeerd met de geur van jasmijnthee en papier. Shakespeare is hun pin-up.

De verhuizing naar het nieuwe gebouw was behoorlijk traumatiserend, vooral voor de Gamins. Pak een plattegrond van de stad, trek een rechte lijn tussen de twee oude kantoren en zet halverwege een rode stip. Daar zitten we nu. Het nieuwe Bexley & Gamin hurkt als een goedkope pad van grijs beton aan een doorgaande verkeersweg waarop je aan het eind van de middag met geen mogelijkheid kunt invoegen. In de schaduw van de ochtend heersen er pooltemperaturen, 's middags zweet je er weg. Het gebouw heeft één positief puntje: er zijn een paar parkeerplaatsen in de kelder, die meestal worden ingepikt door de vroege vogels. De Bexleys dus.

Helene Pascal en meneer Bexley hebben voor de verhuizing een rondje door het gebouw gemaakt en toen gebeurde er iets opmerkelijks: ze waren het ergens over eens. De bovenste verdieping van het gebouw was een belediging. Maar één directiekantoor? Alles moest op de schop.

Na een brainstormsessie van een uur, waarin er zoveel vijandelijkheden over tafel vlogen, dat de ogen van de binnenhuisarchitect glommen van niet vergoten tranen, was er maar één ding waarover Helene en meneer Bexley tot een akkoord konden komen: 'blinkend' was het woord dat de nieuwe look moest beschrijven. Dat was meteen het allerlaatste waarover ze ooit nog overeenstemming zouden bereiken. De inrichting voldeed in alle opzichten aan de opdracht. De tiende verdieping is nu een kubus van glas, chroom en zwarte tegels. Je kunt ieder willekeurig oppervlak als spiegel gebruiken als je je wenkbrauwen wilt epileren – de muren, de vloer en het plafond. Zelfs onze bureaus bestaan uit enorme glasplaten.

Ik concentreer me op het grote spiegelbeeld tegenover me. Ik hef mijn hand op en bekijk mijn nagels. Mijn spiegelbeeld volgt. Ik strijk over mijn haar en trek mijn kraag recht. Ik was even in trance en zou bijna vergeten dat Joshua en ik nog steeds een spelletje aan het spelen zijn.

Ik zit opgescheept met een celgenoot omdat iedere machtswellustige generaal een rechterhand heeft voor het vuile werk. Het is nooit een optie geweest om een assistent te delen, want dan had een van beide directeuren een concessie moeten doen. We zijn gestationeerd voor de deuren van de twee nieuwe kantoren, en verder mogen we het zelf uitzoeken.

Alsof je de arena van het Colosseum binnen bent geduwd en ontdekt dat je niet alleen bent.

Ik til mijn rechterhand weer op, en mijn spiegelbeeld volgt soepel. Ik leg mijn kin in mijn handpalm en slaak een diepe, daverende zucht. Dan trek ik mijn linkerwenkbrauw op, omdat ik weet dat hij dat niet kan, en zoals ik al kon voorspellen verschijnen er machteloze rimpels in zijn voorhoofd. Ik heb het spel gewonnen. Van mijn gezicht is niet af te lezen hoe opgetogen ik daarover ben, ik zit er stil en uitdrukkingsloos bij, als een pop. Met onze kin in onze hand blijven we elkaar diep in de ogen staren.

Ik ben hier nooit alleen. Tegenover me zit de directieassistent van meneer Bexley. Zijn beul en lijfknecht. Het tweede en allerbelangrijkste dat je over me moet weten is dit: ik haat Joshua Templeman.

Op dit moment aapt hij al mijn bewegingen na. Dat is het Spiegelspel. Een toevallige voorbijganger zou misschien niet direct iets merken, want hij opereert subtiel als een schaduw. Maar ik heb hem door; iedere beweging die ik maak, wordt met een lichte vertraging door hem gekopieerd. Ik til mijn kin uit mijn hand en draai me om naar mijn bureau. Hij volgt soepel mijn voorbeeld. Ik ben achtentwintig jaar oud, en ik ben door de scheuren in de hemel en de hel gevallen en in het vagevuur terechtgekomen. De kleuterklas. Het gekkenhuis.

Ik voer mijn wachtwoord in: IKHAATJOSHUA4EV@. Al mijn vorige wachtwoorden waren variaties op het thema van mijn onmetelijke en eeuwigdurende haat voor Joshua. Zijn wachtwoord is bijna zeker IkHaatLucinda4Eva.

De telefoon gaat. Het is Julie Atkins van auteursrechten, nog zo'n nagel aan mijn doodskist. Ik heb zin om de draad uit de muur te trekken en het toestel in een verbrandingsoven te gooien.

'Hoi, hoe gaat het met je?' Aan de telefoon leg ik altijd wat extra warmte in mijn stem. Joshua rolt tegenover me met zijn ogen en begint zijn toetsenbord te mishandelen.

'Mag ik je om een gunst vragen, Lucy?' Haar volgende woorden kan ik bijna letterlijk playbacken. 'Ik heb uitstel nodig voor de maandelijkse rapportage. Volgens mij voel ik een migraine opkomen. Het lukt me niet om nog langer naar mijn scherm te staren.' Ze is een van die afgrijselijke mensen die het woord uitspreekt als 'migreine'.

'Natuurlijk, snap ik helemaal. Wanneer kun je het af hebben?'

'Je bent een schat. Het zal maandagmiddag worden, want ik ben pas laat op kantoor.'

Als ik ja zeg, zal ik maandagavond langer moeten doorwerken om het rapport de volgende ochtend om negen uur klaar te hebben voor de directievergadering. De komende week is nu al naar de knoppen.

'Oké.' Mijn buik voelt gespannen. 'Zo snel je kunt, alsjeblieft.'

'O, en Brian kan zijn rapport vandaag ook niet inleveren. Wat ben je toch lief. Ik waardeer het enorm dat je zo aardig bent. Jij bent degene op de directieafdeling met wie we allemaal het liefst te maken hebben. Sommige mensen daar zijn een nachtmerrie.' Haar verbittering wordt een klein beetje afgezwakt door haar suikerzoete toontje.

'Geen probleem. Ik spreek je maandag.' Nadat ik heb opgehangen, hoef ik niet eens naar Joshua te kijken. Ik weet dat hij met zijn hoofd zit te schudden.

Als ik een paar minuten later opkijk, zit hij naar me te staren. Stel je eens voor dat over twee minuten het belangrijkste sollicitatiegesprek van je leven begint. Je werpt een blik op je witte blouse en ziet dat je knalblauwe vulpen heeft gelekt in je borstzakje. Je gooit er een schuttingwoord uit en de zenuwen en paniek veroorzaken kortsluiting in je maag. Je bent een idioot en alles is bedorven. Die vlek heeft precies dezelfde kleur als Joshua's ogen.

Ik wou dat ik kon zeggen dat hij lelijk was. Hij zou een kleine vette trol moeten zijn, met een hazenlip en tranende oogjes. Mank, een bochel, wratten en pukkels. Tanden geel als kaas en zweet dat naar uien stinkt. Maar dat is niet zo, het tegendeel is eerder waar. Nog een bewijs dat gerechtigheid niet bestaat.

Mijn mailbox pingt. Ik ruk mijn blik los van Joshua's niet-lelijkheid en lees dat Helene een verzoek voor een raming van de cijfers heeft doorgestuurd. Ik pak het rapport van de vorige maand erbij en begin.

Ik betwijfel of het er deze maand rooskleuriger uitziet dan de vorige. Het gaat nog steeds bergafwaarts in de uitgeverijbranche. Ik heb het woord 'reorganisatie' al een paar keer door de gangen horen galmen, en ik weet waar dat op uitdraait. Iedere keer als ik uit de lift stap en Joshua in beeld krijg, komt dezelfde vraag weer bij me op: waarom zoek ik geen andere baan?

Sinds een levensbepalend schoolreisje op mijn elfde ben ik gefascineerd door uitgeverijen. Op dat moment was ik al een hartstochtelijk boekenverslinder, en mijn leven draaide om het wekelijkse tripje naar de bibliotheek. Ik leende altijd het maximale aantal boeken en herkende de verschillende medewerkers aan het geluid van hun schoenen in het gangpad. Tot dat schoolreisje was het mijn levensdoel om ook bibliothecaresse te worden. Ik had zelfs een catalogiseringssysteem bedacht voor mijn persoonlijke collectie. Ik was een rasechte boekenwurm.

Vóór die excursie naar de uitgeverij had ik me nooit echt afgevraagd hoe een boek tot stand kwam. Het was een openbaring. Je kon je laten betalen om schrijvers te ontdekken, boeken te lezen en te zorgen dat ze uiteindelijk ook echt gedrukt werden! Splinternieuwe kaften en ongerepte pagina's zonder ezelsoren of aantekeningen! Het duizelde me. Ik was gek op nieuwe boeken, die leende ik het liefst. Toen ik thuiskwam, zei ik tegen mijn ouders: 'Als ik groot ben ga ik bij een uitgeverij werken.'

Het is fantastisch dat het me gelukt is om mijn jeugddroom uit te laten komen, maar als ik heel eerlijk ben is er op dit moment maar één echte reden dat ik niet op zoek ga naar een andere baan: ik kan Joshua niet laten winnen.

Terwijl ik werk, hoor ik niets anders dan het mitrailleurvuur van Joshua's toetsenbordaanslagen en het vage gefluit van de airconditioning. Af en toe tikt hij op zijn rekenmachine. Ik durf te wedden dat meneer Bexley hem ook opdracht heeft gegeven om een prognose te maken. Zo kunnen de twee directeuren samen ten strijde trekken, gewapend met cijfers die waarschijnlijk niet overeenkomen. De ideale brandstof voor hun vreugdevuur van hatelijkheden.

'Eh... sorry, Joshua?'

Hij doet een volle minuut lang of hij me niet heeft gehoord en begint nog sneller te typen. Beethoven en zijn piano zouden hem niet bij kunnen houden.

'Wat is er, Lucinda?'

Zelfs mijn ouders noemen me nooit Lucinda. Ik bijt op mijn kiezen, maar ontspan direct schuldbewust mijn spieren. Mijn tandarts heeft me gesmeekt om daar bewust op te letten.

'Ben je bezig met de prognoses voor het volgende kwartaal?'

Hij haalt zijn handen van zijn toetsenbord en staart me aan. 'Nee.'

Ik laat een long vol lucht ontsnappen en richt mijn aandacht weer op mijn bureau.

'Die had ik twee uur geleden al af.' Hij typt weer verder.

Ik kijk naar mijn open spreadsheetprogramma en tel tot tien.

We zijn allebei snel en hebben de reputatie dat we doordouwers zijn – je weet wel, het type werknemer dat de nare, veel te ingewikkelde klusjes waar de rest met een boog omheen loopt ook echt afmaakt.

Bij voorkeur ga ik even met mensen zitten om dingen persoonlijk te bespreken, maar met Joshua beperk ik me tot e-mails. Onder aan zijn mailtjes staat altijd: *Gr, J.* Zou hij er dood aan gaan om gewoon *Groet, Joshua* te typen? Dat zijn blijkbaar te veel aanslagen. De kans is groot dat hij uit zijn hoofd weet hoeveel minuten hij B&G daarmee op jaarbasis bespaart.

We zijn aan elkaar gewaagd, en toch zijn we in alles het tegenovergestelde. Ik doe mijn uiterste best om er zo zakelijk mogelijk uit te zien, maar mijn kleren zijn net verkeerd voor B&G. Ik ben een Gamin tot in mijn botten. Mijn lippenstift is te rood, mijn haar te onhandelbaar. Mijn schoenen tikken te hard op de tegelvloeren. Ik kan het maar niet opbrengen om mijn creditcard te trekken en een mantelpakje aan te schaffen. Bij Gamin hoefde ik nooit dat soort kleren aan, en ik weiger koppig om me door de Bexleys te laten assimileren. Mijn garderobe bestaat uit truitjes en retrodingen. Een cool soort van bibliotheekchic, tenminste, dat hoop ik.

Het kost me vijfenveertig minuten om de klus te klaren. Hoewel cijfers niet mijn sterkste punt zijn maak ik er een race tegen de klok van, omdat ik vermoed dat het Joshua een uur moet hebben gekost. Zelfs in mijn hoofd ben ik nog met hem aan het concurreren.

'Bedankt, Lucy!' roept Helene vanachter de glimmende deur van haar kantoor als ik haar het bestand heb gestuurd.

Ik check mijn mail weer. Ik ben helemaal bij. Dan kijk ik op de klok: kwart over drie. In de glanzende tegelwand naast mijn beeldscherm controleer ik of mijn lippenstift nog goed zit en wat Joshua aan het doen is; hij zit me dreigend en vol minachting te observeren. Ik staar terug. Nu spelen we het Staarspel.

Misschien moet ik even vermelden dat het uiteindelijke doel van onze spelletjes is om de ander aan het glimlachen of aan het huilen te krijgen. Of zoiets. Als ik eenmaal gewonnen heb, zal ik het weten.

Toen ik Joshua voor het eerst ontmoette, maakte ik een fout: ik lachte naar hem. Mijn mooiste zonnige glimlach, al mijn tanden deden mee en mijn ogen sprankelden omdat ik het stupide, optimistische idee had dat de fusie van onze bedrijven niet het ergste was dat me kon overkomen. Hij nam me van mijn kruin tot mijn schoenzolen op. Ik ben maar een meter tweeënvijftig, dus dat kostte niet veel tijd. Toen keek hij weg, uit het raam. Hij glimlachte niet terug, en op de een of andere manier heb ik het gevoel dat hij sinds die tijd rondloopt met mijn glimlach in zijn borstzakje. Hij staat een punt voor. Na die slechte start duurde het maar een paar weken voor we ons overgaven aan wederzijdse vijandelijkheden. Het was net een druppende kraan in een badkuip. Uiteindelijk liep de boel over.

Ik gaap achter mijn hand en kijk naar Joshua's borstzakje. Hij draagt iedere dag hetzelfde overhemd in een andere kleur. Wit, gebroken wit met een streepje, crème, zachtgeel, mosterdkleurig, babyblauw, zeeblauw, duifgrijs, marineblauw en zwart. Hij draagt ze altijd in dezelfde volgorde.

Mijn favoriet is het zeeblauwe overhemd, terwijl het mosterdkleurige – dat hij op dit moment draagt – me het minst bevalt. Hij ziet er in alle overhemden goed uit, want alle kleuren staan hem. Als ik mosterd zou dragen, liep ik erbij als een lijk. Maar hij zit daar gewoon, stralend, zongebruind en gezond als altijd.

'Mosterd vandaag,' constateer ik hardop. Waarom maak ik slapende honden wakker? 'Ik kan niet wachten tot babyblauwe maandag.'

Hij werpt me een blik toe die tegelijkertijd zelfvoldaan en geïrriteerd is. 'Je let wel heel goed op me, Taartje. Moet ik je eraan herinneren dat je volgens het personeelsreglement van B&G geen commentaar mag leveren over iemands uiterlijk?'

Aha, het Personeelszakenspel. Dat hebben we in geen tijden gespeeld. 'Als je me nog één keer Taartje noemt, geef ik jou aan bij personeelszaken.'

We houden een dossier over elkaar bij. Ik neem tenminste aan dat hij dat ook doet; hij lijkt zich al mijn overtredingen te herinneren. Dat van mij is een met een wachtwoord beveiligd bestand dat ik op mijn persoonlijke schijf heb verstopt. Daarin noteer ik alle ellende die Joshua Templeman en ik ooit over elkaar hebben uitgestort. In het afgelopen jaar hebben we ieder vier keer geklaagd bij personeelszaken.

Hij heeft een mondelinge en een schriftelijke waarschuwing gekregen over de bijnaam die hij me heeft gegeven. Ik heb twee waarschuwingen gekregen; één voor verbaal geweld en eentje voor een kinderachtige grap die nogal uit de hand liep. Niet iets waar ik trots op ben.

Hij lijkt geen antwoord te kunnen bedenken en we gaan verder met elkaar aanstaren.

Ik kan niet wachten tot Joshua's overhemden weer donkerder worden. Vandaag hebben we marineblauw, en daarop volgt zwart. Schitterend salariszwart.

Mijn financiële situatie ziet er ongeveer zo uit. Ik sta op het punt om een wandeling van vijfentwintig minuten te maken, van B&G naar Jerry ('de monteur'), om mijn auto op te halen. Daar zal mijn creditcard tot aan de limiet worden leeggetrokken. Morgen komt mijn salaris binnen en dan kan ik mijn creditcard weer aanvullen. Mijn auto zal komend weekend nog veel meer donkere olieachtige troep gaan lekken, en dat zal ik pas merken tegen de tijd dat Joshua's overhemden weer zo bleek zijn als de flanken van een eenhoorn. Dan bel ik Jerry weer. Ik breng de auto naar hem toe en overleef op droog brood. De overhemden worden donkerder. Ik moet iets aan die auto doen.

Joshua leunt op dit moment tegen meneer Bexleys deurpost. Zijn lichaam vult het grootste deel van de deuropening, en dat weet ik omdat ik hem bespioneer in de reflecterende muur naast mijn monitor. Ik hoor een hese, zachte lach, heel anders dan het gebalk van meneer Bexley. Ik wrijf met mijn handen over mijn onderarmen om de haartjes plat te leggen. Ik weiger mijn hoofd om te draaien om het beter te kunnen zien, want hij zal me betrappen. Dat doet hij altijd. En dan gaat hij moeilijk kijken.

De klok kruipt traag richting vijf uur en langs de stoffige ramen drijven onweerswolken voorbij. Helene is een uur geleden al vertrokken; een van de voordelen van mededirecteur zijn is dat je de uren van een schoolmeisje kunt draaien en alles kunt afschuiven op iemand als ik. Meneer Bexley maakt langere dagen, omdat zijn stoel zo lekker zit dat hij in slaap valt als de middagzon naar binnen schijnt.

Ik wil niet de indruk wekken dat Joshua en ik de bovenste verdieping runnen, maar soms voelt het wel zo. Financiën en sales rapporteren direct aan Joshua, en hij verwerkt enorme hoeveelheden data tot hapklare rapporten die hij brokje voor brokje aan de tegenstribbelende rode kop van meneer Bexley voert.

De afdelingen redactie, bedrijfszaken en marketing rapporteren aan mij, en iedere maand dik ik hun verslagen in tot een rapport voor Helene. En eerlijk gezegd kauw ik haar ook alles voor. Ik doe een ringbandje door het verslag zodat ze het kan lezen als ze op haar stepper bezig is, en ik gebruik haar favoriete lettertype. Iedere dag hier is een uitdaging, een voorrecht, en zit vol opofferingen en frustraties. Maar als ik ga nadenken over alle kleine stapjes die ik sinds ik elf was heb genomen om hier uiteindelijk terecht te komen, dan zie ik weer scherp. Ik weet weer waar ik het voor doe. En ik breng het op om Joshua nog wat langer te verdragen.

Ik neem zelfgebakken taart mee naar de vergaderingen met mijn afdelingshoofden. Iedereen is dol op me, ze zeggen over me dat ik 'mijn gewicht in goud waard ben'. Joshua trakteert tijdens zijn vergaderingen hooguit op slecht nieuws, en zijn gewicht wordt uitgedrukt in andere substanties.

Met zijn aktetas in zijn hand stampt meneer Bexley langs mijn bureau.

Hij koopt zijn kleren ongetwijfeld bij hetzelfde modehuis als Humpty Dumpty, want hoe komt hij anders aan zulke korte, wijde pakken? Hij wordt kaal, zit onder de levervlekken en is stinkend rijk. Zijn grootvader heeft Bexley Books opgericht, en hij herinnert Helene er graag en vaak aan dat zij alleen maar is aangenomen. Helene en ik zijn tot de conclusie gekomen dat hij een gedegenereerde oude viespeuk is. Ik dwing mezelf om naar hem te glimlachen. Zijn voornaam is Richard, afgekort tot Dick, dus ik noem hem Kleine Dikkepik.

'Fijne avond, meneer Bexley.'

'Fijne avond, Lucy.' Hij staat stil voor mijn bureau om in mijn rode zijden blouse te gluren.

'Ik hoop dat Joshua u het exemplaar van *De duistere spiegel* heeft gegeven dat ik voor u heb opgehaald. Het allereerste van de eerste druk.'

Kleine Dikkepik heeft een enorme boekenkast met alle uitgaven van B&G. Ieder boek is het eerste exemplaar dat van de pers is gerold; een traditie die door zijn opa is gestart. Hij vindt het heerlijk om daarover op te scheppen tegen bezoekers, maar toen ik de planken wat beter bekeek, zag ik dat de boeken zelfs nog nooit opengeslagen waren.

'Dus jij hebt het opgehaald?' Meneer Bexley draait zich om naar Joshua. 'Dat heb je me niet verteld, dokter Josh.'

Kleine Dikkepik noemt hem waarschijnlijk dokter Josh omdat hij zo klinisch is. Ik heb iemand horen beweren dat Joshua het meesterbrein was achter de chirurgische verwijdering van een derde van het personeelsbestand, toen het er bij Bexley Books bijzonder slecht voor stond. Ik snap niet hoe hij 's nachts een oog dichtdoet.

'Dat maakt toch niet uit. Zolang je het maar krijgt,' zegt Joshua gladjes, en zijn baas herinnert zich opeens weer dat hij De Baas is.

'Tuurlijk, tuurlijk,' puft hij en hij kijkt weer in mijn blouse. 'Goed gedaan, allebei.'

Hij stapt in de lift en ik kijk naar mijn blouse. Alle knoopjes zijn dicht. Wat viel er te zien? Ik kijk op naar de spiegelende tegels van het plafond en kan vaag het piepkleine driehoekje van mijn beschaduwde decolleté onderscheiden.

‘Als je die blouse nog hoger dichtknoopt kunnen we je gezicht niet meer zien,’ zegt Joshua tegen zijn computer terwijl hij uitlogt.

‘Misschien kun je aan je baas vragen of hij af en toe naar mijn gezicht wil kijken.’ Ik meld me ook af.

‘Waarschijnlijk probeert hij je printplaat te vinden. Of hij vraagt zich af op wat voor brandstof je loopt.’

Ik schiet in mijn jas. ‘Ik word aangedreven door mijn haat voor jou.’

Josh’ mond vertrekt. Daar had ik hem bijna. Snel zet hij zijn neutrale gezicht weer op. ‘Als je er last van hebt, ga je zelf maar met hem praten. Kom voor jezelf op. Vertel eens, ga je vanavond van pure eenzaamheid je nagels maar weer eens lakken?’

Hoe kan hij dat nou weten? ‘Ja. En jij, ga je weer jankend liggen rukken in je kussen, dokter Josh?’

Hij kijkt naar het bovenste knoopje van mijn blouse. ‘Ja. En noem me niet zo.’

Ik slik een lachbui in. In de lift proberen we elkaar onvriendelijk te verdringen. Hij drukt op K, maar ik druk op B.

‘Ga je liften?’

‘Auto is in de garage.’ Ik stap in mijn flatjes en stop mijn hoge hakken in mijn tas. Nu ben ik nog kleiner. In de doffe weerspiegeling van de liftdeuren kom ik nauwelijks tot halverwege zijn bovenarm. Een chihuahua en een Deense dog.

De liftdeuren gaan open in de foyer. Buiten het gebouw van B&G is alles blauw en wazig; kil als een regenachtige koelkast vol verkrachters en moordenaars. Een oude krant waait voorbij, alsof hij gewacht heeft op een teken.

Joshua houdt de liftdeur met zijn enorme hand open en buigt naar voren om het weer te beoordelen. Dan richt hij zijn donkerblauwe ogen op mij en er verschijnt een rimpel in zijn voorhoofd. De bekende bubbel komt weer naar boven in mijn hoofd: *ik wou dat we vrienden waren.* Ik prik hem snel door.

‘Ik kan je een lift geven,’ brengt hij met moeite uit.

‘Bah, echt niet,’ zeg ik over mijn schouder en ik ren weg.

Hoofdstuk 2

Het is crèmekleurige woensdag. Joshua is buiten de deur voor een late lunch. De afgelopen tijd heeft hij een paar opmerkingen gemaakt over dingen die ik leuk vind of doe, en die waren zo raak dat ik bijna zeker weet dat hij in mijn spullen snuffelt. Kennis is macht, en daar heb ik te weinig van.

Om te beginnen voer ik forensisch onderzoek uit op mijn eigen bureau. Zowel Helene als meneer Bexley gruwt ervan als we de afspraken op de computer bijhouden, en daarom werken we met twee dikke, op elkaar afgestemde papieren agenda's, alsof we klerken in de tijd van Dickens zijn. In de mijne staan alleen Helenes afspraken. Ik vergrendel altijd obsessief mijn computer, zelfs als ik even naar de printer ga. Mijn schermen open laten staan terwijl Joshua in de buurt is? Ik kan hem net zo goed direct de codes van de kernwapens geven.

Vroeger, bij Gamin Publishing, was mijn bureau een uit boeken opgetrokken fort. Ik bewaarde mijn pennen in de opening in de ruggen. Toen ik mijn spullen uitpakte in het nieuwe kantoor en zag hoe steriel Joshua zijn bureau hield, voelde ik me opeens ontzettend kinderachtig. Ik nam mijn woord-van-de-dagkalender en siersmurfen weer mee naar huis.

Voor de fusie had ik een beste vriendin op het werk. Val Stone en ik hingen samen in de versleten leren banken in de koffiekamer en speelden ons favoriete spel: het systematisch verminken van foto's van mooie mensen in tijdschriften. Ik tekende een snor op Naomi Campbell. Val maakte een tand zwart. We richtten een ravage aan met littekens, ooglapjes, bloeddoorlopen ogen en duivelshoorntjes en al snel was de foto zo bedorven dat we ons gingen vervelen en aan een nieuwe begonnen.

Val was een van de mensen die werd wegbezuinigd en ze was razend dat ik haar niet op een of andere manier had gewaarschuwd. Zelfs als ik het had geweten had ik dat niet mogen doen, maar ze geloofde me niet.

Ik draai me langzaam om en mijn spiegelbeeld verschuift op twintig verschillende oppervlakken. Ik zie mezelf in allerlei formaten, van pasfoto tot meer dan levensgroot. Mijn kersenrode rok waaiert uit als ik nog een rondje draai, gewoon omdat het kan, en ik probeer het nare, misselijke gevoel kwijt te raken dat me altijd overvalt als ik aan Val denk.

Onderzoek bevestigt dat op mijn bureau een rode, zwarte en blauwe pen te vinden zijn. Roze post-its. Een lippenstift. Een doos tissues om de lippenstift en mijn tranen van frustratie mee te deppen. Mijn agenda. Verder niks.

Ik doe een beheerst schuifelend tapdansje over de marmeren supersnelweg. Ik ben nu in Joshualand. Ik ga op zijn stoel zitten en bekijk alles door zijn ogen. Zijn stoel staat zo hoog dat mijn tenen de vloer niet raken. Ik duw mijn billen wat dieper in het leer, het is een obsceen gevoel. Mijn ene oog is permanent op de lift gericht, en met het andere onderzoek ik zijn bureau op aanwijzingen.

Zijn bureau is de mannelijke versie van dat van mij. Blauwe post-its. Naast drie pennen heeft hij een scherp potlood. In plaats van een lippenstift bezit hij een blikje pepermuntjes. Ik pik er een en stop het in het kleine, tot nu toe overbodige zakje van mijn rok. Ik stel me voor dat ik bij de drogist voor de laxeermiddelen sta om een exacte kopie uit te zoeken, en ik grinnik om mezelf. Ik rammel aan de la van zijn bureau. Op slot, net als zijn computer. Fort Knox. Goed gespeeld, Templeman. Daarna doe ik een paar vergeefse pogingen om zijn wachtwoord te raden. Misschien haat hij me wel helemaal niet 4Eva.

Op het bureau staat geen ingelijste foto van een partner of geliefde. Geen blije hond of herinneringen aan tropische stranden. Ik betwijfel of er iemand bestaat die hij hoog genoeg heeft zitten om in te lijsten. Tijdens een van Joshua's felle verkoopdonderpreken merkte Kleine Dikkepik sarcastisch op: 'Jij moet hoognodig weer eens van bil gaan, dokter Josh.'

Joshua antwoordde: 'Klopt, baas. Ik heb van dichtbij gezien wat langdurig droog staan met iemand kan doen,' en daarbij keek hij naar mij. Ik weet nog precies wanneer dat was, want ik heb de datum in mijn dossier voor personeelszaken genoteerd.

Mijn neusgaten beginnen te tintelen. Joshua's aftershave? De feromonen die hij uit zijn poriën laat lekken? Gadverdamme. Ik sla zijn agenda open en dan valt me iets op: over de hele lengte van de dagelijkse kolom staat iets in code, in dun potloodschrift. Ik voel me net James Bond als ik mijn telefoon erboven hou en erin slaag om één enkele foto te nemen.

Op dat moment beginnen de kabels van de liftschacht te zoemen en ik spring op. Ik race om het bureau heen en het lukt me nog net om zijn agenda dicht te klappen voor de liftdeuren openschuiven en hij binnenkomt. Vanuit mijn ooghoek zie ik zijn stoel zachtjes ronddraaien. Gesnapt.

'Wat ben jij aan het doen?'

Mijn telefoon zit inmiddels veilig tussen het elastiek van mijn onderbroek. Memo voor mezelf: telefoon desinfecteren.

'Niks.' De lichte trilling in mijn stem verraadt direct dat ik ergens schuldig aan ben. 'Ik keek even of het vanmiddag gaat regenen. Ik botste tegen je stoel. Sorry.'

Hij komt als een zwevende Dracula dichterbij. Het dreigende effect wordt bedorven door een tas van de sportwinkel, die knisperende geluiden maakt tegen zijn been. Aan de vorm te zien zit er een schoenendoos in.

Stel je de beklagenswaardige verkoper eens voor die Joshua moet helpen om schoenen uit te kiezen. *Ik heb schoeisel nodig dat me in staat stelt om effectief de menselijke prooien op te jagen die ik in mijn vrije tijd tegen betaling vermoord. Ik wil zo veel mogelijk waar voor mijn geld. Ik heb maat 46.*

Hij bestudeert zijn bureau, het onschuldige inlogscherm, zijn dichte agenda. Ik laat mijn adem sissend ontsnappen. Hij zet de tas op de grond en komt zo dicht bij me staan dat zijn leren schoen de punt van mijn lakleren pump raakt.

'En vertel nu eens wat je echt bij mijn bureau aan het doen was?'

We hebben het Staarspel nog nooit van zo dichtbij gespeeld. Ik ben een opdondertje van precies één meter tweeënvijftig. Dat is het kruis dat ik levenslang zal moeten dragen, mijn gebrek aan lengte is een pijnlijk gespreksonderwerp. Joshua is minstens één meter negentig. Vijfennegentig. Misschien wel twee meter of meer. Een reus van een mens. En hij is opgetrokken uit zware materialen.

Ik hou dapper oogcontact. Ik mag staan waar ik wil in dit kantoor. Fok jou. Als een bedreigd dier dat zich groter wil maken, zet ik mijn handen in mijn zij.

Hij is niet lelijk, dat heb ik al gezegd, maar ik weet nooit precies hoe ik hem moet omschrijven. Ik herinner me dat ik op de bank zat te eten. Er kwam een nieuwsberichtje voorbij: een oude Supermanstrip was voor een recordbedrag verkocht op een veiling. Een hand in een witte handschoen sloeg de bladzijden om, en de ouderwetse tekeningen van Clark Kent deden me aan Joshua denken.

Net als Clark Kent heeft Joshua zijn omvang en kracht weggewerkt onder kleren die speciaal zijn ontworpen om dingen te verhullen, zodat hij kan opgaan in de massa. Niemand bij de *Daily Planet* weet iets van Clark. Onder zijn hooggesloten overhemden kan Joshua een beetje mollig zijn, of net als Superman een wasbord hebben. Het blijft een mysterie.

Hij heeft geen krul op zijn voorhoofd of zo'n sukkelige zwarte bril, maar wel die mannelijke kaaklijn en die mooie, nukkige mond. Ik heb altijd gedacht dat hij zwart haar had, maar van zo dichtbij zie ik dat het donkerbruin is. Hij kamt het niet zo netjes als Clark. Hij heeft wel dezelfde inktblauwe ogen en die laserblik, en waarschijnlijk ook een paar superkrachten.

Maar Clark Kent is een schatje; hij is stuntelig en lief. Joshua lijkt helemaal niet op een zachtaardige journalist. Hij is een sarcastische, cynische en verknipte dubbelganger die iedereen in de perskamer terroriseert en die arme kleine Lois Lane in de zeik neemt tot ze 's nachts in haar kussen ligt te jammeren.

Ik hou niet van grote mannen. Ze lijken te veel op paarden, voor je het weet vertrappen ze je.

Met half dichtgeknepen ogen staat hij een oordeel te vellen over mijn uiterlijk, net als ik over dat van hem. Ik vraag me af hoe mijn kruin eruitziet. Hij pleegt waarschijnlijk uitsluitend ontucht met amazones, dat kan niet anders. Onze blikken botsen, en misschien was het iets te voorbarig om zijn ogen met inktvlekken te vergelijken. Iemand als hij is zulke ogen niet waard.

Om te voorkomen dat ik doodga vul ik mijn longen met tegenzin met ceder- en dennengeur. Hij ruikt als een pas geslepen potlood. Een kerstboom in een koude, donkere kamer. Hoewel de spieren in mijn nek beginnen te verkrampen sta ik mezelf niet toe om mijn ogen neer te slaan. Dan krijg ik zijn mond misschien in beeld, en die zie ik al vaak genoeg wanneer hij beledigingen naar me toe slingert vanaf de overkant van het kantoor. Waarom zou ik hem van dichtbij willen bekijken? Geen idee.

Alsof mijn gebeden worden verhoord, pingelt de lift. Daar is Andy, de koerier.

Andy lijkt op zo'n figurant die op de aftiteling staat als 'de koerier'. Tanig, halverwege de veertig en gekleed in fluorescerend geel. Hij draagt zijn zonnebril als een tiara op zijn hoofd. Zoals de meeste koeriers geeft hij zijn werkdag kleur door te flirten met iedere vrouw van onder de zestig die hij onderweg tegenkomt.

'De lieftallige Lucy!' Hij praat zo hard dat Kleine Dikkepik met een reutelend gesnuif wakker schiet in zijn kantoor.

'Andy!' zeg ik op mijn beurt terwijl ik achteruitdeins. Echt, ik zou hem kunnen knuffelen omdat hij dit nieuwe, vreemde spelletje heeft onderbroken. Hij heeft een klein pakje in zijn hand, niet veel groter dan een Rubiks kubus. Dat moet mijn basketbalsmurfin uit 1984 zijn. Superzeldzaam, puntgaaf. Ik wil haar al eeuwen, en ik heb haar reis gespannen gevolgd via haar track & trace-nummer.

'Ik weet dat je liever wilt dat ik je vanuit de lobby bel als ik een smurf voor je heb, maar je nam niet op.'

De telefoon op mijn bureau is doorgeschakeld naar mijn persoonlijke mobiel, die zich op dit moment tussen het elastiek van mijn onderbroek op mijn heupbeen bevindt. Dus daar kwam dat zoemende gevoel vandaan. Wat een opluchting. Ik dacht al dat ik me moest laten nakijken.

'Hoezo, smurfen?' Joshua knijpt zijn ogen tot spleetjes alsof we gek zijn.

'Je hebt het vast ontzettend druk, Andy, ik loop even met je mee.' Ik doe een greep naar het pakje, maar het is al te laat.

'Smurfen zijn haar grote passie. Ze leeft voor smurfen. Van die kleine blauwe kereltjes, zo groot. Met een wit mutsje.' Andy houdt zijn vingers een paar centimeter uit elkaar.

'Ik weet wat smurfen zijn.' Joshua is geïrriteerd.

'Ik leef niet voor smurfen.' Je kunt aan mijn stem horen dat ik lieg. Josh' onverwachte hoestbui lijkt verdacht veel op lachen.

'Smurfen zeg je? Dus dat zit er in die doosjes. Ik dacht eigenlijk dat je die kleine kleertjes van je online bestelde. Vind je het gepast om persoonlijke aankopen op het werk te laten bezorgen, Lucinda?'

'Ze heeft een hele kast vol van die dingen. Ze heeft een... Wat was het ook weer, Luce? Een Thomas Edison-smurf. Die is heel zeldzaam, Josh. Ze heeft hem van haar ouders gekregen toen ze haar diploma haalde.' Andy gaat opgewekt verder met mijn vernedering.

'Laat maar, Andy! Hoe gaat het met jou? Alles goed vandaag?' Met een zwetende hand teken ik voor het pakje op zijn draagbare apparaatje. Andy ook altijd met zijn grote bek.

'Je ouders hebben een smurf voor je gekocht toen je je diploma kreeg?' Joshua hangt onderuit in zijn stoel en bekijkt me met cynische verwondering. Ik hoop maar dat mijn lichaam het leer niet heeft opgewarmd.

'Ja, ik weet het, jij hebt vast een auto gekregen of zoiets.' Ik voel me doodongelukkig.

'Het gaat prima met me, schat.' Andy neemt zijn gadget weer van me over en drukt op een paar knopjes voor hij het in zijn zak stopt. Nu het zakelijke gedeelte is afgehandeld, begint hij verleidelijk te grijnzen.

'En het gaat nog beter nu jij voor me staat. Josh, makker, ik zweer het je, als ik de hele dag tegenover dit verrukkelijke wezen mocht zitten zou er geen werk uit mijn handen komen.'

Andy haakt zijn duimen in zijn zakken en glimlacht naar me. Ik wil hem niet kwetsen en rol daarom maar goedmoedig met mijn ogen.

'Het valt inderdaad niet mee,' zegt Joshua sarcastisch. 'Wees maar blij dat je weer weg mag.'

'Hij heeft een hart van steen.'

'Inderdaad. Als ik hem bewusteloos sla en in een kist stop, kun jij hem dan in een of ander afgelegen oord afleveren?' Ik leun op mijn bureau en staar naar mijn pakje.

'De tarieven voor internationale zendingen zijn flink omhooggegaan,' waarschuwt Andy.

Joshua schudt zijn hoofd. Het gesprek verveelt hem en hij logt in.

'Ik heb wat spaargeld. Ik denk dat een avontuurlijke vakantie in Zimbabwe echt iets voor Joshua is.'

'Jij hebt venijnige trekjes.' Andy's jaszak maakt een piepend geluid en hij begint erin te rommelen terwijl hij naar de lift loopt. 'Lieftallige Lucy, zoals altijd was het weer een genoegen. Ik twijfel er niet aan dat ik je snel weer zie, na de volgende online veiling.'

'Doei.' Als hij in de lift is verdwenen ga ik weer naar mijn bureau. Mijn gezicht schiet automatisch in de neutrale stand.

'Hoe sneu kun je zijn?'

Ik doe de zoemer van een quiz na. 'Niet sneuer dan Joshua Templeman.'

'Lucinda sjanst met koeriers. Te sneu.'

Joshua hamert op zijn toetsenbord. Hij is een begenadigd typist, ik kan niet anders zeggen. Ik loop langs zijn bureau. Zijn gefrustreerde aandacht voor de backspacetoets doet me deugd.

'Ik ben gewoon aardig tegen hem.'

'Jij? Aardig?'

Tot mijn verrassing vind ik dat vervelend om te horen. 'Ik ben een schatje. Dat zegt iedereen.'

'Oké. Josh, is ze een schatje?' vraagt hij hardop aan zichzelf. 'Hm, daar moet ik even over nadenken.' Hij pakt zijn blikje met pepermuntjes, doet het deksel open, inspecteert de inhoud, sluit het weer en kijkt naar mij. Ik doe mijn mond open en steek mijn tong uit, als een psychiatrisch patiënt voor het loket waar ze de pillen uitdelen.

'Ze heeft een paar schattige onderdelen, dat moet ik toegeven.'

Ik steek mijn vinger in de lucht en zeg luid en duidelijk: 'Personeelszaken.'

Hij gaat rechtop zitten. Zijn mondhoek beweegt, en ik wou dat ik mijn duimen kon gebruiken om zijn lippen op te rekken tot een enorme, krankzinnige grijns. Terwijl de politie me geboeid naar buiten sleurt zal ik gillen: 'En nu glimlachen, lul!'

Ik moet zorgen dat we quitte komen te staan, want het is niet eerlijk. Hij heeft een glimlach van mij, en hij heeft me al naar heel veel mensen zien glimlachen. Ik heb hem nog nooit zien lachen. Hij kijkt altijd neutraal, verveeld, nors, wantrouwig of verontwaardigd. Heel af en toe, nadat we ruzie hebben gehad, verschijnt er nog een andere uitdrukking op zijn gezicht. De seriemoordenaarsblik.

Ik steek de middellijn van tegels weer over en voel dat zijn hoofd meedraait.

'Niet dat het me iets kan schelen wat jij vindt, maar ik ben heel populair hier,' zeg ik. 'Iedereen is ontzettend enthousiast over mijn leesclub, al heb jij nog zo duidelijk laten merken hoe duf je die vindt. Het is goed voor het groepsgevoel en hartstikke toepasselijk, als je bedenkt waar we werken.'

'Je bent een geboren leider.'

'Ik breng de boeken die we doneren naar de bibliotheek. Ik organiseer de kerstborrel. De stagiaires mogen met me meelopen.' Ik tik mijn verdiensten af op mijn vingers.

'Ik ben er nog niet van overtuigd dat het je echt niet kan schelen wat ik vind.' Hij leunt achterover in zijn stoel en vlecht zijn vingers in elkaar voor zijn generieke platte buik. Het knoopje bij zijn duim zit half los. Mijn gezicht doet iets waardoor hij omlaagkijkt en het weer vastmaakt.

'Het kan me niet schelen wat jíj vindt, maar normale mensen vinden me aardig.'

'Je bent verslaafd aan de behoefte om schattig gevonden te worden.'

De manier waarop hij het zegt maakt me een beetje misselijk. 'Neem me niet kwalijk dat ik mijn best doe om een goede reputatie te houden. Dat ik probeer om positief te blijven. Jij bent verslaafd aan de behoefte om gehaat te worden. Wat een lekker stel zijn we.'

Ik ga zitten en ram een keer of tien zo hard mogelijk op mijn muis. De dingen die hij heeft gezegd steken. Joshua is net een spiegel die me mijn slechte kanten laat zien. Alsof ik weer op school zit. Schriele Lucy, het ukkie van de klas, die haar sneue schattigheid gebruikt om niet verpletterd te worden door de grotere kinderen. Ik ben altijd het knuffeldier geweest, de mascotte, het kind dat werd geduwd op de schommel of werd getrokken in de bolderwagen. Altijd meegedragen en vertroeteld. Misschien ben ik inderdaad een beetje sneu.

'Probeer eens om ze gewoon een keer te laten verrekken. Echt, het is bevrijdend.' Zijn mond wordt een strakke streep en er trekt een vreemde schaduw over zijn gezicht die bijna direct weer verdwijnt.

'Ik heb je niet om advies gevraagd, Joshua. Soms word ik zo kwaad op mezelf omdat ik me omlaag laat trekken tot jouw niveau.'

'En tot welk niveau trek ik je omlaag, in je hoofd?' zegt hij met een fluwelige stem, en hij bijt op zijn lip. 'Horizontaal?'

In mijn hoofd druk ik op Enter in mijn dossier voor personeelszaken en ik begin aan een nieuwe regel.

'Je bent walgelijk. Rot toch op.' Ik denk dat ik mezelf ga trakteren op een potje gillen in de kelder.

'Kijk eens aan. Je hebt zomaar tegen me gezegd dat ik moet oprotten. Dat is een goed begin, het past wel bij je. Probeer dat nu ook eens met andere mensen. Je hebt niet eens in de gaten dat ze over je heen lopen, dus hoe kun je dan ooit verwachten dat ze je serieus nemen? Hou op met dezelfde mensen maand na maand uitstel te geven voor hun deadlines.'

'Ik weet niet waar je het over hebt.'

'Julie.'

'Het is niet iedere maand.' Ik haat hem, want hij heeft gelijk.

'Je doet het iedere maand, en dan moet je je een ongeluk werken om je eigen deadline te halen. Zie je mij dat ooit doen? Nee. Die eikels beneden geven mij mijn spullen op tijd.'

Ik haal een formulering omhoog uit het zelfhulpboek over assertiviteit dat op mijn nachtkastje ligt. 'Ik heb geen zin om dit gesprek voort te zetten.'

'Ik geef je goed advies, daar zou je naar moeten luisteren. En laat Helene zelf haar spullen bij de stomerij ophalen, dat is je werk helemaal niet.'

'Ik stop nu met dit gesprek.' Ik sta op en overweeg om midden op een druk kruispunt te gaan spelen om wat stoom af te blazen.

'En laat die koerier met rust. Die arme oude gek gelooft echt dat je met hem flirt.'

'En dat zeggen ze dus ook over jou,' flap ik er nogal onhandig uit. Ik probeer de tijd terug te draaien. Het lukt niet.

'Is dat wat je denkt? Dat ik aan het flirten ben?'

Hij gaat achterover hangen in zijn stoel, op een manier die ik zelf nooit voor elkaar krijg. Mijn rugleuning geeft niet mee als ik naar achteren leun. Het enige wat er dan gebeurt, is dat ik achteruitrol en tegen de muur bots.

'Taartje, als we aan het flirten waren, dan zou je dat weten.'

We kijken elkaar aan en ik krijg een naar gevoel vanbinnen. Dit gesprek begint te ontsporen.

'Omdat ik er een trauma aan over zou houden?'

'Omdat je er straks in bed aan terug zou denken.'

'Dus je fantaseert over mijn bed?' Dat is het enige antwoord dat ik kan bedenken.

Hij knippert met zijn ogen en zijn gezicht krijgt een vreemde uitdrukking. Ik kan die blik er wel vanaf meppen, hij lijkt iets te weten dat mij ontgaat. Het is zelfingenomen mannetjesgedrag en ik haat het.

'Ik wil wedden dat je een heel klein bedje hebt.'

Ik sta min of meer vuur te spuwen. Ik wil om zijn bureau heen lopen, zijn voeten een stuk uit elkaar schoppen en tussen zijn gespreide benen gaan staan. Mijn knie op het driehoekje van de zitting voor zijn kruis leggen, een stukje omhoog klimmen en hem laten jammeren van pijn. Ik wil zijn das lostrekken en dat overhemd losknopen. Met mijn handen om zijn grote bruine keel zou ik knijpen en knijpen, zijn huid warm onder mijn vingertoppen, zijn worstelende lichaam onder het mijne. De lucht zou doordrongen raken van de geur van ceder en dennenbomen, bijtend als rook in mijn neusgaten.

‘Waar denk je aan? Waarom kijk je zo vies?’

‘Wurgen. Blote handen.’ Ik kom nauwelijks uit mijn woorden en klink heser dan een telefoonseksmedewerkster na een dubbele dienst.

‘Dus dat is jouw kick.’ Zijn blik krijgt iets onbestemds.

‘Alleen als het over jou gaat.’

Zijn wenkbrauwen gaan omhoog en zijn ogen zijn nu bijna zwart, maar hij lijkt niet in staat om een woord uit te brengen.

Het is geweldig.

Pas op babyblauwe overhemddag herinner ik me dat ik een foto heb gemaakt van zijn agenda. Nadat ik het rapport met de kwartaalvooruitzichten voor de uitgeverijbranche heb doorgewerkt en samengevat voor Helene, zet ik de foto van mijn telefoon op mijn computer. Spiedend als een crimineel kijk ik om me heen.

Joshua is al de hele ochtend in het kantoor van Kleine Dikkepik, en vreemd genoeg kruipen de uren voorbij. Zonder iemand om te haten is het hier akelig stil.

Ik druk op printen, sluit mijn computer af en loop de gang in. Ik maak twee kopieën, de tweede iets donkerder zodat het potloodgekriebel beter leesbaar is. Ik hoef er niet bij te zeggen dat ik al het overbodige bewijsmateriaal door de shredder haal. Ik had het voor de zekerheid graag twee keer gedaan.

Tegenwoordig bewaart Joshua zijn agenda achter slot en grendel.

Ik leun tegen de muur en hou het vel papier in het licht. De foto is van een maandag en een dinsdag, een aantal weken geleden. Meneer Bexleys afspraken kan ik moeiteloos lezen. Naast het woord maandag staat de letter J. Naast dinsdag staat een R. En daarnaast staan in totaal acht streepjes. Puntjes naast de uren rondom de lunch. Een regel met vier X-en en zes schuine streepjes.

De hele middag blijf ik heimelijk puzzelen. Ik ben in de verleiding om naar de beveiliging te gaan en Scott naar de beelden van de bewakingscamera van die tijdstippen te vragen, maar daar zou Helene achter kunnen komen. Bovendien zou je die verspilling van bedrijfsmiddelen moeten optellen bij mijn illegale inzet van het kopieerapparaat en het feit dat ik er vandaag de kantjes vanaf loop.

Het duurt even voor de oplossing zich aandient. Het is laat in de middag en Joshua zit weer tegenover me op zijn stoel, zijn blauwe overhemd verblindend als een ijsberg, als eindelijk tot me doordringt hoe ik het potloodschrift moet decoderen. Ik sla mezelf hard tegen mijn voorhoofd. Niet te geloven dat ik zo traag van begrip ben.

'Bedankt. Dat wilde ik de hele middag al doen,' zegt Joshua zonder op te kijken van zijn beeldscherm.

Hij weet niet dat ik zijn agenda en zijn potloodcodes heb gezien. Als ik goed oplet wanneer hij zijn potlood pakt, dan lukt het me vast om te achterhalen wat het verband is.

Het Spionagespel kan beginnen.

Hoofdstuk 3

Het Spionagespel levert niet direct iets op, en tegen de tijd dat Joshua in duifgrijs gekleed gaat, ben ik ten einde raad. Hij heeft mijn toegenomen interesse in zijn activiteiten opgemerkt en is nog stiekemer en wantrouwiger geworden. Ik zal hem uit zijn tent moeten lokken. Dat potlood komt nooit meer in beweging als hij de hele dag alleen maar tegen zijn computer zit te fronsen.

Ik begin aan een spel dat ik 'Je bent gewoon zo…' noem. Het gaat als volgt. 'Je bent gewoon zo… O, laat ook maar.' Ik zucht.

Hij bijt in het aas. 'Knap. Intelligent. Nee, wacht. Superieur aan iedereen. Je begint het eindelijk te snappen, Lucinda.'

Hij sluit zijn computer af en slaat zijn agenda open. Zijn hand blijft zweven boven de beker met de pennen en het potlood, en ik hou mijn adem in. Hij kijkt bedenkelijk en slaat de agenda weer dicht. In dat grijze overhemd zou hij op een cyborg moeten lijken, maar het maakt hem juist knap en intelligent. Hij is verschrikkelijk.

'Je bent gewoon zo voorspelbaar.' Op de een of andere manier weet ik dat dat hard aan zal komen.

Zijn ogen worden smalle, hatelijke spleetjes. 'O, echt? Hoe dat zo?'

'Je bent gewoon zo…' geeft beide spelers in feite de vrijheid om hun tegenstander precies te vertellen hoe gehaat de ander is.

'Overhemden. Stemmingen. Vaste gewoontes. Mensen als jij kunnen gewoon niet slagen in het leven. Ik zou me dood schrikken als je ooit onverwachts uit je rol zou vallen.'

'Moet ik dat als een persoonlijke uitdaging opvatten?' Schijnbaar diep in gedachten staart hij naar zijn tafelblad.

'Ik zou het je graag zien proberen. Je bent gewoon zo inflexibel.'

'En jij bent gewoon zo flexibel?'

'Enorm.' Daar trapte ik met open ogen in, en het is nog waar ook. Ik kan mijn tong wel afbijten. Ik herstel me door een wenkbrauw op te trekken en met een spottend lachje naar het plafond te staren. Tegen de tijd dat ik Joshua weer aankijk, is mijn mond alweer een neutraal rozenknopje, weerspiegeld door honderd glinsterende oppervlakken.

Zijn blik glijdt langzaam naar de vloer. Ik kruis mijn enkels, want ik herinner me te laat dat ik eerder vandaag mijn schoenen heb uitgeschopt. Het is moeilijk om een goede aartsvijand te blijven wanneer je knalrode teennagels zichtbaar zijn.

'Dus je zou je dood schrikken als ik uit mijn rol viel?'

Mijn gezicht wordt weerspiegeld in de muur bij zijn schouder. Ik zie een versie van mezelf met onheilspellende ogen en woeste manen. Mijn donkere haar valt in kartelige vlammen rond mijn schouders.

'Dat zou best eens de moeite waard kunnen zijn.'

Van maandag tot en met vrijdag verandert hij me in een angstaanjagende vrouw. Ik lijk wel zo'n krijsende zigeunerin die voorspelt dat je binnenkort zult sterven. Een bezeten waanzinnige in een inrichting, vlak voor ze haar ogen uit haar hoofd klauwt.

'Ja, ja. Die Lucinda Hutton. Dat is nog eens een flexibele kleine meid.' Hij leunt weer achterover in zijn stoel. Zijn voeten staan plat op de vloer en de punten wijzen als revolvers in een wildwestduel naar mij.

'Personeelszaken,' snauw ik. Ik ben dit spelletje aan het verliezen en dat weet hij. Personeelszaken bellen staat min of meer gelijk aan je gewonnen geven. Hij pakt zijn potlood en duwt de scherpe punt in zijn duim. Als het mogelijk zou zijn om te grijnzen zonder je gezicht te bewegen, dan was dat wat hij net heeft gedaan.

'Ik bedoelde: je bent gewoon zo flexibel in de manier waarop je alles benadert, Taartje. Dat komt vast door je gelukkige jeugd. Wat doen je ouders ook weer? Kun je me dat nog eens vertellen?'

'Je weet precies wat ze doen.' Ik heb het veel te druk voor deze onzin. Snel pak ik een stapeltje oude post-its en ik begin ze te ordenen.

'Ze kweken...' Hij kijkt naar het plafond en doet net of hij zich suf piekert. 'Ze kweken...' Hij laat het antwoord een eeuwigheid in de lucht bungelen.

Het is een kwelling. Ik probeer zijn zin niet af te maken, maar het woord dat hij zo grappig vindt, komt als een vloek naar buiten.

'Aardbeien.' Vandaar mijn bijnaam: Aardbeientaartje. Ik sta mezelf toe om met mijn kiezen te knarsen. De tandarts hoeft er nooit achter te komen.

'"Sky Diamond Strawberries." Zo schattig. Kijk, jullie blog staat bij mijn favorieten.' Hij dubbelklikt en draait zijn beeldscherm naar me toe.

Ik krimp zo ver in elkaar dat er vanbinnen iets knapt. Hoe heeft hij dat gevonden? Op dit moment schreeuwt mijn moeder waarschijnlijk tegen mijn vader: 'Nigel, lieverd, er is iemand op het blog!'

De Dagelijkse Sky Diamond. Ja, dat heb je goed verstaan. Dagelijks. Ik heb al een tijdje niet meer gekeken omdat ik het niet kan bijhouden. Mijn moeder werkte als journalist voor de plaatselijke krant toen ze pap leerde kennen, maar ze nam ontslag toen ik onderweg was en ze zijn samen een kwekerij begonnen. Als je weet wat haar achtergrond is, dan is dat dagelijkse nieuwtje op een tragische manier begrijpelijk. Ik tuur naar Joshua's scherm. Het bericht van vandaag gaat over irrigatie.

Onze kwekerij levert aan drie lokale boerenmarkten en een supermarktketen. Er is een veld waar toeristen zelf aardbeien mogen plukken en mam verkoopt potten met jam. Als het warm is, maakt ze ijs. Sky Diamond heeft twee jaar geleden het predicaat 'biologisch' gekregen, dat was heel belangrijk voor mijn ouders. Of de zaken goed of slecht gaan, hangt af van het weer.

Als ik thuis ben draai ik nog steeds diensten bij de ingang en leg ik aan bezoekers uit wat het verschil in smaak is tussen Earliglow- en Diamant-aardbeien. Tussen Camino Reals en Albions. Alle aardbeien hebben namen als coole oldtimers. Er zijn niet veel mensen die direct begrijpen waar de naam van de kwekerij vandaan komt als ze naar mijn naamplaatje kijken. De paar Beatle-fans die het wel snappen zijn dolgelukkig en vinden zichzelf superslim.

Je snapt vast wat ik eet als ik heimwee heb.

'Nee, doe normaal. Hoe heb je –'

'En weet je, ik kwam toch zo'n leuke familiefoto tegen… Kijk.' Hij klikt weer en hoeft niet eens op het scherm te kijken. Zijn ogen glinsteren boosaardig terwijl hij mijn reactie peilt. 'Zo leuk. Dat zijn toch je ouders? Wie is dat lieve kleine zwartharige meisje? Is dat je nichtje? Nee... Het is best een oude foto.' Hij zorgt dat de foto zijn hele scherm vult.

Ik ben inmiddels roder dan een fokking aardbei. Natuurlijk ben ik het zelf, al geloof ik niet dat ik die foto ooit eerder heb gezien. Door de vage rij bomen op de achtergrond weet ik precies waar en wanneer hij genomen moet zijn. Ik was net acht geworden toen mijn ouders die nieuwe rijen hebben geplant op het westelijke veld. Het bedrijf begon toen echt te lopen, en dat verklaart de trotse glimlach van mijn ouders. Ik schaam me totaal niet voor de plek waar ik vandaan kom, maar iedereen die in de stad is opgegroeid, vindt het één grote grap. De meeste witteboordeneikels zoals Joshua vinden het schilderachtig en vertederend. Ze gaan ervan uit dat mijn familie uit simpele zielen bestaat, boerenpummels op een heuvel vol woekerende planten. Voor mensen als Joshua komen aardbeien uit de winkel, voorverpakt in plastic bakjes.

Op de foto lig ik als een veulentje aan mijn ouders' voeten. Ik draag een vieze korte tuinbroek vol vlekken en mijn pluizende zwarte haar is een vogelnest. Mijn patchwork bibliotheektas hangt om mijn schouders, en zit ongetwijfeld vol boeken over beste vriendinnen die ouderwetse paardenavonturen beleven. Een van mijn handen verdwijnt in een plant, de andere is gevuld met aardbeien. Ik ben rood van de zon, en misschien ook van een vitamine-C-overdosis. Misschien ben ik daarom wel zo klein. Ik kan best een groeistoornis hebben opgelopen.

'Weet je, ze lijkt heel veel op jou. Misschien moet ik dit linkje doorsturen naar iedereen bij B&G, om te vragen wie dit wilde kleine meisje zou kunnen zijn.' Hij zit bijna te trillen van de moeite die het kost om zijn lachen in te houden.

'Ik vermoord je.'

Op die foto lijk ik inderdaad volkomen verwilderd. Mijn ogen zijn lichter dan de lucht omdat ik tegen de zon in kijk en mijn best doe om breed te glimlachen. Die glimlach heb ik al mijn hele leven. Er komt een drukkend gevoel opzetten in mijn keel, iets branderigs in mijn neusholte.

Ik staar naar mijn ouders; ze zijn allebei nog zo jong. Op de foto staat mijn vader er kaarsrecht bij, maar telkens als ik naar huis ga is zijn rug weer iets meer gebogen. Ik werp een snelle blik op Joshua, en het lachen lijkt hem te vergaan. Voor ik kan bedenken waar ik ben en wie er tegenover me zit, prikken de tranen in mijn ogen.

Hij draait zijn scherm langzaam terug en neemt de tijd om zijn browser te sluiten, typisch zo'n mannetje dat ongemakkelijk wordt als hij een vrouw ziet huilen. Ik draai mijn stoel weg en kijk omhoog naar het plafond, alsof ik zo de tranen weer naar binnen kan laten lopen.

'Maar we hadden het over mij. Wat kan ik doen om meer op jou te lijken?' Iemand die ons nu zou afluisteren, zou vinden dat hij bijna vriendelijk klinkt.

'Misschien kun je proberen om niet zo'n klootzak te zijn,' fluister ik. In de weerspiegeling van het plafond rimpelt zijn voorhoofd. Nou dat weer. Bezorgdheid.

Onze computers maken een geluid: vergadering voor het hele personeel, over een kwartier. Met de muur als spiegel strijk ik mijn wenkbrauwen glad en werk ik mijn lippenstift bij. Met moeite dwing ik mijn haar in een lage knot met het elastiekje om mijn pols, en ik druk een verfrommelde tissue tegen mijn ooghoeken.

Het onuitgesproken woord 'heimwee' blijft door mijn hoofd spoken. 'Eenzaam'. Als ik mijn ogen weer opendoe, is Joshua opgestaan en ik weet dat hij mijn spiegelbeeld kan zien. Hij heeft het potlood in zijn hand.

'Wat?' snauw ik. Hij heeft gewonnen, hij heeft me aan het huilen gekregen. Ik sta op en pak een dossiermap. Hij doet hetzelfde en we schakelen naadloos over op het Spiegelspel. Allebei kloppen we twee keer zachtjes op de deur van onze eigen baas.

We worden gelijktijdig naar binnen geroepen.

Helene heeft het moeilijk met haar computer; ze is meer een typemachinevrouw. Voor ze hiernaartoe verhuisde, gebruikte ze die nog wel eens, en ik was dol op het ritmische geratel dat uit haar kantoor kwam. De typemachine staat nu in een van de kasten. Ze was bang dat Kleine Dikkepik haar zou uitlachen.

‘Hoi. Over een kwartier begint de algemene vergadering, weet je nog? In de grote vergaderkamer.’

Helene zucht diep en slaat haar filmsterrenogen naar me op. Ze zijn groot, donker en expressief, met weinig wimpers onder dunne wenkbrauwen. Op wat lichtroze lippenstift na kan ik geen spoor van make-up ontdekken.

Toen Helene zestien was verhuisde ze met haar ouders hierheen vanuit Frankrijk en hoewel ze nu begin vijftig is, klinkt ze nog steeds als een hese, spinnende poes. Helene heeft niet door dat ze elegant is, en daar wordt ze nog eleganter van.

Ze heeft een kort, strak kapsel. Haar kortgeknipte nagels zijn altijd zachtroze gelakt. Ze koopt haar kleren in Parijs, als ze op bezoek gaat bij haar bejaarde ouders in Saint-Étienne. Het simpele wollen truitje dat ze draagt kost waarschijnlijk meer dan drie volle karren met boodschappen.

Voor het geval het nog niet pijnlijk duidelijk was: ze is mijn idool. Door haar maak ik mijn ogen niet meer zo zwaar op. Als ik later groot ben, wil ik net zo worden als zij.

Haar favoriete woord is ‘schat’. ‘Lucy, schat,’ zegt ze nu, terwijl ze haar hand uitsteekt. Ik geef haar de dossiermap. ‘Is alles goed?’

‘Hooikoorts. Mijn ogen jeuken.’

‘Hm, dat is waardeloos.’

Ze scant de agenda. De meeste grotere vergaderingen bereiden we goed voor, maar de bijeenkomsten voor het hele personeel zijn een makkie omdat de afdelingshoofden het grootste deel van de tijd aan het woord zijn. De directeuren zijn er vooral bij om te laten zien dat ze betrokken zijn.

‘Dus Alan is vijftig geworden?’

‘Ik heb een taart besteld. Daar sluiten we mee af.’

‘Goed voor het moreel,’ zegt Helene afwezig. Ze opent haar mond, maar aarzelt dan en probeert haar woorden zorgvuldig te kiezen.

‘Bexley en ik zullen tijdens deze vergadering een mededeling doen. Die is heel belangrijk voor jou. Direct daarna praten we verder.’

Ik krijg een knoop in mijn maag. Ze gaan me ontslaan, ik weet het zeker.

'Nee, schat, het is goed nieuws.'

De vergadering verloopt volgens plan. Bij dit soort bijeenkomsten ga ik niet naast Helene zitten, ik meng me liever onder de troepen. Dat is mijn manier om iedereen eraan te herinneren dat ik deel uitmaak van het team, maar toch blijven ze op afstand. Zouden ze echt denken dat ik aan Helene doorbrief wie er een slechte dag heeft?

Joshua zit naast Kleine Dikkepik aan het hoofd van de tafel. Ze zijn geen van beiden geliefd en lijken opgesloten in een bubbel van onzichtbaarheid.

Alan wordt roze van genoegen als ik de taart tevoorschijn haal, en ik ben extra blij dat ik moeite heb gedaan voor de knorrige oude Bexley, die ergens in de ingewanden van de financiële afdeling rondhangt. Ik heb een fraai geglazuurd zoenoffer over het hek tussen de twee kampen gegooid. Zo doen wij Gamins dat. In Bexleystan vieren ze je verjaardag waarschijnlijk met een nieuwe batterij voor je rekenmachine.

De ruimte is overvol; de laatkomers hangen tegen de muren en zitten op de vensterbank. Het geroezemoes is oorverdovend vergeleken met de stilte op de tiende verdieping.

Joshua heeft de taartpunt voor zijn neus niet aangeraakt. Hij is niet zo'n snoeper, hij is zelfs niet echt een eter. Ik vul onze kantoorgrot met het geknars van ritmisch vermalen wortels en knappende happen appel. Zakjes popcorn en bakjes yoghurt verdwijnen in mijn bodemloze afgrond. De hele dag door werk ik krokante hapjes weg, terwijl Joshua het bij een paar pepermuntjes houdt. En hij is nota bene twee keer zo groot als ik. Hij is niet menselijk.

Toen ik de taart bekeek, kreunde ik hardop. Van álle dingen waarmee de bakker hem had kunnen versieren... Je raadt het al.

Joshua, een ervaren gedachtelezer, buigt naar voren en pakt een aardbei. Hij veegt het glazuur eraf en staart naar de ivoorkleurige klodder op zijn duim. Wat gaat hij doen? Aflikken? Afvegen aan zijn zakdoek met monogram? Hij moet zich bewust zijn van mijn gespannen verwachting, want hij slaat plotseling zijn ogen naar me op. Mijn gezicht begint te gloeien, en ik kijk weg.

Snel vraag ik aan Margery hoe haar zoon vordert op de trompet (traag) en aan Dean wanneer hij aan zijn knie wordt geopereerd (binnenkort). Ze zijn gevleid omdat ik me die dingen herinner en vertellen er glimlachend alles over. Het is waar dat ik altijd observeer, luister en onbelangrijke feitjes verzamel. Maar daar zit geen duivels plan achter, ik doe het vooral omdat ik een eenzame loser ben.

Ik praat bij met Keith over zijn kleindochter (groeit als kool) en met Ellen over de verbouwing van haar keuken (een nachtmerrie). De volgende woorden spelen steeds weer door mijn hoofd: *Nou jij weer, Joshua Templeman. Ik ben een schatje. Iedereen mag me graag. Ik hoor erbij. Jij bent helemaal alleen.*

Danny Fletcher van het team dat de omslagen ontwerpt, trekt mijn aandacht vanaf de overkant van de vergadertafel. 'Ik heb die documentaire gezien die je me hebt aangeraden.'

Ik pijnig mijn hersenen maar er komt niets boven. 'O, eh... welke ook weer?'

'Een paar vergaderingen geleden. We hadden het over een documentaire die je op History Channel had gezien, over Leonardo da Vinci. Ik heb hem gedownload.'

Ik babbel wat af, dat hoort bij mijn werk. Het is nooit bij me opgekomen dat mensen ook echt naar me luisteren. Ik probeer de ingewikkelde tekening in de kantlijn van zijn notitieblok stiekem te bekijken. 'Vond je het wat?'

'O, ja, nou. Hij was een soort supermens.'

'Helemaal mee eens. Ik ben zo'n sukkel die nog nooit iets heeft uitgevonden.'

Danny lacht, hard en helder. Ik laat zijn notitieblok voor wat het is en kijk hem aan. Dit is waarschijnlijk de eerste keer dat ik hem goed bekijk. Als ik de automatische piloot uitzet, voel ik tot mijn verrassing een kriebel in mijn buik. O. Hij ziet er eigenlijk best goed uit.

'Wist je dat ik binnenkort vertrek?'

'Nee, waarom?' De kleine flirterige bubbel in mijn buik knapt. Einde verhaal.

'Ik heb samen met een vriend een website ontwikkeld waarop je zelf dingen kunt publiceren. Over een paar weken vertrek ik. Dit is mijn laatste grote vergadering.'

'Wat jammer. Niet voor mij, maar voor B&G.' Zo subtiel als een verliefd schoolmeisje.

Laat het maar aan mij over om niet eens te merken dat er een leuke vent in de buurt is. Hij zit nota bene recht tegenover me, en nu gaat hij weg. Diepe zucht. De hoogste tijd om eens goed naar Danny Fletcher te kijken. Aantrekkelijk, slank en fit, met korte blonde krullen. Hij is niet zo groot, en dat vind ik wel prettig. Hij is een Bexley, maar een atypische. Hoewel zijn overhemd fris en glad is als een nieuw velletje papier heeft hij de mouwen opgerold. Zijn stropdas heeft een subtiel patroon van kleine schaartjes en klemborden.

'Leuke das.'

Hij kijkt omlaag en grijnst. 'Ik ben de hele dag aan het kopiëren en plakken.'

Ik werp een zijdelingse blik op zijn team. Dat bestaat vooral uit Bexleys, en ze kleden zich allemaal als begrafenisondernemers. Ik snap wel dat hij weggaat bij B&G, want we hebben de dufste ontwerpers van de hele planeet.

Ik bestudeer Danny's linkerhand. Zijn ringloze vingers tikken zacht op tafel.

'Mocht je ooit samen met iemand aan een uitvinding willen werken, dan sta ik tot je dienst.' Hij heeft een ondeugende glimlach.

'Je gaat niet alleen freelancen als uitvinder, ondertussen vind je ook nog het uitgeven in eigen beheer opnieuw uit?'

'Precies.' Zo te zien kan hij mijn slimme woordgrapje waarderen.

Nooit eerder heeft er iemand met me geflirt op het werk. Ik loer heimelijk naar Joshua. Hij zit met meneer Bexley te praten. 'Het zal lastig worden om iets uit te vinden wat de Japanners nog niet hebben bedacht.'

Daar denkt hij even over na. 'Zoiets als kleine dweiltjes die baby's aan hun handen en voeten kunnen dragen?'

'Zoiets. Heb je die kussens in de vorm van een mannenschouder gezien, waartegen eenzame vrouwen kunnen slapen?'

Over zijn hoekige kaak ligt een schaduw van zilverkleurige stoppeltjes, en zijn mond heeft iets wreeds als hij niet glimlacht. Maar dat doet hij nu wel en daarbij kijkt hij me diep in de ogen.

'Dat heb jij toch vast niet nodig?' Hij gaat zachter praten dan de mensen om ons heen. Zijn ogen schitteren, hij daagt me uit.

'Misschien wel.' Ik trek een treurig gezicht.

'Ik weet zeker dat je een menselijke vrijwilliger kunt vinden.'

Ik probeer het gesprek een andere kant op te sturen, maar het klinkt helaas alsof ik hem een oneerbaar voorstel doe. 'Misschien zou het inderdaad leuk zijn om iets uit te vinden.'

Helene veegt haar papieren bij elkaar en ik draai me met tegenzin om in mijn stoel. Joshua bedreigt me met zijn boze wenkbrauwen. Via hersengolven stuur ik een belediging terug, die hij blijkbaar binnenkrijgt want hij gaat rechtop zitten.

'Nog één ding voor we afsluiten,' zegt meneer Bexley. Helene probeert haar irritatie te verbergen. Ze vindt het afschuwelijk als hij net doet alsof hij in zijn eentje de vergaderingen voorzit.

'We willen jullie laten weten dat er iets gaat veranderen in het directieteam.' Helene neemt het naadloos van hem over en meneer Bexley drukt getergd zijn lippen op elkaar voor hij haar weer onderbreekt.

'We roepen een derde directiefunctie in het leven, voor een COO, ofwel een adjunctdirecteur algemene zaken.'

Joshua en ik schieten overeind alsof we een elektrische schok hebben gekregen.

'Het wordt een positie direct onder Helene en mij. We willen formeel iemand aannemen voor de dagelijkse gang van zaken, zodat wij als CEO's meer tijd hebben om ons op strategische onderwerpen te concentreren.'

Hij glimlacht flauwtjes naar Joshua, die nadrukkelijk naar hem knikt.

Helene vangt mijn blik en trekt betekenisvol haar wenkbrauwen op. Iemand geeft me een duwtje.

'De vacature wordt morgen gepubliceerd. De details vinden jullie op de werving-en-selectieportal en op internet.' Hij zegt het alsof internet een soort nieuwerwetse frats is.

'Zowel interne als externe kandidaten kunnen reageren.' Helene maakt een stapel van haar papieren en komt overeind.

Kleine Dikkepik doet hetzelfde, kiest nog een stuk taart en vertrekt. Helene loopt hoofdschuddend achter hem aan. Het lawaai barst direct weer los, en de taartdoos wordt over tafel getrokken. Joshua blijft even staan wachten bij de deur, maar als ik koppig blijf zitten sluipt hij weg.

'Volgens mij weet je wat je te doen staat,' zegt Danny.

Ik knik, slik diep en zwaai naar niemand in het bijzonder, te overdonderd om in stijl te vertrekken.

Als ik de vergaderkamer uit ben, trek ik een sprint en ik ren met twee treden tegelijk de trap op. Meneer Bexleys deur gaat juist dicht als ik Helenes kantoor binnenstuif. Ik kom slippend tot stilstand en duw de deur met een klap met mijn achterwerk dicht.

'Hoe lopen de lijnen?'

'Jij zou Josh' baas zijn, als dat je vraag is.'

Ik word overvallen door een gevoel van pure euforie. Joshua's BAAS. Hij zou precies moeten doen wat ik zeg, hij zou me zelfs met respect moeten behandelen. Ik doe het bijna in mijn broek van plezier.

'Dit moet bijna wel op een ramp uitlopen, maar ik wil dat jij die baan krijgt.'

'Een ramp?' Ik laat me in een stoel zakken. 'Waarom?'

'Jij en Josh werken niet goed samen. Water en vuur. Als je daar een dergelijke machtsfactor aan toevoegt...' Ze klakt bedenkelijk met haar tong.

'Maar ik kan die baan aan.'

'Natuurlijk, schat. En ik wil ook dat je hem krijgt.'

Ik word steeds enthousiaster terwijl we over de nieuwe rol praten. Er dreigt weer een reorganisatie, maar deze keer zal ik er direct bij betrokken zijn. Ik zal banen kunnen redden, in plaats van ze weg te bezuinigen. De verantwoordelijkheid is een stuk groter en ik zou flink meer salaris krijgen. Ik zou vaker naar mijn ouders kunnen. Een andere auto kopen.

'Je moet weten dat Bexley wil dat Josh de baan krijgt. We hebben er slaande ruzie over gehad.'

'Als Joshua mijn baas wordt zal ik ontslag moeten nemen.' Zonder na te denken flap ik het eruit. Het is precies wat iemand in een film zou zeggen.

'Des te meer reden voor ons om te zorgen dat jij het wordt, schat. Als het aan mij had gelegen, hadden we gewoon aangekondigd dat je een hogere functie had gekregen.'

Ik bijt op mijn duim. 'Maar hoe kan dit ooit een eerlijke procedure worden? Joshua en meneer Bexley zullen me op alle punten saboteren.'

'Daar heb ik over nagedacht. Een onafhankelijk team van recruiters voert de sollicitatiegesprekken. Jullie kunnen onder eerlijke omstandigheden met elkaar concurreren. En er zullen ook sollicitanten van buiten B&G zijn, en de lat ligt behoorlijk hoog. Ik wil dat je daarop voorbereid bent.'

'Reken maar.' Hoop ik.

'Een deel van het sollicitatiegesprek bestaat uit een presentatie. Daar moet je direct aan beginnen. Ze willen weten wat je ideeën zijn over de richting die B&G in de toekomst moet inslaan.'

Ik kan niet wachten om terug te gaan naar mijn bureau, ik moet mijn cv bijwerken. 'Vind je het erg als ik tijdens de lunchpauze aan mijn sollicitatiebrief werk?'

'Schat, het zal me een zorg zijn, al werk je er de hele dag aan tot je hem moet inleveren. Lucy Hutton, adjunctdirecteur van Bexley & Gamin. Klinkt goed, of niet?'

Ik grijns breed.

'Die baan is voor jou. Dat voel ik gewoon.' Helene doet of ze haar lippen dichtritst. 'Wegwezen. Ga ervoor.'

Ik ga achter mijn bureau zitten, log in en open mijn jammerlijk verwaarloosde cv. Ik sta in vuur en vlam voor deze nieuwe kans, alles is vandaag veranderd. Nou ja, bijna alles.

Ik merk pas dat er iemand over me heen gebogen staat als ik al een paar minuten bezig ben. Ik adem in. Pittige ceder. De gesp van zijn riem knipoogt naar me, maar ik blijf gewoon doortypen.

'Die baan is voor mij, Taartje,' zegt Joshua.

Om te voorkomen dat ik opsta om hem in zijn maag te stompen begin ik te tellen. Eén, twee, drie, vier...

'Grappig, dat is precies wat Helene net tegen mij zei.' Mijn bureau weerspiegelt zijn rug als hij zich terugtrekt, en ik zweer plechtig dat Joshua Templeman het belangrijkste spel dat we ooit zullen spelen gaat verliezen.

Hoofdstuk 4

Gebroken wit met een streepje deze vrijdag, en een groot rood kruis in mijn agenda. Ik durf er heel wat onder te verwedden dat er precies zo'n kruis staat in die van Joshua. We moeten onze sollicitatiebrieven inleveren.

Ik ben half doorgedraaid, zo vaak heb ik mijn sollicitatie al doorgelezen. Mijn obsessie voor mijn presentatie heeft het punt bereikt dat ik erover droom. Ik moet even afstand nemen. Ik sluit mijn computer af en kijk geïnteresseerd toe als Joshua hetzelfde doet. We zijn als schakers op elkaar ingespeeld. We vouwen onze handen. Ik heb het potlood nog steeds niet in actie gezien.

'Hoe gaat het met jou, kleine Lucy?' Zijn opgewekte toon en milde blik geven aan dat we begonnen zijn met een spel dat we bijna nooit spelen. Het heet 'Hoe gaat het met jou?' en het begint meestal alsof we elkaar niet haten. We gedragen ons als normale collega's die niet de neiging hebben om met hun handen in elkaars bloed te gaan zitten roeren. Het is beangstigend.

'Geweldig, bedankt, grote Josh. Hoe gaat het met jou?'

'Super. Even koffie halen. Wil jij thee?' Hij heeft zijn zware zwarte mok in zijn hand. Ik haat die mok.

Ik kijk omlaag; ik heb mijn rode mok met witte stippen al gepakt. Hij zal spugen in ieder drankje dat hij voor me meebrengt; denkt hij dat ik gek ben? 'Weet je, ik loop even met je mee.'

We marcheren doelbewust en met synchrone passen naar de keuken, links, rechts, links, rechts, als openbare aanklagers die aan het begin van *Law & Order* op de camera aflopen. Dat betekent dat ik bijna dubbel zo grote stappen moet nemen als normaal. Collega's onderbreken hun gesprekken en nemen ons argwanend op. Joshua en ik kijken elkaar aan en we ontbloten onze tanden. Hier moeten we beleefd blijven. Ons gedragen als het management.

'Ah-ha-ha,' doen we joviaal, als reactie op een zogenaamd grapje. 'Ah-ha-ha.'

We slaan een hoek om. Annabelle draait zich met een ruk om bij het kopieerapparaat en laat bijna haar papieren vallen. 'Wat is er aan de hand?'

Joshua en ik knikken haar toe en schrijden voort, verenigd in ons eindeloze spel om elkaar te overtroeven. Mijn korte gestreepte jurk wappert om me heen door de vrijkomende G-krachten.

'Mammie en pappie houden heel veel van jullie, kinders,' zegt Joshua zo zacht dat alleen ik hem kan horen. Voor de toevallige voorbijganger lijkt het of hij beleefd tegen me praat. Een paar hoofden duiken als stokstaartjes op boven de wanden van de hokjes met bureaus. Blijkbaar zijn we levende legendes. 'Soms zijn we het niet met elkaar eens en dan hebben we even ruzie. Maar jullie hoeven niet bang te zijn. Zelfs als we ruzien is het niet jullie schuld.'

'Het is gewoon iets voor grote mensen,' leg ik zachtjes uit aan de ongeruste gezichten die we passeren. 'Soms slaapt pappie een nachtje op de bank, maar dat is helemaal niet erg. We houden toch wel van jullie.'

Als ik in de keuken mijn theezakje in mijn mok doop overvalt de neiging om het uit te gieren me als een vloedgolf. Ik hou me vast aan de rand van het aanrecht en sta in stilte te schudden.

Joshua negeert me terwijl hij zijn koffie maakt. Een paar kilometer boven mijn hoofd doet hij een kastje open, en ik voel zijn lichaamswarmte centimeters van mijn rug. Het is als zonlicht. Ik was bijna vergeten dat andere mensen warm zijn. Ik ruik zijn huid. De neiging om te lachen trekt weg.

Ik heb geen enkel fysiek contact meer gehad sinds Angela, mijn kapster, ongeveer acht weken geleden mijn hoofd heeft gemasseerd. Ik beeld me in dat ik me tegen hem aan laat zakken en mijn hele lichaam ontspan. Wat zou hij doen als ik flauw zou vallen? Waarschijnlijk zou hij me gewoon op de vloer laten liggen. Hij zou me hooguit een duwtje geven met de neus van zijn schoen.

Een ander beeld komt bij me op. Joshua grijpt me vast, voorkomt dat ik val. Zijn handen om mijn middel, zijn vingertoppen diep in mijn huid.

'Wat ben je toch grappig,' zeg ik, als tot me doordringt dat ik al een tijdje niets heb gezegd. 'Zo ontzettend grappig.' Ik slik hoorbaar.

'Jij anders ook.' Hij loopt naar de koelkast.

Jeanette van personeelszaken verschijnt als een plomp, afgepeigerd spookje in de deuropening. Ze is niet onaardig, maar ze heeft het helemaal gehad met onze flauwekul.

'Wat is hier aan de hand?' Ze zet haar handen op haar heupen, tenminste, ik vermoed dat ze dat doet. Onder haar rinkelende Tibetaanse poncho, die ze moet hebben overgehouden aan haar laatste spirituele zoektocht, zit een figuur als een driehoek. Ze is een geboren Gamin.

'Jeanette! Ik ben koffie aan het maken. Kan ik je verleiden?' Joshua zwaait met zijn mok naar haar, maar ze maakt een geïrriteerd handgebaar. Ze koestert een diepe haat voor hem. Ze is een vrouw naar mijn hart.

'Ik kreeg een telefoontje, er zou hier een spoedgeval zijn. Ik kom voor scheidsrechter spelen.'

'Hoeft niet, Jeanette. Niks aan de hand.' Ik dompel mijn theezakje voorzichtig onder tot het water baksteenrood is.

Joshua gooit een eetlepel suiker in mijn mok. 'Jij mag nog wel wat zoeter.'

Ik lach geforceerd tegen een kastdeurtje en vraag me af hoe hij weet wat ik in mijn thee heb. Hoe kan hij ook maar íéts over me weten? Jeanette kijkt met bolle, wantrouwige ogen toe.

Joshua neemt haar goedmoedig op. 'We hadden iets warms nodig. Wat zijn de laatste nieuwtjes bij personeelszaken?'

'Je moet de twee ergste serieklagers van het bedrijf nooit alleen laten in dezelfde ruimte.' De hoek van haar poncho wijst naar de keuken.

'Dat wordt lastig. We zitten de hele dag samen in dezelfde ruimte. Ik breng tussen de veertig en vijftig uur per week door in het gezelschap van deze prachtvrouw. Helemaal zonder toezicht.' Hij klinkt vriendelijk, maar de subtekst bij zijn woorden is: *En nu opbokken.*

'Ik heb jullie bazen een paar adviezen gegeven,' zegt Jeanette dreigend. Haar subtekst is hetzelfde.

'Ach, binnenkort ben ik Lucinda's baas,' zegt Joshua, en ik kijk met een ruk naar hem op. 'Ik ben een professional, ik kan iedereen aansturen.'

Hij spreekt het woord 'iedereen' uit alsof hij wil suggereren dat ik zwakbegaafd ben.

'Eigenlijk ben ik binnenkort jóúw baas,' leg ik suikerzoet uit.

Jeanettes kleine handjes komen onder haar poncho uit. Ze wrijft in haar ogen en bederft haar mascara. 'Ik heb een fulltimebaan aan jullie tweeën,' zegt ze zacht en wanhopig.

Opeens voel ik me schuldig. Mijn gedrag is een aanstaand directielid onwaardig. Tijd om deze relatie te herstellen.

'Ik weet dat de communicatie tussen mij en meneer Templeman een beetje... gespannen is verlopen. Ik ben van plan dat probleem aan te pakken en meer te doen aan teambuilding binnen B&G.' Ik zet mijn beste gladde professionele stem op. Er verschijnen achterdochtige rimpels op haar gezicht en Joshua staart me doordringend aan.

'Ik heb een opzet gemaakt voor Helene, voor een middagje teambuilden met de mensen van bedrijfszaken, design, financiën en het management.' Dat is mijn nieuwste idee. Hoe fantastisch zal dat klinken tijdens mijn sollicitatiegesprek? Ontzettend fantastisch.

'Ik zet mijn naam er ook onder, om te laten zien dat ik er helemaal achter sta,' zegt Joshua, die misselijke kaper. Mijn pols begint te trillen, zo graag wil ik mijn hete thee in zijn gezicht gooien.

'Je hoeft je nergens druk over te maken,' zeg ik tegen Jeanette terwijl we allebei recht voor haar gaan staan. 'Het komt helemaal goed.' Haar poncho rinkelt gedeprimeerd als ze wegloopt.

'Als ik eenmaal jouw baas ben, dan ga ik je zo fucking hard afbeulen,' zegt Joshua met een ruwe, valse stem.

Ik kan hem nauwelijks bijhouden, maar zorg dat ik het voor elkaar krijg. Ik mors thee op het tapijt. 'Als ik jóúw baas ben, dan ga je alles doen wat ik zeg, en je zult er nog bij glimlachen ook.' Ik knik beleefd naar Marnie en Alan in het voorbijgaan.

We gaan als renpaarden de bocht om.

'Als ik jouw baas ben, dan krijg je na iedere drie foutjes in je financiële berekeningen een officiële waarschuwing.'

Binnensmonds mompelend, maar zo dat hij me nog net kan horen, zeg ik: 'Als ik jouw baas ben, dan word ik veroordeeld voor moord.'

'Als ik jouw baas ben, dan stel ik kledingvoorschriften voor het hele bedrijf in. Dan is het afgelopen met die bizarre retrokleertjes van jou. Ik heb al iets voor je omcirkeld in de catalogus voor bedrijfskleding. Een grijze overgooier.' Hij laat een pauze vallen voor het dramatische effect. 'Van polyester. Hij hoort tot over de knie te vallen, maar bij jou komt hij waarschijnlijk tot aan je enkels.'

Ik ben krankzinnig gevoelig als het over mijn lengte gaat en ik gruw van synthetische stoffen. Als ik mijn mond opendoe ontsnapt er een schattig dierlijk gegrom. Ik schiet naar voren en duw de glazen deur van de directieruimtes open met mijn heup.

'Dus dat moet er gebeuren voordat je niet meer op me geilt?' snauw ik.

Hij kijkt naar het plafond en zucht diep. 'Je hebt me door, Taartje.'

'O, en of ik je doorheb.' We hijgen allebei iets meer dan de situatie rechtvaardigt. Nadat we onze mokken hebben neergezet gaan we echt in de aanval.

'Ik zal nooit voor jou werken. Die polyester jurk komt er niet. Ik neem ontslag als jij de baan krijgt. Dat lijkt me vanzelfsprekend.'

Een fractie van een seconde lijkt hij oprecht verbaasd. 'O?'

'Alsof jij geen ontslag zou nemen als ik het word?'

'Dat weet ik nog niet zo zeker.' Hij neemt me met een indringende, onderzoekende blik op.

'Joshua, je moet ontslag nemen als ik die baan krijg.'

'Ik loop nooit ergens voor weg.' Zijn stem heeft iets hards en metaligs.

'Ik ook niet. Maar als je zo zeker weet dat je hem krijgt, waarom vind je het dan een probleem om te beloven dat je ontslag zult nemen?'

Daar staat hij even over te malen.

Ik wil dat hij mijn ondergeschikte wordt, dat hij me schichtig en nerveus observeert als ik zijn werk doorlees voor ik het verscheur. Ik wil hem op handen en knieën aan mijn voeten om de snippers op te rapen, excuses stamelend voor zijn incompetentie. Ik wil hem huilend in Jeanettes kantoor, omdat hij zichzelf wel kan slaan vanwege zijn eigen tekortkomingen. Ik wil hem zo zenuwachtig krijgen dat hij nooit meer uit de knoop komt.

'Oké. Afgesproken. Als jij die promotie krijgt, dan beloof ik dat ik ontslag neem. Je hebt die hitsige blik weer in je ogen,' voegt hij eraan toe voor hij zich omdraait en gaat zitten. Hij haalt zijn la van het slot, pakt zijn agenda en gaat driftig zitten bladeren. 'Ben je me weer mentaal aan het wurgen?'

Hij zet een lijntje met zijn potlood, een enkel recht streepje, voor hij merkt dat ik kijk. 'Waarom sta je zo te grijnzen?'

Ik geloof dat hij een streepje in zijn agenda zet als we ruzie hebben.

'Ik denk dat ik erin kruip.' Ik praat met mijn ouders terwijl ik de smurf die ik een paar weken geleden voor twee dollar op eBay heb gekocht voorzichtig schoonmaak met een babytandenborstel. *Law & Order* staat aan op de achtergrond, ze volgen op dit moment een vals spoor. Ik heb een wit kleimasker op mijn gezicht en de nagellak op mijn tenen is nog niet droog.

'Goed zo, smurfin,' juichen mijn ouders in koor, als een tweekoppig monster. Ze zijn er nog niet achter dat ze niet met hun wangen tegen elkaar gedrukt hoeven te zitten als we skypen. Of misschien weten ze het wel, maar vinden ze het gewoon te gezellig.

Pap is gevaarlijk bruin, behalve binnen de omtrek van zijn zonnebril. Dat geeft een soort omgekeerd panda-effect. Hij lacht en praat veel, dus de tand waarvan een stukje is afgebroken bij het spareribs eten is vaak te zien. Hij draagt een trui die hij al heeft sinds ik klein was, en daardoor krijg ik opeens belachelijk veel heimwee.

Mam kijkt nooit echt in de camera. Ze wordt afgeleid door het kleine previewvenstertje op het scherm waarin ze haar eigen gezicht kan zien. Ik denk dat ze haar rimpels zit te analyseren. Onze gesprekken krijgen er iets afstandelijks door, waardoor ik haar nog meer mis.

Haar lichte huid is niet bestand tegen het buitenleven, en waar pap bruin is geworden zit zij onder de sproeten. We hebben hetzelfde pigment, dus ik weet wat er gebeurt als ik de zonnebrand laat staan. De sproeten bespikkelen iedere vierkante centimeter van haar gezicht en armen, ze zitten zelfs op haar oogleden. Door haar helderblauwe ogen en zwarte haar, dat zoals altijd in een knot boven op haar hoofd zit, kijkt iedereen naar haar om, waar ze ook is. Pap is een slaaf van haar schoonheid. Dat weet ik zeker, want dat heeft hij tien minuten geleden letterlijk zo tegen haar gezegd.

'Joh, maak je niet druk. Je bent de grootste doorzetter die daar rondloopt, dat weet ik wel zeker. Je wilde voor een uitgeverij werken en dat is gelukt. En weet je wat? Wat er ook gebeurt, je bent en blijft altijd de baas van Sky Diamond Strawberries.' Pap heeft net uitvoerig alle redenen opgesomd waarom ik de baan moet krijgen.

'O, pap.' Ik lach om de emotionele bui te verbergen waar ik al sinds mijn blog-meltdown in aanwezigheid van Joshua last van heb. 'Mijn eerste daad als directeur wordt om jullie allebei een keer vroeg naar bed te sturen. Veel succes met Lucy Tweeënveertig, mam.'

Tijdens het eten heb ik de laatste tien blogs gelezen. Mijn moeder heeft een heldere, feitelijke schrijfstijl. Ik weet zeker dat ze op den duur een fantastische baan zou hebben gekregen als ze geen ontslag had genomen. Annie Hutton, onderzoeksjournalist. In plaats daarvan graaft ze nu de hele dag rottende planten uit, vult ze de kisten die afgeleverd moeten worden en speelt ze Frankenstein door hybride aardbeienvarianten te kweken. Persoonlijk vind ik het tragisch dat ze haar droombaan heeft opgegeven voor een man, hoe geweldig mijn vader ook mag zijn, en hoe prettig het ook is dat ik hier nu zit als resultaat van die beslissing.

'Ik hoop dat ze anders uitpakken dan Lucy Eenenveertig. Ik heb nog nooit zoiets gezien. Vanbuiten leken ze normaal, maar vanbinnen waren ze helemaal hol. Toch, Nigel?'

'Het waren een soort fruitballonnen.'

'Je gesprek gaat vast goed, lieverd. Ze weten binnen vijf minuten dat je bent gemaakt om boeken uit te geven. Ik herinner me nog goed dat je thuiskwam na dat schoolreisje. Je leek wel verliefd.' Mam krijgt een afwezige blik in haar ogen bij de herinnering. 'Ik weet precies hoe je je voelde. Net als ik, toen ik voor het eerst de drukkerij van een krant binnenstapte. Ik was direct verslaafd aan de geur van inkt.'

'Heb je op je werk nog steeds last van die Jeremy?' Pap weet inmiddels heel goed dat hij Joshua heet. Hij kiest er bewust voor om die naam niet te gebruiken.

'Joshua. Inderdaad. Hij haat me nog steeds.' Ik pak een handje cashewnoten en begin ze nogal agressief naar binnen te werken.

De verbijstering van mijn vader is vleiend. 'Onmogelijk. Wie kan jou nu haten?'

'Niemand,' vult mam aan terwijl ze de huid rondom haar ogen betast. 'Ze is klein en schattig. Niemand haat kleine schattige mensen.' Pap is het direct met haar eens en ze beginnen te praten alsof ik er niet bij ben.

'Een lievere meid dan zij bestaat niet. Julian heeft vast een minderwaardigheidscomplex. Of hij is zo'n seksist. Hij wil iedereen naar beneden halen om zichzelf beter te voelen. Een Napoleoncomplex. Een Hitlercomplex. Er is iets goed mis met die vent.' Hij telt Joshua's fouten af op zijn vingers.

'Klopt allemaal. Pap, plak eens een briefje op het scherm zodat ze zichzelf niet kan zien. Ze kijkt me niet eens aan.'

'Misschien is hij hopeloos verliefd op haar,' suggereert mam optimistisch terwijl ze voor het eerst recht in de camera kijkt. Ik krijg bijna een hartverzakking. Als ik een glimp van mijn eigen gezicht opvang lijk ik versteend van afgrijzen en verbijstering.

Pap barst uit in spottend gesnuif. 'Belachelijke manier om dat te laten merken dan. Door hem voelt ze zich ellendig op haar werk. Als ik hem ooit tegenkom dan mag hij flink door het stof. Hoor je me, Luce? Zeg dat hij normaal doet, of dat je vader anders in het vliegtuig stapt om een hartig woordje met hem te wisselen.'

Het idee dat ze elkaar zouden ontmoeten, is bizar. 'Ik zou niet te veel moeite doen, pap.'

Dat was het bruggetje waarop mam zat te wachten. 'Nu we het toch over vliegtuigen hebben, we zouden wat geld naar je kunnen overmaken voor een vliegticket. Zodat je op bezoek kunt komen? We hebben je al zo lang niet gezien. Het is eeuwen geleden, Lucy.'

'Het gaat niet om het geld, ik weet niet waar ik de tijd vandaan moet halen,' probeer ik te zeggen, maar ze beginnen allebei tegelijk tegen me te praten, een onverstaanbare combinatie van smeken, vleien en pleiten.

'Ik kom zo snel ik tijd kan vrijmaken, maar het kan nog even duren.

Als ik die baan krijg dan zal het behoorlijk druk worden. En zo niet...' Ik staar naar mijn toetsenbord.

'Wat dan?' Paps stem klinkt scherp.

'Dan moet ik iets anders gaan zoeken,' geef ik toe. Ik kijk op.

'Natuurlijk, dat kan niet anders. Je zou nooit voor die eikel van een Justin kunnen werken. Het zou fijn zijn als ze weer thuiskwam,' zegt pap tegen mam. 'De boekhouding klopt niet. We hebben extra hersencapaciteit nodig.'

Ik merk dat het gedoe over mijn baan mam dwars blijft zitten. Ze is erg op de centen en woont inmiddels al zo lang op de boerderij dat ze zich de stad voorstelt als een gruwelijk dure, overkokende metropool. Ze zit er niet ver naast. Ik verdien goed, maar nadat de bank mijn huur heeft opgeslokt, zit ik toch behoorlijk krap. Het idee dat ik misschien een huisgenoot zal moeten zoeken, bezorgt me de rillingen.

'Hoe moet ze...'

Pap maant haar tot stilte en wappert met zijn hand om iedere gedachte aan mijn mislukking als een rookwolkje weg te wuiven. 'Het komt wel goed. Die Johnny is degene die werkloos wordt en onder de brug moet slapen, niet zij.'

'Dat risico loopt ze toch niet echt?' piept mam gealarmeerd.

'Heb je het weer bijgelegd met die vriendin met wie je vroeger werkte? Valerie, was het toch?'

'Niet naar vragen, daar raakt ze overstuur van,' zegt mam bestraffend. Pap steekt zijn handen omhoog alsof hij zich overgeeft en kijkt naar het plafond.

Het is waar. Ik raak er overstuur van, maar ik hou mijn toon neutraal. 'Na de fusie heb ik nog een keer koffie met haar gedronken omdat ik het uit wilde leggen, maar zij is haar baan kwijtgeraakt en ik niet. Dat kon ze me niet vergeven. Ze zei dat een echte vriendin haar gewaarschuwd zou hebben.'

'Maar je wist het niet,' begint pap.

Ik knik. Dat klopt. Maar ik worstel nog steeds met de vraag of ik het niet op een of andere manier voor haar had moeten uitzoeken.

‘Haar vrienden begonnen net ook mijn vrienden te worden, en kijk nou eens. Ik kan weer opnieuw beginnen.’ Ik ben een sneue, eenzame loser.

‘Er zijn toch nog wel andere mensen op je werk met wie je bevriend kunt raken?’ zegt mam.

‘Niemand moet iets van me hebben. Ze denken dat ik hun geheimen aan de baas zal doorkleppen. Kunnen we het ergens anders over hebben? Ik heb deze week een leuk gesprek gehad met een man.’ Onmiddellijk heb ik spijt.

‘Oooooooo!’ doen ze samen. ‘Oooooooo!’ Er wordt een blik uitgewisseld.

‘Is hij aardig?’

Dat is altijd hun eerste vraag. ‘Jazeker. Heel aardig.’

‘Hoe heet hij?’

‘Danny. Hij werkt bij de ontwerpafdeling. We zijn nog niet samen uit geweest of zoiets, maar...’

‘Wat geweldig!’ zegt mam, op hetzelfde moment dat pap uitroept: ‘Het werd tijd!’

Hij legt zijn duim op de microfoon en ze beginnen tegen elkaar te zoemen, als speculerende horzels.

‘Zoals ik al zei: we zijn niet samen uit geweest. Ik weet niet zeker of hij dat wel wil.’ Ik denk aan Danny, aan zijn zijdelingse blik en krullende mondhoeken. Hij wil wel.

Pap praat soms zo hard in de microfoon dat het geluid vervormt. ‘Je moet hém vragen. Dat is toch veel beter dan tien uur vastzitten in dat kantoor en modder te gooien naar James? Vooruit, doe eens gek. Trek je rode feestjurk aan. De volgende keer dat we skypen wil ik horen dat je uit bent geweest.’

‘Mag je wel iets met een collega beginnen?’ vraagt mam. Pap kijkt haar misprijzend aan. Negatieve concepten en rampscenario’s interesseren hem niet. Maar ze heeft wel een punt.

‘Het mag niet, maar hij gaat weg. Hij gaat freelancen.’

‘Wat een leuke jongen,’ zegt mam tegen pap. ‘Ik heb een goed gevoel over hem.’

'Ik moet echt naar bed,' zeg ik. Ik gaap, en mijn kleimasker barst.

'Welterusten, lieverd,' zeggen ze in koor. Voor pap ophangt, hoor ik mam nog net droevig zeggen: 'Waarom wil ze nu niet naar huis –'

Eerlijk antwoord? Ze behandelen me alsof er een superster op bezoek komt, een doorslaand succes. Ze scheppen op een belachelijke manier over me op tegen hun vrienden. Als ik thuis ben, voel ik me een fraudeur.

Terwijl ik mijn gezicht afspoel probeer ik het schuldgevoel, omdat ik zo'n slechte dochter ben, te onderdrukken door te bedenken wat ik mee zou nemen als ik echt onder een brug moest gaan wonen. Slaapzak, mes, paraplu, yogamatje. Daar kan ik op slapen én ik kan yoga blijven doen om mezelf soepel te houden. Ik zou al mijn zeldzame smurfen in een viskoffer stoppen.

Het kopietje van Joshua's agenda ligt op mijn voeteneind. Tijd om de detective uit te hangen. Het is verontrustend dat iets van Joshua Templeman mijn slaapkamer is binnengedrongen, en een stemmetje in mijn hoofd fluistert: 'Stel je eens voor!' Ik leg het direct het zwijgen op.

Ik bestudeer het velletje papier. Die streepjes… Ik denk dat dat onze ruzies zijn. Ik maak een aantekening in de kantlijn. Zes ruzies op die dag, dat kan wel kloppen. Geen idee wat die schuine streepjes betekenen. En de kruisjes? Die doen me denken aan Valentijnskaarten en kusjes; twee dingen die totaal afwezig zijn in ons kantoor. Dit moet zijn dossier voor personeelszaken zijn.

Ik klap mijn laptop dicht en zet hem weg. Daarna poets ik mijn tanden en ik kruip in bed.

Joshua's steek onder water over mijn kleren – bizarre retrokleertjes – heeft me ertoe aangezet om mijn korte zwarte jurk op te diepen uit de kast. Die doe ik morgen aan, want hij is het tegenovergestelde van een grijze, enkellange overgooier. Mijn taille lijkt er slank in en mijn kont komt fantastisch uit. Als een kruising tussen Duimelijntje en Jessica Rabbit. Hij denkt dat hij verstand heeft van kleertjes? Hij zal steil achterover slaan.

Ukkies als ik komen vaak eerder snoezig dan sterk over, dus ik zet alle zeilen bij. Mijn dunne netpanty's zijn zo teer dat ze als een zacht raster op mijn benen liggen. Mijn rode hakken stuwen me op tot een duizelingwekkende één meter vijfenzestig.

Morgen gaan we het niet één keer over aardbeien hebben. Joshua Templeman zal zijn koffie door zijn neus naar buiten sproeien als ik binnenkom. Ik weet niet waarom ik wil dat hij dat doet, maar toch vind ik het belangrijk.

Wat een verwarrende gedachte om mee in slaap te vallen.

Hoofdstuk 5

De reden voor mijn droom is waarschijnlijk dat ik in slaap ben gevallen met zijn naam in mijn hoofd. Het is midden in de nacht, ik lig op mijn buik, met mijn wang in mijn kussen. Hij buigt zich over me heen, drukt zich tegen mijn rug, warm als zonlicht. Zijn stem is een hete fluistering in mijn oor terwijl zijn heupen tegen mijn billen schuren.

Ik ga je zo fucking hard afbeulen. Zo. Fucking. Hard.

Ik krijg een uitstekende indruk van zijn gewicht en afmetingen. Ik probeer me weer tegen hem aan te drukken om het nog een keer te voelen, maar hij mompelt bestraffend mijn naam en kruipt omhoog, zijn knieën schrijlings naast mijn heupen. Zijn vingertoppen strijken langs de zijkant van mijn borsten, en ik voel zijn adem als stoom in mijn nek. Ik krijg nauwelijks lucht. Hij is te zwaar, en ik ben te opgewonden. Gevoelige, vergeten delen van mijn lichaam komen tot leven. Ik klauw met mijn nagels in de lakens tot mijn vingers schrijnen.

Met een schok dringt het tot me door dat ik schunnig aan het dromen ben over Joshua Templeman, en ik blijf hangen op de grens van slapen en waken. Ik hou mijn ogen gesloten; ik moet weten wat mijn geest van plan is. Na een paar minuten zak ik weer weg.

Ik doe alles wat je wil, Lucinda. Maar je moet erom vragen.

Hij slaat het lome toontje aan dat hij soms gebruikt als hij op een bepaalde manier naar me kijkt. Alsof hij me door een gat in de muur heeft bekeken en precies weet hoe ik eruitzie, tot op mijn blote huid.

Ik draai mijn hoofd. Hij drukt zijn pols tegen mijn wang. De mouw van zijn overhemd hangt los, hij draagt geen manchetknopen. Ik zie een centimeter of drie van zijn arm; haar, aderen en spieren. Hij balt zijn hand tot een vuist, en mijn buik trekt samen bij de gedachte aan hoe hij zich zo laat meeslepen.

Ik kan zijn gezicht niet zien. Hoewel ik daarmee alles zou kunnen bederven draai ik me op mijn rug. Ik raak verstrikt in de lakens en dekens, zit klem tussen zijn armen en benen. Het dringt tot me door dat ik opgewonden ben, waarschijnlijk zelfs nat. Ik kijk in zijn heldere, donkerblauwe ogen en laat een theatrale zucht van afgrijzen ontsnappen. Bij wijze van antwoord lacht hij schor.

Ik ben bang dat je gelijk hebt. Hij ziet er niet erg berouwvol uit.

Het is heerlijk om bedolven te worden onder zoveel gewicht. Heupen en handen. Ik kronkel onder de droom-Joshua, merk dat hij een kreun probeert binnen te houden. Ik kom tot een schokkende ontdekking.

Je snakt naar me.

Ik zeg het hardop, het is een onbetwistbaar feit. Een kus op de kloppende ader in mijn kaak bevestigt wat ik al wist. Het is sterker dan gewone aantrekkingskracht; duisterder dan verlangen. Tussen ons bestaat iets meedogenloos, iets wat tot nu toe nooit een echte uitlaatklep had. De crèmekleurige lakens zijn gloeiend heet tegen mijn huid.

Ik maak je helemaal gek. Handen glijden over mijn lichaam, tasten rondingen af, openen knopen en trekken zomen los. Ik word afgepeld, geïnspecteerd. Tanden bijten, ik word opgegeten. Nooit eerder heeft iemand zo voor me in vuur en vlam gestaan. Ik ben beschamend opgewonden. Al ben ik degene die op haar rug ligt, de blik in zijn ogen bewijst dat ík dit spel aan het winnen ben. Ik probeer hem naar me toe te trekken zodat hij me zal kussen, maar hij blijft me plagend ontwijken.

Je hebt het altijd al geweten, zegt hij, en zijn stralende glimlach is de druppel. Trillend schiet ik wakker. Ik trek mijn hand weg van de band van mijn vochtige pyjama, en mijn gezicht gloeit in het donker van schaamte. Ik weet niet wat ik moet doen. Het karwei afmaken, of een koude douche nemen? Uiteindelijk blijf ik gewoon zo liggen.

De vorm van de zwarte jurk aan de voet van het bed heeft nu iets bedreigends, en ik blijf ernaar staren tot mijn ademhaling weer tot rust is gekomen. Ik kijk op mijn wekker. Ik heb nog vier uur om deze herinnering te onderdrukken.

Het is halfacht in de ochtend en vandaag is het overhemd crèmekleurig. Mijn spiegelbeeld in de liftdeuren bevestigt dat mijn regenjas langer is dan mijn jurk. Ik loop erbij als een dure callgirl die niets anders dan lingerie draagt onder haar jas en op weg is naar het penthouse van een hotel.

Ik moest vandaag met de bus. Het lukte me nauwelijks om van de stoeprand op de onderste tree te stappen zonder dat mijn ondergoed in beeld kwam, en toen de deur achter me dichtsloeg, wist ik dat ik een catastrofale beoordelingsfout had gemaakt. Dat werd nog eens bevestigd door het enthousiaste getoeter van een passerende vrachtwagen toen ik over de stoep naar B&G wankelde. Als de winkels op dit vroege tijdstip open waren geweest, dan was ik ergens een broek gaan scoren.

Ik kom hier wel doorheen; ik zal gewoon de hele dag moeten blijven zitten. De liftdeuren gaan open en natuurlijk zit Joshua al aan zijn bureau. Waarom moet hij altijd zo achterlijk vroeg op kantoor zijn? Gaat hij eigenlijk wel naar huis? Slaapt hij in zo'n lijkenhuiskoelkast in de kelder? Eerlijk gezegd zou hij mij dezelfde vragen kunnen stellen.

Ik had gehoopt dat ik een minuutje of twee alleen zou krijgen om me in te graven voor een lange dag stilzitten, maar er valt niet aan hem te ontsnappen. Ik verschuil me achter de kapstok en om tijd te winnen doe ik net of ik iets in mijn handtas zoek.

Als ik mezelf wijsmaak dat de jurk mijn grootste probleem is, kan ik de flashbacks van de droom van vannacht negeren. Hij kijkt op van zijn agenda, met een potlood in zijn hand, en blijft staren tot ik aanstalten maak om de riem van mijn regenjas los te maken. Het lukt me niet om daarmee door te gaan. Zijn ogen zijn nog blauwer dan in mijn droom, en zo te zien is hij druk bezig om mijn gedachten te lezen.

'Is het hier koud of zo?' Hij perst zijn lippen op elkaar en maakt cirkeltjes met zijn hand alsof hij wil zeggen: 'Schiet nou maar op.' Nadat ik mezelf met een diepe zucht schrap heb gezet, trek ik mijn jas uit en hang ik hem aan mijn speciale gecapitonneerde kleerhanger. De ruitjes van mijn netpanty schuren tegen mijn dijen terwijl ik naar de bureaus loop. Ik draag weinig meer dan een badpak.

Hij slaat zijn blik neer, en als hij naar zijn agenda kijkt maken zijn donkere wimpers halvemaanvormige schaduwen op zijn wangen. Zo maakt hij een jonge indruk, maar als hij opkijkt heeft hij de harde, onderzoekende blik van een man. Mijn enkels beginnen te wiebelen.

'Wauwie,' zegt hij lijzig, en hij zet een of ander teken met het potlood. 'Stomende date, Taartje?'

'Ja,' lieg ik automatisch.

Hij steekt het potlood achter zijn oor en zegt cynisch: 'Vertel me alles.'

Ik probeer mijn billen nonchalant op de rand van mijn bureau te parkeren. Het glas is koud tegen de achterkant van mijn bovenbenen. Het is een verschrikkelijke fout, maar ik kan nu niet meer opstaan, dan kom ik over als een idioot. We staren allebei naar mijn benen.

Ik kijk neer op mijn vuurrode hooggehakte schoenen. De tegels zijn zo glanzend gepoetst dat ik naar binnen kan kijken in mijn eigen jurk, en ik laat mijn haar voor mijn ogen vallen. Als ik me op die stomme jurk concentreer, vergeet ik misschien dat ik wil dat hij me aflikt, bijt, uitkleedt.

'Wat is er?' Voor één keer klinkt zijn stem normaal. 'Wat is er gebeurd?'

Ik pluk vaag aan een onregelmatig gevormde ruit op mijn dij. De droom is vast van mijn gezicht af te lezen. Mijn wangen beginnen te gloeien. Hij draagt het crèmekleurige overhemd, zijdezacht als de lakens waarover ik droomde. Wat is mijn onderbewustzijn toch pervers. Ik probeer oogcontact te maken, maar op het laatste moment durf ik niet meer en het lukt me om naar mijn stoel te sukkelen. Kon ik maar doorsukkelen tot ik weer thuis was.

'Hé.' Zijn stem klinkt nu scherper. 'Wat is er aan de hand? Zeg op.'

'Ik heb... gedroomd.' Het komt eruit op de toon waarop je meestal iets zegt als: 'Mijn oma is dood.' Ik ga op mijn stoel zitten en druk mijn knieën zo stevig tegen elkaar dat de botten kraken.

'Vertel eens waar die droom over ging.'

Ik staar naar het potlood in zijn hand, als een terriër die geobsedeerd is door de bewegingen van een mes en vork. We spelen Woordtennis. Wie als eerste geen antwoord kan bedenken verliest.

'Je gezicht is helemaal rood. Tot diep in je nek.'

'Zit me niet zo aan te gapen.' Natuurlijk heeft hij gelijk. In deze spiegelbal van een kantoor wordt het vanuit alle hoeken bevestigd.

'Gaat niet. Je zit precies in mijn blikveld.'

'Dan doe je maar wat beter je best.'

'Ik kom op kantoor niet vaak zulke dij-onthullende kleding tegen, wat een interessante keuze. In het handboek voor passende zakelijke kleding van personeelszaken –'

'Je kunt je ogen niet lang genoeg van mijn benen losrukken om dat handboek te raadplegen.' Het is waar. Hij kijkt naar de vloer, maar na een seconde glijdt het rode lampje van zijn laserblik weer via mijn enkel omhoog.

'Ik ken het uit mijn hoofd.'

'Dan weet je ook dat mijn dijen geen gepast gespreksonderwerp zijn. Als ik mijn polyester hobbezakjurk krijg, kun je ze vaarwel kussen.'

'Daar kijk ik naar uit. Naar mijn promotie, bedoel ik, niet naar je dijen. Laat maar.'

'Had je gedroomd, creep.' Ik tik mijn wachtwoord in. Het vorige is verlopen, en op dit moment ga ik voor STERF-JOSH-STERF! 'En die baan is voor mij, niet voor jou.'

'Met wie heb je die date?'

'Een man.' Ik zal er tussen nu en het eind van de werkdag ergens eentje moeten opscharrelen. Als het moet, huur ik er wel een, ik bel gewoon een modellenbureau en vraag om de vangst van de dag. Hij kan me voor de deur van B&G in een limousine ophalen, en Joshua zal als een vis naar adem happen.

'Hoe laat ga je?'

'Zeven uur,' gok ik.

'Waar ga je met hem naartoe?' Hij maakt langzaam een krabbel met zijn potlood. Een X? Een schuine streep? Ik zou het niet kunnen zeggen.

'Je bent wel erg geïnteresseerd. Waarom?'

'Onderzoek heeft uitgewezen dat het goed is voor het moreel als managers voorwenden dat ze geïnteresseerd zijn in het privéleven van hun personeel, want dat geeft de mensen het gevoel dat ze gewaardeerd worden. Ik ben aan het oefenen omdat ik straks je baas ben.' De vreemde intensiteit van zijn blik is in tegenspraak met zijn professionele riedel. Hij vindt deze hele situatie enorm fascinerend.

Ik trakteer hem op mijn beste vernietigende blik. 'We gaan iets drinken in die sportbar aan Federal Avenue. En jij wordt nooit mijn baas.'

'Wat een ongelooflijk toeval. Daar ga ik vanavond naar de wedstrijd kijken. Om zeven uur.'

Mijn gewiekste leugen was een tactische fout. Ik neem hem onderzoekend op, maar kan niet bepalen waar zijn gezicht eindigt en de leugen begint.

'Misschien zie ik je daar wel,' vervolgt hij. Hij is een duivel.

'Ja, zou best kunnen.' Ik zeg het zo verveeld mogelijk, zodat hij niet merkt dat ik tegelijkertijd panisch en woedend ben.

'Nog even over die droom. Die ging over een man, of niet?'

'O, ja, inderdaad.' Hoewel ik ze geen toestemming heb gegeven glijden mijn ogen over Joshua's lichaam. Ik geloof dat ik de vorm van zijn sleutelbeen kan onderscheiden. 'Het was ontzettend erotisch.'

Na een korte aarzeling schraapt hij zijn keel en hij zegt zwakjes: 'Ik denk dat ik een e-mail aan Jeanette moet schrijven.' Hij probeert weinig overtuigend de indruk te wekken dat hij zit te typen, maar kijkt niet eens naar zijn scherm.

'Zei ik erotisch? Ik bedoelde esoterisch. Die dingen haal ik altijd door elkaar.'

Hij knijpt zijn ogen halfdicht. 'Dus je droom was... mysterieus?'

Alles of niks. Het is tijd om een gokje te nemen met de menselijke leugendetector.

'Hij zat vol symboliek en verborgen betekenissen. Ik was verdwaald in de tuin, en daar was een man. Iemand met wie ik een heleboel tijd doorbreng, maar deze keer leek hij wel een vreemde.'

'Ga door,' zegt Joshua. Het is vreemd om met hem te praten nu hij dat masker van verveling heeft afgezet.

Zo elegant als ik kan, sla ik mijn benen over elkaar. Zijn blik schiet onder mijn bureau en daarna weer terug naar mijn gezicht.

'Ik droeg alleen een laken,' zeg ik vertrouwelijk. Dan laat ik een stilte vallen. 'Dit blijft toch tussen ons?'

Hij knikt als gehypnotiseerd en ik geef mezelf in gedachten een high five omdat ik Woordtennis heb gewonnen.

Ik moet dit moment zien te rekken; zo vaak ben ik niet in het voordeel. In de spiegelende muur stift ik mijn lippen. De kleur, Vlammenwerper, is mijn handelsmerk. Verdorven, gewelddadig, giftig. De kleur van doorgesneden polsen. *Zo rood als de onderbroek van Satan*, volgens mijn vader. Ik heb zoveel van die lippenstiften dat ik er binnen een straal van een meter altijd een kan pakken. Ik ben zwart-wit, maar dankzij Vlammenwerper kan ik in Technicolor voor de dag komen. Ik leef in angst voor de dag dat de kleur uit de handel wordt genomen, vandaar dat gehamster.

'Ik loop dus door die tuin en die man is achter me.' Vandaag ben ik een pathologische leugenaar. Dat is wat Joshua Templeman met me doet.

'Recht achter me. Zeg maar tegen me aan. Hij drukt zich tegen mijn kont.' Ik sta op en om mijn punt te maken geef ik mezelf een harde klap op mijn billen. Het klinkt alsof het waar is, en voor een groot deel is dat ook zo. Joshua knikt traag en slikt diep terwijl zijn blik weer afglijdt langs mijn jurk.

'Ik geloof dat ik zijn stem herken.' Ik blijf een halve minuut zwijgen, hap mijn lippen af en hou het zakdoekje omhoog om de hartvormige vlek te bewonderen voor ik het verfrommel en in de vuilnisbak naast mijn voeten gooi. Ik breng een volgende laag aan.

'Moet je dat altijd twee keer doen?' Joshua raakt geïrriteerd door mijn pompeuze verteltechniek. Zijn vingernagels tikken ongeduldig op het bureau.

Ik knipoog. 'Ik wil toch niet dat het eraf gaat bij het zoenen?'

'Met wie heb je die date eigenlijk? Hoe heet hij?'

'Gewoon, een man. Je verandert trouwens van onderwerp, maar dat geeft niet. Sorry dat ik je verveel.' Ik ga zitten en tik op mijn muis tot mijn computer zoemend tot leven komt.

'Nee, nee,' zegt Joshua benauwd, alsof hij geen lucht krijgt. 'Ik verveel me helemaal niet.'

'Oké, dus ik ben in die tuin en... alles reflecteert. Alsof er overal spiegels zijn.'

Hij knikt. Zijn elleboog schuift naar voren over zijn bureau, zijn kin ligt in zijn hand. Langzaam rolt zijn stoel steeds verder naar achteren.

'En ik...' Ik aarzel en kijk hem aan. 'Laat maar.'

'Wat?' Hij blaft zo hard dat ik centimeters omhoog schiet in mijn stoel.

'Ik vraag: "Wie ben je? Waarom verlang je zo naar me?" En toen hij me vertelde hoe hij heette, was ik zo geschokt...'

Joshua bungelt reddeloos aan de lijn van mijn hengel, een spartelende, glinsterende vis met de haak stevig door zijn lip. De lucht tussen ons in trilt voelbaar door de spanning.

'Kom eens hier, dit moet ik fluisteren,' mompel ik. Ik werp een steelse blik naar links en naar rechts, al weten we allebei heel goed dat er kilometers in de omtrek niemand is.

In een reflex schudt Joshua zijn hoofd en ik kijk naar zijn schoot. Hij is niet de enige die onder een bureau kan staren.

'O.' Ik denk gevat te zijn, maar tot mijn verbijstering wordt hij vuurrood. Joshua Templeman is opgewonden in mijn aanwezigheid. Waarom wil ik hem nu nog harder pesten?

'Ik kom wel naar jou toe om het te zeggen.' Ik zet mijn computer in de slaapstand.

'Hoeft niet.'

'Ik moet dit kwijt.' Ik loop langzaam naar hem toe en leg mijn handen op de rand van zijn bureau. Hij kijkt zo gekweld naar mijn netpanty's dat ik bijna medelijden krijg.

'Dit is niet professioneel.' Hij kijkt naar het plafond om inspiratie op te doen en krijgt een ingeving. 'Personeelszaken.'

'Is dat ons codewoord? Oké.' Het fluorescerende licht maakt hem ergerlijk gezond en goudkleurig. Zijn huid is glad en gaaf, maar er ligt een dun laagje zweet op zijn voorhoofd.

'Je bent een beetje klam.' Ik pak de post-its van zijn bureau en druk langzaam een dikke kus op het bovenste briefje. Ik trek het los en plak het midden op zijn beeldscherm. 'Ik hoop niet dat je iets onder de leden hebt.'

Ik loop naar de keuken. De wielen van zijn stoel maken een amechtig geluid.

Doe eens gek.

Danny's hokje is kaal en nogal chaotisch. Overal staan verhuisdozen en liggen stapels papier en dossiermappen.

'Hoi!'

Hij komt met een ruk overeind en maakt een grillige grijze vlek op de auteur aan wie hij in Photoshop zit te werken. Lekker handig, Lucy.

'Sorry. Ze zouden me een belletje moeten omdoen.'

'Nee, geeft niet. Hoi.' Hij maakt de vlek ongedaan, slaat de foto op en draait zijn stoel. Zijn blik glijdt bliksemsnel van boven naar beneden over mijn lichaam, en blijft een paar seconden te lang hangen bij de zoom van mijn rok.

'Hi. Ik vroeg me af of je al een uitvinding had bedacht waar we samen aan kunnen beginnen?'

Ik kan bijna niet geloven hoe brutaal ik ben, maar ik bevind me in een wanhopige situatie. Mijn trots staat op het spel. Vanavond moet er iemand naast me op een barkruk zitten, anders lacht Joshua zich een ongeluk.

Hij glimlacht breed. 'Ik heb een half afgemaakte tijdmachine waar je even naar zou kunnen kijken.'

'Die zijn meestal niet zo ingewikkeld. Daar kan ik je wel bij helpen.'

'Noem je tijd en plaats.'

'De sportbar aan Federal? Vanavond, zeven uur?'

'Klinkt perfect. Hier, dit is mijn telefoonnummer.' Onze vingers raken elkaar als hij het me geeft. Kijk nou toch. Wat een lieve jongen. Waar heeft hij al die tijd gezeten?

'Ik zie je vanavond. Breng, eh... breng de blauwdrukken maar mee.' Ik zwalk tussen de hokjes door en neem de trap naar de bovenste verdieping terwijl ik mentaal het stof van mijn handen klop.

Tijd om aan het werk te gaan. Ik laat me in mijn stoel vallen en begin aan het voorstel voor de teambuildingactiviteit. Onderaan maak ik twee vakjes voor de handtekeningen en nadat ik de mijne heb gezet, gooi ik het voorstel in Joshua's bakje voor inkomende post. Er gaan twee volle uren voorbij voor hij het zelfs maar oppakt, en als het eenmaal zover is, kijkt hij er ongeveer vier seconden naar. Hij zet er zijn krabbel onder en legt het zonder het verder nog een blik waardig te keuren bij de uitgaande post. Hij is de hele middag al in een eigenaardige stemming.

Ik maak een tentje van mijn vingers en begin aan het Staarspel. Het duurt een minuut of drie, maar dan slaakt hij uiteindelijk een zucht en hij sluit zijn scherm af. We kijken elkaar zo diep in de ogen dat we samen in een duister 3D-computeruniversum verzeild raken; hier is niets anders dan een groen raster en stilte.

'Dus. Nerveus?'

'Waarom zou ik nerveus zijn?'

'Je grote date, Taartje. Het is alweer even geleden. Zo lang als ik je ken, geloof ik.' Hij maakt aanhalingstekens in de lucht bij 'grote date'. Hij weet zeker dat het allemaal gelogen is.

'Ik ben veel te kieskeurig.'

Hij drukt zijn vingertoppen zo hard tegen elkaar dat het pijn moet doen. 'Is dat zo?'

'Het aanbod van geschikte mannen is hier zo ontzettend schraal.'

'Dat is niet waar.'

'Zoek je zelf een geschikte man?'

'Ik... Nee, hou op.'

'Je hebt gelijk.' Een fractie van een seconde dwaalt mijn blik af naar zijn mond. 'Ik heb eindelijk iemand gevonden in deze godvergeten gribus. De man van mijn dromen.' Ik trek veelbetekenend mijn wenkbrauwen op.

Hij legt moeiteloos het verband met ons gesprek van eerder deze ochtend. 'Dus je droom ging wel degelijk over iemand met wie je werkt.'

'Ja. Hij gaat binnenkort weg bij B&G, dus misschien moet ik zelf het initiatief nemen.'

'Je lijkt wel heel zeker van je zaak.'

'Ja.' Ik kan me niet herinneren wanneer hij voor het laatst met zijn ogen heeft geknipperd. Ze zijn donker en eng.

'Daar is je seriemoordenaarsblik weer.' Ik sta op en haal mijn voorstel uit zijn bakje. 'Ik zorg dat je een kopie krijgt voor Kleine Dikkepik. Verpest dit niet voor me, Joshua. Je hebt niet het flauwste benul van teambuilding. Laat dit aan een expert over.'

Als ik terugkom kijkt hij iets minder dreigend, maar zijn haar zit in de war. Hij pakt het document, waar ik een stempel met KOPIE op heb gezet, van me aan. Hij bekijkt het, en ik kan precies zien wanneer het idee bij hem opkomt. Het is zo'n zelfde schokje als waarmee een vos tot stilstand komt, vlak voor hij zich door het openstaande hek van een kippenhok naar binnen wurmt. Met fonkelende ogen kijkt hij naar me op. Hij bijt op zijn onderlip en aarzelt.

'Wat je ook van plan bent, niet doen.'

Hij pakt zijn pen en schrijft iets onder aan het vel papier. Ik probeer het te lezen, maar hij gaat staan en houdt het zo ver omhoog dat een van de hoeken het plafond raakt. In deze jurk kan ik het risico niet nemen om op mijn tenen te gaan staan.

'Het is gewoon onweerstaanbaar.' Hij loopt om zijn bureau heen en tikt even met zijn duim onder mijn kin als hij me passeert.

'Wat heb je gedaan?' roep ik naar zijn rug als hij meneer Bexleys kantoor binnengaat. Wrijvend over mijn kin schiet ik dat van Helene binnen.

'Mee eens,' zegt ze als ze het voorstel opzijschuift. 'Dit is een goed idee. Viel het jou ook op dat de Gamins en de Bexleys allemaal bij hun eigen groep gingen zitten tijdens de vergadering? Ik heb er genoeg van. Sinds de planningsdag voor de fusie hebben we niets meer met het hele team gedaan. Ik ben aangenaam verrast dat jij en Joshua zo dicht bij elkaar zijn gekomen.'

Ik hoop dat mijn rare brein die laatste onsmakelijke zin van haar niet opslaat.

'We proberen het bij te leggen.' Geen spoor van een leugen in mijn stem.

'Ik zal het met Bexley bespreken, tijdens het gladiatorengevecht van vier uur. Hoe wil je het precies aanpakken?'

'Ik heb een plek voor bedrijfsuitjes gevonden, op maar vijftien minuten van de snelweg. Zo'n tent met whiteboards op alle muren.'

'Klinkt duur.' Helene trekt een gezicht, maar dat had ik al voorzien.

'Ik heb het doorgerekend. Er is nog trainingsbudget voor dit financiële jaar.'

'En wat gaan we doen tijdens dit bedrijfsbrede liefdesfeest?'

'Ik heb al een paar teambuildingactiviteiten bedacht. We doen het zo dat iedereen bij alles aan de beurt komt, en we delen de teams steeds opnieuw in. Ik wil de dag graag coördineren, want ik ben van plan om voor altijd een eind te maken aan de oorlog tussen de Bexleys en de Gamins.'

'Mensen hebben een bloedhekel aan groepsactiviteiten,' merkt Helene op.

Daar kan ik niets tegen inbrengen. Het is een waarheid die iedereen, waar ook ter wereld, zal onderschrijven: werknemers in het bedrijfsleven zijn eerder bereid om rattenlijkjes te eten dan om in groepjes te werken. Ik weet wel wat ik zelf zou kiezen. Maar totdat het aanbod voor teambuildingssessies sterk verbetert zal ik het hiermee moeten doen.

'Aan het eind van de dag is er een prijs voor de deelnemer die de meeste moeite heeft gedaan en de grootste bijdrage heeft geleverd.' Ik laat een stilte vallen voor het effect. 'Een doorbetaalde vrije dag.'

'Goeie,' zegt ze grinnikend.

'Maar Joshua loopt ergens op te broeden,' waarschuw ik.

Ze knikt.

Stipt om vier uur gaat ze het Colosseum binnen. Zoals altijd kan ik ze tegen elkaar horen schreeuwen.

Om vijf uur komt Helene uit meneer Bexleys kantoor en ze loopt geïrriteerd door naar mijn bureau. 'Josh,' spuugt ze over haar schouder, met een stem waar de weerzin vanaf druipt.

'Mevrouw Pascal, hoe gaat het met u?' Boven zijn hoofd zweeft een aureool.

Ze negeert hem. 'Schat, het spijt me. We hebben een muntje opgegooid en ik heb verloren. Het wordt Josh' idee voor teambuilding. Hoe noemen ze dat gedoe? Verfbal?'

Godsamme, nee toch. 'Dat stond toch niet in het voorstel? Ik kan het weten; ik heb het zelf geschreven.'

Joshua glimlacht bijna, het is of er een hologram voor zijn gezicht wordt geprojecteerd, in trillende golven komt het naar buiten. 'Ik heb de vrijheid genomen om meneer Bexley een alternatief voor te leggen. Paintball. Dat heeft zich bewezen als een effectieve activiteit om tot elkaar te komen. Frisse lucht, fysiek bezig zijn...'

'Verwondingen en schadeclaims,' werpt Helene tegen. 'Peperduur.'

'Mensen zijn best bereid om zelf twintig dollar te lappen als ze met verf op hun collega's mogen schieten,' verzekert hij haar terwijl hij naar mij blijft staren. 'Het kost het bedrijf geen cent. We laten ze een verklaring tekenen waarin staat dat ze het op eigen risico doen. We verdelen ze in groepjes.'

'Schat, hoe kun je nu aan teambuilding doen door mensen een geweer te geven en ze in groepen tegen elkaar op te zetten?'

Terwijl zij zogenaamd beleefd staan te bekvechten, kook ik vanbinnen. Hij heeft mijn initiatief gekaapt en er iets plats en kinderachtigs van gemaakt. Wat een ontzettende Bexley-streek.

'Misschien gaan mensen wel onverwachte bondgenootschappen aan,' zegt hij tegen Helene.

'In dat geval wil ik dat jullie samen spelen,' zegt Helene schalks, en ik kan haar wel omhelzen. Hij kan zijn eigen teamgenoot moeilijk afknallen.

'Zoals ik al zei: onverwachte bondgenootschappen. Maar goed, laten we zorgen dat Lucinda niet al oververhit raakt voordat haar stomende date begint.'

'O, echt, Lucy?' Helene tikt op mijn bureau. 'Een date! Ik wil morgen een volledig verslag, schat. En kom maar wat later als je wilt. Je werkt te hard. Doe eens gek.'

Hoofdstuk 6

Om halfzeven begin ik met mijn voeten te wiebelen.

'Kom je niet te laat?'

'Bemoei je met je eigen zaken.' Verdomme, gaat hij dan nooit weg? Hij heeft al een elfurige werkdag gedraaid en lijkt nog steeds fris als een hoentje. Zelf wil ik het liefst plat op mijn gezicht op bed gaan liggen.

'Je zei toch zeven uur? Hoe kom je daar?'

'Taxi.'

'Maar ik ga toch die kant op. Ik kan je een lift geven. Ik sta erop.' Tijdens deze hele uitwisseling is Joshua's gezicht een toonbeeld van geamuseerde vriendelijkheid. Hij zit te wachten tot ik zal opbiechten dat ik heb gelogen. Het is een goed gevoel om Danny als een aas in mijn mouw te hebben.

'Prima. Jij je zin.' Mijn vlammende woede over de roof van mijn bedrijfsuitje is langzaam uitgedoofd tot een hoopje as. Het begint allemaal langzaam uit de hand te lopen.

Met mijn toilettas in mijn hand ga ik naar het damestoilet. Mijn voetstappen galmen door de lege gang. Ik heb in geen tijden een date gehad, daar heb ik het veel te druk voor. Ik werk, ik haat Joshua Templeman en ik slaap; voor andere dingen heb ik geen tijd.

Joshua kan niet geloven dat iemand tijd zou willen doorbrengen in mijn gezelschap; hij vindt me een weerzinwekkende kleine heks. Voorzichtig teken ik met eyeliner een paar beschaafde kattenogen. Ik veeg mijn lippenstift weg tot mijn lippen alleen nog wat roder zijn dan normaal. Ik spuit een beetje parfum in mijn bh, en geef mezelf een knipoog en een peptalk.

Ik doe de lange oorbellen die in het zijvakje van mijn toilettas zitten in. Recht van kantoor naar de kroeg, het lijkt wel zo'n artikel uit een tijdschrift. Ik ben mijn bh nog aan het rechttrekken als ik bij de deur van het toilet op Joshua bots. Hij heeft mijn jas en mijn tas bij zich. Het is schokkend om contact te maken met zijn lichaam.

Hij kijkt me bevreemd aan. 'Waarom doe je dit allemaal?'

'Gossie, bedankt.' Ik steek mijn hand uit en hij hangt mijn tas om mijn arm. Hij houdt mijn jas omhoog en drukt op het knopje van de lift.

'Dus ik krijg eindelijk je auto te zien.' Ik probeer de stilte te doorbreken. Eigenlijk is dat zenuwslopender dan het vooruitzicht om met Danny naar de kroeg te gaan. Samen opgesloten zitten in zo'n kleine ruimte. Hebben Joshua en ik al eerder naast elkaar gezeten? Ik betwijfel het.

'Ik vraag me al zo lang af in wat voor auto je rijdt. Ik denk dat je een Volkswagen Kever hebt. Zo'n roestige witte, net als Herbie.'

'Doe nog maar een gokje.' Hij heeft mijn jas nog steeds in zijn handen en frutselt aan de mouw. Tegen zijn lichaam lijkt het net een kinderjasje, het is een meelijwekkend gezicht. Ik steek mijn hand uit, maar hij negeert me.

'Mini Cooper, vroege jaren tachtig. Kermitgroen. De stoel kan niet naar achteren, dus je zit met je knieën aan twee kanten van het stuur.'

'Wat heb je toch een levendige fantasie. Jij rijdt in een Honda Accord uit 2003. Ontzettende teringbende vanbinnen. Chronische versnellingsbakproblemen. Als die auto een paard was, zou je het doodschieten.'

De lift is boven en ik stap voorzichtig naar binnen.

'Je bent een veel betere stalker dan ik.' Er trekt een rilling van angst over mijn rug als hij met zijn grote duim op de K drukt. Met een dreigende, intense blik kijkt hij op me neer. Hij is beslist iets van plan. Misschien vermoordt hij me wel daarbeneden, en eindigt mijn lijk in een vuilcontainer. De rechercheurs zullen na één blik op mijn netpanty's en zware oogmake-up aannemen dat ik een hoer ben. Ze zullen het verkeerde spoor volgen. Ondertussen zet Joshua kalmpjes zijn schoenen in de chloor om mijn DNA eraf te krijgen en smeert hij een boterham voor zichzelf.

'Seriemoordenaarsogen.' Ik wou dat ik niet zo bang klonk. Hij kijkt over mijn schouder naar zijn weerspiegeling in de glanzende muur van de lift.

'Ik zie wat je bedoelt. En jij kijkt weer zo hitsig.' Hij laat zijn vinger dramatisch over de knoppen van de lift glijden.

'Echt niet, dit is míjn seriemoordenaarsblik.'

Hij laat een diepe zucht ontsnappen en drukt op de noodknop. We komen sidderend tot stilstand.

'Vermoord me alsjeblieft niet. Er hangt hier vast een camera.' Angstig zet ik een stap naar achteren.

'Dat betwijfel ik.' Hij torent hoog boven me uit. Hij heft zijn hand op en ik probeer mijn gezicht met mijn armen te beschermen alsof we in een goedkope horrorfilm spelen. Dit is het dan. Hij gaat me wurgen. Hij is krankzinnig geworden.

Hij tilt me bij mijn middel op en zet me met mijn billen op een leuning die me nooit eerder is opgevallen. Mijn armen komen neer op zijn schouders en mijn jurk schuift omhoog tot boven aan mijn dijen. Als hij omlaagkijkt maakt hij een geluid alsof híj degene is die gewurgd wordt.

'Zet me neer. Dit is niet grappig.' Mijn bungelende voeten draaien hulpeloze cirkeltjes. Dit is niet voor het eerst dat iemand die groter is daar misbruik van maakt. Marcus DuShay gooide me in de eerste ooit boven op de kofferbak van de auto van de directeur en rende lachend weg. Dat is het lot van kleine mensen. Er is geen waardigheid voor ons in deze reuzenwereld.

'Kom eens heel even hierboven op bezoek.'

'Waarom in godsnaam?' Ik probeer me naar beneden te laten glijden, maar hij klemt zijn handen om mijn middel en drukt me tegen de wand. Ik knijp in zijn schouders, en kom tot de onderbouwde conclusie dat er extravagante spierbundels schuilgaan onder die Clark Kent-overhemden.

'Shit.' Zijn sleutelbeen lijkt wel een koevoet onder mijn handen. Als een idioot zeg ik het enige wat ik kan bedenken. 'Spieren. Botten.'

'Bedankt.'

We zijn allebei enorm buiten adem. Als ik me tegen hem aan druk om in evenwicht te blijven, slaat hij zijn hand om mijn kuit.

Hij legt zijn hand op mijn wang en buigt mijn hoofd naar achteren. Ik wacht tot het knijpen zal beginnen. Ieder moment kan zijn warme handpalm zich sluiten, en terwijl we neus aan neus staan zal ik langzaam sterven. Adem tegen adem. Ik huiver als hij zijn vinger verschuift achter mijn oorlel.

'Taartje.'

Het lieve woordje lost op en ik slik.

'Ik ga je niet vermoorden. Wat ben je toch dramatisch.' Dan drukt hij zijn mond zachtjes op de mijne.

We doen geen van beiden onze ogen dicht. Zoals altijd staren we elkaar aan, dichter bij elkaar dan we ooit zijn geweest. Zijn irissen hebben blauwzwarte ringen. Zijn wimpers zakken een stukje, en hij bekijkt me met iets van verontwaardiging.

Hij bijt zacht in mijn onderlip en ik krijg overal kippenvel. Mijn tepels trekken samen, mijn tenen krullen in mijn schoenen. Ik raak hem per ongeluk met mijn tong als ik controleer of ik ondanks het feit dat het geen pijn deed beschadigd ben geraakt. Het was te zacht, te voorzichtig. Mijn hersens proberen wanhopig verklaringen te bedenken voor wat hier gebeurt, en mijn lichaam zoekt meer steun.

Wanneer hij zich weer naar me toe buigt en zijn mond zachtjes tegen de mijne beweegt om hem open te duwen, valt het kwartje.

Joshua Templeman kust me.

Een paar seconden lang bevries ik. Het lijkt wel of ik ben vergeten hoe je moet zoenen; het is zo lang geleden dat dat een dagelijkse activiteit was. Hij lijkt het niet erg te vinden en legt de spelregels uit met zijn mond.

Het Kusspel gaat als volgt, Taartje. Drukken, terugtrekken, kantelen, ademen, herhalen. Gebruik je handen om de juiste hoek te bepalen. Ontspan je tot het een trage, langzame glijpartij wordt. Hoor je het bloed in je oren bonken? Je overleeft op kleine pufjes lucht. Niet stoppen, dat hoef je niet eens te overwegen. Zucht huiverend, trek terug, laat je met lippen en tanden vangen door je tegenstander zodat je wordt meegevoerd naar iets diepers. Iets natters. Voel je zenuwuiteinden knetterend tot leven komen, iedere keer als een tong iets raakt. Voel iets nieuws en zwaars tussen je benen. Het doel van dit spel is om er de rest van je leven mee door te gaan. De pot op met de beschaving en alles wat daarbij hoort. Deze lift is nu je thuis. Dit is wat we vanaf nu doen.

Niet ophouden verdomme.

Om me te testen trekt hij zich een klein stukje terug, een overtreding van de belangrijkste regel. Ik leg mijn hand in zijn nek en trek zijn mond terug naar de mijne. Ik leer snel en hij is een uitstekende docent.

Hij smaakt naar de pepermuntjes die hij altijd loopt te vermalen. Wie kauwt er nu op een pepermuntje? Ik heb het ooit geprobeerd en het brandde mijn mond uit. Hij doet dit om me te ergeren, er verschijnen geamuseerde lichtjes in zijn ogen bij mijn geïrriteerde gesnuif. Om hem te straffen bijt ik terug, maar hij drukt zich alleen nog maar dichter tegen me aan, zijn harde lichaam verwarmt me waar we elkaar raken. Onze tanden tikken tegen elkaar.

Waar slaat dit verdomme op, vraag ik zwijgend met mijn kus.

Kop dicht, Taartje, ik haat je.

Als we acteurs in een film waren zouden we nu tegen de wanden bonken, knopen zouden alle kanten op vliegen, mijn netpanty's zouden aan flarden gaan en mijn schoenen waren allang uit geweest. Maar dit is een genotzuchtige kus. We leunen tegen een door de zon verwarmde muur, likken dromerig aan een ijsje, lopen in hoog tempo een zonnesteek op en beginnen onzinnig te hallucineren.

Hier, kom eens dichterbij, alles smelt. Lik aan die van mij, en dan beloof ik je dat ik aan die van jou zal likken.

Mijn enkel raakt in de greep van de zwaartekracht en ik begin van de leuning te glijden. Joshua schuift me weer omhoog met de hand die op de achterkant van mijn dij ligt. Ik grom gefrustreerd, verontwaardigd door het kortstondige verlies van zijn mond. Kom terug, spelbreker. Hij is slim genoeg om te gehoorzamen.

Het geluid waarmee hij antwoordt klinkt een beetje als 'huh', het geamuseerde geluidje dat mensen maken als ze verrast worden door iets wat onverwacht aangenaam is. Een waarom-wist-ik-dat-niet-geluid. Zijn mondhoeken komen omhoog en ik raak zijn gezicht aan. Joshua's allereerste glimlach in mijn aanwezigheid drukt tegen mijn lippen. Ik trek me verbaasd terug, en in die ene milliseconde schiet zijn gezicht weer in de normale stand: dodelijk serieus, hoewel hij een beetje verhit lijkt.

Uit de luidspreker van de lift komt een ruw gebrom en we schrikken allebei als iemand zacht zijn keel schraapt. 'Is alles in orde daarbinnen?'

We verstijven tot een tableau dat je de titel *Betrapt* zou kunnen geven. Joshua is de eerste die reageert en buigt zich naar de intercom.

'Per ongeluk tegen de knop gestoten.' Hij zet me langzaam op de vloer en zet een paar stappen achteruit. Ik haak mijn armen achter de leuning. Mijn benen schuiven weg alsof ik op rolschaatsen sta.

'Wat de fuck?' hijg ik met mijn laatste restje lucht.

'Kelder, graag.'

'Oké.' De lift glijdt ongeveer een halve meter naar beneden en de deur gaat open. Als hij een seconde had gewacht dan zou dit nooit gebeurd zijn. Mijn jas ligt in een verkreukeld hoopje op de vloer. Hij pakt hem op en klopt er verbazend zorgzaam het stof vanaf.

'Kom mee.' Zonder om te kijken loopt hij weg.

Door zijn gewoel zijn mijn oorbellen verstrikt geraakt in mijn haar. Ik speur naar ontsnappingsmogelijkheden. Die zijn er niet, en de liftdeuren gaan met een klap achter me dicht. Joshua haalt een arrogant sportieve auto van het slot, en als ik bij de deur aan de passagierskant ben kijken we elkaar aan. Mijn ogen zijn zo groot als gebakken eieren, en hij moet zich half omdraaien om te voorkomen dat ik hem zie lachen. Ik vang de weerspiegeling van zijn witte tanden op in de achteruitkijkspiegel van een busje.

'O, nee toch,' zegt hij overdreven. Hij draait zich om en haalt zijn hand over zijn gezicht om de glimlach weg te vegen. 'Ik heb je een trauma bezorgd.'

'Wat… Wat…'

'We gaan.'

Ik wil wegrennen maar mijn benen weigeren me te dragen.

'Ik zou het niet eens overwegen,' zegt hij.

Nadat ik me in zijn auto heb laten zakken, raak ik bijna bewusteloos. Zijn geur is hier nog intenser en perfecter, gebakken door de zomer, geconserveerd door de kou, verzegeld en onder druk bewaard in glas en metaal. Ik inhaleer als een professionele parfumeur. Bovennoten van munt, bittere koffie en katoen. De middelste noten zijn zwarte peper en dennenbomen. De basis bestaat uit leer en ceder. Luxueus als kasjmier. Als zijn auto zo ruikt, stel je dan zijn bed eens voor. Goed idee, begin over zijn bed.

Hij stapt in, gooit mijn jas op de achterbank en ik kijk opzij naar zijn schoot. Shit. Ik wend mijn blik af. Wat het ook mag zijn dat hij daar heeft, het is indrukwekkend genoeg om nog een keer te gluren.

'Je bent je rot geschrokken,' zegt hij bestraffend.

Ik haal bevend adem en hij draait zich naar me om. Zijn ogen zijn zwart als gif. Als hij zijn hand opheft, krimp ik in elkaar. Hij fronst zijn wenkbrauwen, aarzelt even en draait de dichtstbijzijnde oorbel dan voorzichtig in de goede positie.

'Ik dacht dat je me ging vermoorden.'

'Dat wil ik nog steeds wel.' Hij strekt zijn hand uit naar de andere oorbel. De binnenkant van zijn pols is zo dichtbij dat ik hem zou kunnen bijten. Met veel zorg maakt hij de verwarde plukken haar los tot de oorbel er weer normaal bij hangt.

'Dat wil ik nog steeds. Je hebt geen idee hoe graag.' Hij start de auto, steekt achteruit en rijdt weg alsof er niets gebeurd is.

'We moeten hierover praten.' Mijn stem klinkt ruw.

Hij strekt zijn vingers op het stuur. 'Het leek me het juiste moment.'

'Maar je hebt me gezoend. Waarom zou je zoiets doen?'

'Ik moest een theorie testen waar ik al een tijdje mee rondloop. En je hebt me echt héél erg terug gekust.'

Ik schuif heen en weer in mijn stoel. Verderop springt een stoplicht op rood. Hij remt af en kijkt naar mijn mond en benen.

'Je had een theorie? Het leek er meer op dat je me eens flink wilde toetakelen voordat mijn date zou beginnen.' De auto's achter ons toeteren en ik kijk over mijn schouder. 'Rijden.'

'O, dat is waar ook, je date. Je verzonnen fakedate.'

'Ik heb niks verzonnen. Ik heb met Danny Fletcher van de designafdeling afgesproken.'

De blik van geschokte verbijstering op zijn gezicht is magnifiek. Ik wil een kunstschilder opdracht geven om die blik vast te leggen in olieverf, zodat ik hem kan doorgeven aan toekomstige generaties. Hij is onbetaalbaar.

Aan alle kanten beginnen auto's langs ons heen te rijden. Claxons jammeren, chauffeurs brullen obsceniteiten, en dat haalt hem eindelijk uit zijn versufte toestand.

'Watte?' Hij merkt eindelijk dat het licht groen is en geeft te veel gas, waardoor hij moet remmen om de auto die ons afsnijdt te ontwijken. Hij veegt met één hand langs zijn mond. Ik heb hem nog nooit zo ontdaan gezien.

'Danny Fletcher. Ik heb over tien minuten met hem afgesproken. Daar breng je me naartoe. Wat mankeert jou?'

Een paar straten lang zegt hij niks. Ik staar koppig naar mijn handen en kan nergens anders aan denken dan aan zijn tong in mijn mond. In mijn mónd. Ik schat dat er ongeveer tien miljard liftkussen hebben plaatsgevonden in de geschiedenis van de mensheid. Ik haat ons omdat we zo'n cliché zijn.

'Dacht je dat ik loog?' Technisch gezien was het inderdaad een leugen, maar alleen in het begin.

'Ik ga er altijd van uit dat je liegt.' Met een boze slinger wisselt hij van baan. Boven zijn hoofd hangt een onheilspellende zwarte donderwolk van woede.

Weet je, het is dodelijk vermoeiend om iemand te haten. Iedere keer dat mijn hart klopt ben ik weer een stapje dichter bij de dood. Ik verspil de korte tijd die ik heb aan iemand die me hartgrondig verafschuwt.

Ik sla mijn ogen neer en denk terug aan het begin. *Ik sta te trillen van de zenuwen en til met veel moeite een doos op mijn bureau, op de tiende verdieping in het nagelnieuwe gebouw van B&G. Het is vroeg in de ochtend en bij het raam staat een man naar het verkeer te kijken. Hij draait zich om en we maken voor het eerst oogcontact.*

Zo'n kus krijg ik nooit meer, de rest van mijn leven niet.

'Ik wou dat we vrienden konden zijn,' zeg ik per ongeluk hardop. Die woorden heb ik al zo lang binnengehouden dat ik het gevoel heb dat ik een bom heb laten vallen. Hij houdt zich doodstil, en net als ik denk dat hij me misschien niet gehoord heeft, werpt hij me een blik zo vol minachting toe dat het bijna fysiek pijn doet.

'Wij zullen nooit, nooit vrienden zijn.' Hij spreekt het woord 'vrienden' uit alsof het iets verachtelijks is.

Hij mindert vaart als we bij het café zijn, en nog voor hij helemaal tot stilstand is gekomen, ben ik al uit de wagen gesprongen en weggerend. Ik hoor hem geïrriteerd mijn naam brullen. Het valt me op dat hij me Lucy noemt.

Danny zit aan de bar, met een flesje bier bungelend tussen zijn vingers. Ik werk me door de drukte en val in zijn armen. Arme Danny, hij is als een echte gentleman te vroeg komen opdagen en heeft niet het flauwste vermoeden met wat voor getikte muts hij de avond gaat doorbrengen.

'Hi.' Danny is blij. 'Je bent er.'

'Tuurlijk!' Ik lach beverig. 'Ik moet iets drinken, wat een dag.'

Ik hijs me als een jockey op een kruk. Danny geeft de barkeeper een teken. Op grote schermen boven de bar wordt met identieke honkbalknuppels gezwaaid. Ik voel Joshua's mond nog op de mijne en druk een trillende vinger tegen mijn lippen. 'Een grote gin-tonic. De grootste die je hebt, graag.'

De barkeeper geeft me mijn zin, en ik giet de helft in mijn mond en misschien een klein beetje langs mijn kin. Ik lik mijn mondhoeken en proef Joshua. Als ik mijn glas laat zakken, vangt Danny mijn blik.

'Is alles goed? Vertel eens wat voor dag je hebt gehad.'

Ik bekijk hem eens goed. Hij heeft zich omgekleed en draagt nu een donkere jeans en een mooie geruite blouse. Ik vind het fijn dat hij de moeite heeft genomen om naar huis te gaan en iets anders aan te trekken voor mij.

'Je ziet er goed uit,' zeg ik eerlijk.

Zijn ogen stralen. 'En jij bent prachtig.' Hij leunt met zijn elleboog op de bar. Zijn toon is vertrouwelijk, en zijn open gezicht heeft niets boosaardigs. Een vreemde bubbel van emoties komt opzetten in mijn borst.

'Wat?' Ik veeg mijn kin af. Deze man kijkt naar me alsof hij me niet haat. Het is bizar.

'Op het werk kon ik dat natuurlijk nooit zeggen, maar ik heb jou altijd de mooiste vrouw daar gevonden.'

'O. Goh.' Waarschijnlijk ben ik vuurrood en mijn keel wordt een beetje dik.

'Je gaat niet zo goed om met complimentjes.'

'Die krijg ik niet zo vaak.' Dat is de waarheid.

Hij lacht alleen maar. 'O, dat zal wel.'

'Nee, echt. Alleen van mijn ouders, via Skype.'

'Daar moesten we dan maar eens verandering in brengen. Dus. Vertel me alles over jezelf.'

'Ik werk voor Helene, dat weet je,' begin ik onzeker.

Hij knikt spottend.

'En dat was het wel zo'n beetje.'

Hij glimlacht en ik val bijna achterover van mijn barkruk. Ik ben zo onaangepast dat ik nauwelijks een gesprek kan voeren met een normaal mens. Eigenlijk wil ik thuis zijn, op de bank, waar ik al mijn kussens op mijn hoofd kan stapelen.

'Ja, maar ik wil meer weten over jóú. Wat doe je in je vrije tijd? Waar komt je familie vandaan?'

Zijn gezicht is zo oprecht en argeloos. Als dat van een kind, voordat de wereld het kapot heeft gemaakt.

'Vind je het erg als ik me even ga opfrissen? Ik kom recht van kantoor.' Ik klok de andere helft van mijn glas naar binnen. Het vleugje pepermunt op mijn tong bederft de smaak.

Hij knikt en ik loop in een rechte lijn naar de toiletten. Voor ik naar binnen ga leun ik tegen de muur. Ik haal een tissue uit mijn bh en druk hem tegen mijn ooghoeken. Dat heb ik weer mooi voor elkaar.

Er valt een donkere schaduw in het gangetje en ik weet dat het Joshua is. Zelfs vanuit mijn ooghoeken is zijn gestalte vertrouwder dan mijn eigen schaduw. Hij heeft mijn jas bij zich, die ik op zijn achterbank heb laten liggen.

Ik barst in lachen uit en ga ermee door tot de tranen over mijn wangen lopen en mijn make-up grondig bedorven is. 'Rot op,' zeg ik, maar hij komt toch dichterbij. Hij neemt mijn kin in zijn handen en bestudeert mijn gezicht.

De herinnering aan de kus zweeft tussen ons in, en ik kan hem niet aankijken. Ik weet nog dat ik in zijn mond heb gekreund. Over vernederend gesproken.

'Niet doen.' Ik sla zijn hand weg.

'Je huilt.'

Ik sla mijn armen om mijn lichaam. 'Nee, niet waar. Wat doe je hier eigenlijk?'

'Het is niet te doen om in deze buurt een parkeerplaats te vinden. Je jas.'

'O, mijn jas. Natuurlijk. Prima. Ik ben vanavond te moe om ruzie met je te maken. Jij wint.'

Hij kijkt me verward aan, dus ik leg het uit. 'Je hebt me zien lachen en je hebt me zien huilen. Je hebt het voor elkaar gekregen dat ik je heb gezoend terwijl ik je op je arrogante smoel had moeten slaan. Het was een goede dag voor jou. Ga naar je wedstrijd kijken en nootjes eten.'

'Denk je dat het me daarom te doen was? Dat ik je wil zien huilen?' Hij schudt zijn hoofd. 'Dat is echt niet zo.'

'Natuurlijk wel. Ga weg,' zeg ik wat nadrukkelijker. Hij gaat achteruit en leunt tegen de tegenoverliggende muur.

'Waarom verstop je je hier? Moet je hem niet van zijn kruk charmeren?' Hij kijkt in de richting van de bar en wrijft met zijn hand over zijn gezicht.

'Ik had even een minuutje nodig. En zo makkelijk gaat het niet altijd, geloof me.'

'Ik denk niet dat het je veel moeite zal kosten.'

Hij klinkt niet eens sarcastisch. Ik veeg mijn tranen weg en kijk naar de tissue. Er zit heel wat mascara op. Ik slaak een diepe, bibberige zucht.

'Je kunt ermee door.'

Dat is het aardigste wat hij ooit tegen me heeft gezegd. Ik klop met mijn vlakke hand tegen de muur en probeer een poort naar een andere dimensie te vinden, of op zijn minst de deur van de damestoiletten. Als ik maar aan hem kan ontsnappen.

Hij haalt zijn hand door zijn haar en kijkt me nerveus aan. 'Ik had je niet moeten zoenen, oké? Dat was ontzettend stom van me. Als je het wilt melden bij personeelszaken –'

'Dus dat is waar je mee zit? Je bent bang dat ik je zal aangeven?' Ik praat zo hard dat mensen zich naar me omdraaien. Ik haal een keer diep adem en ga wat zachter verder. 'Jij hebt me zo ver afgebroken dat ik niet meer weet waar ik het zoeken moet als iemand tegen me zegt dat ik mooi ben.'

Hij staart me ontzet aan.

'Daarom huil ik. Toen Danny tegen me zei dat ik mooi was, viel ik bijna van mijn barkruk. Je hebt me verpest.'

'Ik...' begint hij, en dan weet hij het niet meer. 'Lucy, ik –'

'Er is niets meer dat je me verder nog kunt flikken. Jij hebt vandaag gewonnen.'

Aan zijn gezicht te zien was dat een voltreffer. Zijn schaduw trekt weg over de vloer en hij is verdwenen.

Hoofdstuk 7

De volgende ochtend bel ik Helene en leg ik uit dat ik geen kater heb, maar toch wat later kom vanwege persoonlijke toestanden. Ze is heel begripvol en zegt dat ik vandaag vrij moet nemen.

Schat, rust uit en zorg dat je je sollicitatie afmaakt, want die moet je morgen inleveren.

Vandaag loop ik het zachtgele overhemd mis. Het heeft de kleur van babykamers wanneer het een verrassing moet blijven of het een jongetje of een meisje wordt. Een beetje laf en slap, net als ik.

Nadat Joshua gisteren was weggeslopen, zijn gezicht verwrongen door schuld en spijt, heb ik mezelf een beetje opgeknapt. Daarna ben ik naast Danny gaan zitten en heb ik de avond gered. Danny en ik hebben heel wat gemeen. Zijn ouders zijn hobbyboeren, dus mijn onthulling dat ik in een aardbeienveld ben opgegroeid, leidde niet tot de gebruikelijke uitbarsting van geamuseerde, neerbuigende hilariteit.

Dat gaf me de moed om meer te vertellen dan ik anders zou hebben gedaan. We wisselden verhalen uit over het leven op het platteland. Ik zag verschillende uitdrukkingen als wolken over zijn gezicht trekken. We bleven uren plakken, lachend als oude vrienden, helemaal op ons gemak.

Ik zou blij en opgewonden moeten zijn. Ik zou mijn cv moeten oppoetsen. Ik zou na moeten denken over een tweede afspraakje. Maar in plaats daarvan doe ik het enige wat ik niet zou moeten doen. Ik lig met mijn ogen dicht in bed en speel de kus telkens weer opnieuw af in mijn hoofd.

Taartje, als we aan het flirten waren, dan zou je dat weten.

Misschien was hij vergeten dat ik Lucinda Hutton ben, het behaagzieke Aardbeientaartje, en was ik voor hem even in iets anders veranderd. Een afgesloten ruimte, andere make-up, mijn korte jurk en mijn parfum. In een vlaag van totale verstandsverbijstering werd ik het onderwerp van zijn lust, voor de tijd die het duurde om van de tiende verdieping naar de kelder af te zakken. En dat werkte beslist twee kanten op.

Ik moest een theorie testen waar ik al een tijdje mee rondloop. Wat voor theorie? Hoelang is een tijdje? Als ik een of ander menselijk experiment ben, had hij op zijn minst het fatsoen kunnen hebben om zijn conclusies met me te delen.

Als ik me herinner hoe hij zachtjes in mijn onderlip beet, voel ik iets fladderen tussen mijn benen. Als ik denk aan zijn hand op de achterkant van mijn bovenbeen moet ik even voelen waar zijn vingers precies lagen. Hij was zo gespierd. Mijn adem stokt. Ik vraag me af hoe ik hem beviel. Hoe ik aanvoelde.

Ik scharrel tot drie uur 's middags in mijn pyjama rond, verlamd door de naderende deadline van de sollicitatie, en dan word ik opgeschrikt door de bel. Mijn eerste gedachte is dat het Joshua moet zijn, om me naar kantoor te slepen. In plaats daarvan is het een bezorger met bloemen. Een enorm boeket lippenstiftrode rozen. Ik maak het envelopje open, en er staan wel vier hele woorden op het kaartje.

Jij bent altijd mooi.

Er staat geen naam onder, maar dat hoeft ook niet. Ik zie Jeanettes gezicht voor me als ze Danny een briefje met mijn adres toeschuift en mompelt: 'Je hebt dit niet van mij.'

Zelfs de dames van personeelszaken overtreden de regels voor de liefde.

Ik stuur hem een berichtje: *Heel erg bedankt!!*

Hij reageert bijna direct: *Ik vond het beregezellig. Ik wil je heel graag vaker zien.*

Ik zeg: *Helemaal mee eens!*

Ik sta op en kijk vastberaden naar de bloemen. Die oppepper voor mijn ego had niet op een beter moment kunnen komen. Ik ga weer achter mijn computer zitten. Die baan is voor míj. En dan ben ik van Joshua af.

'En nu door tot het klaar is.'

Hij is een grote klodder mosterd in mijn ooghoek als ik vrijdag binnenkom. Ik hang mijn jas op en loop direct door naar Helenes kantoor. Voor één keer is ze vroeg. Ik zou haar in mijn armen willen nemen en fijnknijpen.

'Ik ben er hoor,' zeg ik tegen haar. Ze wenkt dat ik naar haar toe moet komen en ik sluit de deur achter me.

'Heb je hem ingeleverd?'

Ik knik.

'Joshua ook. Twee interne sollicitanten tot nu toe. Hoe was je date? Is alles goed met je?'

Helene is altijd een toonbeeld van beheersing. Vandaag draagt ze een blazer, een blouse die waarschijnlijk van pure zijde is en een wollen rok. Helene doet niet aan zoiets ordinairs als katoen. Ik hoop dat ze mij haar garderobe nalaat als ze sterft.

Ik zak in een stoel. 'Het was leuk. Danny Fletcher, van design. Ik hoop dat je het niet erg vindt; volgende week gaat hij weg, hij gaat freelancen.'

'Jammer. Hij levert goed werk. Het is geen probleem als je iets met hem wilt beginnen.'

Ik denk terug aan de zoen met Joshua in de lift. Dat is wel degelijk een probleem.

'Maar er is toch iets gebeurd...' Helene vermoedt iets.

'Ik had een knallende ruzie met Joshua voor ik wegging, en dat zat me dwars. Ik voelde me een beetje onevenwichtig, toen ik wakker werd. Als ik gewoon was komen werken waren we waarschijnlijk allebei druipend van het bloed door een ambulance afgevoerd.'

Helene kijkt me onderzoekend aan. 'Waar ging die ruzie over?'

Misschien is het niet zo'n goed idee om bij Helene stoom af te blazen over mijn persoonlijke problemen. Dat is dodelijk onprofessioneel. Ik begin te blozen, en als ik geen leugen kan bedenken geef ik maar een samenvatting.

'Hij dacht dat ik loog dat ik een date had. Zo suf vindt hij me.'

'Interessant,' zegt ze langzaam. 'Heb je daar lang en diep over nagedacht?'

Ik haal mijn schouders op. Hooguit zo obsessief dat ik er niet van kon slapen. 'Het zit me dwars dat ik me zo door hem laat opfokken. Je hebt geen idee hoe moeilijk het is om de hele dag tegenover hem te zitten en die constante aanvallen te moeten afslaan.'

'Ik kan me er wel iets bij voorstellen. Dat noemen we oorlogsdiplomatie, schat.' Ze maakt met haar duim een gebaar naar de muur.

Ze is de perfecte persoon om in vertrouwen te nemen. Meneer Bexley zit op dit moment aan de andere kant van de muur complotten te smeden om haar te vermoorden. Ze volgt mijn blik. We horen een zachte, toeterende nies, een geluid als een scheet en wat gegrom.

'Waarom gaat hij ervan uit dat je zou liegen? En waarom raak jij daar zo overstuur van?' Helene tekent spiralen in haar notitieblok, ze hebben een hypnotiserend effect. Ze is veranderd in mijn therapeut.

'Hij vindt me één grote grap. Hij lacht me altijd uit om wat mijn ouders doen. Ik weet zeker dat hij mijn opleiding belachelijk vindt, mijn kleren, mijn lengte, mijn gezicht.'

Ze knikt geduldig en wacht af tot ik de knoop van mijn gedachten heb ontward.

'Ik vind het vervelend om te weten dat hij zo over me denkt. Daar struikel ik steeds weer over. Het enige wat ik wil, is dat hij een beetje respect voor me heeft.'

'Je hecht waarde aan je reputatie als een aardig en benaderbaar persoon,' vult ze aan. 'Iedereen mag je graag. Hij is de enige die weerstand biedt.'

'Hij leeft om me te vernietigen.' Misschien word ik nu een tikje dramatisch.

'En dat werkt twee kanten op,' stelt ze vast.

'Ja. En zo wil ik niet zijn.'

'Ga hem vandaag uit de weg. Je kunt de komende dagen het lege kantoor op de derde verdieping nemen. We schakelen de telefoon wel door.'

Ik schud mijn hoofd. 'Verleidelijk, maar ik doe het niet. Ik vind wel een manier. Het kwartaalrapport is aan de beurt, en daar ga ik me helemaal op concentreren. Dan vergeet ik vanzelf dat hij bestaat.'

Ik weet nog steeds hoe zijn mond voelde. Ik heb zijn hete adem opgezogen tot mijn longen ermee gevuld waren. Zijn lucht was in mijn lichaam. Hij heeft me binnen twee minuten dingen geleerd die me mijn hele leven ontgaan zijn. Het zal niet meevallen om zijn bestaan te vergeten, maar deze baan is toch al één grote uitdaging.

Terwijl ik zachtjes Helenes deur achter me dichttrek, verzamel ik moed. Ik draai me om en daar zit hij, in elkaar gezakt achter zijn bureau.

'Ha.' Hij kiest voor de ingekorte versie van het spel 'Hoe gaat het met jou?'.

'Hallo,' zeg ik stijfjes en ik loop op mijn korte pootjes naar mijn bureau.

Zijn volgende woorden overvallen me. 'Het spijt me. Het spijt me zo ontzettend, Lucy.'

Ik geloof hem. Door de herinnering aan zijn gepijnigde gezicht toen hij bij me wegliep in de bar heb ik twee nachten nauwelijks geslapen. Dit is het moment. Ik zou ervoor kunnen zorgen dat we teruggaan naar onze normale status quo. Ik zou tegen hem kunnen snauwen, en dan zal hij iets terug blaffen. Maar dat is niet wie ik wil zijn.

'Weet ik.' We glimlachen allebei bijna en kijken naar elkaars mond. Het spook van de kus zweeft tussen ons in.

Vandaag is hij niet zijn onberispelijke zelf. Hij heeft rafelrandjes, waarschijnlijk omdat hij een paar beroerde nachten heeft gehad. Zijn mosterdkleurige overhemd heeft nog nooit zo'n lelijke kleur gehad. Zijn das is slordig geknoopt, en er ligt een schaduw van stoppels over zijn kaak. Zijn haar zit in de war en steekt aan één kant omhoog. Hij lijkt vandaag wel een Gamin. Hij ziet er goddelijk uit, en aan zijn blik te zien herinnert hij zich alles nog.

Ik wil wegrennen tot mijn benen het begeven. Ik wil met mijn arm alles van zijn bureau vegen. Ik ben me bewust van mijn kleren op mijn naakte huid. Dat is wat ik voel als Joshua met die ogen naar me kijkt.

'Zullen we de vijandelijkheden staken?' Hij steekt zijn handen omhoog om te laten zien dat hij ongewapend is. Zijn handen zijn groot genoeg om mijn enkels te omvatten. Ik slik.

Om te verbergen hoe ongemakkelijk ik me voel, doe ik net of ik een pistool uit mijn zak haal en het weggooi. Hij grijpt naar een denkbeeldig schouderholster en legt zijn geweer op zijn agenda. Ik haal een onzichtbaar mes uit het foedraal om mijn dij.

'Allemaal.' Ik wijs onder zijn bureau. Hij grijpt naar zijn voet en doet alsof hij een pistool uit een enkelholster haalt.

'Dat lijkt er meer op.' Ik laat me in mijn stoel zakken en doe mijn ogen dicht.

'Je bent ontzettend raar, Taartje.' Hij klinkt niet onvriendelijk. Ik dwing mezelf om mijn ogen open te doen, maar het Staarspel is onverdraaglijk. Zijn ogen zijn zo blauw als een pauwenborst. Alles is aan het veranderen.

'Ga je het melden bij personeelszaken?'

Er trekt iets pijnlijk samen in mijn borst. Dus dáárom ziet hij er zo beroerd uit. Hij heeft gisteren een helse dag gehad omdat hij bang was dat hij zodra ik kwam opdagen door de beveiliging zou worden afgevoerd. Mijn lege bureau moet angstaanjagend zijn geweest. Hij zat daar maar, en stelde zich het moment voor dat ze hem in de bak zouden gooien voor het molesteren van kleine vrouwtjes. Nu begrijp ik het. Wat ben ik toch dom.

'Nee. Maar kunnen we het... er... misschien nooit meer over hebben?' Het komt er een beetje hees uit. Ik laat hem ermee wegkomen, terwijl ik hem ook zou kunnen treiteren met dreigementen. Alweer een stap in de richting van de persoon die ik wil zijn. Toch fronst hij zijn wenkbrauwen alsof ik hem dodelijk beledigd heb.

'Wil je dat?'

Ik knik, maar ik lieg dat ik barst. *Het enige wat ik wil, is je kussen tot ik in slaap val. Ik wil tussen je lakens glijden en erachter komen wat er in je hoofd en onder je kleren gebeurt. Ik wil mezelf totaal voor schut zetten bij jou.*

De deur van meneer Bexleys kantoor staat op een kier, dus ik zeg zo zacht als ik kan: 'Je hebt me de stuipen op het lijf gejaagd.'

Hij begrijpt dat dat echt zo is. Ik heb een wanhopige, hysterische blik in mijn ogen. Hij knikt, en dat was het dan: Control-Alt-Delete. De kus is nooit gebeurd.

Ik hoop vurig op afleiding. Een brandoefening. Julie die belt om te zeggen dat ze nooit meer een deadline gaat halen. En ik ben niet de enige die zit te duimen dat de vloer zal inzakken.

'Hoe was je date?' vraagt hij lusteloos. Zijn knokkels zijn wit; het is een hele opgave om aardig tegen mij te doen.

'Goed. We hebben veel gemeen.' Ik probeer vergeefs om mijn computer tot leven te wekken.

'Jullie zijn allebei ontzettend klein.' Hij zit naar zijn eigen computer te fronsen alsof dit het afschuwelijkste gesprek is dat hij ooit heeft gevoerd. Vrienden zijn is niet iets wat hem makkelijk afgaat.

'Hij heeft me niet eens gepest met de aardbeien. Danny is... aardig. Hij is mijn type.' Iets anders kan ik er niet over zeggen.

'Dus je bent op zoek naar aardig.'

'Dat is iedereen. Mijn ouders smeken me al tijden om een aardige vent te zoeken.' Ik hou mijn toon luchtig, dit is hoopgevend. We kletsen alsof we vrienden zijn.

'En heeft die aardige vent je naar huis gebracht?'

Ik weet wat hij eigenlijk vraagt. 'Nee. Ik heb een taxi gepakt. In mijn eentje.'

Hij laat hoorbaar zijn adem ontsnappen. Uitgeput wrijft hij over zijn gezicht en hij kijkt me door zijn vingers aan. 'Wat zullen we nu eens spelen?'

'Wat dacht je van Normale collega's? Of het Vriendschapsspel? Dat zijn er twee die ik al tijden dolgraag wil proberen.' Ik kijk op en hou mijn adem in.

Hij gaat rechtop zitten en zegt somber: 'Denk je ook niet dat dat tijdverspilling zou zijn?'

'O, au.' Als ik sarcastisch reageer, heeft hij misschien niet door dat ik het serieus meende.

Met zijn potlood in zijn hand slaat hij zijn agenda open en hij begint zoveel aantekeningen te maken dat ik me met grote ogen omdraai naar mijn computer. Die stomme agenda kan me gestolen worden. Dat potlood, mijn spionage-experiment, het is inderdaad tijdverspilling. Ik zeg tegen mezelf dat ik daar blij om mag zijn.

Vandaag is een magnifieke zwarte T-shirtdag. Zet deze dag in je agenda. Vertel je kleinkinderen er verhalen over. Ik probeer mijn ogen ervan af te houden, maar ze draaien vanzelf weer terug. Onder dat T-shirt zit een lichaam dat de bril van een bejaarde bibliothecaresse kan laten beslaan. Mijn ondergoed begint als smeulend papier te krullen aan de randjes.

Het is een week na de kus waar ik nooit aan denk. De werknemers van Bexley & Gamin worden als vee een bus in gedreven.

'Verklaring van afstand,' zegt Joshua steeds terwijl hij de papiertjes in ontvangst neemt. 'De verklaringen zijn voor mij, het geld is voor Lucinda. Hé, je hebt niet getekend. Tekenen. Verklaringen van afstand.'

'Wie is Lucinda?' vraagt iemand achter in de rij.

'Het geld is voor Lucy. Dat idioot kleine ding daar. Haartjes. Lippenstift. Lucy.'

Ik ken iemand die binnenkort van onder tot boven onder de verf zal zitten. De rij schuift naar voren en ik word bijna geplet tegen de bus.

'Hé, ik had niet gezegd dat jullie haar mochten vertrappen.'

Joshua dwingt iedereen naar achteren en zet me als een bowlingkegel overeind. De warmte van zijn hand brandt door mijn mouw. Julie raakt mijn andere elleboog aan en ik maak een sprongetje van schrik.

'Het spijt me dat ik laatst die deadline niet heb gehaald. Ik zou zo graag weer eens een nacht goed slapen. Ik ben net een zombie.' Als ze me haar briefje van twintig geeft, zie ik dat ze een French manicure heeft. Ik druk mijn afbrokkelende nagels in mijn handpalm.

'Ik hoopte dat je me een plezier zou willen doen,' zegt ze. Achter haar schouder zie ik Joshua verstrakken en zijn oor draait als een satelliet in de richting van ons gesprek. Afluisteren is onbehoorlijk. Ik trek Julie een stukje opzij en blijf mijn hand uitsteken zodat mensen er briefjes van twintig in kunnen leggen.

'Oké, wat is er?' De moed zakt me nu al in de schoenen.

'Mijn nichtje van zestien heeft een stageplek nodig. Haar decaan denkt dat ze daardoor de dingen weer in perspectief leert zien. Ze kan toch niet iedere dag spijbelen en uitslapen? Tieners hebben er geen benul van hoe het is om te werken.'

'Je zou met Jeanette kunnen praten, zij kan misschien iets regelen.' Ik neem nog meer geld aan. 'Ze willen altijd bij het designteam werken.'

'Nee, ik wil dat ze bij jóú stage loopt.'

'Bij mij? Waarom?' De behoefte om hard weg te rennen is overweldigend.

'Jij bent de enige die genoeg geduld met haar zal hebben. Ze is nogal hardleers.'

Voor het eerst in mijn hele leven wil ik dat Joshua ons onderbreekt. Er moet iets gebeuren. Alsjeblieft. Ik zend berichten uit, maar zijn satellietoor vangt ze niet op. *Joshua, sos, sos, ik doe alles voor je, als je haar maar onderbreekt.*

'Ze heeft een heleboel problemen. Drugs, en nog wat andere dingen. Alsjeblieft, wil je het doen? Het zou zoveel betekenen voor haar moeder, en misschien krijg jij haar weer in het gareel.'

'Eh... Mag ik erover nadenken?' Ik wend mijn blik af van Joshua. Hij is gestopt met stiekem luisteren en heeft zich met zijn handen in zijn zij naar ons omgedraaid.

'Ik moet het nu weten. Over een halfuur heeft ze een afspraak met haar decaan. Dan moet ze iets geregeld hebben.' Julie kijkt me met een verwachtingsvol glimlachje aan.

'Voor hoelang zou het zijn? Een dag of zo?'

Julie komt wat dichterbij en knijpt pijnlijk hard met haar beeldschone hand in mijn arm.

'Voor twee weken, tijdens de volgende schoolvakantie. Wat ben je toch een lieverd. Dank je wel, ik stuur haar direct een berichtje. Ze zal er niet blij mee zijn, maar jij weet wel raad met haar.'

'Wacht,' begin ik, maar ze springt al in de bus.

'Nou, dat ging goed. Weet je wat mijn antwoord zou zijn geweest?' zegt Joshua.

Ik woel door mijn haar. Mijn hoofdhuid is warm en prikt. 'Kop dicht.'

'Ik zou één klein woordje hebben gezegd. Het is doodsimpel, je moet het eens proberen. Zeg me maar na: NEE.'

'Hoi.' Danny glimlacht naar me en gaat in de rij staan.

'Nee. Hoi.' Ik trek mijn liefste grijns. Hopelijk heeft hij zijn fraaie zilverblonde huid ingesmeerd met zonnebrand. 'Je bent toch gekomen. Een potje paintballen is een prima manier om je laatste dag te vieren.'

'Ja, joh, lachen. Mitchell zei dat ik niet hoefde te komen, maar ik wilde graag mee. Het team heeft ook een afscheidslunch voor me georganiseerd.'

Het meeste wist ik al; we hebben de hele week met elkaar gemaild en ik heb hem geholpen om zijn dozen naar de auto te dragen. Het enveloppje in mijn taakbalk bezorgde me steeds een klein schokje van opwinding. De hele ochtend heb ik het al warm en ik ben ongedurig, licht in mijn hoofd. Ik zie hem helemaal zitten, dat is wel duidelijk.

'Verklaring.' Joshua onderbreekt ons.

Danny geeft hem het papiertje, maar blijft mij aankijken. 'Wat zit je haar goed vandaag,' zegt hij.

Gevleid buig ik mijn hoofd. Precies de juiste opmerking om tegen mij te maken. Ik ben belachelijk ijdel als het over mijn haar gaat. Mijn crèmespoeling is duurder dan cocaïne. 'Bedankt, het zit een beetje raar. Omdat de lucht zo vochtig is, denk ik.'

'Ik vind een beetje raar juist wel lekker.' Danny raakt de losgebroken krullen op mijn bovenarm aan. We kijken elkaar aan en beginnen te lachen.

'Dat wil ik best geloven, slijmbal.' Ik schud mijn hoofd.

'Geef haar het geld en stap in die bus,' zegt Joshua langzaam, alsof Danny niet helemaal honderd is. Ze wisselen een onvriendelijke blik uit. Ik pak Danny's briefje van twintig aan en geef hem er mijn Vlammenwerperlach voor terug.

'Wil je in mijn team?'

'Ja,' zeg ik, op hetzelfde moment dat Joshua 'nee' blaft. Hij is echt een kei met dat woord.

'De teams zijn vooraf ingedeeld,' snauwt hij, en Danny kijkt me aan alsof hij wil zeggen: 'Welke scheet zit hem dwars?'

'Ik hoopte dat –' begint Danny, maar Joshua heeft ook een veelzeggende blik paraat: *waar je ook op uit bent, vergeet het maar rustig.* De laatste persoon in de rij geeft me zijn geld, en we blijven achter in een wolk van bizarre spanning.

Hoofdstuk 8

'Ik spreek je zo wel weer,' belooft Danny terwijl hij in de bus stapt. Ik kan het hem niet kwalijk nemen. Joshua heeft zijn armen over elkaar geslagen en staat erbij als de uitsmijter van een nachtclub.

'Waar sloeg dat nou op?' vraag ik hem. Hij schudt zijn hoofd.

Helene en meneer Bexley zoeven weg, respectievelijk in een Porsche en een Rolls. Zij zien ons daar wel weer, en natuurlijk doen ze niet mee aan de teambuildingsactiviteit. Ze blijven achter op het terras dat uitkijkt over het paintballterrein, om elkaar onder het genot van een kopje koffie het leven zuur te maken.

'We gaan.' Joshua duwt me de bus in. Er zijn nog maar twee stoelen over, helemaal vooraan. Joshua heeft ze gereserveerd door er een klembord op te leggen. Danny buigt opzij in het gangpad en haalt spijtig zijn schouders op.

Joshua heeft iedereen een e-mail gestuurd met de opdracht om in de lunchpauze iets ouds en makkelijks aan te trekken. Kleren die kapot mogen. Ik draag een skinny jeans en een uitgewoond vintage Elvis-shirt dat van mijn vader is geweest, de dikke broekpak-Elvis met een microfoon aan zijn lippen. Het glijdt losjes van mijn schouder. De look waar ik naar streefde, was die van Kate Moss bij een popfestival. Als ik op Joshua's blik mag afgaan, is dat jammerlijk mislukt, al bleef hij wel even steken bij het smaragdgroene bandje van mijn sport-bh. Dat weet ik zeker.

Joshua heeft ook iets informeels aangetrokken. Terwijl hij als een vlijtige winkelbediende zijn keurige pak stond op te vouwen zag ik mezelf weerspiegeld in de muur schuin tegenover hem: mijn mond hing open, mijn gezicht was een zwakzinnig masker van lust. Om te beginnen draagt Joshua een spijkerbroek. Die is versleten, er zitten lichtblauwe verfvlekken op en als hij gaat zitten spant hij om zijn bovenbenen. Ik heb niets op die broek aan te merken.

Verder is er dat T-shirt. Het zachte, afgedragen katoen vormt zich naar zijn lichaam als hij onderuitzakt. De vormen onder het shirt… De mouwen die zachtjes in zijn biceps drukken… Maar het is vooral zijn platte buik die ik… Zijn huid is goudkleurig als –

'Kan ik iets voor je doen?' Hij trekt het shirt strak. Mijn ogen volgen de bewegingen van zijn hand. Ik wil dat T-shirt verkruimelen boven een kom en het met een dessertlepeltje opeten.

'Ik had geen idee dat je dat soort dingen droeg…' Ik maak een vaag gebaar naar zijn fabelachtige torso.

'Je dacht dat ik in Hugo Boss zou gaan paintballen?'

'Hugo Boss? Zijn dat niet de lui die de uniformen van de nazi's hebben ontworpen?'

'Lucinda, hou op.' Hij knijpt zijn ogen bijna een volle minuut dicht en houdt zijn vingers op de brug van zijn neus. Ik weet zeker dat hij probeert om niet te gaan lachen of gillen.

Ik kijk scheel, steek mijn tong uit en zeg: 'Duhuh.'

Hij geeft geen krimp. Verslagen draai ik me om en ik kijk rond tot ik Danny's warrige haardos heb ontdekt. We zwaaien naar elkaar en trekken hetzelfde gezicht om duidelijk te maken hoe ongelukkig we zijn met de persoon naast wie we moeten zitten. Dan besef ik dat mijn borsten waarschijnlijk centimeters van Joshua's hoofd hangen en ik laat me weer terugzakken in mijn stoel.

'Jij en die gast? Het begint een beetje sneu te worden,' zegt Joshua kribbig.

Dat woord komt hard aan. 'Sneu'. Zo heeft hij me al eerder genoemd.

De cirkel is rond, we zijn weer op de plek waar we ons het meest op ons gemak voelen. Ik begon me al af te vragen hoe de situatie zich zou ontwikkelen na de kus, de tranen, en zijn gekwetste, droevige blik. De verontschuldiging. De stilte die sindsdien de dagen vult.

Als het aan Joshua ligt, gaan we elkaar weer haten, maar ik kan het nauwelijks nog opbrengen. Ik kan er niet mee doorgaan, het kost me te veel. Ooit was het net zo makkelijk als ademhalen, maar nu is het een zware strijd. Ik word er zo moe van dat het pijn doet.

'Tuurlijk joh. Ik ben sneu.' Ik kijk strak naar de weg voor ons, en hij gaat in zijn eentje verder met het Staarspel. Ik negeer hem. Alleen de chauffeur kan ons zien, maar zij zal moeten kiezen tussen ons en het verkeer.

'Taartje.'

Ik doe of ik hem niet hoor.

'Taartje.'

'Ik ken niemand die zo heet.'

'Speel heel even mee,' zegt hij zacht in mijn oor. Ik draai mijn hoofd om en probeer regelmatig te blijven ademen.

'Personeelszaken,' weet ik eruit te persen. Zijn gezicht is zo dichtbij dat ik de pepermuntjes in zijn adem ruik. Ik zie kleine streepjes in zijn irissen, onvermoede vlekjes geel en groen. Er zijn zoveel tinten blauw dat ik aan het heelal moet denken. Met kleine sterretjes.

'Leven je rozen nog?'

Is er iets wat die vent niet weet? Ik probeer er niet op te letten dat onze ellebogen elkaar raken. Ellebogen zijn geen erogene zones. Tenminste, voor zover ik weet niet. 'Waar heb je dat nou weer gehoord?'

'Iedereen weet dat Danny Fletcher de man van je dromen is. Rozen en dat soort dingen. Lunchen bij kaarslicht in het personeelskeukentje.' Hij kijkt naar mijn lippen en ik laat mijn tong eroverheen glijden. Zijn blik dwaalt af naar mijn bh-bandje en ik druk mijn knieën tegen elkaar.

'Wie is je bron?'

Zijn ogen worden donkerder. De pupil drukt het blauw weg en ik denk aan zijn blik in de lift. Moordlustige ogen. Hartstochtelijke ogen. De ogen van een gek.

'Mijn interne bron? Zoals tijdschriften gebruiken voor beroemdheden? Ben jij een beroemdheid, Lucinda?'

'Ik snap gewoon niet hoe je dat allemaal kunt weten.'

'Ik let goed op. Ik weet alles.'

'Hoe weet je nu dat ik een bos rozen in mijn slaapkamer heb staan? Lichaamstaal? Lees je mijn gedachten? Je kletst uit je nek. Waarschijnlijk zit je met een telescoop door mijn raam te loeren.'

'Misschien heb ik wel een appartement tegenover dat van jou.'

'Mocht je willen, engerd.' Het zweet staat opeens op mijn rug. Als dat zo was, zou ik waarschijnlijk zelf met een verrekijker in het donker zitten.

'Dus? Staan ze nog?'

'Ze zijn verlept. Ik heb ze vanochtend weg moeten gooien.'

Hij laat zijn hand voorzichtig over mijn arm glijden, strijkt het kippenvel plat. Zijn hand is zo koud dat ik opkijk naar zijn gezicht. Dat staat in de standaard afkeurende stand.

'Je bent warm.'

'Dat mag ik hopen,' zeg ik sarcastisch terwijl ik mijn arm lostrek. Als de bus een scherpe bocht maakt duizelt het me opeens. Mijn maag draait zich bijna om in een vlaag van misselijkheid. Niet ziek worden. Mijn lichaam reageert waarschijnlijk op de stress van de sollicitatieprocedure, de zoen en de moordlustige glinstering in Joshua's ogen.

'Verheug je je erop om ingemaakt te worden?'

Ik geef het beste antwoord dat ik kan verzinnen. 'Ik maak je met de grond gelijk. Het Haatspel. Jij en ik tegen elkaar. Dat is de enige manier om hier een eind aan te maken.'

'Oké,' blaft Joshua plotseling. Hij staat op en gaat achterstevoren op zijn knieën op zijn stoel zitten om onze collega's toe te spreken. Ze houden met tegenzin op met kletsen. Er hangt een sfeertje alsof er een muiterij op handen is.

Ik ga ook omgedraaid op mijn knieën zitten en zwaai naar iedereen. Ze glimlachen stuk voor stuk terug. Ik ben de lieve kleine agent, hij is de alom gehate dienstklopper. Het valt me op dat de Gamins aan de linkerkant van de bus zitten en de Bexleys rechts.

'Vandaag staan ons zes uitdagingen te wachten,' begint Joshua.

'Zeven, als je hem meetelt,' voeg ik eraan toe, en ik scoor een paar goedkope lachjes. Hij werpt me van opzij een boze blik toe.

'Zes teams van vier. Tijdens iedere ronde zitten jullie in een ander team. Het doel is om je collega's te leren kennen terwijl we buiten actief bezig zijn. Jullie moeten in teamverband een strategie bedenken om als eerste de vlag te veroveren.'

Als hij de schaapachtige blikken opmerkt, zucht hij diep. 'Echt waar? Niemand hier heeft ooit eerder paintball gespeeld? Je moet proberen om eerder bij de vlag te zijn dan het vijandelijke team. De belangrijkste regel is dat je niet op de vlagbewakers mag schieten. Of op elkaars gezicht of kruis.'

Wel verdomme, dat was nou het enige waar ik me op verheugde.

'Marion, Tim, Fiona en Carey, jullie zijn de vlagbewakers. Jullie beoordelen de inzet van de teams vanaf jullie positie naast de vlag. Jullie delen de cijfers uit, zeg maar.'

Ik ben licht onder de indruk. Zelf maakte ik me ook een beetje zorgen als ik me voorstelde dat die vier oudere medewerkers hun dikke, met verf besmeurde lijf over het paintballveld zouden moeten sleuren. Carey en Marion zitten verwaand naar elkaar te knikken terwijl Joshua vier klembborden uitdeelt. Ik wou dat hij dit met mij had overlegd. Hij heeft op alle punten de leiding, en daar baal ik van.

'Als we klaar zijn, verzamelen we ons op het terras, voor koffie en om te bespreken wat we vandaag van elkaar geleerd hebben.' Hij laat zich weer in zijn stoel glijden.

'Nog vragen?' Ik kijk om me heen en er worden een paar handen opgestoken.

'Krijgen we een overall aan?'

Joshua mompelt half binnensmonds iets wat klinkt als "stelletje randdebielen". Ik besluit de vraag zelf te beantwoorden.

'We krijgen allemaal een beschermend pak en een helm om onze ogen en ons gezicht te beschermen.' Bij mijn heup dringt Joshua's diepe zucht door mijn T-shirt.

'Ja?' Andy laat zijn hand zakken als ik hem aanwijs.

'Hoe hard komt zo'n verfkogel eigenlijk aan?'

'Snoeihard,' zegt Joshua zonder zich om te draaien.

'Denk eraan, mensen, het doel is niet om elkaar in de vernieling te helpen.' Ik kijk neer op Joshua. 'Ook al wil je dat nog zo graag.'

'Spelen jij en Joshua samen of tegen elkaar?' roept iemand achter in de bus en iedereen begint te lachen.

Het begint de spuigaten uit te lopen met onze reputatie als aartsvijanden, en dat is vooral mijn schuld. Ik moet ophouden met die ik-haat-Joshua-grappen. 'Het is de bedoeling dat we hierdoor nader tot elkaar komen. We zitten allemaal omstebeurt bij elkaar in het team, net als in een werksituatie. Zelfs Joshua en ik zullen vandaag samen ten strijde trekken. En dan nu de grote prijs!'

Iedereen gaat rechtop zitten.

'De prijs!' Joshua onderbreekt me en roept hard vanuit zijn stoel: 'De prijs is een extra vrije dag. Dat horen jullie goed, een gratis vrije dag. Maar die moet je verdienen door je weergaloze inzet voor het hele team te tonen.'

De hele groep begint te snateren. Een gratis vrije dag! Een dag uit de gevangenis! De beloning hangt als een wortel voor hun neus.

De Paintball Shootout is gevestigd in een klein aangeplant dennenbosje. De bodem is stoffig en donker, de bomen snakken naar de dood. Kraaien cirkelen rond boven ons hoofd en maken omineuze, krassende geluiden. We verzamelen ons in een slordige kring bij het hek.

Een kerel in een camouflage-overall posteert zich als een legercommandant naast Joshua. Allebei hebben ze zo'n lang gespierd lichaam, ze lijken op commando's. Misschien brengt Joshua al zijn vrije tijd hier door en zijn ze wapenbroeders. Gezworen kameraden, die samen de gruwelijkste verfshit hebben doorstaan in deze onherbergzame woestenij. Ze staan me allebei verwachtingsvol aan te staren en het dringt tot me door dat van me wordt verwacht dat ik ook voor de groep ga staan.

Iedereen kijkt geïnteresseerd toe als Joshua demonstreert hoe je het pak en de beschermende spullen moet aantrekken. Sergeant Paintball handelt het offensief van domme vragen met geroutineerd geduld af. We krijgen onze pakken, helmen en kniebeschermers, en daarna worden we bewapend.

We zijn volwassenen die als professionals onder elkaar een teambuildingsactiviteit gaan doen, dus natuurlijk nemen we ruim de tijd om flauwekul uit te halen, een rare houding aan te nemen met onze geweren en geluidseffecten te maken. Joshua en Sergeant Paintball staan erbij als de verplegers in een psychiatrische inrichting. Alan, het feestvarken van de vergadering, doet net of hij ons allemaal neermaait. 'Pjioew, pjioew, pjioew,' roept hij met zijn ernstige bariton. 'Pjioew, pjioew.'

Ik duik weg voor een schermutseling en voel me steeds ondermaatser en zwakker. Overal om me heen zijn lange benen en van verflust gloeiende ogen. Misschien bereikt de spanning wel het kritieke punt en breekt er een guerrilla-oorlog van Gamins tegen Bexleys uit, en ruilen ze hun paintballgeweren om voor AK-47s.

Het zweet staat op mijn voorhoofd en bovenlip, en wat er ook met mijn maag aan de hand is, het is niet best. Mijn lippenstift is vervaagd tot een roze vlek. Ik heb mijn haar in een zware helm gepropt, en de kleinste overall die ze hadden is nog steeds zo groot dat iedereen die me ziet, moet lachen. Zo elegant. Zo gracieus. Ik zal alle zeilen moeten bijzetten om deze middag door te komen.

Helene zwaait naar me. Ze staat op het terras dat uitkijkt over het terrein en draagt een witte zonneklep, een crèmekleurige linnen bloes en een nauwsluitende witte broek. Haar cola light drinkt ze met een rietje. Niemand anders dan Helene zou wit dragen tijdens een paintballuitstapje. Meneer Bexley zit met zijn armen over elkaar ergens over te mokken, als een kakikleurige brulkikker.

'Veel plezier, allemaal!' roept Helene. 'En vergeet niet dat we jullie kunnen zien!' Terwijl die griezelige *Big Brother*-opmerking nog naklinkt in onze oren gaan we van start.

Joshua leest de namen van de eerste teams voor en ik zit in dat van hem. Met onze teamgenoten Andy en Annabelle trekken we eropuit. Twee Gamins en twee Bexleys. De vijandelijke teams gaan ook op pad, in vergelijkbare samenstelling. Hij moet alle teams bewust zo hebben ingedeeld.

Ik had de afgelopen week moeten vragen hoe alles geregeld was, maar het is me niet gelukt om over de ongemakkelijke situatie heen te stappen. Bovendien was ik gedemotiveerd en humeurig omdat mijn idee voor het bedrijfsuitje vakkundig de nek was omgedraaid. Hij heeft deze dag voor mijn neus weggekaapt, dus dan mag hij hem verdomme organiseren ook.

Maar nu ik merk dat de opwinding in de lucht bijna tastbaar is, besef ik dat míjn fantastische idee een groot succes voor hém dreigt te worden. Wat ben ik toch een idioot.

Marion is al bij haar vlag. Ze staat vrolijk te zwaaien, met een pen tussen haar tanden, een klembord in haar hand en een verrekijker op haar borst. Ze neemt haar zogenaamd belangrijke taak heel serieus.

'Wat is het plan, team?' Ik zie onze tegenstanders nergens.

'Bij elkaar blijven of verspreiden?' Annabelle weet het niet zeker.

'Hm, ik zou zeggen bij elkaar blijven, want dit gaat tenslotte om teambuilding,' zeg ik, terwijl ik op een stapel dunne dennentakken ga zitten. Ik wil dolgraag mijn gezicht droogvegen. Mijn pak is zo warm dat ik bijna flauwval.

'We moeten iemand aanwijzen die de vlag probeert te veroveren, en die beschermen we dan,' oppert Andy. Dat is een goed idee.

'Ik ben voor. Wie gaat het doen?'

Andy en Annabelle kijken allebei stiekem naar Joshua, het is wel duidelijk dat ze een beetje bang voor hem zijn. Op een of andere manier staat zijn helm hem niet stom. Zijn gehandschoende handen lijken groot genoeg om door een bakstenen muur te stompen. Ze zouden een miniatuurversie van hem moeten verkopen in speelgoedwinkels voor agressieve kleine jongetjes.

'Annabelle,' besluit Joshua. 'En als zij wordt geraakt, dan gaan we op alfabetische volgorde van onze voornamen op de vlag af.'

Fantastisch. Dat betekent dus Andy, Joshua en als laatste pas Lucy. Tegen die tijd is er niemand meer over om mij te beschermen. Ik ben kanonnenvoer.

We gaan op pad en zoeken dekking. Andy merkt mijn stijgende paniek op en glimlacht hartelijk. 'We zullen goed op je passen, Luce, maak je geen zorgen.'

Ik wist wel dat Joshua een manier zou verzinnen om me te grazen te nemen. Ik kom hier gewond, gedeukt en onder de verfvlekken vandaan. En ik kan niet eens op hém schieten tot ik naar een ander team word doorgeschoven.

Er klinkt een hoorn, en ik kruip onhandig op handen en knieën tegen een helling op, wegschuivend in het mulle zand. Ik ga als eerste. Dat is logisch, gezien onze strategie. Ik verken het terrein. Mij kunnen ze het makkelijkst missen.

Mijn armen lijken me niet goed te kunnen dragen en ik val op mijn buik. Annabelle rent met rondmaaiende ledematen voor me uit, zonder plan en zonder moeite te doen om onzichtbaar te blijven. Ik ga op mijn knieën zitten en probeer haar terug te roepen, maar ik word bij mijn enkel gegrepen en achteruit gesleurd. Joshua ploft naast me neer, met zijn geweer in zijn hand. Hij gebaart dat ik moet gaan liggen.

'Laat dat,' sis ik hem toe.

'Ze raken je in je gezicht als je op die manier omhoogkomt.'

'Waarom hield je me dan tegen?'

Hij legt zijn hand op mijn onderrug en drukt me stevig tegen de grond. Diep vanbinnen moet ik toegeven dat het een heerlijk gevoel is. De lagen stof tussen ons in beginnen te gloeien.

'Wat is er trouwens met je?'

'Niks.' Ik probeer me los te wurmen.

'Je ziet er verschrikkelijk uit.'

'Bedankt. We moeten Annabelle dekking geven.' Ik kom voorzichtig omhoog en zie haar onhandig en in het volle zicht tussen de dunne boomstammetjes zwalken. Andy huppelt dapper achter haar aan. De vlag is een oranje vlek in de verte.

Ik spring op en zet het op een rennen. Joshua volgt direct. Als ik Marnie – van het vijandelijke team – in het oog krijg, laat ik me achter een grote steen vallen. Ik richt mijn geweer, vuur een paar kogels af en raak haar schouder.

'Ah,' zegt ze teleurgesteld en ze sjokt weg.

Joshua lijkt zelfs onder de indruk. 'Bikkel.'

Annabelle is nergens meer te bekennen. Overal klinkt geknal, geplop en gegil van pijn. Na een paar korte sprintjes vind ik Andy terug. Hij zit geknield op de grond zijn veter te strikken en heeft een grote verfvlek op zijn borst.

'O, Andy!'

Hij kijkt me aan met de uitgebluste blik van een Vietnam-veteraan die weet dat hij gaat sterven omdat het bloed in stralen uit zijn zompige buikwond spuit. Hij grijpt mijn knie. 'Red haar!'

Hij heeft te veel actiefilms gezien. Maar dat geldt ook voor mij, want ik loop plotseling over van plichtsgevoel en beschermingsdrang. Ik zal Annabelle redden.

'Ik ga een colaatje halen,' zegt Andy, en het moment is bedorven.

Ik blijf rennen. Steeds weer raak ik buiten adem en mijn bril beslaat. Als ik een knal hoor, spring ik achter een piramide van vaten die galmt onder de inslaande schoten. Ik werp een blik omlaag. Niets, tot nu toe. Ik neem ook aan dat ik het wel gevoeld zou hebben. Snel controleer ik de achterkant van mijn benen.

'Je hebt het gehaald,' roept Joshua. Hij zit een stukje verderop gehurkt achter een boomstronk en houdt zijn geweer heel cool vast, met de loop recht naar boven gericht. Ik probeer hem na te doen en laat dat van mij bijna vallen.

'Kneus,' is zijn overbodige commentaar. Hij moet erg sterke polsen hebben.

'Hou je kop.'

Annabelle duikt in elkaar achter een kwijnend stekje. Ze richt haar geweer en schakelt Matt uit. Ik slaak een gilletje van vreugde. Ze draait zich om en steekt haar duim naar me op, terwijl ze grijnzend aangeeft dat ik verder kan rennen. De vlag wappert ongeveer dertig meter verderop. Dan wordt ze plotseling in haar rug geschoten en ze slaakt een gilletje van pijn. Ik hoef niet eens naar Joshua te kijken om te weten dat hij nee zit te schudden.

'Ga jij maar dan. Ik bescherm je wel. Jij en ik zijn nog over, makker. De ouderdom gaat voor.'

'Fijn. Ik ben er geweest.' Hij rent het korte stukje naar mijn stelling van vaten. Terwijl hij controleert hoeveel munitie hij nog heeft, kijkt hij steeds even over zijn schouder.

'Zaten je ouders in het leger?' Dat zou het een en ander verklaren. Dat stijve gedrag, zijn doortastende, onpersoonlijke manier van doen. Die verslaving aan regels en procedures. Zijn netheid en de efficiënte manier waarop hij alles aanpakt. Het gevolg is dat hij geen vrienden heeft en niet in staat is om contact te maken. Ik wil wedden dat zijn ouders vaak in het buitenland gestationeerd waren. Hij maakt zijn bed zo strak op dat je er een muntje op kunt laten stuiteren.

'Nee,' zegt hij terwijl hij mijn geweer voor me nakijkt. 'Ze zijn allebei arts. Chirurg. Tenminste, dat waren ze.'

'Zijn ze dood? Ben je… Ben je een wees?'

'Ben ik een wat? Ze zijn met pensioen. Gezond en wel.'

'O. Kom je hier uit de buurt?' De loop van mijn geweer rust in het zand. Ik ben te moe. Hopelijk schieten ze me neer, ik moet even bijkomen.

'Alleen mijn broer en ik wonen in de stad.' Hij kijkt me afkeurend aan en tikt met zijn geweer op dat van mij. 'Pak je wapen er eens bij.'

'Is er nog zo een als jij? God sta ons bij.' Ik probeer te gehoorzamen maar mijn armen voelen als pudding.

'Je vindt het vast fijn om te horen dat we totaal niet op elkaar lijken.'

'Zie je hem vaak?'

'Nee.' Hij analyseert het terrein dat voor ons ligt.

'Waarom niet?'

'Gaat je niks aan.'

Djeez.

In de verte zie ik Danny tussen de bomen lopen, dwars door het gevecht van een andere groep, achter het touw dat de grens aangeeft. Ik zwaai naar hem. Hij tilt zijn hand op en glimlacht breed. Joshua richt zijn geweer, raakt hem met de precisie van een scherpschutter twee keer tegen de achterkant van zijn bovenbeen en snuift spottend.

'Wat doe je nou, gek? Ik ben de vijand niet,' brult Danny. Hij roept iets naar de vlagbewaker en loopt licht hinkend verder.

'Dat was nergens voor nodig, Joshua. Ontzettend onsportief.'

We trekken verder op. Joshua loopt voorovergebogen, en ontwijkt verrassend lichtvoetig een geweersalvo terwijl hij me achter een boom duwt. De vlag is nu vlakbij, maar er lopen nog steeds twee tegenstanders rond.

'Stil,' sissen we tegelijkertijd tegen elkaar en we kijken elkaar aan. Er is geen slechter moment om het Staarspel te spelen dan halverwege een potje paintball.

Ik moet de achterkant van mijn helm tegen de boom laten rusten om naar hem op te kunnen kijken. Zijn ogen hebben een kleur die ik nog niet eerder heb gezien; hij lijkt onder stroom te staan door de spanning van het gevecht. Hij kijkt weg om te controleren wat er achter ons gebeurt. Hoe krijg ik het voor elkaar om kalm en beheerst te blijven met dat dreigende gezicht en die vuurspuwende ogen voor me?

We staan dicht bij elkaar. Mijn huid wordt onmiddellijk weer gevoelig en als ik een snelle blik opzij werp, vang ik een glimp op van zijn brede biceps. Mijn hart slaat een slag over, ik herinner me weer hoe het was om zijn hand tegen mijn wang te voelen, toen hij mijn kin optilde zodat ik hem kon kussen. Hij proefde van me alsof ik iets heel lekkers was. Hij kijkt naar mijn mond en ik weet zeker dat hij precies hetzelfde denkt.

Hoofdstuk 9

'Je zweet.' Joshua kijkt bedenkelijk. Misschien zat ik ernaast.

Ik hoor een twijg knappen, iemand nadert ons van achteren. Ik trek achterdochtig mijn wenkbrauwen op en Joshua knikt. Nu komt het op mij aan, want hij moet de vlag gaan halen. Ik pak met twee handen zijn paintballpak vast, trek hem achter me en duw hem tegen de boom.

'Wat doe je –' begint hij achter mijn rug, maar ik kijk spiedend rond om te ontdekken waar de aanval vandaan zal komen. Ik ben Lara Croft, klaar om te schieten, mijn ogen brandend van wraaklust. Er steekt een vijandelijke elleboog achter de vaten uit.

'Rennen!' gil ik. Onhandig zoek ik met mijn dikke handschoenen naar de trekker. 'Ik geef je dekking!'

Op dat moment gebeurt het. *Plop, plop, plop*. De pijn trekt door mijn hele lichaam, armen, benen, buik, borsten. Ik brul het uit, maar de schoten blijven maar komen. De witte verf zit overal, totale overkill. Joshua draait me behendig om mijn as en blokkeert de schoten met zijn lichaam. Ik voel hem schokken onder de voltreffers als hij zijn armen opheft om mijn hoofd te beschermen. Kon ik de tijd maar stilzetten en een dutje doen.

Hij draait zijn hoofd en begint woedend te schreeuwen naar de aanvaller. Het schieten stopt en vlakbij hoor ik Simon kraaien van triomf. Hij staat boven op de berg en zwaait met de vlag. Wel verdomme. Ik had maar één opdracht, en die liet hij me niet eens uitvoeren.

'Je had moeten gaan. Ik had je dekking kunnen geven. Nu hebben we verloren.' Ik ben ineens zo misselijk dat ik bijna omval.

'Sorrrrrry,' zegt Joshua sarcastisch.

Rob komt naar ons toe, hij heeft zijn geweer laten zakken. Ik maak jammerende geluidjes. De pijn komt steeds op andere plekken opzetten.

'Sorry, Lucy. Het spijt me ontzettend. Ik liet me een beetje meeslepen. Ik doe te veel computerspelletjes.' Rob gaat een paar stappen achteruit als hij Joshua's gezicht ziet.

'Je hebt haar flink pijn gedaan,' bijt Joshua hem toe terwijl hij zijn handen om mijn hoofd legt. Hij drukt me nog steeds tegen de boom, zijn knie tegen de mijne en als ik naar links kijk, zie ik dat Marion door haar verrekijker naar ons staat te loeren. Met een grote grijns laat ze het ding zakken en ze schrijft iets op haar klembord.

'Weg.' Ik geef hem een ontzagwekkende duw. Hij is groot en zwaar en ik heb het zo heet dat ik mijn pak van me af wil scheuren om in de koude verf te gaan liggen.

We hijgen allemaal een beetje als we teruglopen naar de verzamelplek onder het uitkijkpunt. Ik hink en Joshua pakt ruw mijn arm, waarschijnlijk om te zorgen dat ik een beetje voortmaak. Een stukje verderop zet Helene haar zonnebril af. Ik zwaai naar haar als een zielig tekenfilmpoesje.

Slachtoffers in overvloed. Mensen kreunen terwijl ze behoedzaam tegen de geverfde delen van hun lichaam duwen. Tientallen gevechtsscènes worden nagespeeld. Ik kijk naar beneden en zie dat de voorkant van mijn lichaam schuilgaat onder een bijna dekkende laag verf. Joshua is van voren niet geraakt, maar zijn rug is een schilderij. Net iets voor ons, altijd het tegenovergestelde. Als ik mijn handschoenen uittrek en mijn helm afzet, geeft Joshua me zijn klembord en een flesje water. Ik zet het aan mijn lippen en voor ik het weet is het leeg. Alles voelt raar. Joshua vraagt aan Sergeant Paintball of ze misschien aspirientjes hebben.

Danny baant zich een weg door onze gevallen kameraden en komt naar me toe. Ik ben me er scherp van bewust hoe walgelijk ik eruit moet zien.

Hij kijkt naar mijn overall. 'Au.'

'Ik ben één grote blauwe plek.'

'Zal ik je wreken?'

'Graag, dat zou heel fijn zijn. Rob van bedrijfszaken is nogal fanatiek.'

'Ik reken wel met hem af. En waar sloeg dat op, Josh? Je schoot me in mijn been terwijl ik niet eens meer in het spel zat.'

'Sorry, ik was in de war,' zegt Joshua huichelachtig.

Danny houdt zijn hand boven zijn ogen en Joshua grijnst naar de lucht. Onze collega's, besmeurd met verf en krimpend van pijn, struikelen en zwaaien met hun armen. Ze weten niet precies wat ze nu moeten doen. De chaos grijpt razendsnel om zich heen. Ik raadpleeg het klembord, en zie dat Joshua me bij iedere ronde in zijn team heeft ingedeeld, waarschijnlijk op verzoek van Helene. Ze komt er nooit achter als ik dat verander, want ze zit een Sudoku te doen. Met potlood verwissel ik snel een paar namen voor ik de indeling van de nieuwe teams oplees. Mensen klonteren klaaglijk samen.

'Wacht, ze halen de eerstehulpdoos. Je kunt de rest van de middag beter gewoon blijven zitten. Het gaat niet goed met je,' zegt Joshua.

Ik kijk weer op naar Helene en naar de mensen om me heen. Binnenkort heb ik misschien de leiding over deze meute. Deze middag is een auditie, daar twijfel ik niet aan, en ik ben niet van plan om te falen.

'Ja, dat zeg je al sinds de dag dat we elkaar hebben leren kennen. Veel plezier, de rest van de middag.' Zonder nog achterom te kijken loop ik naar mijn nieuwe team.

Het voelt als de langste middag van mijn leven, maar het is ook in een flits voorbij. Het is zenuwslopend om opgejaagd en bespied te worden, en in ieder nieuw team worden onmiddellijk bondgenootschappen gesloten. Ik duw Quintus van financiën in een bunker terwijl het om ons heen roze kogels regent.

'*Go, go, go!*' brul ik als een aanvoerder van de mobiele eenheid terwijl Bridget met enorme stappen de vlag weet te bereiken, opgejaagd door een spervuur van verf.

In de derde ronde wordt duidelijk hoe ziek ik ben, nadat ik de vlag te pakken heb gekregen. Ik wist al dat het tragisch was om daar zo'n gevoel van triomf aan over te houden, maar ik had echt het gevoel dat ik de Mount Everest had beklommen. Mijn teamgenoten krijsten en de enorme Samantha, een basketballende Bexley, tilde me op en zwaaide me in het rond. Ik moest een beetje overgeven in mijn mond.

Mijn armen trillen van de inspanning om het geweer vast te houden. Alles doet surrealistisch aan, alsof ik ieder moment wakker kan worden uit een verkeerd gevallen middagdutje. De hemel boven ons is een zilverwitte koepel.

Ik kijk naar de glanzende, bezwete gezichten om me heen. Ik voel me zo verbonden met deze mensen. Een Gamin geeft een Bexley een high five, en ze barsten samen in lachen uit. We doen dit allemaal samen. Misschien was dit toch wel een goed idee van Joshua. Misschien kun je mensen alleen echt bij elkaar brengen door ze te verenigen in strijd en pijn, confrontatie en competitie. Misschien draait het allemaal wel om overleven.

Waar is Joshua eigenlijk? De rest van de middag zie ik hem niet meer, behalve bij het wisselen van de teams. Mijn ogen bedriegen me iedere keer als er iemand door de bomen sluipt. Ik zie hem geknield zitten, hij herlaadt zijn geweer, vuurt een schot af. Ik zie de vorm van zijn schouders en de kromming van zijn ruggengraat. En telkens als ik met mijn ogen knipper blijkt het iemand anders te zijn.

Ik verwacht ieder moment dat ene fatale schot. Eén grote rode spetter, recht in het hart.

'Waar is Joshua?' vraag ik aan de bewakers van de vlaggen, maar ze halen hun schouders op. 'Waar is Joshua?' vraag ik aan iedereen die ik tegenkom. 'Waar is Joshua?' De antwoorden worden steeds korter en geïrriteerder.

Ondanks het ritmische geknal van de schoten blijf ik aan mijn paintballpak sjorren. Onhandig trek ik de boord naar beneden om een paar centimeter zweterige huid te kunnen blootstellen aan de koude lucht. Dan moet ik overgeven. Er komt niets anders uit dan water en thee, want ik had vandaag geen zin in mijn lunch. Of mijn ontbijt. Ik schop er zand overheen en veeg mijn mond af met de rug van mijn hand. Alles draait zo snel om me heen dat ik me moet vasthouden aan een boom.

Het is al flink afgekoeld als de hoorn voor de laatste keer klinkt en we allemaal terug naar het hoofdkwartier strompelen. Iedereen is zichtbaar uitgeput en er wordt volop gefoeterd en geklaagd terwijl we onze overalls uittrekken. Sergeant Paintball staat erbij alsof hij twijfelt aan de keuzes die hij in zijn leven heeft gemaakt. Joshua kijkt met zijn handen in zijn zij toe, en ik richt instinctief mijn geweer. Het is tijd.

Lucy versus Joshua, de totale vernietiging.

Hij loopt naar me toe, totaal niet onder de indruk van mijn stoere pose, en pakt me het geweer af. Ik trek mijn helm van mijn hoofd. Hij gaat achter me staan en drukt zijn vingers tegen mijn zweterige nek. Het is alsof hij een open zenuw heeft geraakt en ik maak een vreemd gorgelend geluid als hij de rits van mijn pak losmaakt en het langs mijn rug naar beneden schuift. Ik spring rond om het helemaal uit te krijgen en sla zijn handen weg.

'Je bent ziek,' zegt hij beschuldigend. Ik haal vrijblijvend mijn schouders op en zwaai naar de trap waar Helene en Kleine Dikkepik staan te wachten.

'We hebben een aantal fantastische staaltjes van samenwerking gezien,' zegt Helene.

We juichen zwakjes en houden elkaar overeind. Ik til de zoom van mijn T-shirt op. De plekken waar ik geraakt ben zijn inmiddels paars verkleurd en de geur van koffie maakt me nog misselijker. Snel dring ik naar voren. Joshua heeft de touwtjes al veel te lang in handen. Ik kan deze dag nog redden.

'Willen de vlagbewakers naar voren komen om de samenwerking en de heldendaden waarvan ze getuige zijn geweest te bespreken?'

Terwijl de vlagbewakers vertellen wat ze hebben waargenomen probeer ik bij de les te blijven. Suzy heeft blijkbaar voor opschudding gezorgd, waardoor haar teamgenoot de kans kreeg om erdoorheen te glippen en de vlag te pakken.

'Daar moest ik me vier keer voor laten raken.' Suzy klopt kreunend op haar heup.

'Maar je deed het voor je team.' Meneer Bexley komt even bij uit zijn versuffing, waarvan ik steeds meer het idee krijg dat die door medicijngebruik wordt veroorzaakt. 'Goed gedaan, jongedame.'

'En over heldenmoed gesproken,' zegt Marion. 'Onze kleine Lucy hier heeft iets opmerkelijks gedaan.'

Ik kan wel door de grond gaan. Er stijgt gejuich op, maar ik wuif het weg. De volgende die me klein noemt, kan een karatetrap verwachten.

'Ze heeft vandaag tien kogels opgevangen voor een collega, om hem te beschermen tegen iemand die een beetje doorsloeg. De naam van die persoon zal ik niet noemen.' Ze kijkt strak naar Rob, die als een schuldige hond in elkaar krimpt. Ook andere mensen staren hem afkeurend aan.

'Ze gaat zo voor haar collega staan, haar armen wijd, ze verdedigde hem met haar leven!' Marion speelt mijn heldendaad na, haar armen gespreid als een vogelverschrikker, haar lichaam schokkend onder de inslag van de schoten. Ze is een goede actrice.

'En tot mijn grote verrassing zag ik dat Lucy niemand minder dan Joshua Templeman stond te beschermen!'

Iedereen begint hard te lachen. Mensen wisselen geamuseerde blikken uit en twee meisjes van personeelszaken geven elkaar een elleboogstoot.

'En... En toen! Toen zette hij haar achter zich om haar dekking te geven en kreeg hij de kogels in zijn rug! Hij beschermde háár! Het was waanzinnig.'

Nog zo'n leuk feitje: Marion leest tijdens de lunch romannetjes in de keuken. Ik vang Joshua's blik en hij veegt ruw zijn voorhoofd af met zijn onderarm.

'Het lijkt erop dat paintball ons vandaag allemáál dichter bij elkaar heeft gebracht,' weet ik uit te brengen en iedereen begint te klappen. Als dit een aflevering van een tv-serie zou zijn, dan waren we nu aangekomen bij de moralistische conclusie: kappen met dat gehaat. Helene is tevreden; ze glimlacht alsof ze wel wist dat het zo zou gaan.

Het Vrije Dag wordt toegekend aan Suzy. Ze accepteert haar geïmproviseerde certificaat met een diepe buiging. Deborah heeft een paar goede actiefoto's genomen en ik vraag of ze me die wil mailen voor de nieuwsbrief.

Helene pakt mijn elleboog. 'Denk eraan: ik ben er maandag niet. Ik ga mediteren onder een boom.'

Iedereen gaat op weg naar de bus en tot mijn grote vreugde constateer ik dat je opeens veel moeilijker kunt zien wie de Gamins en wie de Bexleys zijn. Iedereen is een wrak; geruïneerde kleren en rode, verhitte koppen. De meeste vrouwen hebben panda-ogen. Ondanks de fysieke ongemakken heerst er een nieuw gevoel van kameraadschap.

Helene en meneer Bexley knijpen er als formule 1-coureurs tussenuit. Een paar mensen worden door hun partner opgehaald, en er ontstaat een verwarrende chaos van auto's en stof. De buschauffeur legt haar krant neer als hij ons ziet aankomen en doet de deur open.

'Wacht nog een paar minuten,' roep ik en ik sprint weer naar binnen. Het lukt me nog net om de wc te halen voor ik verschrikkelijk over mijn nek ga. Nog voor ik het gevoel heb dat alles eruit is, wordt er hard op de wc-deur geklopt. Ik ken maar één persoon die zo ongeduldig kan kloppen en daar zoveel irritatie in kan leggen.

'Ga weg,' snauw ik.

'Ik ben het, Joshua.'

'Weet ik.' Ik spoel nog een keer door.

'Je bent ziek. Dat zei ik al.' Hij rammelt aan de deurklink.

'Ik zorg zelf wel dat ik thuiskom. Ga weg.'

Het wordt stil en ik neem aan dat hij terug is gegaan naar de bus. Ik geef nog een keer over. Daarna was ik mijn handen, met mijn benen steun zoekend bij de wasbak tot mijn broek doorweekt is door de spetters. Elvis plakt klam aan mijn buik.

'Ik ben ziek,' biecht ik op aan mijn spiegelbeeld. Ik heb koorts, mijn ogen schitteren. Ik ben blauw en grijs en wit. De deur gaat op een kiertje open en ik piep verschrikt.

'Mens.' Joshua trekt zijn wenkbrauwen op. 'Wat zie je eruit.'

Ik kan nauwelijks focussen. De vloer draait rond. 'Ik red het niet. Die busrit. Het gaat niet.'

'Ik kan Helene bellen. Ze is zo terug, ze kan nog niet ver zijn.'

'Nee, nee, het komt wel goed. Ze is op weg naar een kuuroord. Ik kan wel voor mezelf zorgen.'

Hij leunt in de deuropening. Zijn voorhoofd rimpelt bezorgd.

Ik zet me schrap, schep wat koud water in mijn handen en plens het in mijn nek. Mijn haar is losgekomen uit mijn knot en plakt tegen mijn huid. Ik spoel mijn mond. 'Oké, het gaat weer.'

Terwijl we teruglopen, houdt hij het puntje van mijn elleboog tussen twee vingers, alsof het een vuilniszak is. Ik kan de gretige blikken achter de getinte ramen van de bus bijna voelen. Ik denk aan de twee meisjes die elkaar stonden aan te stoten en schud hem af.

'Ik kan je hier achterlaten en terugkomen om je met de auto op te halen, maar dat kost minstens een uur.'

'Jij? Terugkomen om me op te halen? Dan zit ik hier de hele nacht.'

'Hé. Nu even ophouden met die onzin, oké?' Hij is geïrriteerd.

'Ja, ja, personeelszaken.' Ik strompel de bus in.

'O, jeetje,' roept Marion op vol volume. 'Lucy, je ziet er verschrikkelijk uit.'

'Lucy!' Danny roept vanachter uit de bus. 'Ik heb een stoel voor je vrijgehouden!' Hij zit zo ver achterin dat het lijkt of de bus als een telescoop is uitgeschoven. Als ik daar ga zitten kots ik over iedereen heen. Met mijn lippen vorm ik het woord 'sorry' en ik ga met mijn ogen dicht voorin zitten.

Joshua drukt de rug van zijn hand tegen mijn vochtige voorhoofd. 'Je hand is koud,' sis ik.

'Nee, jij bent gloeiend heet. Je moet naar de dokter.'

'Het is bijna vrijdagavond. Weinig kans. Ik moet naar bed.'

De rit naar huis is behoorlijk erg. Ik zit in de val en er komt geen eind aan. Ik ben een insect in een potje dat door een kind door elkaar wordt geschud. De hete, benauwde bus zwaait heen en weer, ik voel iedere hobbel en bocht. Ik concentreer me op mijn ademhaling en het gevoel van Joshua's arm tegen de mijne. In een gemeen scherpe bocht houdt hij me zelfs met zijn schouder overeind in mijn stoel.

'Waarom?' Het is een overbodige vraag, en ik voel dat hij zijn schouders ophaalt.

Voor de deur van B&G worden we uitgeladen. Een paar vrouwen drommen om me heen en ik probeer te volgen wat ze zeggen. Joshua houdt me aan de hals van mijn natte T-shirt overeind en zegt dat er niets aan de hand is.

Hij voert een heftige discussie met Danny, die me maar blijft vragen of ik het echt zeker weet.

'Godver, natuurlijk weet ze het zeker,' dondert Joshua.

Dan zijn we alleen.

'Ben je met de auto?'

'Jerry heeft nog een weekend nodig. De monteur. Ik pak de bus wel.'

Hij duwt me als een kokhalzende, zwetende marionet voor zich uit. Mijn mond smaakt naar bijtend zuur. Hij laat mijn nek los en haakt een vinger in het lusje van mijn spijkerbroek terwijl hij met zijn andere hand mijn elleboog vasthoudt. Ik moet lachen als ik zijn knokkels net boven mijn bilspleet voel drukken.

De trap naar de parkeerplaats in de kelder is zo steil dat ik terugschrik, maar hij duwt me verder en verstevigt zijn greep. Hij laat ons met zijn pasje de garage binnen en dirigeert me in de richting van zijn zwarte auto. Ik ruik uitlaatgassen en olie. Ik ruik alles. Even blijf ik zonder dat er iets uit komt achter een pilaar staan kokhalzen en hij legt aarzelend zijn hand tussen mijn schouderbladen. Hij wrijft zachtjes. Huiverend doorsta ik een aanval van misselijkheid.

Joshua zet me in de passagiersstoel. Hij slingert mijn tas – die ik zelf was vergeten – op de achterbank. Terwijl hij de auto in zijn vrij zet, vang ik een glimp van mezelf op in de zijspiegel. Mijn hoofd hangt opzij, mijn jukbeenderen zijn donkerrood en glimmen van het zweet, mijn mascara is vlekkerig.

'Oké. Ga je in mijn auto kotsen, Taartje?' Hij klinkt niet ongeduldig of geërgerd en zet mijn raam een stukje open.

'Nee. Misschien. Waarschijnlijk wel.'

'Gebruik dit maar als het nodig is,' zegt hij en hij geeft me een lege kartonnen koffiebeker. Hij zet de auto in zijn achteruit. 'Zeg maar waar ik heen moet.'

'Loop naar de hel.' Ik begin weer te lachen.

'Dus daar woon je.'

'Kop dicht. Naar links.' Ik wijs hem de weg naar mijn flat. Met mijn ogen dicht tel ik mijn ademhalingen en het lukt me om niet over te geven. Dat is een behoorlijke prestatie.

'Hier. Voor de deur is prima.'

Hij schudt zijn hoofd en verslagen wijs ik hem mijn lege parkeerplaats. Hij moet me helpen om uit de auto te komen en ik laat me tegen hem aan zakken. Mijn wang rust heel even op iets wat zijn borst zou kunnen zijn. Ik hou me vast aan zijn middel.

Hij drukt op het knopje en we staan tegenover elkaar in de lift. Het Staarspel wordt overheerst door broeierige, zweterige herinneringen aan de vorige keer dat we dit deden.

'Je had seriemoordenaarsogen die dag.' Blijkbaar heb ik mijn filter uitgekotst.

'Jij ook.'

'Ik vind dat T-shirt geweldig. Het staat je fantastisch.'

Verwonderd kijkt hij omlaag. 'Het is niks bijzonders. Ik... Ik vind dat van jou ook mooi. Het is zo groot als een jurk.'

De deur van de lift schuift open. Ik wankel naar buiten. Helaas, hij volgt me.

'Hier is het.' Ik leun tegen mijn voordeur. Hij vist mijn sleutels uit mijn tas en doet hem open.

Nooit eerder heb ik iemand zo fanatiek zien hopen om binnengevraagd te worden. Hij steekt zijn hoofd steeds een stukje verder door de opening. Zijn handen drukken tegen de deurpost alsof hij op het punt staat om over de drempel te vallen.

'Ik had iets heel anders verwacht. Het is niet erg... kleurig.'

'Bedankt en tot ziens.' Ik ga naar de keuken, pak een glas en drink uit de kraan.

'Ik denk dat er nog wel ergens een huisartsenpost open is,' zegt Joshua achter me. Hij pakt me het glas af voor ik het kan laten vallen. Dan zet hij mijn broodrooster recht tegen de muur en hij vouwt een theedoek op om de ongemakkelijke stilte te vullen. Met zijn nagel peutert hij een kruimel los die aan het aanrecht is blijven plakken. O, man, hij is zo iemand die dol is op schoonmaken. Hij wil zijn mouwen opstropen en losgaan met chloor en schuurmiddel.

'Wat is het hier een rotzooi, hè?' Ik wijs naar een mok met een rand van lippenstift. Hij staart er verlangend naar en we proberen ons gelijktijdig voor de ander langs te wringen in het kleine keukentje.

'Laat me je naar de dokter brengen.'

'Ik moet even gaan liggen. Dat is alles.'

'Kan ik iemand voor je bellen?'

'Ik heb niemand nodig,' verkondig ik trots. Ik steek mijn hand uit om mijn sleutel aan te pakken. Hij houdt hem buiten mijn bereik. *Ik heb niemand nodig om voor me te zorgen. Ik kom hier zelf wel doorheen. Ik ben alleen op de wereld.*

'Alleen op de wereld? Wat ben je toch dramatisch. Ik ga naar de drogist om te kijken of ik iets voor je kan krijgen.'

'Ga je gang. Prettig weekend.'

Als de deur met een klik dichtgaat, constateer ik opnieuw dat mijn appartement een rampgebied is. En inderdaad, naast een grote rotzooi is het ook een beetje kleurloos. Mijn vader noemt het 'de iglo'. Ik heb nog geen tijd gehad om mijn stempel erop te drukken, ik heb het steeds veel te druk gehad. De smurfenkast, die een groot deel van de muur in de woonkamer in beslag neemt, is donker, de speciale verlichting is uit. Ik ben dolblij dat Joshua weg is.

Mijn bed ziet eruit alsof ik lijd aan gestoorde seksdromen, en dat is ook zo. De lakens liggen er in een verkreukelde kluwen bij en de kant waar een man zou moeten liggen is bezaaid met boeken. Bandjes van lingerie en stukjes smurfenondergoed piepen als de blaadjes sla van een hamburger uit de laden van de kast. Ik pak het kopietje van Joshua's agenda van mijn nachtkastje en verstop het.

Ik neem een fantastische, martelende, eindeloze douche. Eerst zet ik alleen de koude kraan open zodat ik bevries, en daarna maak ik het water zo warm, dat ik levend verbrand. Ik drink het verdampende water. Met shampoo maak ik een grote berg schuim op mijn hoofd die ik langzaam laat wegspoelen. Het feit dat ik het te veel moeite vind om conditioner te gebruiken bewijst dat ik op sterven na dood moet zijn.

In mijn tollende hoofd komen allerlei onzinnige beelden op. Ik leun tegen de tegels en herinner me hoe het was toen ik tegen een boom hing en Joshua Templeman me met zijn lichaam afschermde.

In mijn eigen hoofd ben ik vrij om te fantaseren wat ik wil, en de gedachten die bij me opkomen zijn niet progressief of twintigste-eeuws. Het zijn verdorven, brute holbewonersgedachten. In mijn hoofd wordt hij gedreven door een dierlijk instinct om me te beschermen en buigt hij zijn gespierde lichaam over dat van mij heen. Hij vangt alle klappen op, dat is zijn privilege. Hij heeft een enorme injectie gehad met de superdrug van de natuur: testosteron.

Zolang ik in hem gewikkeld ben, kan me niets gebeuren. Alles wat pijnlijk is of me kwaad wil doen zal eerst dwars door hem heen moeten voor het mij kan raken. En dat zal nooit gebeuren.

'Leef je nog?'

Ik gil als tot me doordringt dat ik de resonerende stem niet verzonnen heb, en druk me tegen de tegels. 'Niet binnenkomen!' Voor ik ging douchen heb ik de deur dichtgedaan. Bedankt, beschermengeltjes. Ik sla mijn armen voor mijn pornozones.

'Natuurlijk niet,' snauwt hij.

'Ik ben spiernaakt. Blauwe plekken...' Ik lijk wel een schilderij van Monet; paarse waterlelies, drijvend in het groen.

Hij reageert niet.

'Nou, ga dan weg. Naar de woonkamer.'

Mijn huid doet pijn als ik me afdroog. Ik zet de badkamerdeur op een kiertje; het is doodstil. Ik schiet mijn slaapkamer in en gris wat ondergoed bij elkaar, een spuuglelijke beige bh, een boxershort en een oude versleten pyjama met een plaatje van een schattige dinosaurus erop. Zijn slaperige ogen zijn halfdicht, en daaronder staat de tekst: *snurkosaurus.*

Ik sta in mijn nakie mijn kleren aan te trekken, met niet meer dan een muurtje tussen mij en Joshua in. Ik hou van je, muurtje. Wat een braaf muurtje. Ik laat me zo lomp op bed vallen dat het matras piept, en dat is het laatste wat ik hoor.

Ik word wakker in een vulkaan. 'Nee! Nee!'

'Ik probeer je niet te vergiftigen. Hou op met dat gespartel.' Joshua's hand ligt in mijn nek en hij probeert twee pilletjes op mijn tong te leggen. Nadat ik een slok water heb genomen laat hij me weer zakken.

‘Mijn moeder gaf me altijd limonade. En ze bleef naast me zitten. Als ik wakker werd, was ze er nog steeds. Deed die van jou dat ook?’ Ik klink alsof ik vijf ben.

‘Mijn ouders hadden het op hun werk veel te druk met andere zieke mensen om dat soort dingen voor mij te doen.’

‘Dokters.’

‘Ja, maar niet voor mij.’ Uit zijn toon kan ik afleiden dat dit een gevoelig onderwerp is.

Hij legt zijn hand op mijn voorhoofd, met rechte, stijve vingers. ‘Even je temperatuur checken.’

‘Ik voel me zo stom.’ Mijn stem klinkt vervormd omdat hij een thermometer in mijn mond heeft geduwd. Die moet hij hebben gekocht, want zelf heb ik er geen. Deze toestand zou wel eens de geschiedenis in kunnen gaan als de meest beschamende herinnering van mijn hele leven. ‘Je houdt hier nooit meer over op.’ Dat is wat ik probeer te zeggen, maar dankzij de thermometer komt het eruit alsof ik een hersenbeschadiging heb.

‘Natuurlijk wel. Niet op de thermometer bijten,’ zegt hij zacht terwijl hij hem uit mijn mond haalt. ‘Je temperatuur mag niet boven de veertig komen.’ In het schaarse avondlicht lijken zijn ogen heel donkerblauw als hij me met een bijna klinische blik observeert. Hij strijkt nog een keer zacht over mijn voorhoofd, maar niet om te voelen hoe warm het is, en verschuift mijn kussen. Dit zijn niet de ogen van de man die ik ken.

‘Oké. Blijf dan nog maar even. Maar je mag best weg als je wilt.’

‘Lucy, ik blijf.’

Als ik uiteindelijk ben ingedommeld, droom ik dat Joshua op de rand van mijn bed naar me zit te kijken terwijl ik slaap.

Hoofdstuk 10

Ik ben aan het overgeven. Joshua Templeman houdt een grote Tupperware-bak onder mijn kin, de bak die ik meestal meeneem naar mijn werk. Ik ruik de zoete, plasticachtige geur van restjes glazuur en eieren en ik kots nog even door. Met zijn pols ondersteunt hij mijn hangende hoofd en hij houdt mijn haar in zijn vuist bij elkaar.

'Dit is zo walgelijk,' kreun ik tussen het kokhalzen door. 'Ik ben zo – Ik ben zo –'

'Sst,' zegt hij en ik val bibberend en happend naar adem in slaap, terwijl hij mijn gezicht afveegt met iets kouds en nats.

Volgens de wekker is het acht minuten over een als ik weer rechtop ga zitten. Er valt een nat washandje in mijn schoot. Ik verschiet van schrik als ik het gewicht naast me op bed opmerk.

'Ik ben het maar,' zegt Joshua. Hij zit tegen het hoofdeinde door mijn gids met actuele smurfenprijzen te bladeren. Hij heeft zijn schoenen uitgetrokken en zijn voeten bij de enkels gekruist. De rest van de boeken ligt keurig opgestapeld op de ladekast.

'Ik heb het zo koud,' zeg ik klappertandend. Ik voel aan mijn haar; het is nog vochtig van de douche.

Hij schudt zijn hoofd. 'Je hebt koorts. Het wordt erger.'

'Nee, koud,' sputter ik tegen. Ik wankel naar de badkamer en laat de deur openstaan. Ik plas, trek door en besef dan pas hoe ondamesachtig ik bezig ben. Boeien. Hij heeft inmiddels toch al bijna alles gezien en gehoord. Ik zal mijn eigen dood in scène moeten zetten en ergens een nieuw leven moeten beginnen. Er zit niets anders op.

Met mijn vinger wrijf ik wat tandpasta over mijn tong. Even kokhalzen, en herhalen.

Ik hoor katoen ritselen, elastiek terugschieten en het matras kraken. Door de spleet van de deur kijk ik toe terwijl hij schone lakens op het bed legt. Ik ben een klam, afstotelijk hoopje ellende, maar toch kan zijn omhooggestoken achterwerk rekenen op mijn volle aandacht.

'Hoe gaat het met jou?' Hij kijkt me aan vanonder zijn arm en trekt de laatste hoek van het hoeslaken op zijn plek. Mijn matras heeft mazzel, het krijgt de machobehandeling.

'O, prima. Hoe gaat het met jou?' Ik val in bed en sla de dekens over me heen. Naast me zakt het bed diep in, en ik voel zijn hand op mijn voorhoofd.

'Aha, dat is fijn.' Ik kan een voorbeeld nemen aan de temperatuur van zijn hand. Voor wat hoort wat, zo gaat het bij alles wat we doen, dus ik leg mijn handen op zijn voorhoofd.

'Oké.' Dat vindt hij grappig.

Ik raak het gezicht van mijn collega Joshua aan. Dit moet een droom zijn. Dadelijk word ik wakker in de bus en dan zit hij me uit te lachen omdat er een sliert kwijl aan mijn kin hangt. Maar de minuten gaan voorbij en er gebeurt niets.

Ik laat mijn handen over het schuurpapier op zijn wangen glijden en herinner me hoe hij mijn gezicht vasthield in de lift. Dat had niemand ooit eerder gedaan. Ik doe mijn ogen open en zou zweren dat hij huivert. Ik voel zijn hartslag. Zijn hartslag voelt mij.

Inmiddels liggen mijn handen om zijn keel, en ik herinner me weer hoe graag ik hem ooit wilde wurgen. Voorzichtig spreid ik mijn handen om zijn hals, om te voelen of het past, en hij knijpt één oog halfdicht.

'Ga je gang,' zegt hij. 'Toe maar.'

Zijn nek is veel te dik voor mijn kleine handjes. Ik voel dat hij zich spant, er trekt iets strak in zijn lichaam. Hij maakt een geluid vanuit zijn keel.

Ik doe hem pijn. Misschien is hij al bijna dood. Hij wordt vuurrood, kijkt me doordringend aan en ik weet dat er iets gaat gebeuren. Ik ben niet voorbereid op wat het is.

Hij proest het uit.

Hij is nog steeds de persoon naar wie ik iedere dag van de week zit te staren, maar nu geeft hij licht. Zijn stekker zit in het stopcontact en hij staat onder stroom. Hij straalt van plezier, en daardoor gloeien zijn kleuren op als glas in lood. Bruin, goud, blauw, wit. Het is een misdaad dat ik die lachrimpeltjes nooit eerder heb gezien. Hij heeft perfecte tanden en zijn mond vormt een ontspannen boog, met een klein kuiltje in iedere hoek.

Iedere lach komt als een gierende uitbarsting naar buiten, hij kan het niet binnenhouden en dat is net zo verslavend als het gevoel van zijn mond of de geur van zijn huid. Die fantastische lach is precies wat ik op dit moment nodig heb.

Als ik eerder vond dat hij er goed uitzag, in het voorbijgaan of als hij me gewoon irriteerde, dan was dat maar het halve verhaal. Als hij glimlacht, is hij oogverblindend. Met bonzend hart sla ik dit half verduisterde moment in mijn geheugen op. Deze kans krijg ik maar één keer, net nu ik een delirium heb van de koorts.

Kon ik dit maar vasthouden. Ik weet nu al hoe hol en droevig ik me zal voelen als het afgelopen is. *Ga nog niet weg*, wil ik zeggen. Waarschijnlijk span ik mijn vingers, want hij schatert het uit tot het matras onder ons ligt te schudden. De sprankelende lichtjes in zijn ogen raken mijn hart als kogels. Dit prachtige, onmogelijke moment zal ik in mijn hoofd blijven afspelen tot ik honderd jaar oud ben.

'Ga je gang, vermoord me maar, Taartje.' Happend naar adem veegt hij zijn ogen droog. 'Ik weet hoe graag je het wilt.'

'Zo graag,' zeg ik, net als hij ooit tegen mij heeft gezegd. Het is of mijn eigen keel ook wordt dichtgeknepen, ik kan nauwelijks nog praten. 'Je hebt geen idee.'

Mijn pyjama is kletsnat van het zweet als ik met een ruk wakker schiet. Er is een derde persoon in mijn slaapkamer. Een man die ik nooit eerder heb gezien. Ik begin te krijsen als een gewond aapje.

'Rustig, joh,' zegt Joshua in mijn oor. Ik kruip bij hem op schoot en druk mijn gezicht tegen zijn sleutelbeen terwijl ik zijn cedergeur zo diep opsnuif dat ik waarschijnlijk zijn geest naar buiten zuig. Ik sta op het punt om afgevoerd te worden naar een of andere angstaanjagende medische instelling, ver van mijn veilige bed en deze armen.

'Hou ze tegen, Josh! Ik beloof dat ik beter word!'

'Ik ben arts, Lucy. Hoelang en welke symptomen?' De man trekt een paar handschoenen aan.

'Ze was vanochtend al niet honderd procent. Ze had een kleur, ze was afwezig en in de loop van de dag werd het steeds erger. Sinds de lunch was ze zichtbaar zweterig, en ze heeft niks gegeten. Vanaf een uur of vijf is ze aan het overgeven.'

'En verder?' De dokter kiest dingen uit zijn koffer en legt ze op een rijtje op het voeteinde van mijn bed. Ik kijk wantrouwig toe.

'Tegen een uur of acht begon ze te ijlen. Rond halftwee probeerde ze me met haar blote handen te wurgen. Toen had ze bijna veertig graden koorts, en op dit moment nadert ze de eenenveertig.'

Ik knijp mijn ogen dicht als de onbekende rubberen handen de klieren in mijn keel betasten. Josh wrijft sussend over mijn armen. Ik zit tussen zijn dijen en voel zijn massieve lichaam tussen mijn schouderbladen. Mijn persoonlijke menselijke leunstoel. Als de dokter zijn vingertoppen in mijn buik duwt, maak ik jankende geluidjes. Mijn shirt wordt een stukje omhooggeschoven.

'Shit, wat is daar gebeurd?' Allebei tegelijk laten ze een meelevend gesis ontsnappen.

'Paintballdagje met het personeel. Zelfs mijn rug is er niet zo erg aan toe.' Josh streelt me en ik begin nog harder te zweten. 'Arm Taartje,' zegt hij in mijn oor. Het klinkt niet eens sarcastisch.

'Heb je in een restaurant gegeten?'

Ik pieker me suf. 'Ik heb Thais besteld. Niet vandaag. Gisteren misschien.

De frons van de man komt me opeens heel bekend voor. 'Het zou voedselvergiftiging kunnen zijn.'

'Of een virus,' werpt Josh tegen. 'Anders zou ze eerder last hebben gehad.'

'Als jij zo goed diagnoses kunt stellen, waarom heb je mij dan gebeld?'

Ze beginnen te kibbelen over mijn symptomen. Het klinkt me in de oren als mannenpraat over sport, de virussen die op dit moment in de stad rondgaan zijn de teams. Ik kijk door mijn half dichtgeknepen oogleden toe. Ik wist niet dat artsen op huisbezoek kwamen, zeker niet om twee uur negenendertig in de ochtend. De arts is ergens halverwege de dertig, lang, met donker haar en blauwe ogen. Zo te zien komt hij recht uit bed en heeft hij snel een jas aangeschoten.

'Jij bent best wel knap,' zeg ik tegen hem. De aanvullende diagnose zou moeten zijn dat mijn filter kapot is.

'Wauw, ze is echt aan het ijlen,' zegt Josh venijnig terwijl hij zijn armen om mijn schouder slaat. Hij knijpt zo hard dat ik me niet meer kan bewegen.

'Grappig, meestal vinden ze hem de knappe,' zegt de dokter een beetje zuur terwijl hij aan de voet van het bed in zijn tas rommelt. 'Stel je niet zo aan, Josh.'

'Je bent zijn bróér,' zeg ik met kinderlijke verbazing als de puzzelstukjes op hun plaats vallen. 'Ik dacht eigenlijk dat hij een mislukt experiment was.'

Ze kijken elkaar aan en Josh' broer begint te lachen. 'Wat een schatje.'

'Ze is...' Ik voel dat Josh zijn hoofd schudt. Hij verschuift me tegen zijn borst, en mijn koortsige brein interpreteert dat als een knuffel.

'Ik ben sneu. Dat zegt hij de hele tijd. Hoe heet jij?'

'Ik ben Patrick.'

'Patrick Templeman. Wow, man. Dokter Templeman in eigen persoon.'

Ik zit nog steeds bij Josh op schoot, mijn hoofd in de kromming van zijn nek, en waarschijnlijk zweet ik hem helemaal onder. Ik probeer weg te kronkelen, maar hij houdt me goed vast.

'Ik ben inderdaad dokter Templeman, al ben ik niet de enige.' De geamuseerde blik verdwijnt, en als hij hoest, draait hij zich half om. Ik probeer zijn mouw te pakken zodat ik kan zien hoeveel hij op Josh lijkt. Hij staat gehoorzaam stil, maar slaat zijn ogen op naar Josh. Die zit zo gespannen als een stenen muur achter me.

'Sorry, inderdaad. Josh is knapper.' Het blijft even stil voor beide broers beginnen te lachen. Patrick is totaal niet beledigd en Josh ontspant zich weer.

'Kun je een paar gênante dingen over hem vertellen?'

'Reken maar, zodra je je beter voelt. Zorg dat ze blijft drinken, Josh. Ze is klein genoeg om snel uit te drogen.'

'Weet ik.'

Met zijn tweeën proberen ze me te verleiden om iets zuurs te drinken dat goed voor me zou zijn. Ik word plat op bed gelegd en ze lopen weg uit de slaapkamer. Hoewel ze de deur dicht hebben gedaan kan ik nog steeds verstaan wat ze zeggen.

'Je zou hier goed in zijn geweest.' Patrick rammelt met zijn dokterstas. 'Je hebt precies de juiste dingen gedaan.'

Josh zucht diep. Ik weet zeker dat hij zijn armen over elkaar heeft geslagen.

'Je hoeft niet in de verdediging te gaan. Oké, het volgende moeilijke onderwerp. Was je nog van plan om te bevestigen dat je komt? Ooit?'

'Dat wilde ik nog doen.' Hij liegt.

'Mooi, dan beschouw ik dat als een toezegging. En doe niet net of je bent vergeten wanneer het is; ik weet dat mam je de uitnodiging persoonlijk heeft gegeven. We wilden niet dat hij "kwijt" zou raken, zoals die voor het verlovingsfeest.'

Josh, jij kleine rat.

Patrick denkt er net zo over. 'Ik wil nu van je horen dat je komt. Mindy moet het weten. Voor kleine dingetjes, zoals de catering. De tafelschikking.'

'Ik heb het heel druk op het moment,' probeert Josh, maar Patrick onderbreekt hem.

'Stel je eens voor hoe het overkomt als je wegblijft.'

Josh zegt niets en Patrick dringt aan. 'Ik weet dat het moeilijk voor je is.'

'Je verwacht van me dat ik gewoon kom opdagen alsof er niks gebeurd is?'

Patrick begrijpt het niet. 'Maar je kunt Lucy toch meenemen?'

Daar denk ik in het donker over na. Waarom zou het in hemelsnaam moeilijk voor Joshua zijn om naar de bruiloft van zijn eigen broer te gaan?

‘Ze is mijn vriendin niet. We werken samen.’ Josh klinkt geïrriteerd. Het zou niet moeten aankomen als een stomp in mijn maag, maar toch is het zo.

‘Ik was er anders zo in getrapt.’

‘Ze is eigenlijk meer op zoek naar een aardige vent. Dat zijn ze allemaal.’

Er valt een pijnlijke stilte. ‘Hoe vaak moet ik nog zeggen –’

‘Nooit meer.’ Josh is de koning van het afgekapte gesprek.

Het blijft stil. Ik kan ze bijna naar mijn slaapkamerdeur horen kijken.

Patrick gaat zachter praten, en het enige wat ik nog opvang is gesmoord gehakketak. Hoewel ik het ontzettend slecht van mezelf vind, klim ik stilletjes uit bed en zorg ik dat mijn voeten in de schaduw blijven. Ik ben een verachtelijke luistervink.

‘Ik vraag of je naar mijn bruiloft wilt komen om je moeder een plezier te doen. Om mij een plezier te doen. Mindy raakt hartstikke gestrest omdat ze denkt dat er een of andere familievete wordt uitgevochten.’

Josh zucht diep en verslagen. ‘Jij je zin.’

‘Is dat een ja? “Ja, natuurlijk, Patrick, ik kom dolgraag op je bruiloft. Ik neem je hartelijke uitnodiging aan.”’

‘Ja. Zoiets.’

‘Ik zet erbij dat je iemand meeneemt. Als ze deze nacht overleeft.’

Ik hou me vol afgrijzen overeind aan de muur en Josh zegt sarcastisch: ‘Ha, ha.’

Het is vlak voor zonsopgang, en mijn kamer is ijsblauw. Ik zit rechtop in de kussens en slobber slordig iets naar binnen wat tot mijn verrassing citroenlimonade blijkt te zijn. Is hij naar de nachtwinkel aan de overkant geweest? Het spul is zoetzuur en smaakt naar jeugdsentiment. Ik stik bijna van heimwee.

Hij pakt mijn glas aan, slaat zijn arm om mijn schouders en legt me voorzichtig terug in de kussens. Gisteren waren zijn bewegingen nog onzeker, maar nu glijden zijn vingertoppen zonder aarzelen over mijn gezicht. Hij ziet eruit alsof hij kapot is van vermoeidheid.

'Josh.'

Hij kijkt me verrast aan. 'Lucy.'

'Lucinda,' fluister ik, om grappig te zijn.

Hij draait zijn gezicht weg om te glimlachen, maar ik pak zijn mouw.

'Niet doen. Ik heb het al gezien.' Ik kom nooit meer over die glimlach heen.

'Oké.'

Ik kan merken dat hij in de war is, en hij is niet de enige. Ik zit nu al zo lang naar hem te staren dat hij zijn eigen kleurenspectrum heeft. Hij vult de dagen van de week. De vlakjes op mijn kalender.

'Wit, gebroken wit met een streepje, crèmekleurig, sekseneutraal geel, afzichtelijk mosterd, babyblauw, zeeblauw, duifgrijs, marineblauw, zwart.' Ik tel af op mijn vingers.

Josh raakt half in paniek. 'Je bent weer aan het ijlen.'

'Nee. Dat zijn de kleuren van je overhemden. Hugo Boss. Kom je ooit wel eens in een normale winkel?'

'Wat is in godsnaam het verschil tussen wit en gebroken wit?'

'Ecru. Ivoor. Er is verschil. Je hebt me eigenlijk maar één keer verrast.'

'En wanneer was dat dan wel?' vraagt hij als een toegeeflijke babysitter.

Geërgerd schop ik met mijn hiel tegen het matras. Waarom heb ik niet op zijn minst een zwarte negligé aan? Ik heb er nog nooit zo onaantrekkelijk uitgezien. Ik draag de snurkosaurus. Ik kijk omlaag. Een rood hemd. Godsamme, hij heeft me andere kleren aangetrokken.

'De lift,' flap ik eruit. Ik wil de aandacht omleiden naar een moment dat ik er in ieder geval een beetje appetijtelijk uitzag. 'Toen heb je me verrast.'

Hij kijkt me wantrouwig aan. 'Wat dacht je toen?'

'Ik dacht dat je me iets zou aandoen.'

'O, lekker dan.' Hij leunt gegeneerd achterover. 'Blijkbaar is mijn techniek niet meer wat hij geweest is.'

Met bovenmenselijke kracht grijp ik zijn mouw en ik ga iets meer rechtop zitten. 'Maar toen begreep ik waar je mee bezig was. Zoenen. Natuurlijk. Ik had in geen eeuwen meer iemand gezoend.'

Hij fronst zijn wenkbrauwen. 'O, is dat zo.' Hij blijft naar me staren.

Ik leg het met zoveel enthousiasme uit dat mijn stem ervan trilt. 'Het was lekker.'

'Ik heb nooit iets van personeelszaken of de politie gehoord dus...' Hij valt stil en kijkt naar mijn lippen.

Ik wring mijn handen in zijn T-shirt, het rekt mee om mijn vuisten. Het is zo zacht dat ik me er helemaal in wil rollen. 'En, is mijn bed wat je je ervan had voorgesteld?'

'Ik had op minder boeken gerekend. En het is iets groter dan ik had verwacht.'

'En wat vind je van mijn flat?'

'Het is een piepklein varkensstalletje.' Hij bedoelt het niet gemeen. Het is gewoon waar.

'Denk je dat meneer Bexley en Helene ook staan te vozen in de lift?' Zolang hij nog antwoord geeft, blijf ik vragen stellen.

'Dat garandeer ik je. Ik weet zeker dat ze iedere keer na de kwartaalcijfers brute haatseks hebben.' Zijn ogen zijn nu bijna zwart en als hij zijn T-shirt uit mijn handen wurmt vang ik een glimp op van een paar centimeter buik. *Hard. Haar.* Ik begin weer te transpireren.

'Ik wil wedden dat het water hierin blijft staan als je doucht. Ik duw mijn vinger in de holte van zijn sleutelbeen. 'Ik heb dorst. Ik raak uitgedroogd.'

Hij laat zijn adem ontsnappen en blaast dwars door me heen.

'Als we later groot zijn dan worden we net als zij, Josh. We zouden er een nieuw spel van kunnen maken. Stel je eens voor. We kunnen eeuwig spelletjes blijven spelen.'

'Zullen we hierop terugkomen als je niet ligt te malen van de koorts?'

'Ja, doei. Als ik niet ziek meer ben, dan ga je me weer haten. Maar nu gaat het best goed.' Ik pak zijn hand en leg hem tegen mijn voorhoofd om mijn plotselinge wanhoop te verbergen.

'Dat was ik niet van plan,' zegt hij. Hij laat zijn hand wegglijden over mijn haar.

'Je haat me zo verschrikkelijk, ik kan er niet meer tegen.' Ik ben sneu. Ik hoor het aan mijn stem.

‘Taartje.’

‘Noem me geen Taartje.’ Ik probeer me op mijn zij te rollen, maar hij drukt zijn handpalmen zachtjes tegen mijn schouders. Ik stop met ademen.

‘Het leukste aan mijn werk is dat jij net doet of je die bijnaam haat.’

Daar heb ik niks op te zeggen.

Hij begint bijna te glimlachen en laat me los. ‘Het is tijd dat je me over de aardbeienboerderij vertelt.’

Dat is een pijnlijk puntje, en het is niet de eerste keer dat hij ernaar vraagt. Dikke kans dat ik hem nu de munitie ga geven om me nog heel lang te treiteren.

‘Waarom?’

‘Ik ben er altijd benieuwd naar geweest. Vertel me alles over aardbeien.’ Hij vermoordt me nog met dat zachte vleiende gefluister.

In mijn hoofd ben ik er al bijna, ik klets onder de grote canvas parasol met de gescheurde hoek met de toeristen terwijl hun kinderen al met rammelende emmers wegrennen. Het buitenaardse gezoem van de cicades vult de lucht. Het is nooit stil.

‘Oké. Alpines worden ook wel Mignonettes genoemd, en ze groeien in Frankrijk in het wild in de heuvels. Ze zijn zo groot als je duimnagel. De smaak is verrassend intens voor een aardbei van dat formaat.’

‘Nog één.’

Ik doe mijn ogen een stukje open. ‘Je moet geen grapjes maken over aardbeien. Bijna iedereen die ik tegenkom, begint erover te zeiken.’

‘Ze maken je juist schattig.’

Het woord ‘schattig’ licht in neonletters op in de donkere slaapkamer en ik raak er zo door van slag dat ik begin te bazelen.

‘Goed. Oké. Earliglows. Die groeien heel snel. De ene dag loop je bij zonsondergang door het groen en de volgende ochtend zijn ze er opeens. Kleine rode knopjes die steeds feller worden. Tegen het avondeten zijn ze klaar, het zijn net rode kerstlichtjes.’

Hij zucht en doet zijn ogen even dicht. Hij is uitgeput. ‘Wat zijn je lievelingsaardbeien?’

‘Red Gauntlets. Die stonden in de perken het dichtst bij de keuken, en ik was te lui om verder te lopen. Iedere ochtend dronk ik een grote roze smoothie.’

Hij blijft stilzitten en lijkt totaal niet meer op de man die ik ken. Zijn blik is weemoedig, eenzaam en zo mooi dat ik moet wegkijken.

‘Ik zweer dat ik de zaadjes nog tussen mijn tanden voel. Chandlers zijn mijn vaders favorieten. Hij zegt dat ze mijn studie hebben betaald.’

‘Wat is je vader voor iemand? Hij heet toch Nigel?’

‘Jij met je blog. Hij heeft keihard gewerkt zodat ik kon studeren. Je hebt geen idee. Op de dag dat ik het huis uit ging huilde hij, op de veranda achter het huis. Hij zei…’

Mijn stem sterft weg. Mijn keel is zo dik dat ik niet verder kan gaan.

‘Wat zei hij?’

Ik sla een andere richting in. ‘Daar had ik al heel lang niet meer aan gedacht. Het is al anderhalf jaar geleden dat ik thuis ben geweest. Ik heb Kerstmis gemist, want toen ging Helene naar haar familie in Frankrijk en ik wilde voor haar invallen.’

‘Ik ben ook niet naar huis geweest.’

‘O, nee? Mijn ouders hebben me een gigantisch verwenpakket gestuurd, en ik heb op de grond koekjes zitten eten terwijl ik mijn cadeautjes openmaakte, en ondertussen keek ik naar tv-reclames. Wat heb jij gedaan?’

‘Ongeveer hetzelfde. Wat zei hij toen tegen je? Je vader, op de veranda achter het huis?’ Hij laat niet los.

Ik kan hem niet vertellen hoe dat gesprek ging; dan begin ik te huilen, misschien hou ik wel nooit meer op. Mijn vader, met zijn ellebogen op zijn knieën, terwijl de tranen strepen trokken over zijn bruine, stoffige gezicht. Ik vat het gesprek samen in een gecensureerde notendop.

‘Dat hij me misschien kwijtraakte, maar dat de wereld erop vooruit zou gaan. En mam kon niet stoppen met opscheppen, ze vertelde aan iedereen dat haar dochter naar de universiteit ging… Ze kweekt een nieuw soort aardbeien, en die noemt ze Lucy’s.’

‘Volgens het blog was Lucy Twaalf behoorlijk geslaagd. Ga verder.’

'Ik snap niet waarom je zo gefascineerd bent door dat blog. Mam schreef vroeger voor de krant, maar dat moest ze opgeven.'

'Waarom?'

'Voor mijn vader. Ze werkte aan een stuk over het effect van hevige regenval op de landbouw, en daarvoor ging ze naar een plaatselijke boomgaard. Daar zat mijn vader in een boom. Het was zijn droom om een aardbeienkwekerij te beginnen, en dat kon hij niet alleen.'

'Denk je dat ze de verkeerde keuze heeft gemaakt?'

'Pap zegt altijd dat ze hem heeft geplukt. Als een appel, zo uit de boom. Ik ben dol op ze, maar ergens vind ik het ook een droevig verhaal.'

'Je zou het haar kunnen vragen. Waarschijnlijk heeft ze nergens spijt van. Ze zijn nog steeds samen, en ze heeft er jou aan overgehouden.'

'Pap noemt je altijd bij allerlei namen die met een J beginnen, maar nooit je echte naam.'

'Wat?' Hij kijkt verschrikt. 'Heb je je vader over mij verteld?'

'Hij is boos op je omdat je zo gemeen bent. Julian en Jasper en John. Hij heeft je zelfs een keer Jebediah genoemd, toen deed ik het bijna in mijn broek. Je zult door het stof moeten voor mijn vader, dat weet ik wel zeker.'

Hij kijkt zo ongerust dat ik medelijden krijg en van onderwerp verander.

'Als ik heimwee heb kan ik warme aardbeien ruiken. En dat is dus eigenlijk bijna altijd.'

Hij heeft de grootste moeite om mijn onzinnige geleuter te ontwarren. 'Speelde je in de velden? Toen je klein was?'

'Je hebt die foto op het blog gezien. Dus dat weet je best.' Ik draai mijn gezicht weg. Ik, met roze knieën van het aardbeiensap, een woeste bos haar met klitten, ogen blauwer dan de lucht. De wilde boerendochter.

'Je hoeft je er niet voor te schamen.' Hij legt voorzichtig zijn vingers op mijn wang en draait mijn hoofd naar zich toe. 'In dat korte tuinbroekje zag je eruit alsof je dagenlang buiten was geweest. Helemaal smerig en verwilderd. Je glimlach is niet veranderd.'

'Jij ziet me nooit glimlachen.'

'Ik durf te wedden dat je een boomhut had.'

'Ja, inderdaad. Ik woonde min of meer daarboven.'

Hij kijkt me aan met een heldere blik die ik nooit eerder heb gezien, en ik doe mijn ogen even dicht om ze wat rust te gunnen. Hij voelt hoe warm ik ben en ik begin direct te klagen als hij zijn hand weer van mijn voorhoofd haalt.

'Ik heb de plek waar je vandaan komt nooit te min gevonden.'

'Tuurlijk, joh. Haha, Aardbeientaartje.'

'De plek waar jij bent opgegroeid – Sky Diamond Strawberries – is de beste plek die ik me kan voorstellen. Ik heb er altijd al naartoe gewild. Ik heb op Google Maps gekeken hoe je er moet komen. Ik heb opgezocht welke vlucht ik moet nemen en waar ik een auto kan huren.'

'Hou je van aardbeien?' Ik weet niet wat ik anders moet zeggen.

'Ik ben gek op aardbeien. Je weet niet half hoe dol ik erop ben.' Het klinkt zo vriendelijk dat ik helemaal emotioneel word. Ik kan mijn ogen niet opendoen, dan ziet hij dat ze vol tranen staan.

'Nou, het ligt daar gewoon op je te wachten. Je geeft de mevrouw onder de parasol wat geld en pakt een emmer. Als je mijn naam noemt krijg je korting, maar dan gaan ze je uithoren over hoe het met me gaat. Hoe het écht met me gaat. Of ik eenzaam ben, of ik wel goed eet. Waarom ik geen tijd maak om naar huis te komen.'

Ik denk aan onze sollicitatiebrieven, boven op elkaar in een beige map, en plotseling duizelt het me van vermoeidheid. Ik wil slapen, ik wil naar die heerlijke donkere plek waar die angst en droefheid me niet kunnen volgen. Ik heb het idee dat ik langzaam in het rond draai.

'Wat zou ik tegen haar moeten zeggen?'

'Ik ben zo bang. Binnenkort is het afgelopen, op wat voor manier dan ook. Ik loop op mijn tandvlees, en ik heb geen idee of alles wat ze in me geïnvesteerd hebben ooit iets gaat opleveren. En ik ben soms zo eenzaam dat ik wel kan janken. Ik ben mijn beste vriendin kwijtgeraakt. Bijna al mijn tijd breng ik door met een enorme, doodenge kerel die me wil vermoorden, en waarschijnlijk is hij op dit moment mijn enige vriend, al wil hij dat niet eens. En daar word ik zo verdrietig van.'

Hij drukt zijn mond tegen mijn wang. Een kus. Een wonder. Zijn warme adem strijkt over mijn gezicht. Hij laat zijn vingers in mijn hand glijden en ik pak ze vast.

'Taartje. Nee.'

Ik draai rond in een eindeloze spiraal en verstevig mijn greep. 'Ik ben zo duizelig...' Dat is inderdaad zo, maar er moet ook een eind komen aan dit gesprek.

'Ik moet je iets vragen.' Een tijdje later dringt zijn stem door in de mistige duisternis. 'Het is niet eerlijk dat ik het nu vraag, maar ik doe het toch. Als ik een manier zou kunnen verzinnen om ons uit deze rotzooi te bevrijden, zou je dan willen dat ik het deed?'

Ik hou hem vast alsof hij het enige is wat voorkomt dat ik van de planeet val. 'Hoe dan?'

'Op wat voor manier dan ook. Zou je dat willen?'

Als hij mijn vriend wil blijven in de dagen die we nog over hebben, dan is dat genoeg. Het zou zo geweldig zijn dat alles wat negatief is erdoor oplost.

Die glimlach zou al voldoende zijn.

'Dit is het moment in de droom dat je glimlacht, Josh.'

Hij zucht gefrustreerd, maar blijft me vasthouden. Terwijl ik slaperig afdrijf, fluister ik nog iets in de mist.

'Natuurlijk zou ik dat willen.'

Hoofdstuk 11

Ik kom voorzichtig overeind in een zonverlichte slaapkamer. De sporen van mijn ziekte liggen overal. Handdoeken, washandjes, mijn schoongespoelde Tupperware-bak. Glazen en pillen en de thermometer. Mijn snurkosaurus-shirt hangt uit de wasmand, net als mijn rode hemd. Mijn paintballkleren liggen in een slordige hoop op de grond en moeten verbrand worden.

Ik zuig op de thermometer om te bevestigen wat ik al weet: de koorts is weg.

Ik draag inmiddels een blauw hemd. Ik grijp het matras vast, veel te laat dringt tot me door hoe kwetsbaar ik ben geweest. Als ik naar mijn schouder grijp blijkt dat ik mijn bh nog aanheb, en ik dank alle beschikbare goden. Maar toch. Joshua Templeman heeft de rest van mijn bovenlichaam uitgebreid kunnen bekijken.

Ik werp een spiedende blik in de woonkamer. Hij is er nog, hij ligt gevloerd op de bank. Eén grote voet bungelt met sok en al over de rand.

Snel graai ik wat schone kleren bij elkaar en ik wankel de badkamer in. O, shit. Mijn mascara is er onder de douche niet goed af gegaan en in mijn huid gedrongen. Ik lijk Alice Cooper wel. Ik heb ook Alice Cooper-haar, dat ik bedwing in een knot. Ik trek andere kleren aan, was zo snel mogelijk mijn gezicht en gorgel met mondwater. Ieder moment kan er op de deur geklopt worden.

Dit is erger dan een kater. Het is erger dan wakker worden nadat je naakt karaoke hebt gezongen op de kerstborrel van je werk. Ik heb veel te veel prijsgegeven vannacht. Ik heb hem over mijn jeugd verteld. Hij weet nu hoe eenzaam ik ben. Hij heeft alles wat ik bezit gezien. Hij heeft zoveel kennis over mij dat de macht in giftige wolken van hem af zal slaan. Ik moet hem mijn flat uit werken.

Ik ga naar de bank. Het is een driezitter, maar hij past er nauwelijks op. Nog voor ik de kans heb om hem te zien slapen schrikt hij wakker.

‘Ik geloof dat het wel weer goed komt met mij.’

Mijn tijdschriften zijn opgestapeld. Er liggen geen schoenen onder de salontafel. Joshua heeft mijn flat opgeruimd. Hij ligt op een meter van het enorme wandmeubel, waarin de smurfen vier- of vijfhoog zijn opgestapeld. Hij heeft de lampjes aangedaan, en daarmee het lichtende bewijs geleverd dat ik gek ben. Als hij gaat staan lijkt de kamer opeens een stuk kleiner.

‘Bedankt dat je je vrijdagavond hebt opgeofferd. Ga maar als je wilt, ik vind het niet erg.’

‘Weet je het zeker?’ Hij begint overdreven aan mijn gezicht te voelen, drukt de achterkant van zijn vingers tegen mijn voorhoofd, wangen en keel. Het moet een heel stuk beter met me gaan, want als hij mijn keel aanraakt reageren mijn tepels. Snel sla ik mijn armen voor mijn borst.

‘Ja. Het gaat goed genoeg. Ga alsjeblieft naar huis.’

Hij kijkt me met zijn donkerblauwe ogen ernstig aan en ik herinner me zijn glimlach. Hij bekijkt me alsof ik zijn patiënt ben, iemand die niet meer liftkuswaardig is. Weinig dingen zijn zo dodelijk voor de romantiek als kots.

‘Ik wil best blijven. Als het je lukt om niet te gaan flippen.’ Ik zie een soort van medelijden op zijn gezicht, en ik weet waarom.

Het is niet helemaal eenrichtingsverkeer. Hij heeft ook verborgen kantjes van zichzelf laten zien in deze eindeloze nacht die we samen hebben doorstaan. Achter die hufterige façade gaan geduld en vriendelijkheid schuil. Menselijkheid en fatsoen. Humor. Die glimlach.

Er glimmen lichtjes in zijn ogen en ik zou zijn wimpers kunnen krullen met mijn pink. Zijn jukbeenderen zouden in de palm van mijn hand passen. En die mond. Die zou ik overal kwijt kunnen.

‘Je hebt je hitsige blik terug,’ zegt hij. ‘Je moet je een stuk beter voelen als je weer zo naar me kunt kijken.’

Mijn wangen beginnen te gloeien. ‘Ik ben ziek.’ Het komt er nuffig uit.

Hij lacht schor als ik me omdraai en hij loopt de slaapkamer in.

Ik haal een paar keer diep adem.

‘Je bent inderdaad best wel een ziek figuur.’ Als hij weer tevoorschijn komt heeft hij zijn jas in zijn hand. Nu pas dringt het tot me door dat hij de hele nacht in zijn paintballkleren heeft doorgebracht. En hij stinkt niet eens. Het is zo oneerlijk.

'Ik moet...' Ik begin in paniek te raken, en als hij bij de deur zijn voeten in zijn schoenen schuift pak ik zijn elleboog.

'Ja, ja, ik ga al. Je hoeft me er niet letterlijk uit te schoppen. Ik zie je wel weer op kantoor, Lucinda.' Hij rammelt met een potje pillen. 'Ga terug naar bed. En neem er nog twee als je weer wakker wordt.' Hij aarzelt even en lijkt niet veel zin te hebben om te vertrekken. 'Weet je zeker dat je het in je eentje redt?' Hij voelt nog eens aan mijn voorhoofd om mijn temperatuur te checken, al is die waarschijnlijk nog hetzelfde als een halve minuut geleden.

'Waag het niet om me hier maandag mee te pesten.'

Het woord 'maandag' hangt dreigend tussen ons in. Ik denk dat dat ons nieuwe codewoord is.

Hij haalt zijn hand weg. 'Ik zal doen of het nooit gebeurd is, als jij dat wilt,' zegt hij stijfjes.

Dat zit me niet lekker. De vorige keer dat ik dat van hem vroeg ging het over de kus; die belofte heeft hij zonder moeite gehouden.

'Probeer maar niet om dit tegen me te gebruiken. Bij de sollicitatie, bedoel ik.'

Hij werpt me een blik toe waarmee je de verf zou kunnen afbijten. 'Dat ik weet hoe je kots er van dichtbij uitziet, geeft me net het voorsprongetje dat ik nodig heb. Doe toch niet zo achterlijk, Lucinda.'

Nadat de deur achter hem is dichtgeslagen vult de stilte mijn flat weer. Ik baal ervan dat ik niet de moed heb om hem terug te roepen. Om hem te bedanken en mijn excuses aan te bieden omdat hij, zoals altijd, gelijk heeft.

Ik raak totaal in paniek. Om er niet meer over na te hoeven denken ga ik slapen.

Als ik mijn ogen weer opendoe, zie ik alles anders. Het is zaterdagavond en de zonsondergang zet de muur aan de voet van mijn bed in een glorieuze honing- en perzikkleurige gloed. De kleur van zijn huid. De slaapkamer licht op door de kracht van mijn openbaring.

Ik staar naar het plafond en erken een verbijsterende nieuwe waarheid.

Ik haat Joshua Templeman niet.

Het is witte maandag, halfzeven in de ochtend. Ik ben zo brak dat ik me beter ziek zou kunnen melden – Helene is er toch niet – maar ik moet Joshua zien.

Maak je geen zorgen, ik heb iedere microseconde die hij in mijn flat heeft doorgebracht geanalyseerd, en ik weet dat ik me moet verontschuldigen omdat ik hem eruit heb gegooid. Hij is alleen maar fatsoenlijk en aardig geweest. We wankelden op het randje van vriendschap, en ik heb alles bedorven met mijn scherpe tong. Als ik bedenk dat ik Josh' gesprek met Patrick heb afgeluisterd, word ik bijna misselijk van schuldgevoel. Dat had ik niet mogen horen.

Hoe bedank je een collega op de juiste manier omdat hij je heeft helpen overgeven? Het vintage etiquetteboek van mijn oma kan me er niet bij helpen. Een bedankbriefje of een zelfgebakken taart zijn in dit soort gevallen niet voldoende.

Ik staar mezelf aan in de badkamerspiegel. Na het braakfestijn van dit weekend heb ik geen kleur meer op mijn wangen. Mijn ogen zijn dik en bloeddoorlopen, mijn lippen bleek en schilferig. Ik zie eruit alsof ik heb vastgezeten in een mijnschacht.

De keuken is brandschoon. Hij heeft mijn post in een keurig stapeltje op het aanrecht gelegd. Ik scheur de bovenste envelop met één hand open terwijl ik met de andere een zakje kruidenthee in mijn mok laat plonzen. Het is een vriendelijk briefje om me te informeren dat de huur omhooggaat. Ik staar ongelovig naar het nieuwe maandbedrag en adem met zoveel kracht uit dat de smurfen staan te schudden op hun planken. Mijn overhaaste toezegging om ontslag te nemen bij B&G is opeens nog veel angstaanjagender geworden.

Hoe kan ik ooit de sollicitatiecommissie van een ander bedrijf onder ogen komen of zelfs maar proberen uit te leggen waarom ik zo goed ben in mijn werk? Ik probeer alle dingen die ik goed kan op een rijtje te zetten, maar het enige wat bij me opkomt zijn de practical jokes die ik met Joshua heb uitgehaald. Ik ben kinderachtig en onprofessioneel.

Ik plof neer en probeer een hap droge muesli naar binnen te werken, zo uit de doos. Somber slik ik het weg, en ik zwelg nog even verder in onzekerheid.

Ik start mijn browser op en klik door een deprimerend lege recruitmentwebsite. Tot mijn opluchting word ik onderbroken door het gezoem van mijn telefoon. Het is Danny. Raar. Misschien heeft hij een lekke band.

'Hallo?'

'Hoi. Hoe voel je je?' vraagt hij hartelijk.

'Ik leef nog. Min of meer.'

'Ik heb je vrijdagavond een paar keer proberen te bellen, maar ik kreeg steeds Josh. Man, wat een etterbak.'

'Hij heeft me geholpen,' zeg ik stijfjes, en ik merk dat ik geïrriteerd in de verdediging wil gaan. Wat is dit nou weer?

Hij hield me vast toen ik moest overgeven. En hij heeft midden in de nacht zijn broer gebeld. Hij heeft mijn afwas gedaan. En ik weet bijna zeker dat hij over me heeft gewaakt toen ik sliep.

'O, sorry. Ik dacht dat we een hekel aan hem hadden. Ga je vandaag werken?'

'Ja, dat was ik wel van plan.'

'Ik sta beneden in de lobby, als je, eh... met me mee wilt rijden.'

'Echt? Maar dit is toch je eerste dag in vrijheid?'

'Ja, klopt. Maar Mitchell heeft een aanbevelingsbrief voor me geschreven en die ga ik ophalen. Het is geen enkele moeite om je een lift te geven.'

'Ik ben over vijf minuten beneden.' Ik controleer of ik mijn grijze wollen jurk toch wel echt heb dichtgeritst. Het zou belachelijk staan om lippenstift op mijn spookachtige gezicht te smeren.

'Hi,' roept Danny als ik uit de lift stap. Hij heeft een bosje witte margrieten bij zich. Ik wankel op het slappe koord tussen verrukking en gêne.

Zo te zien balanceert hij naast me. Ik zou blind moeten zijn om de verraste teleurstelling die heel even over zijn gezicht flitst niet op te merken. Al was ik vrijdag nog zo zweterig en onappetijtelijk, ik zag er beter uit dan nu.

Hij knippert met zijn ogen. De blik is verdwenen en hij biedt me de bloemen aan. 'Weet je zeker dat je niet beter thuis kunt blijven?'

'Ik zie er erger uit dan ik me voel. Moet ik ze even…' Ik maak een gebaar naar de lift. Dan bekijk ik hem eens goed. Hij draagt een concertshirt van Matchbox Twenty en op zijn hoofd staat een zonnebril met een lelijk wit montuur. We blijven ongemakkelijk staan treuzelen en staren elkaar aan.

'Je kunt ze ook op je bureau zetten.'

'Oké, dan doe ik dat.' Dat lijkt een slecht idee, maar ik weet niet wat ik anders moet doen. Als ik de bloemen naar boven breng moet ik hem binnenvragen. We lopen naar buiten en ik adem voor het eerst in dagen weer frisse lucht in.

Ik moet normaal gaan doen, Danny is alleen maar heel attent. Ik bescherm mijn ogen met mijn hand tegen de zon. Misschien moet ik een voorbeeld aan hem nemen. Zouden ze olijftakken verkopen bij de supermarkt?

'Ik moet even iets halen. Ik ben zo terug.'

Terwijl ik betaal voor Joshua's bedankje en een veel te dure rode zelfklevende strik blijft Danny geduldig tegen zijn auto leunen. Ik stop het cadeautje in mijn tas en steek op een drafje de straat weer over.

Hij doet de deur van zijn rode SUV voor me open en helpt me naar binnen. Ik bestudeer hem terwijl hij om de motorkap heen loopt. In zijn gewone kleren ziet hij er jonger uit. Slanker. Bleker. Terwijl hij zijn autogordel vastmaakt, bedenk ik opeens dat ik hem nooit echt bedankt heb voor de rode rozen. Ik heb totaal geen manieren.

'Ik vond de rozen prachtig.' Ik staar naar het kleine boeketje in mijn schoot.

'Bedoel je de margrieten?' Hij voegt in.

'Ja, dit zijn margrieten. Uitstekende keuze voor iemand die aan het herstellen is van een episch kotsweekend.' Ik wou dat ik iets minder walgelijks had gezegd, maar hij moet lachen.

'Dus. Joshua Templeman. Waar heeft die vent last van?'

'De duivel heeft zijn enige zoon naar de aarde gestuurd.' Vreemd genoeg voel ik me schuldig.

'Hij vertoont van dat beschermende grote-broergedrag.' Danny zit te vissen, dat weet ik heel goed.

Ik laat niets los. 'O, ja?'

'Jazeker. Maar maak je geen zorgen. Ik zal tegen hem zeggen dat ik eerbare bedoelingen heb.' Hij grijnst van opzij naar me, maar ik voel me opeens een beetje hol en teleurgesteld. Het flirterige vonkje in mijn binnenste is gedoofd.

Beschouwt Joshua me als zijn kleine zusje? Het zou niet voor het eerst zijn dat een jongen me zo ziet – er zijn echo's uit een ver en beschamend verleden. Joshua heeft me gekust in de lift, dat weerlegt die theorie. Maar daarna heeft hij het niet opnieuw geprobeerd, dus misschien is het toch wel waar. Ik herinner me dat ik tegen hem heb gezegd hoe lekker ik de liftkus vond, en ik krimp in elkaar.

'Hij heeft niet gezegd dat je had gebeld. Bedankt dat je hebt geïnformeerd hoe het met me ging.'

'Ik dacht al dat hij mijn berichten niet door zou geven. Maar het maakt niet uit. Ik wil je graag nog een keer mee uit nemen. Ergens eten deze keer. Je ziet eruit of je wel een goede maaltijd kunt gebruiken.'

Ik waardeer het dat hij doorzet, ondanks mijn rare gedrag en het feit dat ik er op dit moment niet uitzie. Dat ik gefascineerd ben door Joshua betekent nog niet dat ik nee moet zeggen. Ik kijk naar Danny. Als ik een verlanglijstje mocht indienen, dan zou hij de man zijn die ze bij me zouden afleveren. 'Leuk, dan gaan we een keer samen eten.'

Hij zet zijn auto op een laad- en losplek en ik meld hem aan als bezoeker. Pas als de liftdeuren weer opengaan, realiseer ik me dat hij me helemaal naar de tiende verdieping heeft gebracht.

'Bedankt.'

Hij stapt tegelijk met mij de lift uit en geeft een rukje aan mijn mouw om me tegen te houden. 'Hou je een beetje gedeisd vandaag.' Als hij de kraag van mijn jas rechttrekt glijden zijn knokkels langs mijn keel.

Ik weersta de behoefte om naar links te kijken. Als Joshua aan zijn bureau zit is hij getuige van dit tafereeltje, maar het zou ook kunnen dat hij er nog niet is. De onzekerheid is zenuwslopend.

'Dat etentje? Wat dacht je van vanavond? Je kunt het gebruiken.'

'Graag.' Ik ben bereid om overal ja op te zeggen, als hij maar weggaat. Hij geeft me met een buiging de margrieten weer aan en het lukt me om te glimlachen. Ik draai me langzaam om.

Ooit zou dit een moment van triomf zijn geweest. Ik heb hierover zitten dagdromen, maar toch zou ik de tijd het liefst terugspoelen. Joshua zit aan zijn bureau en maakt kaarsrechte stapels van zijn papieren.

We spelen een nieuw spel. Hoewel ik de regels nog niet ken, weet ik dat ik een enorme misstap heb begaan. Ik leg de margrieten op de hoek van mijn bureau en schud mijn jas van mijn schouders.

'Ha, vriend,' zegt Danny tegen Josh, die onderuitzakt in zijn stoel, in de ik-ben-hier-de-baashouding die hij heeft geperfectioneerd.

'Jij werkt hier niet meer.' Josh heeft het niet zo op beleefdheden.

'Ik heb Lucy een lift gegeven, en ik wilde je even spreken om zeker te weten dat ik niet op je tenen sta.'

'Hoe bedoel je?' Josh' toon is messcherp.

'Ik weet dat je heel beschermend bent als het om haar gaat. Maar Lucy, ik heb me altijd netjes gedragen tegenover jou, of niet?'

Ik raak helemaal in de war van al die aandacht. 'Ja, natuurlijk.'

Voor iemand die een tegenstander van Joshua's omvang probeert te overbluffen is Danny opmerkelijk dapper. Hij probeert het nog een keer.

'Ik bedoel, het is wel duidelijk dat je een probleem met me hebt. Je was vrijdag echt schofterig aan de telefoon.'

'Ze had kots op haar kleren. Ik had genoeg te doen zonder dat ik ook nog haar secretaresse moest spelen.'

'We moeten eens een goed gesprek voeren over dat overdreven grote-broergedoe van jou.'

'Zachter,' sis ik. Meneer Bexleys deur staat open.

'Niemand is goed genoeg voor mijn kleine zusje.' Het sarcasme druipt van Joshua's stem, maar het is toch een tegenvaller. Dit dreigt een afgrijselijke ochtend te worden.

'En je hebt gelijk. Ik werk hier niet meer, dus ik ben vrij om iets met Lucy te beginnen als ik wil.' Danny kijkt langs me heen naar mijn bureau en trekt zijn wenkbrauwen op. 'Kijk nou eens, wie had dat gedacht. Romantiek bestaat nog.'

Joshua trekt een dreigend gezicht en begint aan zijn duimnagel te pulken. 'Opdonderen voor ik je eruit gooi.'

Danny geeft me een kus op mijn wang, en ik weet bijna zeker dat hij dat alleen voor het publiek doet. Wat een goedkope zet.

'Ik bel je straks over het etentje, Luce. En wij moeten het hier nog maar eens over hebben, Josh.'

'Doewie, gast,' zegt Joshua aanstellerig. We kijken Danny na als hij in de lift stapt.

Meneer Bexley loeit als een stierkalf in zijn kantoor en mijn oog valt eindelijk op de rode roos op mijn toetsenbord.

'O.' Wat ben ik toch een ontzettende idioot.

'Die lag daar al toen ik binnenkwam.'

Ik heb meer dan duizend uur met Joshua in één ruimte doorgebracht en ik hoor heel duidelijk dat hij liegt. De roos is perfect fluwelig en rood. De margrieten steken erbij af als onkruid uit het riool.

'Ze waren van jou? Waarom heb je dat niet gezegd?'

Meneer Bexley loeit nog een keer, met meer irritatie. Josh blijft hem negeren en doorboort me met zijn blik. 'Je had Danny moeten laten blijven in plaats van mij.'

'Hij is... We zijn gewoon... Het is... Ik weet het niet. Hij is aardig.' Ik spartel als een vis aan een haak.

'Ja, ja. Aardig. De beste eigenschap die een man kan hebben.'

'Boven aan de lijst. Je was áárdig tegen me dit weekend. Het was áárdig van je om me die rozen te sturen. Maar je gedraagt je nu weer als een driedubbele lul.' Ik sta inmiddels te blazen van verontwaardiging.

'Dokter Josh,' roept meneer Bexley vanuit zijn deuropening. 'In mijn kantoor graag, als je misschien een momentje voor me kunt missen. En let op je taalgebruik, juffrouw Hutton.' Snuivend gaat hij weer naar binnen.

'Sorry, baas, ik kom eraan,' zegt Joshua met op elkaar geklemde kaken. We zijn allebei gefrustreerd tot op het bot en seconden verwijderd van het moment dat we elkaar zullen wurgen. Hij schrijdt langs mijn bureau en grist de roos mee.

'Doe effe normaal!' Ik duik ernaartoe en haal mijn hand open aan een doorn.

'Ik heb je die verrekte rozen alleen gestuurd omdat je er zo aangeslagen uitzag na die ruzie. En dit is dus precies de reden dat ik nooit aardige dingen doe voor mensen.'

'Au!' Ik kijk naar mijn handpalm waarin zich een stekende rode streep begint te vormen. 'Ik bloed!' Ik pak zijn manchet vast en neem zijn pols in een dodelijke greep. 'Bedankt, zuster Joshua, je was ontzettend aardig. En bedank je waanzinnig aantrekkelijke broer de dokter ook van me.'

Hij herinnert zich opeens iets. 'Door jou moet ik nu naar zijn bruiloft. Ik was er bijna onderuit gekomen. Dat is jouw schuld.'

'Mijn schuld?'

'Als jij niet ziek was geworden dan had ik Patrick helemaal niet gezien.'

'Dat slaat nergens op. Ik heb je niet gevraagd om hem te bellen.'

Hij kijkt walgend naar de streep bloed die ik op zijn mouw heb achtergelaten en drukt een tissue in mijn hand. 'En bedankt,' roept hij terwijl hij de geknakte roos in de vuilnisbak gooit. 'Doe daar jodium op.' Hij verdwijnt in meneer Bexleys kantoor.

Ik check mijn mail en zie dat onze sollicitatiegesprekken voor volgende week donderdag op de agenda staan. Mijn maag komt in opstand. Ik denk aan de huur. Ik kijk naar het lege bureau tegenover me.

Ik til mijn muismat op, waaronder ik het kaartje van de bloemist heb verstopt dat bij de bos rozen zat. Vorige week heb ik er steeds naar gekeken als Joshua even afgeleid was.

Ik staar ernaar en vraag me af hoe ik ooit heb kunnen denken dat het van Danny kwam. Het is Josh' handschrift; de manier waarop de letters krullen en zwieren was me niet eens opgevallen.

Jij bent altijd mooi.

Er ligt nog één rood bloemblaadje op mijn bureau. Ik druk het tegen mijn duim en adem diep in terwijl de margrieten wazig worden in mijn ooghoek. Mijn hand prikt en jeukt. Josh heeft helemaal gelijk. Ik heb mezelf verwond door mijn eigen achteloosheid.

Ik blijf stilzitten en adem de geur van rozen en aardbeien in tot ik zeker weet dat ik niet zal gaan huilen.

Hoofdstuk 12

Ik voel me erg kinderachtig als ik zijn opgerolde witte mouwen zie, waarvan er nu één mijn DNA bevat. Hij kijkt boos naar zijn scherm en heeft in geen uren een woord tegen me gezegd. Ik heb het grondig verpest.

'Ik laat je overhemd wel stomen,' bied ik aan, maar hij reageert niet. 'Ik koop een nieuw overhemd voor je. Het spijt me ontzettend, Josh –'

Hij onderbreekt me. 'Dacht je dat vandaag alles anders zou zijn?'

Ik krijg een brok in mijn keel. 'Dat had ik gehoopt. Niet boos zijn.'

'Ik ben niet boos.' Zijn nek steekt vuurrood af tegen zijn witte kraag.

'Ik probeer mijn excuses aan te bieden. En ik wil je bedanken, voor alles wat je voor me gedaan hebt.'

'Dus die mooie margrietjes zijn voor mij?'

Dan weet ik het weer. Ik kan de situatie misschien nog redden. 'Wacht even, ik heb een cadeautje voor je.'

Ik haal het plastic doosje met de rode strik uit mijn tas. Ik bied het hem aan alsof er een Rolex in zit. Er glinstert iets in zijn ogen wat ik niet kan plaatsen, en dan komt de dreigende blik weer terug.

'Aardbeien.'

'Daar hou je toch van.' Dit is waarschijnlijk de allereerste keer dat iemand in dit kantoor over 'houden van' begint, en mijn stem trilt eigenaardig.

Hij kijkt me doordringend aan. 'Het verbaast me eigenlijk dat je je ook maar iets herinnert.' Hij zet de aardbeien in zijn bakje voor uitgaande post en meldt zich weer aan bij zijn computer.

Na een paar minuten stilte probeer ik het opnieuw. 'Hoe kan ik je bedanken voor alles wat je voor me hebt gedaan?' Het evenwicht tussen ons is op een dramatische manier verstoord; ik sta nu bij hem in het krijt. Ik ben hem iets verschuldigd. 'Zeg me wat ik moet doen. Ik ben overal toe bereid.'

Wat ik wil zeggen is: 'Praat met me. Reageer op me. Ik kan het niet goedmaken als je me blijft negeren.'

Hij blijft typen, zijn gezicht is uitdrukkingsloos als een etalagepop. Hij valt met een groene markeerstift aan op de stapel met verkoopcijfers rechts van hem. Ondertussen heb ik geen idee wat ik vandaag eens zal gaan doen zonder Helene.

'Ik kan je huis voor je schoonmaken. Je mag me vandaag de hele dag als slaaf gebruiken. Ik... Ik zal een taart voor je bakken.'

Het lijkt wel of er een geluidsdichte wand tussen ons in is gezet. Of misschien ben ik wel gewoon uitgegumd. Ik zou hem rustig moeten laten werken, maar ik kan niet ophouden met praten. Hij luistert toch niet, dus het maakt niet uit dat ik de volgende zin hardop uitspreek: 'Als ik eens met je mee ging naar de bruiloft.'

'Hou je mond, Lucinda.' Hij hoort me dus wel.

'Ik zal de bob zijn, dan kun je drinken. Je kunt stomdronken worden zodat je het ontzettend naar je zin hebt. Ik ben je chauffeur.'

Hij pakt zijn rekenmachine en begint te tikken.

Ik zet door. 'Ik breng je naar huis en leg je in bed, net als jij voor mij hebt gedaan. Je mag over je nek gaan in een plastic bakje, en ik zal het uitspoelen. Dan staan we quitte.'

Hij legt zijn vingers op het toetsenbord en sluit zijn ogen. In zijn hoofd lijkt hij een rijtje scheldwoorden op te dreunen. 'Je weet niet eens waar die bruiloft is.'

'Zolang het niet in Noord-Korea is, ga ik mee. Wanneer is het?'

'Zaterdag.'

'Dan heb ik niks. Afgesproken. Als je me je adres geeft, kom ik je ophalen. Zeg maar hoe laat.'

'Ik vind het nogal aanmatigend dat je ervan uitgaat dat ik niet al een date heb.'

Ik wil mijn mond opendoen om te verraden dat ik heel zeker weet dat ik ook ben uitgenodigd, maar gelukkig gaat net op tijd mijn mobiele telefoon. Danny. Ik draai mijn stoel een halve slag. Snapt hij dan niet dat hij me ook een bericht kan sturen?

'Hoi, Lucy. Voel je je al wat beter? Gaat het etentje nog door?'

Ik fluister: 'Weet ik eigenlijk niet. Ik moet mijn auto gaan ophalen en ik voel me behoorlijk beroerd.'

‘Ik heb al zoveel gehoord over die auto van jou.’

‘Ik geloof dat hij zilverkleurig is... Meer kan ik me er ook niet van herinneren.’

‘Ik heb om zeven uur een tafeltje gereserveerd bij Bonito Brothers. Dat vond je toch een leuke tent?’

Dan is er weinig meer aan te doen. Het is heel moeilijk om daar te reserveren. Ik probeer niet te zuchten.

‘Bonito Brothers is goed. Bedankt. Waarschijnlijk heb ik niet veel honger, maar ik zal mijn best doen. Ik zie je daar.’

‘Tot vanavond.’

Ik hang op en blijf een tijdje naar de muur staren.

‘Dus Danny Fletcher trakteert je op een cliché-avondje. Italiaans restaurant, geruite tafelkleedjes, waarschijnlijk zelfs een kaars. Hij zal zijn laatste gehaktballetje met zijn neus naar je toe duwen. Tweede date, toch?’

‘Ander onderwerp graag.’ Ik doe net of ik begin te typen. Mijn scherm raakt gevuld met foutmeldingen.

‘De meeste mannen proberen je te zoenen na het tweede afspraakje.’

Ik verstijf en de blik in mijn ogen is waarschijnlijk die van een krankzinnige. Het idee dat Joshua iets zou proberen tijdens een tweede date is onvoorstelbaar. Alleen al het idee dat hij met iemand uit zou gaan.

Ik stel me voor dat hij tegenover een beeldschone vrouw zit te stralen en te glimlachen. Die glimlach die ooit voor mij was. Zijn ogen lichten op, hij verheugt zich op de afscheidskus. Plotseling heb ik het gevoel dat er een groot, gloeiend heet gewicht op mijn borst drukt. Ik probeer mijn keel te schrapen, maar het lukt niet. Maar ik ben niet de enige die een beetje doordraait. ‘Zeg het nou maar gewoon. Je zit erbij alsof je ieder moment kunt ontploffen,’ zeg ik.

‘Doe jezelf een lol en blijf vanavond thuis. Je ziet er afgrijselijk uit.’

‘Bedankt, dokter Josh. Waarom noemt Kleine Dikkepik je eigenlijk zo?’

‘Omdat mijn ouders en broer allemaal arts zijn. Dat is zijn manier om me eraan te herinneren dat het me niet is gelukt om aan de verwachtingen te voldoen.' Hij praat alsof hij het tegen de dorpsgek heeft en staat op. Ik loop achter hem aan door de gang naar de kopieerkamer. Hij mindert geen vaart dus ik pak zijn arm.

'Wacht nou even. Ik probeer het goed te maken. Je hebt gelijk. Toen ik vandaag binnenkwam, hoopte ik dat het anders zou gaan tijdens de laatste dagen dat we nog samenwerken.'

Hij doet zijn mond open, maar ik ben nog niet klaar. Hij staat toe dat ik hem tegen de muur druk, al weten we allebei dat hij me als een schaakstuk zou kunnen oppakken.

Een paar hoge hakken klepperen kalmpjes als een trekpaard op ons af en ik raak nog gefrustreerder. Ik moet dit nú uit de wereld helpen, anders krijg ik een hersenbloeding.

Dan moet het maar in de schoonmaakkast. Die is gelukkig niet op slot, en ik ga tussen de chemicaliën en de stofzuiger staan. 'Kom hier.'

Hij gehoorzaamt met tegenzin. Ik trek de deur dicht en leun ertegenaan. We houden ons heel stil tot de hakken de hoek hebben gerond en voorbij zijn gekomen.

'Dit is knus.' Josh schopt met de neus van zijn schoen tegen een grote stapel toiletpapier. 'Nou? Wat?'

'Ik heb het verknald. Dat weet ik best.'

'Er valt niks te verknallen. Je hebt me kwaad gekregen. De status quo blijft gehandhaafd.'

Hij legt zijn elleboog op een plank en haalt vermoeid zijn hand door zijn haar. Zijn overhemd schuift een paar centimeter omhoog uit z'n broekband. We staan zo dicht bij elkaar dat ik de stof kan horen rekken en schuiven over zijn huid.

'Ik dacht dat de oorlog misschien voorbij was. Ik hoopte dat we vrienden konden worden.' Hij kijkt me vol afkeer aan, dus ik kan net zo goed alles op tafel gooien. 'Josh, ik wil vrienden met je zijn. Of zoiets. Ik heb geen idee waarom, want je bent niet te harden.'

Hij steekt de vinger op. 'Er zaten een paar interessante woorden tussen wat je net zei.'

'Ik zeg zo vaak interessante dingen. Je hoort ze alleen nooit.' Ik bal mijn vuisten tot mijn knokkels kraken en dan krijg ik een verpletterend inzicht. De reden waarom ik steeds meer overstuur raak, is omdat ik die verborgen zachte kantjes van hem nooit meer te zien zal krijgen. Ik denk aan zijn handen aan weerszijden van mijn hoofd op mijn kussen, toen hij me door de koorts heen praatte. Zijn vingers die ontspannen over mijn gezicht gleden.

Op dit moment zou hij me met plezier op de brandstapel zetten. Een hele koortsige nacht lang was hij mijn vriend, en meer zit er niet in.

'Of zoiets.' Hij maakt aanhalingstekens met zijn vingers. 'Je zei dat je vrienden wilt zijn, of zoiets. Wat houdt "of zoiets" precies in? Ik wil weten wat mijn opties zijn.'

'Waarschijnlijk houdt het in dat we niet meer zo verschrikkelijk de pest aan elkaar hebben. Weet ik veel.' Ik probeer op een stapel dozen te gaan zitten, maar ze verkreukelen onder me dus ik moet weer gaan staan.

'Hoe zie je hem, is hij een vriendje?' Hij zet zijn handen in zijn zij. De kast lijkt opeens microscopisch klein.

Hij is heel dichtbij. Ik weet niet wat voor goddelijke zeep hij gebruikt, maar die wil ik ook. Ik moet een stuk in de bovenste la leggen zodat mijn lingerie zo gaat ruiken. Mijn wangen beginnen te gloeien.

'Het zal je een zorg zijn of ik iets met Danny begin. Je kunt niet eens geloven dat iemand iets met mij zou willen.'

Hij geeft geen antwoord maar steekt zijn handen uit, met de palmen omhoog. Zijn mouwen zijn nog steeds opgerold en ik kijk naar de sterke pezen in zijn polsen. Voor het eerst valt me op dat hij van die opzwellende gespierde mannenaderen aan de binnenkant van zijn armen heeft.

'Iemand aanraken op het werk is tegen het beleid van personeelszaken.' Mijn keel is kurkdroog. En níét aanraken zou helemaal verboden moeten zijn.

Hij staart me verwachtingsvol aan tot ik mijn hand in die van hem leg. Het is moeilijk om iemand die zijn hand uitsteekt te weerstaan, en het is onmogelijk als Joshua het doet. Het valt me op hoe warm en lang zijn vingers zijn. Hij houdt mijn hand vast alsof het een gewonde duif is en inspecteert de schram in mijn handpalm.

'Even serieus, heb je de wond schoongemaakt? Er kan schimmel op de doorns zitten. Zo'n kras kan geïnfecteerd raken.' Hij drukt bezorgd op de huid rondom het sneetje en fronst zijn wenkbrauwen. Hoe kan hij tegelijkertijd twee mannen zijn die zoveel van elkaar verschillen? Opeens krijg ik nog een inval. Misschien ben ík wel de bepalende factor. Dat idee is angstaanjagend. De enige manier waarop ik hem zover krijg dat hij zijn schild laat zakken is door het zelf ook te doen. Misschien kan ik er toch nog voor zorgen dat alles anders wordt.

'Josh.'

Als hij me de verkorte versie van zijn naam hoort gebruiken vouwt hij mijn vingers dicht en hij geeft me mijn hand terug. Tijd om iets te proberen. En nu maar hopen dat ik er niet naast zit.

'Ik wilde dat je bij me bleef, vrijdagavond. Jij, en niemand anders. En als je geen vrienden wilt zijn, dan zal ik proberen om het Of zoiets-spel met je te spelen.'

Er valt een lange stilte waarin hij niet reageert. Als ik dit verkeerd heb ingeschat, dan zal het me voor altijd blijven achtervolgen. Mijn hart gaat onaangenaam tekeer.

'Echt?' Hij is sceptisch.

Ik duw hem tegen de deur. De bons van zijn gewicht tegen het hout is opwindend. 'Kus me,' fluister ik, en het wordt nog warmer.

'Dus er wordt gezoend bij het Of zoiets-spel. Wat interessant, Lucinda.' Hij haalt zijn vingers door mijn haar en veegt het voorzichtig uit mijn gezicht.

'Ik ken de regels nog niet. Het is een tamelijk nieuw spel.'

'Weet je dat wel zeker?' Hij kijkt omlaag als ik mijn hand op zijn buik leg.

Ik duw, de huid is stevig en geeft niet mee. 'Draag je een kogelvrij vest?'

'Dat moet wel, in dit kantoor.'

'Het spijt me verschrikkelijk dat ik zo onaardig tegen je ben geweest en dat ik je uit mijn flat heb gegooid, Josh.' Ik doe een vredesvoorstel door zijn naam af te korten. Het is een soort verontschuldiging.

En eerlijk gezegd vind ik het gewoon fijn. Als ik het doe, kan ik me voorstellen dat hij mijn vriend is. Een vriend die het goedvindt dat ik mijn handen over zijn bovenlichaam laat glijden in de schoonmaakkast. Ik wou dat hij dat bij mij zou doen.

'Excuses geaccepteerd. Maar je kunt niet van me verwachten dat ik aardig blijf als je op kantoor wordt afgeleverd door een andere man die je kusjes en bloemen geeft. Zo werkt dit spel tussen jou en mij niet.'

'Ik heb nooit ook maar het flauwste idee gehad hoe het wel werkt.' Ik slik moeizaam.

Hij legt zijn vingers onder mijn kin en tilt mijn gezicht op. 'Ik dacht dat jij zo slim was, Lucinda. Dat klopt blijkbaar niet.'

Ik ga op mijn tenen staan, leg mijn handen op zijn schouders en grijp ze stevig vast. Als ik mijn vingernagels in zijn huid druk, slikt hij diep en het lukt me om een snelle kus op zijn keel te drukken. Ik voel welk effect het heeft; zijn handen spannen zich en hij kantelt zijn heupen. Er drukt iets stevigs tegen mijn buik.

Dit is het beste spel dat ik ooit heb gespeeld.

Hij legt zijn hand op mijn onderrug en ik krom me tegen hem aan. Het lukt me om mijn hand in zijn nek te leggen. 'Is er een bepaalde reden dat we nog niet aan het zoenen zijn?'

'Dat komt vooral door het hoogteverschil.' Hij probeert te verbergen dat hij een erectie heeft waarmee je een deuk in een conservenblikje zou kunnen slaan. Het is een onmogelijke opgave. Ik glimlach en probeer zijn hoofd omlaag te trekken om me te laten kussen.

'Moet ik misschien naar boven klimmen?'

Zijn mond hoort op die van mij, maar hij komt niet verder naar beneden. Zijn gezicht staat strak van besluiteloosheid en onderdrukte lust. Ik vermoed dat hij staat af te wegen welke gevolgen dit voor zijn baan kan hebben.

'We hoeven nog maar een kleine twee weken samen te werken. Dus wat maakt het uit?' Ik feliciteer mezelf omdat ik het zo nonchalant weet te brengen.

'Wat een romantisch voorstel.' Zijn tong komt naar buiten en likt zijn mondhoek. Hij wil wel, dat is overduidelijk, maar toch blijft hij weerstand bieden.

'Raak me aan.'

In plaats van me vast te pakken steekt hij zijn handen op. Daarna blijft hij gewoon zo staan. Zijn borst gaat op en neer. 'Leg ze zelf maar ergens,' zegt hij.

Nooit gaat er eens iets zoals ik verwacht. Ik pak een van zijn handen en druk hem in mijn taille. Ik besluit om de andere op mijn billen te leggen. Ze knijpen allebei zacht, maar bewegen niet. Ik sta min of meer mezelf te betasten, ik krijg nauwelijks hulp van hem.

'Probeer je zo onder de regels van personeelszaken uit te komen? Daar zal ik niet meer mee dreigen. Dat is tijdverspilling onder de omstandigheden.' Ik sta zélf tijd te verspillen door dit te zeggen. Bovendien heb ik alle zuurstof nodig die ik binnen kan krijgen. Zijn handen zijn zo warm dat ze dwars door mijn kleren heen branden.

Ik duw zijn hand naar de plek waar mijn bil overgaat in mijn dij. Hij moet zich ver vooroverbuigen en daardoor komt zijn mond een stuk dichterbij. Ik pak zijn andere hand van mijn ribben en ik leg hem tegen de zijkant van mijn borst. Hij staat erbij alsof hij gaat flauwvallen. Mijn ego is inmiddels bijna te groot voor de kast.

'Dus zo zou het zijn om seks met jou te hebben.' Ik kan de verleiding niet weerstaan om hem te plagen. 'Ik had gehoopt dat je wat actiever mee zou doen.'

Eindelijk zegt hij iets. 'Ik zou echt wel meedoen. Zo actief dat je de volgende dag niet meer rechtop kunt lopen.'

Er passeren weer voetstappen. Ik ben in een ruimte die kleiner is dan een gevangeniscel en Josh' handen liggen op mijn lichaam. Brutaler dan goed voor me is pak ik zijn hand en ik druk zijn vingertoppen in mijn decolleté, gewoon om te zien wat er zal gebeuren. 'Dat geeft niet, lopen wordt toch zwaar overschat.'

Zijn laatste restje zelfbeheersing lijkt het te begeven en zijn handen gaan hun eigen weg. De ene legt hij onder mijn knie en hij trekt mijn been omhoog. Zijn vingertoppen strelen onder de zoom van mijn jurk, bewegen in een rechte lijn van de buitenkant van mijn bovenbeen naar het randje van mijn ondergoed. Hij raakt het elastiek aan en ik huiver. De vingers van zijn andere hand verdwijnen liefkozend tussen mijn borsten. Dan zet hij mijn voet weer op de grond en hij stopt zijn handen in zijn zakken.

'Ik wil dat je iets voor me doet. Ik wil dat je vanavond gezellig met Danny gaat eten en dat je hem daarna zoent.'

Terwijl hij het zegt, vertrekt mijn mond al van afkeer. Ik laat me terugzakken naar mijn normale hoogte. We hebben de afgelopen tijd heel wat fokking ongelooflijke dingen tegen elkaar gezegd, maar dit komt totaal uit de lucht vallen.

'Wat? Waarom?' Ik laat mijn handen van zijn schouders vallen. De grond lijkt weg te zakken onder mijn voeten. Hij heeft me de hele tijd in de zeik staan nemen. Hij ziet de paniek in mijn ogen en legt zijn hand op mijn elleboog om te voorkomen dat ik wegloop.

'Als het beter is dan de liftkus, dan is het een uitgemaakte zaak. Dan ga je voor hem. Dan kun je een lentebruiloft gaan plannen in het tuinhuisje van de aarbeienboerderij.'

Ik wil protesteren maar hij snoert me de mond. 'Als het minder goed is, dan moet je dat toegeven. In mijn gezicht. Met woorden. Eerlijk. Zonder sarcasme.' Iedere maas in het net wordt zorgvuldig gedicht.

'Ik vind het ziek dat je dat wilt.' Ik zet een stap achteruit en gooi een bezem om.

'Het Of zoiets-spel gaat pas weer verder als je toegeeft dat niemand je zo goed kan zoenen als ik.'

'Kan ik dat niet gewoon nu al zeggen?' Ik ga weer op mijn tenen staan, maar hij trapt er niet in.

'Ik heb geen zin om je laatste experimentje te zijn voordat je voor een Aardige Vent kiest. Dus inderdaad, ik wil dat je Danny Fletcher vanavond kust, en dat je verslag uitbrengt van het resultaat. Als het fantastisch was, dan wens ik je veel geluk.'

'Je hebt een enorm vooroordeel tegen aardige mannen.'

Maar hij heeft nog een voorwaarde. 'Nog één ding. Als hij niet zo goed zoent als ik, dan mag je hem niet nog een keer kussen.' Hij doet de deur open en duwt me naar buiten. Meneer Bexley stampt net nukkig voorbij, dus ik trek snel de deur achter me dicht. Hij draait zich om als hij me uit de schoonmaakkast ziet komen.

'Ik was op zoek naar Glassex. Het hele kantoor zit onder de vingerafdrukken,' zeg ik snel.

'Heb je Josh ergens gezien? Ik kan hem nergens vinden. Alles loopt in de soep en hij is er niet.'

'Hij is koffie en donuts voor u halen. U hebt het zo druk de hele tijd. Belooft u dat u zult doen alsof het een verrassing is?'

Meneer Bexley klaart op, briest en moppert, allemaal met hetzelfde geluid. Daarna begint hij zich zo op zijn dooie gemak aan mijn jurk en wat erin zit te vergapen, dat ik verontwaardigd mijn handen in mijn zij zet. Hij merkt het niet eens.

'Je lijkt een beetje verhit, juffrouw Hutton. Ik zie de jongedames graag met roze wangetjes. Je zou alleen eens wat vaker moeten lachen.'

'O, mijn telefoon gaat,' zeg ik, wat niet waar is. 'Niet vergeten: doen of u verrast bent als Josh terugkomt.'

'Dat lukt wel,' zegt hij en hij gaat naar het herentoilet. Hij heeft een krant bij zich. Josh kan in alle rust naar beneden kuieren.

Het lukt me om kalm te blijven tot ik weer bij mijn bureau ben, en dan sta ik mezelf toe wat ik de hele tijd al wilde doen: ik hap naar adem. Ik sta te hijgen alsof ik de halve marathon heb gelopen. Het zweet parelt in mijn nek en mijn gezicht is klam. Ik heb mijn vingers geschroeid aan het katoen van zijn overhemd. Voor ik mezelf weer genoeg onder controle heb om zelfs maar te kunnen gaan zitten heb ik de helft van het glanzende oppervlak van de tiende verdieping laten beslaan.

Ik ben zo opgewonden dat ik mezelf bewusteloos zou moeten slaan tot het over is.

Joshua komt twintig minuten later binnen met donuts en koffie. Toch is hij nog eerder terug dan meneer Bexley.

'Goeie redding.' Joshua zet een beker warme chocolademelk op mijn bureau en legt een aardbeiendonut naast mijn muismat. 'Razendsnel denkwerk, indrukwekkend.'

Ik staar naar de verrukkelijke roze donut alsof we door een wormgat zijn gevallen. Joshua verdwijnt in het kantoor van zijn baas. In twintig minuten tijd is mijn zelfvertrouwen zo ver afgebrokkeld dat ik niet meer weet of ik het Of zoiets-spel wel aankan. Hij is te groot, te slim en mijn lichaam reageert veel te enthousiast op hem. We moeten hoognodig een paar basisregels opstellen.

Als hij weer achter zijn bureau aan zijn koffie zit te nippen komt het allemaal in één ordinaire uitbarsting naar buiten.

'Als het Of zoiets-spel op seks uitdraait, dan wordt dat iets eenmaligs. Eén keer. Eén keer die niks betekent.' Ik sla mijn hand voor mijn mond.

Hij knijpt cynisch één oog dicht en begint aan de aardbeien die ik hem heb gegeven. Het is betoverend. Ik heb hem nog nooit eerder zien eten.

'Eén keer.' Ik steek een vinger op.

'Een keer maar? Weet je het zeker? En neem je me dan in ieder geval eerst mee uit eten?' Hij gaat achterover hangen in zijn stoel en geniet duidelijk van het gesprek. Hij hapt, kauwt en slikt. Ik moet wegkijken, want eerlijk gezegd is het achterlijk sexy.

'Natuurlijk. We kunnen in de drive-in een Happy Meal oppikken.'

'Gossie, bedankt. Een hamburger en een speeltje voordat we het gaan doen. Eén keer.' Hij neemt een slokje koffie en staart naar het plafond. 'Kan er niet eens een hap in een hip Italiaans restaurant vanaf? Of wíl je juist dat ik me goedkoop voel?'

'Eén keer.' Ik stop mijn knokkels in mijn mond en bijt tot het pijn doet. *Hou je kop, Lucy.*

'Kun je specificeren wat die ene keer zou inhouden?' Hij legt zijn kin in zijn hand, sluit zijn ogen en gaapt. Je zou denken dat we het over een werkpresentatie hadden in plaats van over schunnige naakte spelletjes in bed.

'Hebben je ouders je nooit over de bloemetjes en de bijtjes verteld?' Ik neem een slok van mijn chocolademelk.

'Ik wil zorgen dat ik de regels goed begrijp voor ik hieraan begin. Jij verzint er onderweg altijd van alles bij. Zou je ze op de mail kunnen zetten?'

Meneer Bexley loopt tussen ons door en bederft het moment. Hij maakt een weinig overtuigend verrast geluidje als hij de koffie en donuts op zijn bureau ziet.

'Ik kom eraan, een minuutje,' roept Joshua hem na. Tegen mij zegt hij: 'Eén keer dus? En daarna zou je je beheersen?' Zijn mondhoeken komen een klein stukje omhoog en hij begint op zijn computerscherm te rommelen.

'Kijk niet zo verwaand,' sis ik zo zacht mogelijk. 'Het is helemaal niet zeker dat het ooit echt gaat gebeuren.'

'Doe nu niet net alsof ik de enige ben die dit wil. Dit is geen gunst die je mij verleent. Hiermee doe je vooral jezelf een enorm plezier.'

Hoewel hij het niet lijkt te bedoelen als een ranzige verwijzing naar wat er achter zijn gulp zit, kijk ik toch. Ik kan maar niet ophouden met praten.

'Eén keer is genoeg ja, om een eind te maken aan die rare seksuele spanning tussen ons. Zoals ik al zei, wat maakt het uit?'

Hij knippert met zijn ogen en doet zijn mond open om iets te zeggen, maar bedenkt zich. Voor iemand die net van een vrouw heeft gehoord dat ze overweegt om seks met hem te hebben, zit hij er een beetje beteuterd bij.

'Dan kan ik maar beter zorgen dat die ene keer voor tien telt, Taartje.' Een belofte en een waarschuwing. Ik bijt mijn donut doormidden zodat ik geen antwoord hoef te geven.

Ik ben in het voordeel, want ik kan min of meer de voorwaarden stellen. Hij staat op en pakt zijn koffie, het teken dat hij zich terugtrekt uit het gevecht. Maar dan slaat hij de bal weer terug naar mijn helft en hij dwingt me zo vakkundig om zelf het besluit te nemen dat ik moet toegeven dat ik diep onder de indruk ben. Hij schrijft iets op een blauwe post-it. De hoekige zwarte letters krullen en slaan haken; de inkt dringt diep door in de poriën van het papier.

Hij schrijft iets op, informatie waarvan ik nooit had gedroomd dat ik hem zou krijgen. Ik heb geen idee of hij het doet omdat ik hem moet ophalen voor de bruiloft, of zoiets. En ik kan het niet vragen omdat ik mijn mond vol heb.

Hij plakt het briefje op mijn computer. Het is zijn adres.

Hoofdstuk 13

‘Ik blijf half en half verwachten dat je grote broer binnen komt stormen om je hier weg te sleuren. Omdat je morgen gewoon naar school moet en zo,’ zegt Danny terwijl ik lusteloos met mijn lepel door mijn citroengelato roer.

‘Ik weet zeker dat hij je buiten voor de deur met zijn auto opwacht om je te overrijden.’ Het komt eruit alsof het maar half een grapje is. De serveerster komt kijken of alles goed gaat, en we verzekeren haar opnieuw dat het allemaal heerlijk was. Alles is verdomme perfect. Geruite tafelkleedjes en kaarsen. De muziek is romantisch, en ik ben verrassend goed bijgetrokken in mijn rode jurk en met wat lippenstift. Het enige wat voorkomt dat ik in slaap sukkel, is de zenuwknoop in mijn maag omdat er straks bijna onvermijdelijk een kus zal volgen.

‘Ik moet het vragen. Ben je… vrij? Single? Ik pik van die signalen op. Jij en Josh zijn toch niet…’

‘Ja, nee. Nee! Geen signalen. Absoluut geen signalen. Ik ben helemaal vrij.’ Ik herhaal het nog een paar keer. Danny kijkt bedenkelijk. De dame protesteert veel, veel te heftig.

Nu raak ik pas echt in paniek. Als ook maar iemand vermoedt dat Josh en ik op een of andere manier iets met elkaar hebben, dan heeft dat gevolgen. Op reputatiegebied. Personeelszakengebied. Waardigheidsgebied. Ik herinner me de geamuseerde blikken en de elleboogstoten na de paintballdag en krimp in elkaar bij de gedachte dat dat misschien al een gepasseerd station is.

‘Het komt vaak genoeg voor dat mensen op kantoor aan elkaar blijven plakken. Samantha en Glen. Wow, dat was een ramp.’ Danny grijnst. Hij is een roddelkont, dat zie je zo. Hij trekt zijn wenkbrauwen op in de hoop dat ik ook een sappig schandaaltje paraat heb, maar ik schud mijn hoofd.

‘Niemand vertelt mij iets op kantoor. Ze denken dat ik ga klikken.’

‘Is het waar dat Josh eerst een jaar medicijnen heeft gestudeerd?’

‘Dat weet ik niet. Maar zijn ouders en broer zijn wel arts.’

‘Bij Bexley Books hadden we altijd de stille hoop dat hij ontslag zou nemen om aambeien te gaan genezen of zoiets.’

Ik moet lachen.

‘Heb je soms een of andere nare breuk achter de rug of zoiets?’ Danny lijkt oprecht geïnteresseerd. ‘Ik probeer te begrijpen waarom je vrijgezel bent.’

‘Ik heb geen tijd gehad om te daten, en ik heb niet genoeg moeite gedaan om nieuwe vrienden te maken nadat ik na de fusie het contact met de mensen van Gamin ben kwijtgeraakt. Mijn baan heeft mijn leven overgenomen. Als de directeur je directe baas is red je het niet met van negen tot vijf werken.’

‘En wat deed die roos op je bureau?’ Hij trekt verwachtingsvol zijn wenkbrauwen op.

‘Dat was een grapje.’

Hij wacht tot ik zal uitweiden, maar als ik dat niet doe, geeft hij het op en verandert hij van onderwerp. ‘Heb je je sollicitatiebrief voor de nieuwe baan op tijd ingeleverd?’

‘Die is binnen. De gesprekken zijn volgende week.’

‘Heb je veel concurrentie?’

‘Het is maar een kort lijstje. Ik, twee mensen van buiten en mijn makker Joshua Templeman. In totaal vier sollicitanten.’

‘Je hebt hier heel lang op gewacht,’ concludeert Danny, dus misschien heb ik die krankzinnig intense blik weer in mijn ogen.

‘Helene vindt het heel belangrijk dat ik me ontwikkel. Toen we nog Gamin Publishing waren, was het de bedoeling dat ik naar het uitgeversteam zou overstappen nadat ik een jaar voor haar had gewerkt.’ Ik hoor hoe bitter ik klink.

Danny denkt er even over na. ‘Het is niet zo raar om alles aan te pakken om ertussen te komen bij een uitgeverij, zelfs als je een tijdje administratief werk moet doen. De helft van de mensen daar is niet begonnen met hun droombaan. Het was slim om je kans te grijpen.’

‘Nee, dat is het probleem niet. Ik ben juist blij dat ik een zakelijke rol heb gekregen.’

'Maar toen kwam die fusie.'

'Ja. Heel veel mensen zijn hun baan kwijtgeraakt. Ik had mazzel dat ik kon blijven, ook al draaide het erop uit dat ik hetzelfde werk moest blijven doen. Ik ben mijn beste vriendin kwijtgeraakt.' Ik maak een geluid alsof ze dood is.

'Adjunct-directeur algemene zaken, dat staat heel goed op je cv. Zeker op jouw leeftijd.'

'Ja.' Ik zucht en stel me voor hoe die titel eruit zou zien in het lettertype Arial. Dan zie ik hem voor me op Joshua's cv, en de prachtige dagdroom verzuurt. 'Ik ben een presentatie aan het voorbereiden voor het gesprek. Het gaat over iets waar ik al heel lang op loop te broeden. Op dit moment heb ik niet zoveel invloed als ik wil, de tijd is er nooit rijp voor geweest. Ik wil een officieel project opstarten om de hele fondslijst als e-book uit te geven. Het hele boek in een nieuw jasje, de kaft, alles. In die nieuwe rol zal ik genoeg te zeggen hebben om dat van de grond te krijgen.'

'Klinkt alsof je een heleboel ondersteuning nodig hebt voor het ontwerpen van de covers. Denk aan mij,' zegt Danny. Hij graaft in zijn zak en geeft me zijn nieuwe visitekaartje. Een vrouw aan de tafel naast ons kijkt schuin naar hem alsof ze wil zeggen: 'Wat een eikel.'

Hij vraagt de rekening en geeft zijn creditcard.

'O, bedankt,' piep ik opgelaten en hij glimlacht.

We lopen naar mijn auto. 'Sorry dat ik zoveel over werk heb gepraat.'

'Geeft niet. Ik werkte daar ook ooit, weet je nog? Dus. We zijn er. Je auto.' Danny staat stil en maakt met zijn handen een lijst om de auto. 'Ongelooflijk.'

'Is ze niet fantastisch?' Ik leun op de deur. '*Free at last, free at last.*'

'Sta je nu Martin Luther King Jr. te citeren als je het over je auto hebt?'

'Eh... ja, ik geloof het wel...'

Hij barst in lachen uit. 'Mens, je bent geweldig.'

'Ik ben niet wijs.'

'Zeg dat nou niet. Ik wil je graag kussen. Alsjeblieft,' voegt hij er hoffelijk aan toe.

'Oké.' We kijken elkaar aan. We weten allebei dat het zover is. Het moment van de waarheid. Danny blaast me ofwel van mijn sokken, of ik kan Josh' ego gaan oppoetsen.

We staan erbij als een romantische Valentijnskaart. De weg glimt van de regen; de straatlantaarns omringen ons met wit licht. Mijn rode feestjurk is het focuspunt, en de man met de witblonde engelenkrullen buigt me ietsjes achterover en vestigt zijn bleekblauwe blik op mijn mond. Omdat hij niet zo lang is passen we perfect in elkaar.

Zijn adem is zacht en zoet na het toetje, en hij legt zijn handen respectvol om mijn middel. Als zijn lippen die van mij raken, smeek ik mezelf om iets te voelen. Ik doe een heleboel wensen, één voor iedere ster die boven mijn hoofd zou kunnen vallen. Ik bid om een eerste wellustige duizeling. Ik kus Danny Fletcher steeds weer opnieuw, tot ik er niet meer omheen kan dat de lust nooit zal komen.

Hij duwt mijn mond een stukje open met zijn lippen, hoewel hij als een echte heer zijn tong bij zich houdt. Ik leg mijn hand op zijn schouder. Zijn lichaam, dat er op het eerste gezicht zo fit en gespierd uitzag, voelt spichtig en schriel, alsof hij kippenbotjes heeft. Ik durf te wedden dat hij me niet eens kan optillen.

We maken ons van elkaar los.

'Zo.' Alles is verloren en ik denk dat hij het weet. Hij bestudeert mijn gezicht. Het was alsof ik mijn neefje kuste, helemaal verkeerd. Ik wil het nog een keer doen om het zeker te weten, maar als ik naar voren kom zet hij een halve stap achteruit en laat hij zijn handen zakken.

'Ik vond het heel gezellig,' begint hij. 'Je bent een fantastische meid.'

Ik maak zijn zin voor hem af. 'Kunnen we niet gewoon vrienden zijn? Het spijt me.'

Op zijn gezicht zie ik teleurstelling omdat hij het niet als eerste gezegd heeft, opluchting en iets van irritatie waardoor ik hem opeens wat minder graag mag.

'Oké. Natuurlijk. Vrienden.'

Ik pak mijn autosleutel. 'Bedankt voor het eten. Welterusten.' Ik kijk hem na als hij langzaam wegloopt en zijn hand opsteekt bij wijze van afscheid. Hij gooit zijn autosleutels een paar keer omhoog en vangt ze weer op. Een duur etentje in ruil voor een slechte zoen.

Jij wint de Kuswedstrijd, Joshua Templeman. Ik was er al bang voor.

Er komt een klein onweersbuitje opzetten in mijn hoofd. Dit was een duffe, saaie verspilde avond.

En weet je wat het ergste is? Als Joshua niet zou bestaan, dan zou ik dit een prima date hebben gevonden, naar mijn maatstaven dan. Aangenaam en acceptabel. Ik heb slechtere afspraakjes gehad en veel slechtere zoenen. De chemie was misschien niet ideaal, maar daar hadden we aan kunnen werken. Ik kan me niet herinneren hoe lang het geleden is dat ik een kans als deze heb gehad, en het is bedorven.

Het was alsof Joshua op een derde stoel aan ons romantische tafeltje zat toe te kijken, om te oordelen, om me te herinneren aan alles wat ontbrak. Als ik naar Danny's mond keek, smeekte ik mezelf om iets te voelen.

Ik rij weg, en als ik echt niet meer weet waar ik ben, zet ik de auto stil. Minutenlang vecht ik met mijn navigatiesysteem, mijn klunzige vingers tikken steeds weer op de verkeerde knopjes. Ik klem het blauwe stukje papier tussen mijn tanden.

En daarna slinger ik de grofste beledigingen die ik kan bedenken naar de gps-dame. Ik smeek haar om te stoppen, maar ze doet het niet. Wat een bitch, ze stuurt me regelrecht naar Josh' flat.

Ik pieker er niet over om naar binnen te gaan. Zo sneu ben ik nu ook weer niet. Ik parkeer in een zijstraat en kijk op naar het gebouw terwijl ik me afvraag welke lichtgevende vierkantjes van hem zijn.

Josh, waarom heb je me stukgemaakt?

Mijn telefoon zoemt. Die naam heb ik nog niet vaak op mijn schermpje gezien.

Joshua Templeman: En? Spannend, enz.

Ik doe mijn auto op slot en trek mijn jas stevig om me heen terwijl ik begin te lopen. Ik probeer te bedenken wat ik moet antwoorden. Eerlijk gezegd weet ik niet wat ik moet zeggen. Mijn trots heeft een enorme deuk opgelopen. Ik had beter mijn best moeten doen vanavond. Mezelf meer moeten overtuigen. Maar ik heb er zo genoeg van om steeds maar weer zoveel moeite te moeten doen.

Ik typ met zorg een reactie: de emoji van de glimlachende drol. Dat is een uitstekende samenvatting.

Ik besluit een rondje om het gebouw te maken, en hoop maar dat ik onderweg niet ontvoerd zal worden. Die kans is niet zo groot, want de regen heeft iedereen behalve de meest fanatieke griezels naar binnen gejaagd. Het getik van mijn rode hakken galmt over straat tijdens mijn verkenningsmissie.

Het is vreemd om hier te lopen, te proberen om alles door de ogen van iemand anders te zien, zeker als die ander je gezworen vijand is. Ik bestudeer de scheuren in de stoep en vraag me af of hij hier altijd loopt als hij naar dat kleine biologische winkeltje gaat. Ik wou dat er bij mij in de buurt zo'n winkel was; dan zou ik misschien wat minder macaroni eten.

Ik heb altijd het vermoeden gehad dat de mensen om ons heen er zijn om ons iets te leren. Ik weet zeker dat de aanwezigheid van Josh tot doel heeft om me te testen, me onder druk te zetten. Te zorgen dat ik harder word. En op een bepaalde manier werkt het nog ook.

Ik kom langs een grote ruit en sta even stil om mijn spiegelbeeld te bestuderen. Mijn jurk staat me fantastisch. Ik heb weer kleur op mijn wangen en lippen, al komt dat voornamelijk door de make-up. Ik denk aan de rozen en kan het nog steeds niet rijmen. Ze waren van Joshua Templeman, hij is uit vrije wil een bloemist binnengelopen en heeft de vier woorden die het hele spel overhoop hebben gehaald op een kaartje geschreven.

Hij had alles kunnen schrijven. Al deze dingen zouden perfect zijn geweest: *Het spijt me. Mijn excuses. Ik heb er een zootje van gemaakt. Ik ben een ontzettende droplul. De oorlog is voorbij. Ik geef me over. Vanaf nu zijn we vrienden.*

Maar in plaats daarvan koos hij voor: *Jij bent altijd mooi*. De vreemdste bekentenis van de laatste persoon van wie ik die had verwacht. Ik laat een gedachte toe die ik tot nu toe met veel succes heb geblokkeerd. Misschien heeft hij me wel nooit gehaat. Misschien wilde hij me altijd al wel.

Mijn jaszak sjirpt weer.

Joshua Templeman: Waar ben je?

Goede vraag. Dat gaat je niet aan, Templeman. Ik sluip rond achter je huis, ben nieuwsgierig naar de vuilnisbakken, probeer te beslissen of dat je stamcafé is daar aan de overkant van de straat, en of je wel eens naar dat kleine parkje met die fontein loopt. Ik kijk naar de manier waarop het licht op de stoeptegels valt en ik zie alles met nieuwe ogen.

Waar ben ik? Ik ben op een andere planeet.

Weer een berichtje.

Joshua Templeman: Lucinda, dit begint me te irriteren.

Ik geef geen antwoord. Wat heeft het voor zin? Vanavond gaat gewoon de boeken in als de zoveelste ongemakkelijke ervaring in dit leven. Aan het eind van de straat staat mijn auto geduldig op me te wachten. Een taxi mindert vaart. Ik schud mijn hoofd en hij geeft weer gas.

Is dit hoe het begint, als je iemand gaat stalken? Er cirkelt een mot om een straatlantaarn. Vanavond begrijp ik volkomen wat het beest bezielt.

Ik moet nog één keer voor het gebouw langs, en dan ben ik klaar. Ik draai mijn hoofd opzij en registreer waar de brievenbussen zitten. Misschien kan ik een doodsbedreiging voor hem achterlaten. Of een anoniem hijgbriefje, gewikkeld in een onderbroek zo groot als een strandlaken.

Ik ga sneller lopen als ik bij de voordeur ben en vang een glimp op van de keurige lobby. Dan zie ik dat er iemand voor me uit loopt. Een man, lang en prachtig gebouwd. Hij heeft zijn handen in zijn zakken gestoken en neemt grote geagiteerde passen. Het is de gestalte die ik voor het eerst zag op mijn eerste dag bij B&G, een vorm die ik beter ken dan mijn eigen schaduw.

Op deze nieuwe planeet waar ik net ben aangekomen woont natuurlijk niemand anders dan Josh.

Hij kijkt over zijn schouder, want hij heeft ongetwijfeld gehoord dat mijn belachelijk luidruchtige hakken tot stilstand zijn gekomen. Dan kijkt hij nog een keer. Die tweede blik is er een voor in de geschiedenisboeken.

'Ik ben je aan het stalken!' roep ik. Het komt er anders uit dan de bedoeling was. In plaats van luchtig of grappig klinkt het eerder als een waarschuwing. Op dit moment ben ik een eng gestoord wijf. Ik steek mijn handen op om te laten zien dat ik niet gewapend ben. Mijn hart gaat tekeer.

'Ik ook,' zegt hij. Een tweede taxi glijdt als een haai voorbij.

'Waar ga je echt naartoe?' Mijn stem galmt over de lege straat.

'Dat zei ik toch. Ik ga een stukje stalken.'

'Wat, te voet?' Ik kom een stap of zes dichterbij. 'Lopend?'

'Ik was van plan om in het midden van de straat te gaan rennen, zoals de Terminator.'

Ik kan mijn lach niet inhouden en doe iets wat klinkt als 'behehe'. Ik breek een van mijn eigen regels door tegen hem te grijnzen. Ik weet blijkbaar van geen ophouden.

'Jij bent tenslotte ook te voet. Stelten.' Hij gebaart naar mijn torenhoge hakken.

'Die leveren me een paar centimeter extra als ik door je vuilnis snuffel.'

'Heb je iets interessants gevonden?' Hij loopt naar me toe en stopt als we nog een stap of tien uit elkaar staan. Net iets te ver weg om de geur van zijn huid op te pikken.

'Zo ongeveer wat ik verwachtte. Groente-afval, koffiedrab, luiers voor volwassenen.'

Hij gooit zijn hoofd achterover en lacht tegen de kleine sterretjes die tussen de wolken door piepen. Die verbazende, opwindende lach is nog beter dan ik me herinner. Iedere atoom in mijn lichaam begint te trillen, zo graag wil ik dat hij ermee doorgaat. De ruimte tussen ons in lijkt te zinderen.

'Dus je kunt wel lachen,' is alles wat ik zeg.

Die ene glimlach van hem is meer waard dan duizend anderen. Ik moet een foto maken. Ik moet me ergens aan vasthouden. Deze hele bizarre planeet moet ophouden met ronddraaien zodat ik dit moment kan bevriezen in de tijd. Dit wordt een ramp.

'Wat zal ik zeggen? Je bent grappig vanavond.' De glimlach verdwijnt van zijn gezicht als ik een stap naar achteren zet.

'Dus het enige wat ik hoefde te doen om je hier te krijgen was je mijn adres geven? Misschien had ik dat de eerste dag al moeten doen.'

'Waarom, zodat je me had kunnen overrijden?' Ik sluip dichterbij tot we dicht bij elkaar staan onder een straatlantaarn. Ik heb vandaag al meer dan acht uur naar hem gekeken, maar buiten het kantoor ziet hij er splinternieuw en vreemd uit.

Zijn vochtige haar glanst en hij heeft een gezonde kleur op zijn wangen. Hij draagt een verwassen marineblauw T-shirt dat waarschijnlijk zachter is dan een babydekentje, en de koude lucht moet in zijn onderarmen bijten. Zijn oude spijkerbroek zit hem als gegoten en de knoop knipoogt naar me als een Romeinse munt. De veters van zijn sneakers zijn los. Hij is een lust voor het oog.

'De date ging niet zo goed,' gokt hij.

Ik moet hem nageven dat hij niet staat te gnuiven. Hij neemt me geduldig op, en laat me met rust terwijl ik iets probeer te bedenken. Hoe red ik me uit deze situatie? Nu het afgelopen is met de grapjes begin ik me weer te schamen.

'Het ging wel.' Ik kijk op mijn horloge.

'Maar niet geweldig, anders stond je nu niet voor mijn huis. Of kom je me het goede nieuws brengen?'

'O, hou toch op. Ik wilde… weet ik veel. Zien waar je woont. Ik kon de verleiding niet weerstaan, want ik overweeg om op een dag een dode vis in je brievenbus te stoppen. Jij hebt gezien waar ik woon. Het is niet eerlijk en het is niet in evenwicht.'

Hij laat zich niet afleiden. 'Heb je hem gezoend zoals we hadden afgesproken?'

Ik kijk omhoog naar de lantaarn. 'Ja.'

'En?'

Als ik blijf aarzelen zet hij zijn handen in zijn zij en kijkt hij uit over de straat. Blijkbaar weet hij het ook niet meer. Ik veeg met de rug van een hand over mijn lippen.

'Het etentje zelf ging best oké,' begin ik, maar hij komt dichterbij en neemt mijn kin in zijn handen. De lucht lijkt statisch van spanning.

‘Oké. “Best oké” en “ging wel”. Je hebt iets beters nodig dan “oké”. Niet liegen.’

‘Oké is precies wat ik nodig heb. Ik wil iets normaals, iets makkelijks.’ Ik zie aan zijn ogen dat hij teleurgesteld is.

‘Dat is niet wat je nodig hebt. Geloof me.’

Ik probeer mijn gezicht weg te draaien, maar hij staat het niet toe. Zijn duim glijdt over mijn wang. Ik wil hem wegduwen, maar het eindigt ermee dat ik hem dichter tegen me aan trek. Ik klem zijn T-shirt in mijn vuisten.

‘Hij is niet genoeg voor je.’

‘Ik heb geen idee waarom ik hier eigenlijk ben.’

‘Dat weet je best.’ Hij drukt een kus op mijn jukbeen en ik ga huiverend op mijn tenen staan. ‘Je bent hier om me de waarheid te vertellen. Nadat je bent opgehouden met liegen.’

Hij heeft natuurlijk gelijk. Hij heeft altijd gelijk.

‘Niemand kust me zoals jij.’

Ik heb het zeldzame genoegen om zijn ogen te zien oplichten door iets anders dan irritatie of woede. Hij komt dichterbij en neemt even de tijd om te bepalen hoe ik het bedoel. Wat het ook is dat hij uit mijn blik afleest, het lijkt hem gerust te stellen want hij neemt me in zijn armen en tilt me op. Zijn mond raakt de mijne.

We slaken allebei tegelijk een zucht van opluchting. Het heeft geen zin om te liegen over de reden dat ik hier op de natte stoep voor zijn flat sta.

In het begin ademen we gewoon elkaars lucht in, tot we onder druk van onze lippen onze mond opendoen. Wat maakt het uit, zei ik eerder. Helaas voor mij maakt deze kus heel veel verschil.

De spieren in mijn armen beginnen sneu te trillen tegen zijn nek en hij houdt me wat beter vast zodat ik niet zal vallen. Ik woel door zijn dikke, zijdeachtige haar en ik geef er kleine rukjes aan. Hij kreunt. We geven ons over aan een luie, genotzuchtige kus.

De energie die anders zonder doel of reden alle kanten op schiet, heeft nu een geleider, vormt een kringloop van elektriciteit die via mijn lichaam door dat van hem loopt. Mijn hart brandt als een gloeilamp in mijn borst, feller bij iedere beweging van zijn lippen.

Ik krijg het voor elkaar om adem te halen en de trage, sexy zoen gaat over in een aantal losse kussen, als zachte beetjes. Hij probeert me uit, een beetje verlegen. Ik heb het gevoel dat hij me een geheim vertelt.

De kus heeft iets kwetsbaars, en dat had ik nooit verwacht. Alsof we weten dat deze herinnering op een dag zal vervagen. Hij wil dat ik dit niet vergeet, en dat is zo bitterzoet dat mijn hart er pijn van doet. Als ik mijn mond weer opendoe om zijn tong te zoeken, maakt hij er kuis een eind aan.

Was dat een afscheidskus?

'Mijn karakteristieke eerste-afspraakjeskus.' Hij wacht op een reactie, maar waarschijnlijk ziet hij aan mijn gezicht dat ik even niet in staat ben om menselijke taal uit te brengen.

Hij blijft me in een comfortabele omhelzing vasthouden. Ik kruis mijn enkels en bestudeer zijn gezicht alsof ik het nooit eerder heb gezien. Van zo dichtbij is het bijna angstaanjagend mooi, met die heldere schitterende ogen. Onze neuzen wrijven langs elkaar. Ik voel vonken in mijn mond, en wil niets liever dan mijn lippen weer op die van hem drukken.

Jaloers stel ik me voor dat hij met iemand anders zou uitgaan. Het komt aan als een stomp in mijn maag.

'Ja, ja. Jij wint,' zeg ik als ik weer adem krijg. 'Nog een keer.' Ik buig me naar hem toe maar hij reageert niet op de hint. Al was die kus fantastisch, het was maar een fractie van de dingen waartoe hij in staat is. Ik wil de intensiteit van de lift terug.

Een stel van middelbare leeftijd loopt arm in arm langs ons heen en onze kleine bubbel barst. Met verlangen in haar ogen kijkt de vrouw achterom over haar schouder. Blijkbaar zijn we onweerstaanbaar.

'Mijn auto staat daar.' Ik begin te kronkelen en wijs.

'Mijn flat is daar.' Hij wijst naar boven en zet me voorzichtig op de grond, alsof ik een melkfles ben.

'Dat gaat niet.'

'Lafbekje.'

Gesnapt. Mijn beurt om te kijken hoe ver ik kom met eerlijkheid. Het is eng. 'Oké. Ik geef het toe. Ik ben als de dood. We weten allebei wat er gebeurt als ik mee naar boven ga.'

'En wat dan wel, als ik vragen mag?'

"Of zoiets", dat is wat er zal gebeuren. Die ene keer waar we het over hadden. We halen het sollicitatiegesprek van volgende week nooit. Dan liggen we allebei kreupel in je bed, met de lakens aan flarden.'

Zijn mondhoeken komen omhoog, dat gaat weer uitlopen op zo'n hartverscheurende glimlach. Ik draai me om in de richting van mijn auto en zet het op een rennen.

Hoofdstuk 14

'Dat gaat dus niet door,' zegt hij. Hij loopt het gebouw binnen, met mij als een opgerolde krant onder zijn arm. Hij kijkt zelfs nog even of er post is.

'Rustig maar. Ik laat je alleen even mijn flat zien, dan staan we quitte.'

'Ik heb altijd gedacht dat je ergens onder de grond woont, vlak bij de aardkern,' weet ik uit te brengen als hij op het knopje van de vierde verdieping drukt. Ik krijg een flashback als ik zijn vinger volg, en zoek naar de noodknop en de leuning.

Ik probeer discreet aan hem te snuffelen. Ik geef het op om stiekem te doen en druk mijn neus in zijn T-shirt om twee volle longen in te ademen, als een schaamteloze verslaafde. Hij zegt er niets van, als hij het al merkt.

'Oom Satan had geen flat in mijn prijsklasse.'

Het is best een grote lift en er is geen reden om zo onder zijn arm te blijven hangen, maar omdat het maar naar de vierde verdieping is, heeft het ook weinig zin om mijn armen los te maken van zijn middel. Hij houdt zijn vingertoppen in mijn haar.

Ik verschuif voorzichtig mijn handen, de ene over zijn rug en de andere over zijn buik. Spieren en warmte en huid. Ik druk mijn neus weer tegen zijn ribben en inhaleer.

'Engerd,' zegt hij mild. Hij zet me neer en we lopen door de gang. Nadat hij de deur heeft opengedaan, blijf ik even staan treuzelen bij de ingang van Joshua Templemans appartement. Hij pelt mijn jas af als een bananenschil. Ik zet me schrap.

Hij hangt mijn jas op naast de deur. 'Kom maar binnen dan.'

Ik weet niet wat ik moet verwachten. Een soort grijze cel van cement misschien, verstoken van persoonlijkheid, met een enorme flatscreen-tv en een houten kruk. Een voodoopop met zwart haar en rode lippenstift. Een knuffelaardbei met een mes in haar hart.

'Waar is het dartbord met mijn foto erop?' Ik leun wat verder naar binnen.

'In de logeerkamer.'

Binnen is het mannelijk, donker en heerlijk warm. Alle muren zijn in chocolade- en zandtinten geschilderd, en er hangt een tintelende sinaasappelgeur. Een grote, zachte bank staat pontificaal voor de gigantische tv die in geen enkel mannenhuis ontbreekt en die hij niet eens heeft uitgezet. Blijkbaar had hij haast. Ik stap uit mijn schoenen, waardoor ik nog een stukje krimp. Hij verdwijnt in de keuken en ik loer om de hoek.

'Snuffel rustig even rond, ik weet dat je niets liever wilt.' Hij vult een kleine metalen fluitketel en zet hem op het fornuis. Ik adem beverig uit. Blijkbaar gaat hij me niet molesteren. Iemand die dat van plan is gaat niet eerst water koken, we leven niet in de middeleeuwen.

En natuurlijk heeft hij gelijk. Ik sta te trappelen om alles te onderzoeken, daarom ben ik hiernaartoe gekomen. De Joshua die ik ken, is niet meer genoeg. Kennis is macht, en daar zit ik op dit moment om te springen. Een opgewonden piepje blijft steken in mijn keel. Dit is zoveel beter dan de stoep buiten.

Een van de muren is helemaal bedekt door een boekenkast. Bij het raam staat een leunstoel met een lamp die de stapel boeken daaronder uitlicht. Nog meer boeken op de koffietafel. Dat is een ongelofelijke opluchting. Wat had ik gemoeten met een smakelijke analfabeet?

Ik vind zijn lampenkappen mooi. Ik stap in een van de grote flessengroene lichtcirkels op het oosterse tapijt en bestudeer het patroon; kronkelende, slingerende klimopranken. Tegen de muur van de woonkamer hangt een ingelijst schilderij van een heuvelrug, waarschijnlijk Italiaans, Toscane misschien. Het schilderij in de bewerkte lijst is echt, het is geen reproductie, ik kan de structuur van de kwast in de verf onderscheiden. Op de heuvel staan gebouwtjes in groepjes bij elkaar, en de koepels en torens van een kerk steken af tegen de donkere, zwartpaarse lucht. Piepkleine zilveren sterren.

Op de koffietafel liggen een paar financiële tijdschriften. Op de bank ligt een fraai en zo te zien duur kussen dat bestaat uit rijen blauwe linten. Het is allemaal zo... onverwacht. En totaal niet minimalistisch. Het lijkt wel of hier een mens woont. Ik schrik als ik me realiseer dat zijn huis een stuk gezelliger is dan dat van mij. Ik kijk onder de bank. Niks. Zelfs geen stof.

Ik herken een klein vogeltje dat ik ooit van een velletje kladpapier heb gevouwen en tijdens een vergadering naar hem toe heb geschoten. Het balanceert op het randje van de boekenplank. Ik bestudeer zijn profiel als hij in de keuken twee mokken op het aanrecht zet. Wat een vreemd idee dat hij dat gevouwen stukje papier in zijn zak heeft gestopt en het mee naar huis heeft genomen.

Op de plank eronder staat een ingelijste foto van Josh en Patrick tussen een stel van wie ik aanneem dat het hun ouders zijn. Zijn vader is groot en knap en heeft een grimmige glimlach, maar zijn moeder straalt bijna de foto uit. Ze barst van trots naast haar twee knappe zonen.

'Wat een leuke moeder heb je,' zeg ik als hij op me af loopt. Hij kijkt naar de foto en knijpt zijn lippen op elkaar. Ik snap de hint en hou erover op.

Op de onderste plank staan een heleboel zo te zien nogal verouderde medische naslagwerken. Er ligt ook een anatomisch model van de botten van een hand. Ik duw de vingers naar beneden tot alleen de middelvinger nog omhoog staat en grijns. Wat ben ik toch grappig.

'Waarom heb je die boeken?'

'Een overblijfsel uit mijn vorige leven.' Hij verdwijnt weer in de keuken.

Ik zet het geluid van de tv uit met de afstandsbediening en de stilte daalt neer. Ik sluip achter hem aan de brandschone keuken in waar de vaatwasser staat te neuriën. De sinaasappelgeur blijkt van een desinfecterend schoonmaakmiddel te komen. Mijn post-it met de kus erop hangt op de koelkast, en ik wijs ernaar.

Hij haalt zijn schouders op. 'Je had er zo je best op gedaan. Het was zonde om hem verloren te laten gaan.'

Ik sta in het heldere licht van de open koelkast en staar naar binnen. Daarbinnen zijn alle kleuren van de regenboog. Stengels. Bladeren. Harige wortels. Tofoe en biologische pastasaus.

'Ik heb alleen maar kaas en sausjes in mijn koelkast.'

'Weet ik.'

Ik doe de deur dicht en leun ertegenaan. De magneten boren zich in mijn ruggengraat. Ik hef mijn gezicht op voor een kus maar hij schudt zijn hoofd.

Een beetje teleurgesteld kijk ik in de bestekbak en ik streel de arm van het jasje dat naast de deur hangt. In de zak vind ik een bonnetje van een benzinestation. Vierenzestig dollar, contant afgerekend.

Alles is even netjes, alles ligt op zijn plek. Geen wonder dat hij zenuwuitslag kreeg van mijn flat.

'Mijn huis is net een sloppenwijk in Calcutta vergeleken met dat van jou. Ik moet ook een mandje hebben voor mijn sportspullen. Waar laat je al je rotzooi? Waar is je stapel met dingen die te moeilijk zijn?'

'Ik heb je grootste angst bevestigd. Ik ben een poetsneuroot.'

Ik ben ook niet helemaal normaal, want ik ben nog minstens twintig minuten bezig om al zijn spullen van dichtbij te inspecteren. Ik schend zijn privacy zo verschrikkelijk dat ik er zelf een beetje misselijk van word, maar hij laat me ongestoord mijn gang gaan.

De flat heeft twee slaapkamers en ik sta midden in wat de studeerkamer moet zijn. Een enorme computermonitor, een paar gigantische halters. Een kast vol dikke wintersportkleren en een slaapzak. Nog meer boeken. Ik kijk verlekkerd naar de dossierkast. Het is dat hij erbij is, anders was ik zijn energierekeningen gaan lezen.

'Ben je klaar?'

Ik kijk neer op het oude speelgoedautootje in mijn hand, dat ik in een van de ondiepe laatjes van zijn bureau heb gevonden. Ik klamp me eraan vast als een demente zakkenroller.

'Nog niet.' Ik ben zo bang dat ik nauwelijks iets kan uitbrengen.

Josh wijst en ik loop naar de laatst overgebleven donkere deuropening. Hij doet het licht aan met een schakelaar naast mijn oor en ik hap verstikt naar adem van verrukking.

De kamer is geschilderd in de kleur van mijn favoriete overhemd. Zeeblauw. Turquoise, vermengd met melk. Er komt iets los in mijn borst, een déjà vu, alsof ik hier eerder ben geweest en weer terug zal komen. Ik hou mezelf overeind aan de deurpost.

'Is dit je lievelingskleur?'

'Ja.' Hij klinkt gespannen. Misschien is hij er eerder om uitgelachen.

'Ik vind het prachtig,' zeg ik eerbiedig. Die explosie van kleur is zo onverwachts na al dat donkere chocolade en grijsbruin, en dat is juist ontzettend Josh. Iets waar je niet op had gerekend, prachtig bleekblauw. Het hoofdeinde is donkerbruin, overtrokken met leer, en dat voorkomt dat de kamer te vrouwelijk wordt. Hij staat achter me, zo dichtbij dat ik tegen hem aan zou kunnen leunen, maar ik weersta de verleiding. De geur van zijn huid werkt benevelend. Het bed is opgemaakt met witte lakens, een detail dat ik opeens behoorlijk sexy blijk te vinden. De badkamer is glanzend schoon. Rode handdoeken en een rode tandenborstel. Het lijkt wel een Ikea-showroom.

'Ik had je nooit ingeschat als iemand met een varen. Ik heb er ook ooit een gehad, maar hij werd helemaal bruin en krokant.'

Ik ga weer terug naar Joshua Templemans bed. Voorzichtig raak ik met één vinger de rand van zijn kussensloop aan.

'Oké, nu wordt het te bizar.'

Ik rammel aan het hoofdeinde, maar het zit goed vast.

'Kappen. Ga op de bank zitten. Ik heb thee voor je gezet.'

Ik schuifel zijwaarts als een krab de woonkamer weer in. 'Hoe kun je er gewoon bij blijven staan terwijl ik in je spullen loop te snuffelen?'

Ik pak het dure kussen en duw het achter mijn rug.

Hij geeft me een mok aan. Ik hou hem vast als een wapen.

'Ik heb ook rondgesnuffeld in jouw flat. Je was aan de beurt.'

Ik ben nerveus, en probeer het met een grapje te verbergen. 'Heb je de foto's van jezelf gevonden, die waar ik de ogen uit heb gekrabd?'

'Nee, ik heb je plakboek niet gevonden. Ik weet wel dat je zesentwintig Grote Smurfen hebt en dat je je lakens niet netjes opvouwt.'

Hij gaat aan de andere kant van de bank zitten, laat zijn hoofd opzij hangen en maakt het zich makkelijk. Hij hangt ook vaak onderuit op zijn bureaustoel, maar ik heb zijn lichaam nog nooit zo uitgerekt en ontspannen gezien. Ik blijf maar naar hem kijken.

'Lakens zijn te moeilijk. Mijn armen zijn niet lang genoeg.'

Hij schudt zuchtend zijn hoofd. 'Dat is geen excuus.'

'Heb je ook in mijn la met ondergoed gekeken?'

'Natuurlijk niet. Ik moest nog iets bewaren voor de volgende keer.'

'Mag ik in die van jou kijken?' Ik lijk wel niet wijs. Ik heb mijn geestelijke gezondheid op de drempel van dit huis achtergelaten. Ik nip aan mijn thee. Die smaakt als nectar.

'Luister, Taartje. We gaan iets doen wat nogal ongewoon is.'

Hij zet het geluid van de tv aan, neemt een slok en begint naar een oude herhaling van *ER* te kijken alsof dat iets is wat we iedere avond doen. Ik zit met bonkend hart naast hem en probeer me te concentreren. Hé, dit is niks bijzonders. Ik zit op Joshua Templemans bank.

Ik draai mijn hoofd opzij en blijf de hele aflevering lang naar hem staren. De spannende momenten in de operatiekamer en de conflicten op de eerste hulp reflecteren in zijn ogen.

'Heb je last van me?'

'Nee,' zegt hij afwezig. 'Ik ben het gewend.'

We zijn niet normaal. De minuten tikken voorbij terwijl hij koffiedrinkt en ik blijf staren. Op zijn wangen ligt een schaduw van stoppeltjes die onder werktijd altijd afwezig is. Ik heb het benauwd van de zenuwen; mijn lichaam en geest zijn geconditioneerd voor de strijd als ik in zijn onmiddellijke nabijheid ben, en als hij opzijkijkt schrik ik terug. Hij legt zijn hand tussen ons in op de bank, de handpalm omhoog, en concentreert zich weer op de tv.

Het is alsof hij een schoteltje met zaad heeft neergezet en nu heel stil blijft zitten tot de bange kip in actie zal komen. Dat duurt even. Voorzichtig pak ik zijn hand en ik vlecht mijn vingers door die van hem. Een angstaanjagend moment lang reageert hij niet, maar als de warmte van zijn hand begint door te dringen in de mijne geeft hij me een heerlijk stevig kneepje. Hij laat onze verstrengelde handen verder met rust, pakt zijn mok en knikt naar het scherm.

'Ik kijk ziekenhuisseries om mijn vader te jennen. Hij wordt er gek van. In hun huis zou je dit niet op kunnen zetten.'

'Waarom? Kloppen de feiten niet?' Ik ben blij dat ik mijn aandacht op iets anders kan richten dan op de vreemde ontwikkelingen op handengebied.

'Voor geen meter. Het is allemaal totaal verzonnen.'

'Ik kijk liever naar *Law & Order*. Ik vind het geweldig als er weer eens een ober een lijk in zijn vuilnisbak vindt.'

'Of iemand die zijn hond uitlaat in Central Park.' Hij gebaart met zijn koffie naar het scherm. 'Die zogenaamde dokter daar draagt niet eens handschoenen.' Hij staart verontwaardigd naar het scherm, alsof hij tot in het diepst van zijn ziel gekrenkt is.

De kunst van het handjes vasthouden wordt onderschat en het is vernederend hoe buiten adem ik raak van die simpele handeling. Zijn vingertoppen liggen op de rug van mijn hand en komen helemaal tot aan mijn pols.

Ik heb grote mannen altijd intimiderend gevonden. Als je al mijn ex-vriendjes op een rijtje zet, dan hadden ze allemaal een postuur waarmee je jockey kunt worden. Makkelijker in het gebruik. Een gelijkwaardigere tegenstander. Er zit er niet één bij die ook maar in de buurt komt van de verbijsterende mannelijke constructie waar ik nu naast zit.

De ronde spieren van zijn schouders gaan vloeiend over in zijn biceps. Zijn elleboog- en polsgewricht lijken uit een ijzerwinkel te komen. Hoe moet het voelen om onder een man te liggen die zo groot is? Dat moet verpletterend zijn.

Josh kijkt naar *ER* en gaapt, zonder het flauwste vermoeden dat ik als een vleesetend roofdier probeer in te schatten hoe groot zijn ribbenkast is.

Het is best mogelijk dat onze conflicterende afmetingen de wrijvingen onder werktijd erger hebben gemaakt. Ik heb altijd geprobeerd om mijn kracht te halen uit het enige wat ik tot mijn beschikking heb: mijn hersens en mijn mond. Ik denk dat hij me heeft bekeerd, inmiddels ga ik helemaal voor spieren. Ik zit licht te hijgen, en hij kijkt me aan.

'Zet niet zulke rare ogen op. Ontspan.'

'Het viel me op hoe groot je bent.'

Ik kijk naar onze handen. Hij streelt me voorzichtig met zijn duim. Als we elkaar aankijken is zijn blik donkerder.

'Ik pas precies bij je.'

Het kippenvel breekt me uit. Ik druk mijn bovenbenen tegen elkaar en snuif per ongeluk als een pony. Wat ben ik toch sexy. Ik kan de verleiding niet weerstaan en kijk over mijn schouder naar de slaapkamer. Die is zo dichtbij dat er hooguit vijf grote passen voor nodig zijn om me achterover op het bed te duwen. Binnen dertig seconden zou ik zijn tong op mijn huid kunnen voelen.

'Laat maar zien dan, als je zo goed bij me past.'

'Komt nog wel.'

Onze handen zijn vochtig. De achterkant van mijn nek gloeit onder mijn haar. Ik moet weer gekust worden. Deze keer ben ik van plan om mijn tong langs die van hem te laten glijden tot hij begint te kreunen. Tot hij iets hards tegen me aan drukt. Tot hij me meeneemt naar de slaapkamer en zijn kleren uittrekt.

De aftiteling van de langste aflevering van *ER* uit de geschiedenis rolt over het scherm. Mijn hart dreigt te knappen als een ballon.

Met een onheilspellend gebaar zet hij het geluid van de tv uit. Hij draait zijn hoofd opzij en we spelen het Staarspel. Ik kijk tot zijn ogen bijna zwart zijn en wacht ademloos op wat het ook mag zijn dat nu gaat komen. Alle gevoelige plekjes van mijn lichaam kloppen, en ik heb een zwaar en warm gevoel tussen mijn benen. Ik kijk naar zijn mond en hij naar de mijne. Zijn blik dwaalt af naar onze verstrengelde handen.

'Wat gebeurt er nu?'

Hij kijkt me scheef aan, en wat hij zegt komt aan als een zweepslag. 'Strippen.'

Ik deins achteruit.

Hij lacht in zichzelf en zet de tv uit. 'Grapje. Kom, ik breng je naar je auto.'

Ik ben inmiddels gevaarlijk dronken van die glimlach. Is dit alweer mijn derde? Ik wil ze in mijn zak proppen, in mijn mond duwen.

'Maar...' zeg ik klagerig. 'Ik dacht...'

Hij trekt zijn wenkbrauwen op en doet alsof hij me niet begrijpt.

'Weet je...'

'Ik vind het nogal kwetsend dat je me alleen wilt vanwege mijn lichaam. Je hebt me niet eens eerst mee uit genomen.' Hij kijkt weer naar onze handen.

'Voor zover ik kan zien, heb je een fantastisch skelet. Waarom zou ik anders in je geïnteresseerd zijn?' Ik begin in de gewrichten van zijn armen te knijpen. Het is een waardeloze manier om iemand te verleiden, maar hij lijkt het niet erg te vinden. Zijn elleboog is zo groot dat hij niet in mijn hand past. Als ik mijn arm naar hem uitstrek zakt mijn jurk behulpzaam een stukje naar beneden en zijn blik dwaalt af naar mijn decolleté.

Pas als we weer oogcontact maken, besef ik dat ik iets verkeerd heb gezegd.

Hij probeert het snel te verbergen door zijn wenkbrauwen te fronsen. 'We gaan dit vanavond niet doen.'

Bijna wil ik iets terug snauwen, maar als hij zijn ogen sluit en diep inademt besef ik opeens dat ik vooral wil dat deze avond nog niet afgelopen is. 'Als ik je een vraag over jezelf stel, geef je dan antwoord?'

'Doe jij dat dan ook?' Net als ik wordt hij langzaam weer wat rustiger.

'Natuurlijk.' Voor wat hoort wat, bij alles wat we doen.

'Oké.' Hij doet zijn ogen open en heel even weet ik niet wat ik zou kunnen vragen zonder zelf te veel prijs te geven.

Wat vind je echt van me? Is dit allemaal een ingewikkeld plan om met mijn hoofd te rotzooien? Hoeveel pijn zal dat doen?

Ik probeer luchtig te klinken. 'Laten we er een spelletje van maken, zoals altijd. Dat is makkelijker. Waarheid, durven of doen.'

'Waarheid. Want je kunt niet wachten tot ik "doen" zal zeggen.'

'Wat betekenen de potloodcodes in je agenda? Zijn die voor personeelszaken?'

Hij kijkt me verontwaardigd aan. 'Wat moet ik doen?'

Zijn kruidige geur hangt als mist om me heen. De zachte, warme bank werkt mee en ik schuif nog wat op in de richting van zijn schoot.

'Moet je dat nog vragen?'

Hij staat op en trekt me mee overeind. Ik schuif mijn handen in de band van zijn jeans en voel niets anders dan stevige huid tegen mijn knokkels. Het water loopt me in de mond.

'We kunnen hier vanavond niet aan beginnen.' Hij trekt mijn vingers uit zijn broek.

'Waarom niet?' Ik sta bijna te smeken.

'Ik heb iets meer tijd nodig.'

'Het is pas halfelf.' Ik volg hem naar de voordeur.

'Je hebt tegen me gezegd dat we dit maar één keer zullen doen. Dan heb ik veel tijd nodig.'

Er fladdert iets tussen mijn benen. 'Hoe lang?'

'Héél lang. Dagen. Misschien nog wel langer.'

Mijn knieën tikken tegen elkaar, en hij krijgt lachrimpels rond zijn ogen.

'We kunnen ons morgen ziek melden.' Onvermoeibaar vervolg ik mijn missie om hem uit de kleren te krijgen.

Hij kijkt naar het plafond en slikt diep. 'Alsof ik mijn enige kans zou verspillen aan een doodgewone maandagavond.'

'Het zal geen verspilling zijn.'

'Hoe kan ik dit uitleggen. Toen we klein waren at Patrick zijn paasei altijd direct op. Ik bewaarde dat van mij tot mijn verjaardag.'

'Wanneer ben je jarig?'

'20 juni.'

'Wat voor sterrenbeeld heb je? Kreeft?'

'Tweeling.'

'En waarom wilde je het niet direct opeten?' Wow, ik kan op dit moment echt alles dubbelzinnig laten klinken.

Hij veegt mijn haar van mijn schouder. 'Patrick werd er niet goed van. Hij sloop de hele tijd naar mijn kamer, helemaal geobsedeerd. Hij vroeg iedere dag of ik het al op had, hij werd er knotsknettergek van. En mijn ouders ook. Zelfs zij smeekten me om het op te eten. En als ik dat dan eindelijk deed, smaakte het nog beter omdat ik wist hoe graag iemand anders het had willen hebben.'

Hij schuift de schouderband van mijn rode jurk twee centimeter naar rechts en staart er even naar voor hij zich vooroverbuigt om aan me te snuffelen. Het kriebelt, en ik heb intens medelijden met de paaseieren die die hemelse kwelling moesten ondergaan.

'Is het pervers om opgewonden te raken door een jeugdherinnering over twee broertjes?'

Hij drukt zijn mond tegen mijn schouder en lacht, het trilt door mijn hele lichaam. Ik werp een blik in die prachtige slaapkamer, waar het licht nog brandt. Blauw en wit, als een onweerstaanbare bonbondoos. Een cadeautje met een strik erom. Een kamer om dagen in te verblijven. Een kamer waaruit ik waarschijnlijk nooit meer weg wil.

'Nam je steeds een klein stukje, of werd het je op een dag gewoon te veel en schrokte je het hele ei naar binnen?'

'Daar kom je vast nog wel achter. Ooit.'

Hij pakt zijn sleutels en laat ze rinkelen terwijl ik mijn jas aantrek. We raken elkaar niet aan in de lift. Hij loopt in stilte met me mee naar mijn auto.

'Dag. Bedankt voor de thee.' Inmiddels ben ik genoeg afgekoeld om me kapot te schamen. Ik heb me vanavond als een totale mafklapper gedragen. Waarom kan ik wel normaal doen bij een jongen als Danny, maar ga ik bij Josh altijd als een malloot tekeer? Ik voel iets scherps in mijn hand. O, shit, ik heb dat speelgoedautootje meegepikt.

'Ik spoor niet.' Ik leg mijn gezicht in mijn handen en laat de wieltjes over mijn wangen rollen.

'Nee.' Hij is op een vriendelijke manier geamuseerd.

'Sorry.'

'Hou het maar, het is een cadeau.'

Dat is het eerste wat hij me ooit heeft gegeven, behalve die rozen dan. Ik ben zo vereerd dat ik niet weet wat ik moet zeggen en bekijk het autotje opnieuw. De initialen JT zijn in de bodem gekrast.

'Is dit een schat uit je jeugd? Het ziet er oud uit.' Ik geloof niet dat ik het nog terug zou geven als hij zich zou bedenken.

'Misschien is dit het begin van je nieuwe collectie. Ik geloof dat we iets monumentaals tot stand hebben gebracht. Een staakt-het-vuren, voor de duur van een hele aflevering van een tv-serie.'

'Jij kunt ontzettend goed mijn hand vasthouden.'

'In een heleboel andere dingen ben ik waarschijnlijk niet zo goed, maar ik zal mijn best doen,' zegt hij. Die vreemde opmerking slaat een nieuwe barst in de muur tussen ons in.

'Bedankt. Ik zie je morgen.'

'Nee. Ik heb een snipperdag.'

Hij neemt nooit, echt nooit een dag vrij. 'Ga je iets speciaals doen?' Ik kijk op naar het appartement daarboven en word overspoeld door een golf van eenzaamheid.

'Ik heb een afspraak.'

Telkens als ik denk dat ik een beetje grip begin te krijgen op deze caleidoscoop van bizarre gevoelens, draait hij weer een slag en word ik opnieuw verrast. Ik sta erbij alsof Kerstmis net is afgeschaft. Geen Josh tegenover me, zoals altijd? Ik moet op mijn lip bijten om niet te protesteren.

Alsjeblieft, smeek ik mezelf. *Ga hem weer haten. Dit is te moeilijk.*

'Ga je me missen? Je komt toch wel één dinsdagje in je eentje door?' Hij raakt het autootje in mijn hand aan en draait aan een wieltje.

Ik probeer nonchalant te doen, maar daar prikt hij waarschijnlijk zo doorheen. 'Je missen? Het is jammer dat ik niet naar die knappe smoel van je kan kijken, maar dat was het wel.'

Ik hoop dat het ergens in de verte op sarcasme leek en sleep mijn huiverende lichaam de auto in. Hij tikt op het raam om te zeggen dat ik de deur op slot moet doen. Ik prik een paar keer mis voor ik de sleutel in het contact krijg.

Hij staat roerloos in mijn achteruitkijkspiegel tot hij niet meer is dan een stipje, één mens tussen miljoenen anderen, maar ik kan mijn ogen niet van hem losmaken tot hij helemaal verdwenen is.

Als ik thuis ben, heb ik het speelgoedautootje nog steeds in mijn hand.

Hoofdstuk 15

Met droge, gespannen ogenleden zit ik achter mijn bureau naar Josh' lege stoel te staren. Het kantoor is koud. Stil. Een professioneel toevluchtsoord. De gevangenen in de kantoortuin beneden zouden een moord doen voor deze rust.

Josh hoort tegenover me te zitten in een gebroken wit overhemd met een streepje. Hij zou zijn rekenmachine in zijn handen moeten hebben om te tikken, te fronsen en weer verder te tikken.

Als hij hier was, zou hij naar me kijken, en op het moment van oogcontact zou ik vanbinnen een elektrische schok krijgen. Ik zou dat irritatie noemen, of afkeer. Ik zou dat schokje een naam geven die niet klopt.

Ik kijk op de klok. Ik wacht nog een kleine eeuwigheid en er gaat een minuut voorbij. Om mezelf bezig te houden laat ik mijn nieuwe speelgoedautootje op en neer rijden over mijn muismat, en daarna pak ik het kaartje van de bloemist dat eronder ligt.

Jij bent altijd mooi.

Mijn spiegelbeeld is overal, omdat ik in een belachelijk prisma van glas werk. Ik staar naar de muur, het plafond en analyseer mijn uiterlijk vanuit verschillende hoeken. Die vier woordjes zijn niet meer voldoende om me tevreden te houden. Hij heeft een monster geschapen.

Op de achterkant van het kaartje staat het adres van de bloemist. Dat brengt me op een fantastisch idee en ik lach, hard en kakelend. Ik pak mijn tas en loop naar de hoek van de straat waar de winkel zit. Voor ik de moed kan verliezen, stuur ik hem een bos gebroken witte rozen met een kaartje. Ik heb geen idee wat ik moet schrijven, tot mijn hand het volgende beslist:

Ik wil meer dan je lichaam. Ik wil je speelgoedautootjes. Taartje.

De twijfel slaat direct toe, maar de bloemist heeft het kaartje al gepakt en het boeket naar achteren gebracht.

Deze bloemen zijn een grapje, dat is alles. Hij heeft dit ook voor mij gedaan en we vinden het afschuwelijk om niet gelijk op te gaan. Ik schuif mijn creditcard weer in mijn portemonnee en stel me voor dat hij de deur opendoet, hoe hij zal kijken. Ik ben in sneltreinvaart aan het veranderen in iemand die ik niet zou moeten zijn.

Op de terugweg haal ik koffie en ik klop zachtjes op Helenes deur.

'Hoi. Stoor ik je?'

'Ja, gelukkig wel,' roept ze en ze gooit haar bril zo hard op haar bureau dat hij op de vloer stuitert. 'Koffie. Je bent een heilige. Sint Lucy, patroonheilige van de cafeïne.'

'En dat is nog niet alles.' Ik heb een plat doosje met chique macarons onder mijn arm, *made in France*. Ze liggen al een tijdje in mijn la voor een noodgeval. Ik ben een ontzettende hielenlikker.

'Zei ik heilige? Ik bedoelde godin.' Ze diept een bordje op uit de kast; het is teer, met geschilderde bloemetjes en een gouden randje. Natuurlijk.

'Het is vandaag zo stil dat je een speld kunt horen vallen. Zo raar om niet de hele dag dreigend aangestaard te worden.'

'Wen er maar aan, schat. Hij staart trouwens wel heel veel naar je, vind je niet? Dat viel me tijdens de laatste vergaderingen op. Die donkerblauwe ogen van hem zijn eigenlijk best aantrekkelijk. Hoe staat het met de voorbereidingen voor je sollicitatiegesprek?'

Ze maakt het doosje macarons open met haar zilveren briefopener en ik ben blij dat ze even afgeleid is. Nadat ze de koekjes voorzichtig op het bordje heeft gelegd, maken we ieder een keuze. Ik neem een gebroken witte met vanillesmaak, vanwege het ontbrekende overhemd van vandaag. Ik ben en blijf een triest geval.

'Ik ben er zo klaar voor als maar mogelijk is.'

'Ik zit niet in de sollicitatiecommissie, dus het levert geen belangenconflict als we samen zouden oefenen. Hoe staat het met je presentatie?'

'Ik wil je dolgraag laten zien wat ik heb.'

'Bexley zit de hele tijd commentaar te leveren. Wat moet ik beginnen als jij die baan om de een of andere reden niet krijgt, Lucy?' Somber staart ze uit het raam. Ze haalt haar hand door haar haar, het valt weer als een perfecte, glanzende helm terug om haar hoofd. Ik wou dat mijn haar zo gehoorzaam was.

'Josh zou het best van me kunnen winnen. Hij heeft een geldhoofd. Ik heb meer een boekenbrein.'

'Hm, daar ben ik het niet helemaal mee eens. Maar we zouden met jullie kunnen fokken om een volgende generatie van perfecte B&G-werknemers te creëren. Je hebt hem trouwens nog nooit eerder Josh genoemd.'

Ik doe net of ik mijn mond helemaal vol heb. Ik kauw en wijs hoofdschuddend naar mijn lippen. Zo win ik twintig seconden waarin ik vurig hoop dat de telefoon zal gaan.

'O, ach, je weet hoe het gaat. Dat is... Zo heet hij toch? Joshua. Eh... Josh Templeman. Joshua T.'

Ze blijft kauwen en staart met groeiende aandacht naar mijn gezicht. 'Je straalt vandaag op een eigenaardige manier, schat.'

'Nee, helemaal niet.' Ze heeft iets door. Dat gerommel met Josh begint in de gaten te lopen.

'Je lijkt wel een verdwaasd konijn in de koplampen. Dat komt vast door al die afspraakjes.'

'Het is allemaal nogal verwarrend. Danny is aardig. Echt waar.'

'Toen ik jong was, waren mijn favoriete vriendjes eigenlijk nooit bijzonder aardig.'

Er wordt hard op de deur gebonsd die meneer Bexleys kantoor verbindt met dat van Helene. Ik ben Kleine Dikkepik enorm dankbaar voor de onderbreking.

'Binnen,' blaft Helene.

Hij stuift door de deur en maakt een noodstop als hij mij en de doos macarons op het bureau ontdekt.

'Wat wil je?'

'Laat maar.' Hij treuzelt, met zijn ogen strak op het bureau gericht, tot Helene hem uiteindelijk met een diepe zucht het bordje toesteekt. Hij neemt twee macarons en zijn vingers blijven aarzelend boven de derde zweven. Ik zou zweren dat Helene vaag geamuseerd is als hij weer wegloopt en zonder een woord te zeggen de deur achter zich dichttrekt.

'Goh, zou die man suiker kunnen ruiken? Ik heb ze hem alleen gegeven om te zorgen dat hij diabetes krijgt. Dat is de enige reden, schat.'

'Wat wilde hij?'

'Hij is eenzaam zonder Josh. Daar zal hij aan moeten wennen.'

'Wanneer wil je mijn presentatie oefenen?'

'Dit lijkt me een prima moment. Laat maar eens wat zien, schat.'

Als ik de inleiding heb gedaan, merk ik dat haar interesse is gewekt. 'Mijn presentatie bestaat uit een voorstel voor een digitaliseringsproject voor de hele fondslijst. Ik heb de top honderd van de boeken die in 1995 door Gamin en door Bexley zijn gepubliceerd genomen, gewoon als voorbeeld. Ongeveer eenenvijftig procent is digitaal beschikbaar.

'De iPad is een modegril,' brult meneer Bexley met volle mond uit het andere kantoor. 'Wie wil er nou van een glasplaat lezen?'

'Het is een feit dat de grootste groeimarkt voor e-readers bestaat uit mensen boven de dertig,' leg ik uit terwijl ik kalm probeer te blijven. Hoelang staat hij daar al? Hoe heeft hij de deur zo zachtjes opengekregen? Ik concentreer me op Helene en probeer hem te negeren.

'Dit is een fantastische kans voor ons allemaal. We kunnen de contracten met de auteurs die niet meer herdrukt worden vernieuwen. Er ontstaan banen binnen het bedrijf voor mensen die de vaardigheden hebben om de teksten in e-books om te zetten, we hebben ontwerpers nodig en we kunnen de oudere titels van B&G weer op de bestsellerlijst krijgen. De boekenbranche is constant in ontwikkeling, en we moeten bijblijven.'

'Ga alsjeblieft weg,' zegt Helene over haar schouder tegen meneer Bexley. De deur gaat dicht, maar ik zou zweren dat ik de schaduw van zijn voeten onder de spleet in de deur kan onderscheiden.

Ik ben inmiddels totaal in paniek. Als hij mijn strategie overbrieft aan Josh kan hij alles voor me verpesten. Ik klik door naar de volgende dia.

'Als ik de baan krijg, wil ik een officieel project starten om de hele fondslijst als e-book beschikbaar te maken. Ik heb een budget opgesteld, die dia's komen zo. De e-books moeten allemaal een nieuwe, moderne kaft krijgen. Daar zijn kosten aan verbonden, want voor de duur van dit tweejarige project hebben we drie ontwerpers nodig.'

Ik klik door mijn projectvoorstel. Helene stelt me vragen over een aantal details, maar ik heb mijn antwoorden klaar en kan het budget verantwoorden. Uiteindelijk ben ik bij de laatste dia aangekomen. Helene blijft zo lang naar het scherm staren dat ik controleer of ze nog wel knippert.

'Heel, heel goed, schat.'

Ik zak op mijn knieën en kniel naast haar stoel. Ze krijgt tranen in haar ogen, pakt de tissue aan uit mijn hand en zucht diep alsof ze zich een beetje dwaas voelt. 'Het was zo egoïstisch van me om je zo lang hier voor mijn deur te laten zitten,' zegt ze zacht. 'Ik... Ik kan gewoon niet zonder je. Maar nu zie ik hoe verkeerd ik daaraan gedaan heb. Ik had na de fusie veel meer moeten doen om je op de redactie te krijgen. Je was zo overstuur omdat je je vriendin bent kwijtgeraakt.'

Ik kan niets uitbrengen. Ik weet niet wat ik moet zeggen.

'Maar iedere keer als ik iemand wilde gaan zoeken om je te vervangen, dan bedacht ik weer hoe goed je bent, hoe je dit kantoor praktisch in je eentje overeind houdt en zorgt dat ik niet gek word. En dan zei ik tegen mezelf: een maandje langer kan toch geen kwaad.'

'Ik doe gewoon mijn werk,' zeg ik.

Ze schudt haar hoofd. 'Nog een maand. En nog een maand. En dat is niet goed voor jou geweest, Lucy. Je had ambities, je wilde bepaalde dingen, je had ideeën. En ik kon het niet opbrengen om je te laten gaan.'

'Dus de presentatie was goed?'

Lachend veegt ze haar ogen droog. 'Daarmee ga je die baan krijgen. En met jouw plan zullen we B&G weer op de kaart zetten. Samen. Ik zal naast je staan, we zullen als collega's samenwerken. Dat ik jouw mentor ben geworden, kon wel eens een van de beste dingen zijn die ik in mijn carrière heb gedaan.' Ze kijkt naar de laatste dia en aarzelt. 'Maar toch moet ik je iets vragen. Als dat sollicitatiegesprek en die nieuwe baan er niet waren geweest, zou je dan niet met dit idee zijn gekomen? Waarom heb je dit voor jezelf gehouden?'

Ik laat mijn gewicht op mijn hakken rusten en kijk naar mijn handen. 'Goede vraag.'

En wat heeft die promotie allemaal nog meer in me losgemaakt?

'Ik dacht dat je wist dat ik je ideeën belangrijk vind.' Ze begint zorgelijk te klinken.

'Ik denk dat ik misschien het juiste moment wilde afwachten. Misschien had ik eerder niet genoeg zelfvertrouwen. Nu moest ik er wel mee voor de dag komen, en dat is goed, denk ik. Zelfs als ik die baan niet krijg, dan heeft dit hele gedoe me... wakker geschud.'

Ik denk aan gisterenavond, toen ik Josh kuste onder de straatlantaarn. 'Stel dat meneer Bexley Josh over mijn presentatie vertelt?'

'Laat hem maar aan mij over. Als hij dood komt bovendrijven in de rivier dan weet je dat je je mond moet houden en een alibi voor me moet verzinnen. Concentreer je op volgende week. En ik heb nog een suggestie voor je.'

'Graag.' Ik pak mijn USB-stick en ga weer tegenover haar zitten. 'Kom maar op.'

'Op sommige plekken is het nog wat weinig onderbouwd. Waarom zorg je niet dat je een e-book klaar hebt bij het gesprek? Neem iets van lang geleden, zet het om in het goede formaat en splits uit hoeveel manuren erin gaan zitten, wat de salariskosten zijn. Het werkelijke prijskaartje dat eraan hangt. Daarmee kun je bewijzen dat je budget klopt.'

'Ja, goed idee.' Ik slok mijn lauwe koffie naar binnen.

'Je zei toch dat cijfers Josh' sterke punt zijn? Dit is je kans om te laten zien dat je net zo goed als hij in staat bent om een uitgangsbudget op te stellen voor dit nieuwe project.'

Ik knik en maak aantekeningen terwijl ik in gedachten al veel verder ben.

'Maar het moet eerlijk blijven, dus je kunt hier geen bedrijfsmiddelen voor gebruiken. Wees creatief. Bel je contacten. Misschien ken je iemand die het freelance kan doen.' Er is geen twijfel over mogelijk dat ze Danny bedoelt.

Ik schrijf nog een paar dingen voor mezelf op terwijl ze de projector uitzet.

'Ik ga het worden,' zeg ik. Ik ben opeens een stuk zekerder van mijn zaak.

'Ongetwijfeld, schat.' Helene werpt een blik op de deur naar het andere kantoor en trekt ondeugend haar mondhoeken op. 'Heb je nog nagedacht over je recente veldslagen met Josh? Ik heb een interessante theorie.' Ze grinnikt zacht.

'Ik weet niet of ik dit wel wil horen.' Ik leun naar voren over haar bureau.

'Het is ongepast, maar ik zeg het toch. Josh dacht dat je loog over je date omdat hij zich jou niet kan voorstellen met iemand anders dan met zichzelf.'

'O. Eh... Aha.' Ik probeer al mijn medeklinkers. De hitte dringt door in mijn borst, mijn keel, mijn gezicht en zelfs in mijn haarwortels, tot ik helemaal vuurrood ben.

'Denk dáár maar eens over na,' zegt ze voor ze nog een hele macaron in haar mond propt.

Ik doe mijn mond open, aarzel, doe hem weer dicht en herhaal dat nog een paar keer.

Ze staat op en kijkt me sluw aan, terwijl ze de kruimeltjes van haar kleren veegt. 'Ik moet rennen, de man van het warme water komt om drie uur. Waarom komen die lui altijd op zulke onmogelijke tijdstippen? Ga ook maar naar huis, schat. Je ziet er een beetje uit als een vis.'

Nadat ze vertrokken is, ga ik achter mijn bureau zitten. Het is glashelder wat me te doen staat. Ik moet Danny bellen en vragen of hij dat e-book voor me wil maken, maar iedere keer als ik de telefoon pak, leg ik hem weer neer. Om het professioneel te houden diep ik zijn visitekaartje op en ik stuur hem een e-mail met een verzoek voor een officiële afspraak morgen. Geen idee wat hij zal rekenen, maar in dit stadium is het alles of niets.

Ik heb een bericht. Mijn maag maakt een vrije val en mijn hart vliegt weg.

Joshua Templeman: Fijn om dat te horen.

Hij heeft de rozen dus gekregen. Ik druk de telefoon tegen mijn borst.

Door het sollicitatiegesprek ben ik in een soort afschuwelijke tussenwereld terechtgekomen. Een heleboel mensen hebben me in de gangen al succes gewenst. De gedachte aan al het ongemakkelijke medeleven dat ik over me heen zal krijgen als ik faal is onverdraaglijk.

Als Josh die baan krijgt, dan moet ik hier weg.

Voor me, in mijn agenda, staat het kruisje dat het gesprek markeert. Hoewel die oefenpresentatie goed was voor mijn zelfvertrouwen heb ik een strategie nodig voor als het helemaal misgaat. Zakelijk is het ook heel verstandig om een plan B achter de hand te hebben. Ik heb wat geld gespaard, op een rekening die zo heilig voor me is dat ik er nooit aankom. Ik had dit jaar eigenlijk op vakantie gewild, maar dat geld zal ik als buffer moeten gebruiken. Misschien draait het erop uit dat ik weer onder de parasol voor het hek van Sky Diamond Strawberries moet gaan zitten. Mijn ouders zouden me waarschijnlijk plat knuffelen en het uitgillen van blijdschap. Ze zouden niet eens het fatsoen hebben om teleurgesteld in me te zijn.

Op dit moment krijg ik kriebels in mijn buik als Josh naar me kijkt, maar stel dat hij de baan krijgt en ik moet ontslag nemen, zal de verbittering dan gaan overheersen? Kan dat belachelijke, gevaarlijke spelletje van ons buiten deze muren overleven? Mijn vriendschap met Val was er niet sterk genoeg voor.

Zouden we met elkaar om kunnen blijven gaan als ik moet aanhoren hoeveel succes hij heeft bij B&G en ik ergens in de rij sta voor een baantje? Aan de andere kant: zou hij blij voor mij kunnen zijn terwijl hij met zijn cv loopt te leuren? Ik kan me niet voorstellen dat hij iemand is die gemakkelijk over zijn trots heen stapt.

Ik heb nog een paar andere opties. Ik kan mijn contacten bij een aantal kleine gespecialiseerde uitgeverijtjes benaderen, maar dat zou voelen als verraad tegenover Helene. Ik zou haar kunnen vragen of ze me naar een andere afdeling wil overplaatsen. Misschien is dit het moment om onderaan te beginnen bij het uitgeversteam. Maar als ik bij B&G blijf, dan zal Josh bijna zeker de nieuwe adjunctdirecteur algemene zaken zijn.

Dan is de kans dat ik ooit nog op zijn bank terechtkom verkeken, dat spreekt voor zich.

Het leven zou gemakkelijker zijn als ik Joshua Templeman gewoon kon haten. Ik kijk naar zijn lege stoel, sluit mijn ogen en laat me overspoelen door het blauw van zijn slaapkamer.

Ik sta op het punt om iets kwijt te raken wat ik om te beginnen nooit heb gehad.

Ik ga vroeg naar huis zoals Helene al had voorgesteld en probeer iets te verzinnen om mezelf bezig te houden.

Dankzij Josh is alles schoon en netjes. Ik kijk online of er nog ergens smurfen worden geveild, en inventariseer mijn huidige collectie. Ik tel mijn Grote Smurfen.

Ik kijk in mijn lege koelkast en denk aan zijn regenboog van fruit en groenten. Als ik besluit een kop thee te maken blijkt dat ik geen zakjes meer heb. Natuurlijk zou ik naar de winkel kunnen gaan, maar in plaats daarvan drink ik een glas water. Ik heb het koud en wikkel mezelf in een dik vest.

Nu ik zijn appartement heb gezien, bekijk ik dat van mij met andere ogen. Ik kan er niet mee stoppen, het is zo kleurloos. Witte muren, beige vloerbedekking, een bank van een onbestemde kleur ergens daartussenin. Geen tapijten met fraaie patronen of ingelijste schilderijen.

Ik neem een douche en doe make-up op, wat belachelijk is. En waarom zou ik parfum in mijn decolleté spuiten, of mijn mooie spijkerbroek aantrekken? Niemand kan me hier zien of ruiken. Ik hoef nergens heen. Het is zo lang geleden dat er in deze stad iemand was die ik kon bellen.

Ik ga zitten. Mijn knie wipt op en neer en mijn ingewanden zitten in een nerveuze knoop. Ik voel me net een trillende magneet, zo sterk is de behoefte om in beweging te komen. Is dit hoe junkies zich voelen? Ik begin te vermoeden wat er aan de hand is, maar ik kan het niet toegeven, nog niet.

Was het ooit eerder zo angstaanjagend om een telefoon in mijn hand te hebben en naar de naam van een contactpersoon te kijken?

Joshua Templeman

Ik zou eigenlijk moeten kijken naar:

Danny Fletcher

Ik zou Danny moeten bellen en vragen of hij zin heeft om naar de film te gaan of een hapje te eten. We zouden kunnen samenspannen om mijn project van de grond te krijgen. Hij is mijn nieuwe vriend. Waar ik ook met hem af wil spreken, hij zou er binnen twintig minuten zijn, dat durf ik te wedden. Ik ben al aangekleed. Klaar om te gaan.

Maar ik doe het niet. In plaats daarvan doe ik iets wat ik nooit eerder heb gedaan.

Ik druk op bellen.

Onmiddellijk hang ik weer op en gooi ik mijn telefoon op bed alsof het een handgranaat is. Ik veeg mijn vochtige handpalmen af aan mijn bovenbenen en laat een reutelende zucht ontsnappen.

De telefoon gaat.

Oproep: Joshua Templeman

'O, hoi,' weet ik luchtig uit te brengen als ik opneem. Ik geef mezelf een klap tegen mijn slaap. Ik heb geen enkele waardigheid.

'Ik zag dat je had gebeld. Hij ging één keer over.'

Er klinkt harde, bonkende muziek op de achtergrond. Hij zit waarschijnlijk sterke drank weg te tikken in een bar, omringd door boomlange fotomodellen in elastische witte jurken.

'Je hebt het druk. Ik spreek je morgen wel weer.'

'Ik ben in de sportschool.'

'Cardio?'

'Gewichten. 's Avonds doe ik gewichten.'

Dat antwoord impliceert dat hij op een ander moment cardio doet. Hij gromt zacht en ik hoor het harde gekletter van metaal op metaal. 'Wat is er? Zeg nou niet dat dat een broekzaktelefoontje was.'

'Nee.' Het heeft geen zin om te doen alsof.

'Interessant.' Ik hoor een gedempt geluid, iets van textiel, een handdoek misschien, en dan gaat er een deur dicht. De aanstootgevend beukende muziek wordt zachter.

'Ik sta nu buiten. Is er iets gebeurd op het werk? Ik geloof niet dat ik je naam ooit eerder op mijn telefoon heb gezien.'

'Weet ik. Dat dacht ik ook net.' Er valt een gespannen stilte. 'Nee, het gaat niet over werk.'

'Wat jammer. Ik had zo gehoopt dat Bexley een fatale embolie had gekregen.'

Ik maak een geamuseerd, toeterend geluid en begin te draaikonten. 'Ik belde omdat...'

Ik heb je vandaag niet gezien. Ik was in de war en ontzettend verdrietig, en om een of andere reden denk ik dat de rare pijn in mijn borst zal verdwijnen als ik bij jou kan zijn. Ik heb geen vrienden, ik heb alleen jou. En jij bent mijn vriend niet.

'Ja?' Hij is absoluut niet van plan om me te helpen.

'Ik heb honger en ik heb geen eten. Zelfs geen theezakje, en het is koud in huis. Ik verveel me.'

'Wat een loodzwaar leventje heb je toch.'

'Jij hebt een heleboel eten en thee. En je verwarming is beter dan die van mij, en ik...'

Het blijft doodstil.

'Ik verveel me niet als ik bij jou ben.' Ik kan wel door de grond gaan. 'Maar ik kan misschien beter gewoon –'

Hij onderbreekt me. 'Dan moest je maar naar me toe komen.'

Ik word slap van opluchting. 'Kan ik iets meenemen?'

'Wat zou je mee willen nemen?'

'Ik kan iets te eten halen onderweg.'

'Nee, hoeft niet. Ik was van plan om te koken. Zal ik je komen ophalen?'

'Ik kan beter zelf rijden.'

'Waarschijnlijk veiliger.' We weten allebei waarom. Anders zou het veel te makkelijk zijn om te blijven slapen.

Ik heb mijn tas, jas en sleutels al in mijn handen. Mijn voeten zitten in mijn schoenen. Ik draai de deur op slot en ren door de gang naar de lift.

'Laat je me de spieren zien waar je aan gewerkt hebt?'

'Ik dacht dat je andere dingen belangrijker vond.' Ik hoor een auto starten. Ik ben in ieder geval niet de enige die ongeduldig is.

'Wie er het eerste is. Ik wil je zien zweten. Dat heb ik nog tegoed.'

'Geef me een halfuur. Nee, een uur.' Hij klinkt panisch.

'Ik wacht op je in de hal.'

'Nog niet vertrekken.'

'Tot zo,' zeg ik en ik hang op.

Ik begin te lachen als ik mijn auto start en wegrij. Dit is een nieuw spel, het Racespel, met twee auto's die van verschillende posities in de stad naar een centrale locatie scheuren. Het is angstaanjagend hoe graag ik naar de bank in zijn flat wil, en ik zit bij ieder rood stoplicht ongeduldig met mijn knie te wiebelen. Ik durf te wedden dat hij hetzelfde doet.

Als ik naar de deur van zijn flat sprint en naar binnen ren ben ik door mijn slappe smoezen, restricties en argumenten heen. Eigenlijk komt het gewoon hierop neer: ik heb hem al de hele dag niet gezien en ik mis hem.

Het verlichte pijltje geeft aan dat de lift omhoogkomt. Ik hou mijn adem in. Er klinkt een ping.

Hij kan zich jou niet voorstellen met iemand anders dan zichzelf.

De deur glijdt open en daar staat hij.

Hoofdstuk 16

Hij is verkreukeld en zweterig en beladen met gymspullen. Als hij me ziet staan trekt hij zijn wenkbrauwen op, zijn blik is onzeker. Hij steekt zijn hand uit om de liftdeur open te houden.

Mijn hart ontploft.

'Ik heb gewonnen!' krijs ik terwijl ik naar hem toe ren. Hij heeft net genoeg tijd om zijn armen uit te steken voor ik spring. Hij klapt met een kreun tegen de achterwand en ik sla mijn armen en mijn benen om hem heen. De deuren schuiven dicht en het lukt hem om op de knop van zijn verdieping te drukken.

'Ik denk dat ik officieel gewonnen heb. Ik was het eerst in het gebouw,' hoor ik hem boven mijn hoofd zeggen.

'Ik heb gewonnen, ik heb gewonnen,' blijf ik herhalen tot hij begint te lachen en toegeeft.

'Oké. Jij hebt gewonnen.'

Zijn zweet ruikt naar regenwater en ceder en laat een vage tinteling van rozemarijn en dennen in mijn neusgaten achter. Ik druk mijn gezicht in zijn nek en adem steeds weer in tot de lift op de vierde verdieping is. Ik probeer mezelf ertoe te zetten om hem los te laten, maar de verslavende druk van onze lichamen tegen elkaar wint het van mijn wilskracht.

'Oké dan.' Hij loopt de gang in. Ik klamp me als een koala aan hem vast, mijn jas flappert mee en mijn tas bonkt tegen die van hem. Het is te hopen dat we de buren niet tegenkomen. Ik buig me naar achteren om zijn gezicht te kunnen zien. Met een geamuseerde blik zet hij zijn tas naast de deur en hij gaat op zoek naar de sleutel.

'Iedere man zou thuis zo binnengehaald moeten worden.'

'Let maar niet op mij. Doe gewoon je ding.'

Ik omhels hem nog steviger. Mijn jukbeen past precies in zijn sleutelbeen. Zijn hoody is een beetje vochtig van zijn dampende lichaam.

Ik hoor dat hij zijn sportspullen in de mand laat vallen. Daarna schopt hij zijn sneakers uit, wat iets meer moeite lijkt te kosten, en hij pakt mijn tas van me aan. Hij drukt op een knop op de thermostaat.

'Ik meen het, doe maar net of ik er niet ben.'

Hij loopt de keuken in, en als hij vooroverbuigt om in de koelkast te kijken moet ik me wat beter vasthouden. Nadat hij zijn glas heeft gevuld, druk ik mijn oor tegen zijn keel om te luisteren hoe hij slikt.

Ik klem mijn benen wat strakker om zijn middel. Hij laat zijn hand onder mijn billen glijden en knijpt, op een vriendelijke manier. Dan geeft hij er een tik op. 'Au, wat zit er in je zak?'

'O.' Ik weet het weer en voel me een beetje dom, en nadat ik me naar beneden heb laten glijden zeg ik: 'Niks.'

'Het deed pijn aan mijn hand.' Hij haalt een onregelmatig gevormd ding uit mijn achterzak en bekijkt zijn vangst. 'Het is een smurf. Natuurlijk. Waar zou je anders je zakken mee vullen? Waarom zit er een strik omheen?'

'Ik heb een stuk of tien van deze. Het is de Moppersmurf.'

'Als ik niet wist hoe gek je op smurfen was, zou ik beledigd zijn.' Zijn mondhoeken komen omhoog en ik weet dat hij het kan waarderen. 'Hoe zit dat eigenlijk met die smurfen?'

'Mijn vader moest regelmatig een heel eind verderop een lading aardbeien afleveren. Dan ging hij voor dag en dauw op weg en hij kwam pas thuis als ik alweer in bed lag. Hij kocht onderweg altijd een smurf voor me bij een benzinestation.'

'Dus ze doen je aan je vader denken. Wat schattig.'

'Zo liet hij merken dat hij aan me dacht.' Ik sta verlegen te draaien.

'Nou, bedankt dat je aan mij hebt gedacht.'

'Jij hebt me iets van jou gegeven, dus nu staan we weer quitte.'

'Is dat zo belangrijk? Quitte staan?'

'Natuurlijk.' Nu pas valt me een klein whiteboard op, met daarop zijn weekmenu. Wat een freak.

'Oké, jij bent schoon en ik niet. Ik moet onder de douche.'

'Hoe krijg je het voor elkaar om zo lekker te ruiken als je gesport hebt?' Ik ga de woonkamer binnen en stort me kreunend op de bank. Ik zink erin weg alsof hij van *memory foam* is gemaakt. *Hallo, Lucy*, zegt de bank tegen me. *Ik wist wel dat je terug zou komen.*

'Ik wist niet dat dat zo was,' roept hij uit de keuken. Ik hoor water koken. De koelkast gaat open en er rammelt een theelepeltje.

'Het is echt zo.' Ik zoek op de tast naar het kussen met de linten. 'Als een gespierde dennenappel.'

'Ik denk dat het mijn zeep is. Die krijg ik met stapels tegelijk van mijn moeder. Ze geeft graag zorgzame cadeautjes.'

Hij verschijnt weer, ondersteboven. Er is een stuk brede blote schouder tevoorschijn gekomen waar zijn hoody is afgezakt. Daaronder draagt hij een tanktop. Mijn mond loopt vol kwijl. Hij zet een mok bij me neer en geeft me het kussen.

'Doe die trui uit, alsjeblieft. Ik zal alleen met mijn ogen kijken.'

Hij legt zijn vinger op de rits en ik bijt op mijn lip. Dan trekt hij hem tot boven toe dicht, zo hoog als maar kan. Ik begin te jammeren.

'Drink je thee op, kleine smeerlap.' Hij gooit iets op mijn buik. Dan trekt hij de slaapkamerdeur achter zich dicht en even later hoor ik de douche. Ik hou het doosje omhoog. Het is een ingepakt Matchbox-autotje. Ergens voelt het toch een beetje als een verwijt. Welke man droomt er nu niet van dat je zijn lichaam wil?

Ik duw het lintenkussen onder mijn nek en bekijk het cadeautje. Het is een klein zwart autootje, het lijkt nogal op die van hem. Is dit wat hij op zijn vrije dag gedaan heeft? Speelgoed voor me kopen? Ik maak het doosje open en laat de wieltjes een tijdje over mijn buik rijden. Ik fantaseer over hem onder de douche met dat stuk zeep, want zo pervers ben ik wel.

Zoals ik had kunnen voorspellen begin ik te tobben als de minuten voorbijgaan. Ik weet niet waarom ik hier ben. Het enige wat ik weet, is dat deze bank mijn favoriete plek op aarde is. Ik trek mijn schoenen weer aan, ik zou weg moeten gaan. Ik voel aan mijn mok. Nog niet genoeg afgekoeld om te drinken.

Het is hoog tijd dat ik me normaal ga gedragen, ik heb me een beetje mee laten slepen. Ik probeer te bedenken met wat voor vrouwen hij waarschijnlijk meestal uitgaat; lange, onderkoelde blondines, dat voel ik tot in mijn ondermaatse brunettebotjes. Ik weet nog dat Val en ik gingen dansen, vroeger, toen ik dat soort dingen nog deed. Vóór de fusie, vóór de eenzaamheid.

Die verveelde, beeldschone, ijzige meiden vielen ons op. Ze stonden bij de bar en negeerden alle mannen die ze probeerden te benaderen. Val en ik imiteerden die vrouwen de rest van de avond op de dansvloer, we namen afwerende houdingen aan en maakten elkaar aan het lachen met felle, spijkerharde blikken. Misschien moet ik dat nu ook proberen.

Als de slaapkamerdeur opengaat ben ik getransformeerd tot een volwassen jonge vrouw. Ik heb mijn benen elegant over elkaar geslagen en blader door een medisch handboek, nippend van mijn thee. Josh draagt een zachte zwarte joggingbroek en een zwart T-shirt, en loopt op fraaie blote voeten. Zou hij ergens ook maar één foutje hebben?

Hij gaat op de rand van de bank zitten. Zijn haar is vochtig en staat alle kanten op. Ik sla de bladzijde om en word helaas aangestaard door een felgekleurde schematische voorstelling van een penis in erectie.

'Ik probeer een beetje normaler te doen.'

Hij kijkt naar het boek. 'En hoe gaat het, tot nu toe?'

'Ik ben blij dat dit niet zo'n pop-upboek is.'

Hij snuift geamuseerd. Ik volg hem naar de keuken en kijk toe terwijl hij groente tot belachelijk kleine sliertjes versnijdt.

'Is een omelet goed?'

Ik knik en kijk op het bord. DINSDAG: OMELET. Ik lees wat er de rest van de week op het menu staat, en vraag me af hoe ik het voor elkaar kan krijgen om nog een keer uitgenodigd te worden.

'Kan ik iets doen?'

Hij schudt zijn hoofd en breekt zes eieren in een metalen kom.

'En, hoe was het op kantoor? Je hebt me gemist, dat is wel duidelijk.'

Ik leg mijn handen beschaamd tegen mijn wangen en hij blijft even in zichzelf staan lachen.

'Het was saai.' Dat is gewoon zo.

'Niemand om op de kast te jagen?'

'Ik heb geprobeerd om de watjes van de salarisadministratie te intimideren, maar ze werden helemaal huilerig.'

'De kunst is om die ene persoon te vinden die net zo goed kan uitdelen als incasseren.' Hij pakt een pan en bakt de groenten in één enkel krenterig druppeltje olie.

'Dat wordt dan waarschijnlijk Sonja Rutherford. Dat enge mens van de postkamer, die albinoversie van Morticia Addams.'

'Zoek niet te snel een vervanger voor me. Daar word ik verdrietig van.'

Als ik bedenk hoe deze hele toestand waarschijnlijk af gaat lopen besluit ik tegen hem aan te gaan hangen. Het midden van zijn rug is een perfecte, ergonomische plek om mijn gezicht te verstoppen. Als dit allemaal voorbij is, zal ik me dit moment herinneren.

'Je moet me toch echt vertellen waarom je hier bent.'

'Ik werd een beetje… verdrietig vandaag, toen ik bedacht dat alles gaat veranderen.'

'Dokter Josh stelt de diagnose stockholmsyndroom.'

'Ik weet het.' Ik duw mijn wang dieper in zijn spieren.

'Misschien ben je vooral bang voor verandering, en vind je dat vervelender dan het vooruitzicht om daar in je eentje te zitten.'

Ik stel het op prijs dat hij niet automatisch heeft gezegd dat ik naar een baan aan het zoeken zal zijn.

'Ik bleef maar aan die blauwe slaapkamer van je denken. Ik vind dat we hierover moeten praten. Voor er geen tijd meer is.'

De eieren spetteren als hij ze over de groenten giet. Hij doet het deksel op de pan en draait zich om.

'Jij bent zo iemand die langzaam aan dingen moet wennen.'

Ik doe mijn mond open om te protesteren, maar hij geeft aan dat ik stil moet zijn.

'Ik weet hoe je bent, Luce, dat is echt zo. Jij kan op een indrukwekkende manier uit je plaat gaan. Stel je voor dat we nu seks hebben. Hier, op het aanrecht.' Hij slaat er hard met zijn hand op. 'Na afloop zou je je zo ongemakkelijk voelen dat je nooit meer met me zou praten. Je zou nog voor de sollicitatiegesprekken ontslag nemen en in het bos gaan wonen.'

'Wat kan jou dat nou schelen? Ik hou van het bos.'

'Ik wil dat je wedstrijdjes met me blijft doen. En misschien kunnen we een manier bedenken waardoor we meer tijd krijgen.' Hij zucht en controleert of de omelet al gaar is. 'Heb je wel eens onenightstands? Ga je uit, pik je wel eens een lekker ding op om mee naar huis te nemen?' Hij trekt al een grimas voor hij de vraag helemaal gesteld heeft. Misschien ben ik niet de enige die bang is voor onbekende aanbidders.

'Natuurlijk niet. Behalve als je jezelf meetelt. En ik krijg niet eens die ene nacht.'

Hij wrijft over mijn schouder, gewoon op een aardige, vriendschappelijke manier, en de knopen in mijn gespannen spieren komen los. Ik kom dichterbij, leun met mijn volle gewicht tegen hem aan en druk mijn wang tegen zijn borst. Hij is heel warm.

'Ik probeer te voorkomen dat je ergens spijt van krijgt als het zover is.'

'Ik denk niet dat ik spijt zou krijgen.'

'Ik ben gevleid.' Hij kijkt hoe ver de omelet is. 'Ga terug naar de bank en zet de tv aan.'

Ik laat me in de perfecte donzige bank vallen, en neem me voor om mijn iglo ook om te bouwen tot een knus, veilig en warm fort. Ik heb lampen nodig, tapijten, meer planken en een schilderij van Toscane. Emmers verf en een bleekblauwe slaapkamer. Witte lakens en een varen.

'Waar heb je deze bank gekocht? Ik wil dezelfde.'

'Er is er maar één van op de hele wereld,' roept hij vanuit de keuken.

'Kan ik hem van je kopen?'

'Nee.'

'En dat lintenkussen?'

'Enig in zijn soort.'

'Volgens mij heb ik je strategie door.' Ik blijf tv-kijken tot hij me een bord en een vork aangeeft.

'Ik voel me net een hertoginnetje als ik bij jou ben. Je hoeft me niet te bedienen.' Ik schop mijn schoenen onder de salontafel.

'Sommige gemene monsters genieten er stiekem van om hertoginnetjes te bederven. Zullen we mikken op een staakt-het-vuren van een uur of twee? Vanaf nu?'

'Oké, we gaan ervoor. Jummie, dit ziet er goed uit.' Ik ruik verse basilicum. Hoe is het mogelijk dat hij geen vriendin heeft?

We kijken naar het nieuws en daarna pakt hij mijn lege bord van me aan. Hij brengt me een kom vanille-ijs. Zelf neemt hij geen toetje.

'Waarom heb je eigenlijk ijs in huis?'

'Voor als ik onverwachts gasten krijg die van zoet houden.'

Zonder het te willen grijns ik. 'Met één hapje help je je buikspieren toch niet in de vernieling? Dit is toch proteïne?'

Hij loert naar mijn kom en zucht. Dan pakt hij mijn lepel en neemt een enorme hap. 'O, man.' Hij knijpt zijn ogen dicht.

'Je moet jezelf iedere avond op iets kleins trakteren. Het is onzin om zo hard voor jezelf te zijn.'

'Iets kleins?' Hij kijkt me nadrukkelijk aan. 'Oké.'

Ik neem nog een hap ijs. De lepel glijdt over mijn tong en dat vind ik bijna obsceen intiem. Zijn tong, mijn tong. Ik lik de lepel af en hij kijkt toe. Zijn borstkas zet uit en hij laat alle lucht in één keer ontsnappen.

Hij dekt me toe met een pluizige grijze deken. Als ik erbij lig als een verwend kind gaat hij aan de andere kant van de bank zitten, bij mijn voeten, en hij pakt het medische handboek van de grond.

Ik staar naar zijn profiel. 'Je ziet er een beetje verdrietig uit.'

'Ik voel me… gelukkig.' Hij lijkt vaag verbaasd. 'Wat raar.'

'Waarom heb je die studieboeken nog? Er staan ontzettend veel piemels in.'

'Ooit was ik van plan om toe te treden tot het familiebedrijf. Ik denk dat ik er gewoon nog geen afstand van heb kunnen doen. En veel van die boeken zijn van mijn moeder geweest. Ze zijn behoorlijk oud, maar ze wilde dat ik ze zou krijgen.'

Hij bladert naar het schutblad en volgt met zijn vinger haar met de hand geschreven naam.

Ik wil naar zijn ouders vragen, maar als ik hem een beetje ken, staat hij op het punt om dicht te klappen. ‘Dokter Josh. Je zou een ontzettend sexy arts zijn geweest.’

‘O, dat weet ik wel zeker.’ Hij laat het boek verder links liggen en zapt wat voor zich uit met de afstandsbediening.

‘Al je vrouwelijke patiënten zouden een ongezond hoge hartslag hebben.’

Hij pakt mijn lege kom en kust mijn kaak tot ik naar adem hap. Dan neemt hij geroutineerd mijn pols op. ‘Eens kijken. Stel je maar voor dat ik een witte jas draag en mijn stethoscoop in je blouse laat glijden.’

Het is alsof het ijskoude schijfje echt tegen mijn borst drukt. Ik huiver en mijn tepels komen overeind.

‘Je bezorgt me weer een nieuwe seksuele afwijking.’ Ik zeg het om leuk te zijn, maar hij glimlacht.

‘Daar kan ik wel wat mee.’

Ik bedenk hoe ons seksleven er in theorie uit zou zien. We spelen de hele dag al spelletjes met elkaar; het lijkt logisch om daar in bed mee door te gaan. Het beeld is zo krachtig dat ik mijn lege, hunkerende lichaam voel verstrakken.

Zijn adem tegen de achterkant van mijn oor terwijl we in de deuropening van zijn prachtige slaapkamer staan. Wat zullen we nu eens spelen?

‘Ik zou iedere avond doen of ik ziek was.’

‘Iedere avond?’ Hij houdt nog steeds mijn pols vast en kijkt op zijn horloge. Zijn lippen bewegen terwijl hij telt. Het is zo sexy dat mijn hart steeds sneller gaat kloppen. Uiteindelijk laat hij los.

‘Indrukwekkende hartslag heb je daar. En een ernstig geval van hitsige blik. Ik vrees dat je er slecht aan toe bent.’

‘Ga ik dood?’

‘Ik schrijf je complete bankrust voor, onder mijn supervisie. Het zal erom spannen.’

‘Ik zou een ranzig grapje kunnen maken over hoe je met bedlegerige patiënten moet omgaan, maar dat lijkt me op dit moment een beetje overbodig.’ Ik duik weer weg onder mijn deken.

‘Kun je je voorstellen wat echte patiënten van me zouden vinden? Ik zou een verschrikking zijn. Mensen zouden van pure angst weer beter worden.'

'Ben je daarom uiteindelijk geen arts geworden? Omdat je een hekel hebt aan mensen?'

'Het is gewoon niks geworden.' Zijn stem wordt hard.

'Had het ook kanten die je wel leuk vond?'

'Vooral, eigenlijk. Ik was goed in de theorie, ik heb een goed geheugen. En ik heb geen hekel aan álle mensen, alleen aan de meeste.'

'En hoe zit het met de praktische onderdelen? Heb je een traumatische ervaring gehad? Moest je je vinger in iemands kont steken?'

Hij lacht en rimpelt tegelijkertijd vol afkeer zijn neus. 'Je begint niet met levende mensen. En al helemaal niet met konten. Wat ben je voor iemand als je zo denkt?'

'Kadavers! Ik wil wedden dat je kadavers hebt gezien. Hoe was dat?' Ik denk terug aan de autopsiescènes uit *Law & Order*.

'Mijn vader had...' Hij aarzelt, kijkt weg en denkt even na.

Ik dring niet aan, en na een lange stilte gaat hij verder. 'Mijn vader besloot in al zijn wijsheid dat ik alvast informeel wat werkervaring moest opdoen in het ziekenhuis, in de vakantie voordat ik zou gaan studeren. Voor een deel was dat best oké. Ik werd voornamelijk rondgeschoven tussen een paar artsen die te uitgeput waren om nee tegen hem te durven zeggen. Maar op een middag gaf hij me een klap op mijn rug en stelde hij me voor aan een van de lijkschouwers. En daarna mochten we het zelf uitzoeken.'

Ik begin me langzaam steeds beroerder te voelen. 'Je hoeft het niet te vertellen als je het moeilijk vindt.'

'Nee, het gaat wel. Het was een soort ultieme vuurdoop. Ik heb het vijf minuten volgehouden voor ik moest kotsen. De geur van een dood mens en die chemicaliën, ik kreeg er een rare smaak van in mijn mond. Waarschijnlijk is dat het moment dat ik zoveel pepermuntjes ben gaan eten. Het is jaren geleden, maar ik ruik die geur soms nog steeds.' Hij tilt mijn arm op en drukt mijn pols tegen zijn neus. 'Jij ruikt naar snoep. Tot dat moment was het een uitgemaakte zaak dat ik medicijnen zou gaan studeren. Mijn over-overgrootvader was al arts, het is altijd de roeping van de Templemans geweest. Maar toen ik ze een ribbenkast zag openzagen was dat voor mij het begin van het einde.'

'Lukte het je om te blijven tot de autopsie afgelopen was?'

'Ik heb het zelfs voor elkaar gekregen om nog een heel jaar te blijven. En toen ben ik gestopt.' Dat lijkt hem nog steeds dwars te zitten en hij gaat in de verdediging. 'Dus je bent hiernaartoe gekomen om me te ondervragen over de keuzes die ik in mijn leven heb gemaakt?'

Ik pak zijn vingertoppen. 'Ik wilde gewoon hier zijn vanavond. Ik werd helemaal gek thuis.' Ik ben blij dat ik de moed heb om het toe te geven.

Hij draait zich naar me om en zijn blik wordt zachter.

'Mijn been bleef maar zo trillen.' Ik doe het voor en hij grijnst. 'Je had me hiernaartoe moeten zien racen. Ik zat te schateren alsof ik uit de gevangenis was ontsnapt. Ik was compleet gestoord.'

'Denk je dat je laatste restje verstand het eindelijk heeft begeven?'

'Dat weet ik wel zeker. Heel raar, ik had de overweldigende behoefte om naar jouw knappe gezicht te staren. Ik had de energie van twintig atoombommen.'

'Waarom denk je dat ik zo vaak in de sportschool zit?'

Er komt een grote bubbel van geluk in me naar boven. Ik kom met moeite overeind en kruip tegen hem aan. Mijn hoofd vindt moeiteloos steun in de holte van zijn nek. Het is waar; hij past precies bij me.

'Je hoeft je keuzes nooit te verantwoorden. Niet naar mij, niet naar wie dan ook.'

Hij knikt bedachtzaam en ik trek de deken ook over hem heen.

Ik had nooit kunnen denken dat ik op een dag op deze bank zou zitten, met de smaak van vanille in mijn mond en mijn hoofd op Joshua Templemans schouder. Dit moet wel rampzalig aflopen. Ik sluit mijn ogen en adem diep in.

'Ik wil weten waarom je vandaag zo verdrietig was, Taartje.' Het is griezelig hoe feilloos hij de veranderingen in mijn stemming oppikt.

'Het gebeurde gewoon. Ik zat te denken aan alles wat er voor me op het spel staat.'

'Vertel eens.'

'Dat kan niet. Jij bent mijn aartsvijand.'

'Je zit anders te knuffelen met je aartsvijand.'

Het klopt. Ik knuffel. 'Ik wil niet over mezelf praten. We hebben het nooit over jou. Ik weet helemaal niks van je.'

Hij vlecht zijn vingers door de mijne en legt onze handen op zijn buik. Ik draai kleine cirkeltjes met mijn vingertoppen en hij zucht toegeeflijk. 'Natuurlijk wel. Vooruit, maak eens een lijstje.'

'Ik weet dingen over je buitenkant. De kleur van je overhemden. Dat je mooie blauwe ogen hebt. Dat je leeft op pepermuntjes en dat ik daardoor naast jou wel een varken lijk. Ongeveer driekwart van de werknemers van B&G is als de dood voor je, maar dat komt alleen doordat de rest nog niet met je te maken heeft gehad.'

Hij grijnst tevreden. 'Het is zo'n stel schuimpjes bij elkaar.'

Ik blijf dingen opnoemen.

'Je hebt een potlood dat je inzet voor geheime doeleinden, die vermoedelijk verband houden met mij. Op de vrijdag ga je naar de stomerij. De projector in de vergaderkamer doet pijn aan je ogen en daar krijg je hoofdpijn van. Je bent er ontzettend goed in om mensen de stuipen op het lijf te jagen met stiltes. Dat is je favoriete strategie tijdens bijeenkomsten. Je stelt je laserblik gewoon scherp op je tegenstander en wacht tot die verkruimelt.'

Hij blijft zwijgen.

'O, en stiekem ben je best wel een goed mens.'

'Je weet meer over me dan wie dan ook, dat is wel duidelijk.'

Ik voel dat hij gespannen is, en als ik naar zijn gezicht kijk, lijkt hij zelfs aangeslagen. Hij is zich te pletter geschrokken van mijn gestalk. Helaas flap ik er onmiddellijk nog iets uit waardoor ik niet goed wijs lijk. 'Ik wil weten wat er in je omgaat. Ik wil je hoofd uitknijpen als een citroen.'

'Waarom wil je eigenlijk van alles over me weten? Ik dacht dat je alleen uit was op een laatste potje heftige haatseks, zodat je dat van je lijstje kunt strepen voordat je je gaat settelen met een Aardige Vent.'

‘Ik wil weten wat voor persoon ik ga gebruiken als lustobject. Wat is je lievelingseten?’

‘Vanille-ijs. Uit jouw kom, met jouw lepel. En aardbeien.’

‘Droomvakantie?’

‘Sky Diamond Strawberries.’

Hij laat zich vermurwen door mijn geërgerde blik en wijst naar het schilderij aan de muur. ‘Die Toscaanse villa daar.’

‘Ik wil in dat schilderij klimmen. Wat ga je daar doen?’

‘Zwemmen in zo’n zwembad met een mozaïek van tegels op de bodem.’ Hij glimlacht als hij ziet hoe verrukt ik ben van dat beeld.

‘Heeft dat zwembad een fontein? Een leeuwtje dat water spuwt of zoiets?’

‘Jazeker. Nadat ik heb gezwommen ga ik in de schaduw liggen om druiven en kaas te eten. Daarna drink ik een groot glas wijn en val ik in slaap met mijn boek op mijn gezicht.’

‘Je hebt net de hemel beschreven. Wat gebeurt er daarna?’

‘Ik vergat te vertellen dat er een heel mooi meisje samen met mij in het zwembad heeft gezwommen en in de zon heeft geslapen. Ze is uitgehongerd, dus ik moet zorgen dat ze een bord pasta krijgt. Koolhydraten en olie, onder een dikke laag kaas.’

‘Aantrekkelijke voedselfantasie,’ weet ik uit te brengen. Ik wil zo ontzettend graag dat meisje zijn dat ik naar de maan zou kunnen huilen.

‘We lopen samen in het donker terug naar de villa en ik rits haar rode jurk los. In bed voer ik haar champagne en aardbeien, om haar op krachten te houden.’

‘Waar haal je het vandaan.’ Ik ben zo betoverd dat ik begin te hakkelen. Als dit zijn droomvakantie is, dan overleef ik zijn slaapkamer niet.

‘En de volgende dag doe ik het allemaal weer opnieuw. Met haar. Wekenlang.’

Ik staar naar het schilderij en stel me voor dat we samen onder de sprankelende paarse hemel staan. De koplampen van auto’s ergens verderop verlichten de rij populieren langs de weg.

Ik moet iets zeggen. Wat dan ook. Hij zit me verwachtingsvol en geamuseerd aan te staren.

'Wat een mazzel heeft die trut.'

Daar moet hij hard om lachen. Ik vuur mijn volgende quizvraag af.

'Je hebt schipbreuk geleden op een onbewoond eiland. Welke drie dingen neem je mee?'

'Een mes. Een zeil.' Hij denkt lang na over het derde ding. 'En jou. Om je dwars te zitten,' voegt hij eraan toe.

'Ik ben geen voorwerp. Ik tel niet.'

'Maar anders zou ik zo eenzaam zijn op dat eiland.'

Ik bedenk dat hij tijdens de laatste vergadering ook de hele tijd in zijn eentje zat.

'Oké. Dus we kruipen het strand op en ik vervloek je omdat je me hebt weggerukt van de beschaving en haarverzorgingsproducten en lippenstift. En dan?'

Zijn lippen glijden langs mijn oorlel, en ik huiver zo hevig dat de hele bank ervan schudt. Als ik de druk van zijn mond tegen mijn keel voel, kreun ik hardop.

Hij zet de tv uit. Even denk ik dat hij me naar mijn auto zal brengen, al zou het ook kunnen dat hij me wil optillen om me op bed te gooien. Het valt moeilijk te voorspellen.

Hij haalt zachtjes zijn vingers door mijn haar en streelt mijn hoofdhuid. 'Ik zou een tentje voor je bouwen en een kokosnoot voor je zoeken. En daarna gaan we de tijd verdrijven.'

'Hoe?' Mijn stem is weinig meer dan gefluister.

'Waarschijnlijk zo.' Hij drukt zijn mond op de mijne.

Hoofdstuk 17

We happen allebei naar adem, alle zuurstof in de kamer is verdwenen.

Gisteravond tilde hij me op onder een straatlantaarn en gaf me een kus die bedoeld was om te smaken naar meer. Nu weet ik waar ik vandaag last van had. Ik liep te smachten.

De beelden van ons andere leven in Toscane staan nog helder op mijn netvlies als hij mijn lippen open kust, mijn tong aanraakt met die van hem en ademt. Hij zucht. Hij wilde dit, hij snakt hier net zo naar als ik. Mijn mond is vanille, die van hem pepermunt en als je dat combineert krijg je iets overheerlijks.

Ik besef nu dat er een wonder is gebeurd, al weet ik niet precies wanneer. Joshua Templeman haat me niet. Helemaal niet. Iemand die je zo zoent kan je onmogelijk haten.

Hij legt zijn hand op mijn wang, streelt mijn gezicht en tilt mijn kin op. Het is ontzettend lief, al beginnen onze tongen zich steeds obscener te gedragen.

Als ik mijn knie over zijn schoot schuif rekken de spieren aan de binnenkant van mijn bovenbeen. 'Ik had mezelf beloofd dat ik vanavond niet naar je toe zou gaan.'

'En toch ben je hier. Interessant.'

We kijken allebei naar mijn dijen op die van hem, en ik kan mezelf er niet van weerhouden om mijn heupen naar voren te schuiven.

Die nieuwe houding geeft me een gevoel van macht en er trekt een scheut adrenaline door mijn lichaam. Ik leg mijn handen op zijn sleutelbeen en neem hem van top tot teen op. Zijn haar is nog steeds een beetje vochtig. Mijn ene hand leg ik achter in zijn nek, de andere druk ik tegen zijn hart.

Ik strijk langzaam over zijn borst en ribben om te testen hoe stevig hij aanvoelt. Zijn lichaam is zo hard dat ik de omtrek van de verschillende spieren kan volgen, zelfs door het T-shirt heen. Ik probeer de zoom los te rukken, maar hij zit vast onder mijn knieën.

Ik word gek van ongeduld. Bijna scheur ik hem het shirt van zijn lijf, maar ik dwing mijn vingers om los te laten. Hij moet een glimp van mijn innerlijke holbewoner hebben opgevangen, want hij sluit zijn ogen en kreunt.

'Soms, als je zo naar me kijkt…'

Hij vergeet wat hij wil zeggen als ik zijn kaak begin te kussen. Zijn handen liggen met de palmen omhoog aan twee kanten naast mijn kuiten. Hij laat mij de leiding nemen en dat bevalt me uitstekend. Ik knabbel aan zijn onderlip en voel dat hij glimlacht.

De bank veert zacht mee onder mijn knieën en terwijl er warme wrijving ontstaat tussen onze kleren voel ik zijn opwinding, hard en stomp tegen de achterkant van mijn bovenbeen.

'Ik wil het,' zeg ik, en zijn ogen worden gitzwart. Ik grijp me vast aan zijn kleren en we kussen opnieuw.

Mijn heupen maken zachte draaiende bewegingen over zijn schoot en hij laat zijn handen langzaam en met kleine kneepjes langs mijn lichaam glijden. Schouders, onderarmen, de zijkant van mijn borsten. Ik huiver en zijn hand glijdt verder omlaag. Ribben, de welving van mijn middel. Heupen. Billen.

Hij streelt mijn dij, zijn lange vingers schuiven over de binnen- en buitenzoom van mijn spijkerbroek. Hij volgt mijn kuiten met zijn vingers. Als ik mijn gezicht in zijn nek druk klemt hij zijn handen om mijn enkels, een kleine waarschuwing dat hij me met gemak de baas zou kunnen als hij zou willen.

'Ik vind het fijn dat je zo klein bent.' Aan zijn stem te horen beval ik hem goed, en hij begint aan een nieuwe trage ontdekkingsreis over mijn lichaam.

Ik laat mijn tong weer in zijn mond glijden en denk terug aan een vergadering, een paar weken geleden. Hij zat bij het raam en de middag sleepte zich voort. De zon trok langzaam over de vensterbank, de vloer en de vergadertafel.

Hij droeg het bleekblauwe overhemd en een donkerblauw pak waarin ik hem niet vaak zie. Ik zat tegenover hem. Het zonlicht kroop langzaam over zijn lichaam, alsof het vloed werd, en ik ademde de geur van de warmer wordende stof in.

Ik herinner me dat hij me tijdens die vergadering plotseling strak aankeek, en dat ik daar zo van in de war raakte dat mijn maag samentrok. Hij grijnsde spottend en staarde daarna weer geduldig naar de powerpointpresentatie. Hij had niet één aantekening gemaakt, terwijl mijn schrijfhand al in een kramp was geschoten.

Ik schrok me rot toen hij die ogen plotseling op mijn gezicht richtte. Toen wist ik niet waarom. Nu wel.

'Ik dacht terug aan die vergadering van een paar weken geleden.' Ik buig mijn hoofd opzij zodat hij mijn keel kan kussen. Ik huiver inmiddels over mijn hele lichaam. Zijn handen liggen op mijn ribben en zijn duim drukt voorzichtig tegen de onderkant van mijn borst. Mijn volle aandacht gaat uit naar die paar vierkante centimeter.

'Ja, wat is daarmee? Als je daar nu aan zit te denken doe ik iets niet goed.'

Hij drukt zijn mond weer op de mijne en zet een tandje bij. Het duurt minuten voor ik weer iets kan zeggen. Uren, waarschijnlijk. Ik adem met kleine hijgende rukjes en hij bijt zachtjes op mijn onderlip. Zijn duim glijdt naar boven, geeft mijn tepel een zacht duwtje en schuift verder omhoog. Er gaat een schok door me heen.

Ik moet het beter uitleggen. 'Je keek naar mij en… En ik geloof dat ik je wilde zoenen. Dat bedacht ik pas net.'

'O, echt?'

Mijn beloning is dat hij zijn hand over mijn rug omhoog laat glijden. Huid tegen huid. Hij speelt dromerig met mijn bh-bandje.

'Ik herinnerde me hoe je naar me keek.'

'Alsof ik aan seks dacht? Dat klopt. Jij droeg die witte zijden blouse met paarlemoeren knoopjes. En de eerste helft van die vergadering had je een truitje aan dat er heel zacht uitzag. Opgestoken haar, rode lippen.'

Hij leunt naar achteren en laat zijn vingers naar het begin van mijn decolleté glijden. Zijn vingertoppen gaan naar binnen, en het enige wat ik uit kan brengen is: 'Het is van kasjmier.'

'Jij valt op dokter Josh… En ik val op Lucy, de tuttige retro-bibliothecaresse. Lucy in zijde en kasjmier. Dat is míjn afwijking. Zoals je het afdelingshoofd zat door te zagen over het ziekteverzuim van het afgelopen kwartaal, met dat potlood in je haar…' Hij gaat verder met de afdaling langs mijn bovenlichaam en drukt zachtjes tegen mijn ribben.

'Wat een specifieke afwijking. Niet te geloven dat je nog weet wat ik aanhad. Maar vooruit, daar kan ik wel wat mee. Ik kan ergens een nerdy bril oppikken en je een standje geven.' Ik frons streng mijn wenkbrauwen en leg mijn vinger tegen mijn lippen. 'En nu stil.'

Hij kreunt dramatisch. 'Ik zou er niet tegen kunnen.'

'Kun je je zelfs maar voorstellen hoe het tussen jou en mij zou zijn? De hele dag, iedere nacht?'

Hij weet precies wat ik bedoel. 'Ja.'

'Zoals je zelf al zei: de kunst is om iemand te vinden die sterk genoeg is. Die ene persoon die net zo goed kan uitdelen als incasseren.'

'En kun je dat?' Hij kijkt uit zijn ogen alsof hij drugs heeft gebruikt. Gitzwarte pupillen, mistige irissen.

'Ja.'

We zoenen met hernieuwde intensiteit, opgehitst door onze gedeelde vergaderkamerfantasie. Lucy en Josh, glibberig van het zweet, de sterren in een nogal plastische pornofilm.

Hij drukt zich tegen me aan. Zijn erectie duwt zo hard tegen de achterkant van mijn been dat ik een hamstringblessure zou kunnen oplopen.

Hij verbreekt de kus. 'Rustig aan. Ik wil je iets vragen.'

Hij gaat wat naar achteren en we staren elkaar aan. Ik wil zijn zachte, roze mond overal voelen, likkend en bijtend. Ik adem zo zwaar dat ik nauwelijks versta wat hij zegt.

'Heb je eerst bijna Danny gebeld voordat je mij belde vanavond?' Ik wil protesteren maar hij wrijft over mijn arm. 'Ik ben geen jaloerse psychopaat. Ik ben alleen benieuwd.'

'Je hebt de wedstrijd met hem al gewonnen. Danny en ik zijn nu gewoon vrienden. Meer gaat het niet worden.'

‘Dat is geen antwoord op mijn vraag.’

‘Hij is de verstandige optie. Ik doe tegenwoordig zelden verstandige dingen met mijn avonden. Ik ben blij dat ik hem niet heb gebeld, want dan zat ik nu waarschijnlijk in de bioscoop in plaats van hier.’ Ik veer even op en neer op zijn schoot.

Hij probeert te glimlachen, maar het lukt niet helemaal. ‘Ik wil ook best met je naar de film. Kijk, het begint al laat te worden.’

Hij pakt mijn billen vast en schuift me over zijn kruis naar boven. Dan tilt hij me op en zet hij me naast zich op de grond. Hij gaat op de rand van de bank zitten, buigt voorover en legt zijn gezicht in zijn handen. Hij ademt net zo zwaar als ik. Het doet mijn ego geen kwaad.

‘Fuck,’ zegt hij met een zucht. ‘Ik ben zo ontzettend opgewonden.’ Hij lacht beschaamd.

Ik begrijp precies hoe hij zich voelt. Hij vraagt zich vast af waarom hij zichzelf dit aandoet. Hij is een volwassen man die het moet stellen met een potje friemelen met zijn rare collega.

‘Wil je weten hoe opgewonden ik ben?’

‘Beter van niet,’ brengt hij uit.

‘Ik denk dat ik maar eens naar huis moet.’ Ik hoop uit alle macht dat hij me vraagt om te blijven. Dat doet hij niet.

Met zijn hoofd nog in zijn handen zegt hij: ‘Geef me even.’

Ik breng de mokken en mijn kom naar de keuken en spoel de kom uit. De koekenpan zet ik in de gootsteen. Nadat ik de bak vol heb laten lopen doe ik er afwasmiddel bij. Ik sta te trillen, mijn benen kunnen me nauwelijks overeind houden.

‘Dat doe ik wel,’ zegt Joshua achter me. ‘Laat maar staan.’

Ik wil dolgraag kijken wat er onder zijn middel aan de hand is, maar omdat ik een dame ben weersta ik de verleiding.

Hij houdt me mijn jas voor en we trekken allebei onze schoenen aan. In de lift blijven we voorzichtig aan onze eigen kant staan, maar we loeren naar elkaar alsof we ieder moment een ram op de noodknop kunnen geven om onszelf uit ons lijden te verlossen.

‘Ik voel me net jouw paasei.’

Als we over de stoep lopen pakt hij mijn hand. Bij mijn auto kijk ik naar hem op. Hij neemt mijn gezicht voorzichtig in zijn handen en geeft me een zoen. We happen allebei een beetje geschokt naar adem, je zou denken dat het eeuwen geleden is dat we elkaar gekust hebben. Hij drukt me tegen de deur van mijn auto en ik jammer zacht. Tongen, tanden, adem.

'Je smaakt als mijn paasei.'

'Alsjeblieft, ik heb je echt heel hard nodig.'

'Ik zie je morgen weer op het werk,' zegt hij. Hij draait me om in zijn armen en drukt zijn mond tegen de achterkant van mijn nek. Zelfs door mijn haar heen is zijn adem zo warm dat ik de lucht met een soort snurk naar binnen zuig.

'Is dit weer zo'n controlfreakerig klootzakkendingetje?' Ik kronkel me los.

'Zou best kunnen. Het past wel bij mijn karakter.'

Ik bedenk iets. 'Ben je van plan om me op de ochtend van het sollicitatiegesprek in coma te neuken om me te verslaan?'

Hij steekt zijn handen in zijn zakken. 'Dat heeft bij iedere andere sollicitatie altijd goed gewerkt. Waarom zou ik er nu mee ophouden?'

'Je wil er gewoon voor zorgen dat ik geen seconde van je af kan blijven tijdens die bruiloft.'

Iets in zijn blik maakt dat ik een stap achteruit ga. Ik druk mijn rug tegen de koude deur van mijn auto. 'Je hebt toch niet gelogen en tegen iedereen gezegd dat je verloofd bent met een hersenchirurg?'

Hij glimlacht. 'Dokter Lucy Hutton, medisch specialist. Briljant maar onorthodox.'

'Ik meen het. Geef antwoord. Ik ga toch wel als mezelf, hè? Ik hoef niet te acteren?'

'Nee.'

Ik bijt op mijn duim en kijk naar de straat. Waarom heb ik het gevoel dat hij liegt?

'Ik begin te vermoeden dat je me een beetje geil probeert te houden zodat ik terug blijf komen. Als een kat. Je laat een schoteltje melk voor me buiten staan.'

Josh lacht, een harde, echte lach, hij vindt me hilarisch. Ik ben verrukt en alles tintelt, het is alsof ik onder stroom sta. Ik knetter gewoon. Nog nooit heb ik me zo levend gevoeld als op dit moment.

Vecht met me, kus me. Lach naar me. Vertel het me als je verdrietig bent. Stuur me niet naar huis.

'We zullen moeten afwachten of dat waar is. Als je morgenavond weer terugkomt, dan wil ik best toegeven dat dit allemaal deel uitmaakt van een doelbewuste strategie.' Hij kijkt me met openlijk plezier aan.

Het idee om terug te komen was nog niet echt bij me opgekomen. De komende dag lijkt opeens vol beloften.

'Nog ééntje.'

Hij kust mijn wang en ik grom van ellende.

'Wegwezen, Taartje. En denk eraan: je gaat morgen niet flippen.'

Ik krijg mijn gordel niet goed om. Ik ben zo opgefokt, het lijkt wel of ik ontwenningsverschijnselen heb van een of andere drug. Hij tikt op het raam en gebaart dat ik mijn deur op slot moet doen.

Ik ben al halverwege als er een enge gedachte bij me opkomt.

Ik kan niet wachten tot ik morgen weer mag gaan werken.

Vandaag heeft zijn overhemd de kleur van room op een schoteltje.

Gedraag je normaal, Lucy. Naar binnen als één brok seks op twee benen. Geen ongemakkelijk gedoe. Gaan.

Hij kijkt naar me, mijn enkels zwikken en ik laat mijn handtas vallen. Het dekseltje van mijn broodtrommel raakt los en er rolt een tomaat over de vloer. Ik laat me op handen en knieën vallen en blijf met mijn naaldhakken steken in de bungelende gesp van mijn jas.

'Shit.' Ik probeer te kruipen.

'Klasse.' Josh staat op en loopt naar me toe.

'Kop dicht.'

Hij bevrijdt mijn jas, raapt mijn lunch bij elkaar en steekt zijn hand uit. Ik aarzel met opzet even voor ik hem aanpak, maar laat me dan toch omhoogtrekken.

'Mag ik mijn entree even terugspoelen?'

Hij trekt de jas van mijn schouders en hangt hem voor me op.

Meneer Bexleys deur staat open en het licht is aan. Helene begint altijd laat. Ze ligt waarschijnlijk nog in bed.

'Hoe was jouw avond, Lucinda? Je ziet er moe uit.'

Zijn onpersoonlijke toon schiet me in het verkeerde keelgat, tot ik de ondeugende blik in zijn ogen zie. Als meneer Bexley ons afluistert, dan hoort hij niets ongewoons.

Dit is een gevaarlijk nieuw spel, het Gedraag je normaal-spel, maar ik ben bereid het een kans te geven. 'O, gewoon, niks bijzonders.'

'Mooi. Hm. Heb je nog iets interessants gedaan?' Hij heeft het potlood in zijn hand.

'Ik ben op de bank blijven zitten.'

Hij gaat verzitten en ik kijk naar zijn schoot.

Seriemoordenaarsogen. Ik vorm het woord met mijn lippen. Nadat ik me op de rand van mijn bureau heb laten zakken pak ik mijn Vlammenwerper-lippenstift en ik ga aan de slag, met de dichtstbijzijnde muur als spiegel. Hij kijkt met zoveel onverhulde lust naar mijn benen dat ik bijna uitschiet. 'En wat heb jij uitgevoerd, Josh?'

'Ik had een date. Tenminste, ik geloof dat het een date was.'

'Wat was ze voor iemand?'

'Plakkerig. Ze besprong me zowat.'

Ik lach. 'Plakkerig, dat klinkt niet echt aantrekkelijk. Ik hoop dat je haar eruit hebt geschopt.'

'Soort van.'

'Dat zal haar leren.' Ik maak een hoge knot van mijn haar en strijk mijn jurk glad. Die is van fijne crèmekleurige wol, rekbaar en warm, en ik geef toe dat ik hem heb gekozen omdat hij bij zijn overhemd past. Hij valt dus op Lucy de tuttige bibliothecaresse? Vandaag krijgt hij zijn zin.

Hij kijkt naar mijn handen en ik naar die van hem. Zijn knokkels zijn wit.

'Ik weet niet of ik nog een keer met haar wil afspreken,' zegt hij verveeld en hij begint iets met zijn muis en zijn computer te doen.

Als hij me een zijdelingse blik toewerpt denk ik weer aan gisterenavond en mijn buik trekt samen. 'Misschien kun je haar meenemen naar de bruiloft van je broer. Dat soort situaties zijn altijd een stuk makkelijker als je met een lekker ding komt aanzetten.'

We kijken elkaar aan en ik laat me langzaam in mijn stoel zakken. Het is er nog nooit zo warm aan toegegaan tijdens het Staarspel. De telefoon gaat. Ik kijk wie het is en het woord KUT komt in neonletters bij me op.

Josh ziet mijn gezicht. 'Als hij het weer is, dan –'

'Het is Julie.'

'Een beetje vroeg voor haar, vind je niet? Je moet haar hard aanpakken.' De telefoon blijft maar overgaan.

'Ik laat hem wel naar de voicemail gaan. Ik ben veel te moe voor dit gedoe.'

'Dat doe je niet.' Hij kiest sterretje negen en neemt mijn telefoon op. Callcentermedewerkers horen tijdens hun opleiding dat ze moeten glimlachen als ze de telefoon opnemen, want mensen kunnen je vriendelijke gezicht horen. Dat is iets wat Joshua nog moet leren.

'Lucinda Huttons telefoon. Dit is Joshua. Moment.' Hij drukt op een knop en wijst met de hoorn naar mij. 'Schiet op. Ik hou je in de gaten.'

We staren allebei naar het knipperende wachtlampje.

Ik ben nog steeds dat glimlachende meisje in het aardbeienveld. Moet je mij zien, ik ben een schat van een meid. Ik ben hartstikke lief, iedereen is dol op me. Geen moeite is te veel.

'Laat zien dat je bij andere mensen net zo sterk kunt zijn als bij mij.'

Ik druk op de knipperende knop. 'Ha, Julie, hoe gaat het?' Mijn oor begint te gloeien van haar diepe zucht.

'Hoi, Lucy. Niet zo goed. Ik ben gewoon kapot, ik weet niet waarom ik ben gekomen. Ik zit net en ik kan nu al niet meer naar mijn scherm kijken.'

'Wat rot voor je.'

Ik kijk Josh strak aan. Zijn ogen zijn smalle spleetjes, blauwe lasers. Hij injecteert me met zijn krachten. Vandaag kan Julie mijn rug op met haar smoesjes en verzoeken. 'Wat kan ik voor je doen, Julie?' Professioneel, maar met iets van warmte in mijn stem.

'Ik moet vandaag verder met dat ding voor Alan, dat hij nog zou bijschaven voordat hij het naar jou stuurt.'

'O, ja. Ik heb het voor het eind van de dag nodig.'

Josh steekt sarcastisch zijn duim op.

'Weet je, het lukt me maar niet om die oude rapporten op het netwerk te vinden. Ik krijg steeds de melding dat de snelkoppeling is verplaatst. Ik heb al van alles geprobeerd en weet je, ik denk dat ik het beter even kan laten zitten.'

'Dat maakt me niet uit, zolang ik het maar om vijf uur heb.'

Josh kijkt naar het plafond en zucht. Ik dacht dat ik resoluut uit de hoek kwam, maar hij is niet onder de indruk.

'Ik had eigenlijk gehoopt dat ik naar huis zou kunnen en dat ik het morgenochtend kon doen, als ik wat frisser ben.'

'Maar je bent er toch net?' Ben ik nou gek? Ik kijk nog eens op de klok.

'Ik kwam alleen even snel mijn mail checken.' Ze brengt het alsof ze een enorme bikkel is. 'Alan zei dat het goed was, als jij geen bezwaar hebt.' Op de achtergrond hoor ik haar autosleutels rammelen.

Ik staal mezelf met de kracht van blauwe lasers. 'Sorry, dat gaat voor mij niet werken. Ik heb het echt om vijf uur nodig.'

'Ik weet wat de deadline is.' Haar stem wordt wat scherper. 'Ik probeer je duidelijk te maken dat Alan het niet op tijd op je bureau kan krijgen.'

'Maar jij bent toch degene die om uitstel vraagt, niet Alan?' Er valt een lange stilte terwijl ik afwacht hoe ze zal reageren.

'Ik dacht dat je hier wat flexibeler mee zou omgaan.' Haar toon glijdt steeds verder af naar een indrukwekkende combinatie van humeurigheid en ijs. 'Ik voel me niet lekker.'

'Als je echt naar huis wilt,' begin ik, en Josh' wenkbrauwen komen afkeurend omhoog, 'dan moet je je vandaag ziek melden en morgen een briefje van de dokter meenemen.'

'Ik ga toch niet naar de dokter omdat ik moe ben en hoofdpijn heb? Hij zegt toch dat ik moet bijslapen. En dat is precies wat ik wil gaan doen.'

'Ik vind het vervelend voor je dat je je niet lekker voelt, maar dat is het beleid van personeelszaken.'

Josh legt zijn hand voor zijn mond om zijn grijns te verbergen. Ik speel het Personeelszaken-spel met Julie.

'Je vindt het vervelend voor me? Dat is dan niet te merken.'

'Ik heb me altijd redelijk opgesteld, Julie. Je hebt al heel vaak uitstel gekregen. Maar ik kan niet blijven overwerken om die rapporten af te maken.'

Josh maakt een cirkeltje met zijn hand in de lucht.

Ik ga door. 'Als dat rapport te laat is, dan draait het erop uit dat ik weer moet blijven.'

'Jij hebt toch geen familie hier, of een vriend of zoiets? Overwerk is voor jou lang niet zo erg als voor mensen met een man en... nou ja, mensen met een gezin.'

'En het gaat me nooit lukken om zelf ook een man of een leven te krijgen als ik hier iedere avond tot negen uur blijf plakken. Ik wil dat rapport van Alan om vijf uur hebben.'

'Je brengt veel te veel tijd door met die misselijke Joshua.'

'Blijkbaar. En het lukt me ook niet om de stage van je nichtje te begeleiden, dat komt me niet uit.' Ik hang op.

Joshua leunt achterover in zijn stoel en begint te lachen. 'Shit, Lucy.'

'Ik was fantastisch, ja toch? Zag je wat ik deed?' Ik beuk met mijn vuist in de lucht en mime dat ik Julie een rechtse hoek geef.

Josh legt zijn handen op zijn buik terwijl ik een potje schaduwboks met mijn spiegelbeeld.

'Pak aan, Julie, met je leven en je man en je aanstellerige slaapstoornis.'

'Gooi het er maar uit.'

'Pak aan, Julie, met je migreine.'

'Je was geweldig.'

'Pak aan, Julie, met je Franse nageltjes.'

'Oké.' Hij glimlacht naar me, openlijk, in dit kantoor dat ooit een slagveld was. Ik zak in elkaar in mijn stoel en sluit mijn ogen terwijl de warmte van zijn goedkeuring komt aanrollen over de marmeren supersnelweg. Dus zo voelt dat. Zo had het de hele tijd kunnen zijn. Het was nog niet te laat.

'Geen overwerk meer voor mij. Waarschijnlijk heb ik mijn relatie met haar totaal de vernieling in geholpen, maar het was het waard.'

'Binnen de kortste keren heb jij een leven en een man.'

'De allerkortste keren. Waarschijnlijk volgende week. Hopelijk is hij superaardig.' Ik doe mijn ogen weer open en als ik zijn blik zie heb ik spijt dat ik het heb gezegd. We aarzelen allebei en hij kijkt weg. Ik heb onze flow doorbroken.

'Alsjeblieft, laat me even genieten van dit moment. Joshua Templeman en ik zijn officieel vrienden.' Ik schuif mijn vingers in elkaar en rek mijn armen boven mijn hoofd.

Meneer Bexley loopt tussen ons door. 'Ik heb nu een vergaderontbijt, Josh. Voor de lunch heb ik die cijfers nodig.' We weten alle drie dat hij uitsluitend iets te bespreken heeft met een bord spek.

'Die zijn al klaar; ik stuur ze gelijk even door.'

Meneer Bexley maakt een keelgeluid, wat bij hem waarschijnlijk het dichtst in de buurt komt van een bedankje of een compliment, en draait zich daarna om naar mij.

'Goedemorgen, Lucy. Wat een mooie jurk heb je aan.'

'Bedankt.' Gatver.

'Zijn je nagels al lekker scherp? Het sollicitatiegesprek is binnenkort. Tiktak.' Hij loopt naar mijn bureau en laat zijn blik op zijn gemak vanaf mijn nek naar beneden glijden. Ik weersta de neiging om mijn armen voor mijn lichaam te kruisen. Ik snap niet hoe Josh' moordzuchtige gezicht hem kan ontgaan; het reflecteert tientallen keren om ons heen. Met glimmende oogjes zet hij onverstoorbaar zijn visuele onderzoek voort.

'Niet doen,' zegt Josh ijzig tegen zijn baas.

'Ik ben uitstekend voorbereid op het gesprek.' Ik werp een blik op mijn buik. 'Meneer Bexley, waar kijkt u naar?' Kalm sla ik mijn ogen naar hem op en hij lijkt een fysiek schokje te krijgen. Snel wendt hij zijn blik af en hij wordt vuurrood terwijl hij zijn vingers door zijn schaarse haar haalt.

Man, ik lust ze rauw vandaag.

Josh' kaak verstrakt en hij staart zo woest naar zijn glazen bureau dat het me verbaast dat het niet versplintert.

'Uit het kleine voorproefje in Helenes kantoor kon ik opmaken dat je er inderdaad klaar voor bent. Dokter Josh, misschien moeten we je strategie eens bespreken.'

O, shit. Hij gaat Joshua over mijn project vertellen. Ik werp een panische blik op Josh, die zijn baas aangaapt alsof hij een totale idioot is.

En dan herinnert hij me er weer aan dat hij niet mijn vriend is, en dat we nog steeds midden in onze allerbelangrijkste wedstrijd zitten. Hoe vaak we ook klef doen op zijn bank.

'Ik kan het wel zonder hulp van haar winnen.'

Hoofdstuk 18

De ijskoude manier waarop hij het zegt, roept herinneringen op. Hij klinkt alsof hij nog nooit zoiets belachelijks heeft gehoord. Die domme kleine Lucy Hutton kun je onmogelijk serieus nemen en ze is al helemaal geen partij voor Joshua Templeman, in geen enkele arena. Ik ben een lachertje. Die baan krijg ik nooit, waarom zou ik? Ik moet nog gecoacht worden als ik een telefoontje pleeg.

'Misschien niet,' zegt meneer Bexley peinzend. Duidelijk in zijn sas omdat hij twee wespennesten tegelijk heeft omgetrapt sjokt hij weg. Terwijl hij op de lift staat te wachten kijkt hij om. 'Maar toch, dokter Josh, misschien moet je er nog eens over nadenken.'

De liftdeur schuift dicht terwijl Joshua's geluidloos uitgesproken 'rot toch op' wegsterft. Dan kijkt hij me aan.

'Ik loog.'

De stilte zingt rond alsof er kristallen wijnglazen tegen elkaar tikken.

'Dan ben je best een goede acteur. Ik geloofde het zo.' Ik pak mijn waterflesje en neem een slok om het benauwde gevoel in mijn keel weg te spoelen. Eigenlijk ben ik hem dankbaar. Dit miste ik. We zijn twee renpaarden die op de finish afstormen. Ik ben er tot nu toe niet vol voor gegaan, maar ik heb net de eerste klap van de zweep gekregen. Ik moet dit gevoel vasthouden tot het sollicitatiegesprek achter de rug is.

'Altijd al geweest. Ik was kwaad op hem omdat hij zo naar je keek en het kwam er verkeerd uit. Ik heb de slechte gewoonte om te gaan snauwen. Kijk me aan, Luce.'

Als ik dat doe zegt hij langzaam nog een keer: 'Ik meende het niet.'

'Het geeft niet. Het is precies wat ik nodig had.' Ik zeg het op dezelfde diepvriestoon als hij net tegen Bexley aansloeg. Geen idee hoe ik het voor elkaar krijg om zo kil te klinken terwijl de woede als een uitslaande brand door me heen raast. Ik ben dus ook een goede acteur.

De bekende zorgrimpel verschijnt in zijn voorhoofd. 'Dat had je nodig? Dat ik me als klootzak gedroeg? Dat doe ik toch meestal tegenover jou.'

'Je hebt precies gezegd wat ik moest horen.'

Het leven draait om perspectief, en als ik ervoor kies om te geloven dat mijn concurrent mijn motivatie net een flinke oppepper heeft gegeven, dan kan ik mijn gekwetste trots negeren. Vanaf nu richt ik me alleen nog op de toekomst. Ik ben weer scherp en gefocust, en dat komt door hem.

Mijn computer maakt een geluid. Over vijf minuten heb ik met Danny afgesproken, om het over mijn e-bookproject te hebben.

'Wacht. We moeten dit uit de wereld helpen. Maar ik kan het nog niet uitleggen.' Aan zijn gezicht te zien maakt hij zich behoorlijk druk. 'De timing is niet goed. Ik bedoelde het niet zoals het klonk.'

'Ik ga weg.' Ik pak mijn handtas en mijn jas.

'Waar ga je naartoe? Voor het geval Helene het vraagt,' voegt hij eraan toe. Hij maakt een ellendige indruk. 'Kom je nog terug?'

'Ik ga even koffiedrinken met iemand.'

'O,' zegt hij na een korte aarzeling. 'Ik kan je niet tegenhouden.'

'Fijn dat je me toestaat om mijn werk te doen.' Als ik naar de lift marcheer, geef ik zijn postbakje een wrokkig duwtje zodat het scheef komt te staan.

Ik ga naar de Starbucks aan de overkant van de straat. Dat is het probleem van de oorlog met Joshua Templeman; ik win nooit echt. Dat maakt het allemaal zo verraderlijk. Telkens als ik denk dat ik gewonnen heb, gebeurt er iets wat me eraan herinnert dat dat niet zo is.

Alsjeblieft, laat me even genieten van dit moment. Joshua Templeman en ik zijn officieel vrienden.

Zo gauw je heel even wint is het daarna verliezen, verliezen en nog eens verliezen.

Danny zit al aan een tafeltje bij het raam. Het feit dat ik te laat ben, is weer een nieuwe nagel in mijn professionele doodskist.

'Hoi. Bedankt dat je me wilde spreken. Sorry dat ik te laat ben.' Ik bestel koffie en zet mijn idee kort uiteen.

'Ik heb dit weekend tijd,' verklaart Danny nobel. Hij zit me met onverholen interesse te bekijken; mijn opgestoken haar, mijn blote nek en mijn vuurrode mond. Ik krijg het nare gevoel dat hij hoopt dat onze belabberde kus een eenmalige misser was.

'Ik betaal je uit eigen zak. Kun je me een idee geven van wat het gaat kosten?'

Danny lijkt zich niet druk te maken. 'Laten we gewoon een deal sluiten. Jij prijst mijn werk aan tijdens het gesprek en je bespreekt mijn nieuwe publicatiesoftware met Helene. Die heeft bepaalde functionaliteiten die geschikt zouden kunnen zijn voor jouw project. En... driehonderd dollar.'

'Prima, en natuurlijk doe ik dat,' verzeker ik hem snel. Dit is iets wat ik waar kan maken. Ik kan hem onder de aandacht brengen van het management om hem te helpen zijn bedrijf op te bouwen.

Een paar mensen van B&G staan in de rij voor koffie en werpen ons nieuwsgierige blikken toe. Een andere collega loopt buiten op straat voorbij en zwaait naar me. Ik zit in een grote glazen vissenkom. Ik krijg een kleur als ik terugdenk aan alles wat ik op de bovenste verdieping tegen Joshua heb gezegd en met hem heb gedaan. De hatelijke opmerkingen, de beledigingen, de verschroeiende kussen. In ons eigen geïsoleerde kleine wereldje lijkt dat allemaal zo normaal en acceptabel.

'Bedankt dat je aan mij hebt gedacht.' Danny nipt aan zijn koffie.

'Na het etentje van maandag durf ik je mijn geheim wel toe te vertrouwen. En zoals je al zei, ik heb hulp nodig en jij bent de eerste aan wie ik dacht.'

'O, dus dit is geheim?'

'Helene weet er natuurlijk van. Meneer Bexley weet iets over het concept van het project, maar niet over het uiteindelijke product dat ik wil presenteren.'

Ik baal er enorm van dat ik er nog iets aan toe moet voegen, het is triest dat deze hele situatie zo'n puinhoop is geworden. 'Ik wil je ook vragen om alsjeblieft niets tegen Josh te zeggen. Ik weet dat je hem waarschijnlijk niet meer ziet, maar laten we dit tussen ons houden. Hij weet zo zeker dat hij de baan gaat krijgen. Het is belangrijker dan ooit dat ik hem versla.'

'Ik zeg niks. Maar hij staat daar.'

'Wat?' Van schrik begin ik bijna te schreeuwen, maar ik kan me niet omdraaien. 'Blijf zakelijk doen.' Ik teken een diagram in mijn notitieblok en Danny zet er een paar hoekige lijnen in.

'Waar heeft hij toch last van? Hij ziet er altijd uit alsof hij razend is.' Danny schudt zijn hoofd naar mijn notitieblok en we acteren nog wat werkdingen.

'Dat is gewoon zijn gezicht.'

'De dynamiek tussen jullie is bizar.'

'Er is geen dynamiek. Geen dynamiek.' Ik begin mijn koffie naar binnen te slokken. Die is te heet, dus dat is een ontzettend slecht idee.

'Maar je hebt toch wel door dat hij verliefd op je is?'

Ik inhaleer een enorme mond vol koffie en begin te verdrinken op het droge. Danny buigt zich naar me toe en beukt tussen mijn schouderbladen terwijl de tranen over mijn wangen stromen. Ik wou dat hij me gewoon liet sterven.

'Welnee,' hijg ik. Met een servetje veeg ik mijn gezicht droog. 'Zoiets stoms heb ik nog nooit gehoord. Echt, nog nooit.'

'Als je vríénd,' Danny benadrukt het woord met een glimlachje, 'verzeker ik je dat het zo is.'

'Wat is hij aan het doen?'

'De kassamedewerker aan het terroriseren. Iedereen maakt zich zorgen over wat er zal gebeuren als hij die baan krijgt. We weten hoe goed hij is in mensen wegbezuinigen. Op de designafdeling zijn ze hun cv al aan het opleuken, voor het geval dat.'

'Ik weet zeker dat er best met hem te werken valt.' Ik probeer diplomatiek te blijven, want ik weiger me te verlagen tot Josh' niveau. Ik sta op en verzamel mijn spullen.

'Zullen we even hallo tegen hem gaan zeggen,' stelt Danny voor, en ik weet bijna zeker dat hij me in de maling staat te nemen. Om zijn lippen speelt een vaag glimlachje.

'Nee, we klimmen uit het raam van de wc. Snel.'

Lachend schudt hij zijn hoofd. Ik ben opnieuw onder de indruk van zijn lef. De meeste mensen proberen de monsters in hun midden juist te ontwijken.

Maar ik heb geheime informatie over Josh. Ik denk aan gisteravond, toen hij mijn pols opnam en mijn hartslag telde. Een dekentje over me heen legde en mijn voeten instopte. Het is best knap dat hij die angstaanjagende façade al zo lang in stand weet te houden.

'Hoi,' zeggen we allebei tegelijk als we bijna bij hem zijn.

'Zo, zo, hallo,' zegt Josh olijk.

'Zit me niet de hele tijd te stalken.' Ik klink zo gekrenkt dat het meisje achter het koffieapparaat in lachen uitbarst.

Josh doet zijn manchet goed. 'Dus jullie misten elkaar?'

Ik probeer het woord GEHEIM in Danny's brein te branden. Ik trek mijn wenkbrauwen op en hij knikt. Josh registreert de uitwisseling.

'Lucy heeft me uitgenodigd voor een gesprek over... een kans... om met haar samen te werken.' Danny is een genie. Niets is geloofwaardiger dan de waarheid.

'Dat klopt. Danny helpt me met mijn... presentatie.' We zouden onmogelijk nog verdachter kunnen overkomen.

'Dus jullie werken aan jouw presentatie. Aha. Oké.' Josh neemt zijn koffie aan als zijn naam wordt geroepen en werpt ons zo'n beschuldigende blik toe dat mijn gezicht er bijna af smelt. 'En was dat ook wat wij aan het doen waren, Lucinda? Gisteravond, op mijn bank?'

Danny's kaak valt op de vloer. Ik vind het verre van grappig. Als dit bekend wordt, dan ligt mijn reputatie aan diggelen. Het verhaal is te sappig, en Danny heeft contact met te veel mensen van de designafdeling. En hij is een bloedhond met een neus voor roddel.

'Dat had je gedroomd, Templeman. Let maar niet op hem, Danny. Loop nog even met me mee.'

Ik duw Danny voor me uit zodat hij niet vast komt te zitten in het inkomende verkeer. Josh volgt op zijn dooie gemak en neemt slokjes van zijn koffie. Ik hou Danny's arm zo stevig vast dat hij in elkaar krimpt als ik hem de straat over sleur.

'Vertel hem niet wat je voor me aan het doen bent, zelfs niet als hij je kidnapt en martelt. Hij zal het kleinste flintertje informatie gebruiken om alles voor me te verzieken.'

'Gossie, jullie zijn echt aartsvijanden.'

'Yep, tot de dood erop volgt. Pistolen en degens bij het ochtendgloren.'

'Dus hij doet dit omdat hij wil achterhalen wat je sollicitatiestrategie is?' Danny begroet een collega en kijkt op zijn telefoon.

'Precies!' Ik hinnik nerveus. Ik geloof dat ik alles zo goed genoeg heb verdoezeld. 'Ik bel je na mijn werk, als ik heb besloten welk boek je kunt opmaken.'

Josh heeft ons bijna bereikt. Ik overweeg om Danny zelf maar voor het voorbijrazende verkeer te gooien om een eind te maken aan deze onverdraaglijke situatie.

'Oké, ik bel je vanavond. Dag Josh. Succes met je sollicitatiegesprek.' Danny loopt weg over de stoep.

Josh en ik zeggen geen woord tegen elkaar terwijl we in de lift stappen. Zijn woede is bijna tastbaar, en ondertussen ben ik nog steeds halfdood door Danny's opmerking. *Je hebt toch wel door dat hij verliefd op je is?*

'Hij is zo aardig. Wat een aardige vent. Ik geloof dat ik wel snap wat je in hem ziet.' Het komt er zo venijnig uit dat ik achteruitdeins. 'Dat van gisteravond moet gewoon een levensechte droom zijn geweest.'

'Hé, wat moet ik ervan zeggen? Ik loog. Ik ben een goede acteur.' Met een groots armgebaar stamp ik naar mijn bureau.

'Dus je schaamt je voor me?'

'Nee, natuurlijk niet. Maar niemand mag het weten. Ik weet dat hij graag roddelt. O, kijk niet zo zuur. Anders zouden ze maar over ons gaan kletsen.'

'Ik heb nieuws voor je, ze hebben altijd al over ons gekletst. En het maakt je blijkbaar niet uit dat ze over jou en hem kletsen, zolang het maar niet over jou en mij is.'

'Jij en ik werken op een paar meter afstand van elkaar. Dat is anders. En ik wil dat het er vanaf nu weer wat professioneler aan toegaat in dit kantoor.'

Josh knijpt in de brug van zijn neus. 'Goed. We spelen het op jouw manier. Als dit het laatste persoonlijke gesprek is dat we in dit gebouw gaan voeren, dan zeg ik het maar meteen. Neem vrijdag je koffer mee.'

'Wat? Wat is er vrijdag?'

'Je koffer met je spullen voor de bruiloft. Je jurk en dat soort dingen.'

Als hij mijn uitpuilende ogen ziet zegt hij: 'Je gaat mee naar de bruiloft van mijn broer. Daar stond je op, weet je nog?'

'Ho, waarom moet ik mijn jurk vrijdag al meenemen? De bruiloft is zaterdag. Is er een repetitie of zoiets? Ik heb niet toegezegd dat ik twee keer mee zou gaan.'

'Nee, de bruiloft is in Port Worth, en we gaan met de auto.'

Ik kijk hem vertwijfeld aan. 'Dat is niet zo ver weg.'

'Het is zo ver dat we na het werk moeten vertrekken. Mijn moeder heeft de avond voor de bruiloft mijn hulp nodig bij een paar dingen.'

Ik kook over van irritatie, doodsangst, gekwetste gevoelens en de absolute zekerheid dat dit op een ramp gaat uitlopen. We staren elkaar aan.

'Ik wist dat je er niet blij mee zou zijn, maar op zoveel afgrijzen had ik ook weer niet gerekend.' Josh leunt achterover in zijn stoel en neemt me onderzoekend op. 'Niet gaan flippen.'

'We zijn zelfs nog nooit samen naar de film geweest, of uit eten. Ik werd al zenuwachtig toen je me een lift wilde geven. En nu zeg je dat we samen uren in de auto moeten zitten en dat ik mijn pyjama moet meenemen? Waar slapen we?'

'Waarschijnlijk in een of ander gribushotel.'

Ik sta op het punt om te gaan hyperventileren of me van de brandtrap te storten. Ik had al zo'n vermoeden dat we op een bepaald moment weer aan het Of zoiets-spel zouden toekomen. Ik stelde me voor dat dat in zijn blauwe slaapkamer zou gebeuren, of terwijl ik hem pijnlijke beledigingen toesiste in de schoonmaakkast. Maar vandaag is er te veel gebeurd.

'Ik maak een grapje, Lucy. Ik moet even met mijn moeder overleggen waar we kunnen slapen.'

'Ik heb er helemaal niet bij stilgestaan dat ik je ouders zou ontmoeten. Luister, ik ga niet mee. Je hebt je net als een ontzettende smeerlap gedragen, weet je nog? Je kunt het wel zonder hulp van mij winnen, dat zei je zelf. Ik zou wel gek zijn als ik jou nu ging helpen. Ga maar alleen, als de dikke vette loser die je bent.'

'Je hebt toegezegd. Je hebt het beloofd. Je breekt nooit je belofte.'

Ik haal mijn schouders op en bezwijk bijna onder de druk van mijn ethische bagage. 'Wat kan mij dat nou schelen.'

Hij besluit zijn troef te spelen. 'Je zou me morele ondersteuning geven.'

Hij had geen interessanter argument kunnen aandragen. Ik kan het niet weerstaan.

'En waar heb jij eigenlijk morele ondersteuning voor nodig?'

Hij geeft geen antwoord maar schuift ongemakkelijk heen en weer in zijn stoel.

Ik trek mijn wenkbrauwen net zo lang op tot hij toegeeft.

'Ik sleep je niet mee als mijn seksslaaf. Ik zal je met geen vinger aanraken, maar ik kan gewoon niet zonder date komen aanzetten. En dat ben jij. Je staat bij me in het krijt, weet je nog? Ik heb je helpen kotsen.'

Hij staart me zo grimmig aan dat ik een akelig voorgevoel krijg. 'Morele ondersteuning? Wordt het zo erg?'

Zijn mobiel gaat en hij lijkt verscheurd tussen mij en het schermpje.

'Het draait allemaal om timing. Ik moet even opnemen.'

Hij loopt de gang op en ik begin uit te zoeken hoe we moeten rijden, want helaas is het waar. Ik heb het beloofd.

Ooit, een piepkleine eeuwigheid geleden, kon ik net als iedereen op de bank gaan liggen. Ik kon tv-kijken, een beetje snaaien en mijn nagels lakken. Ik kon Val bellen en dan gingen we outfits uitproberen. Maar nu ik een junk ben, grijp ik me met afbrokkelende nagels vast aan mijn kussens om te voorkomen dat ik opsta, mijn schoenen aantrek en naar Josh' huis ren. Het kost zoveel moeite dat het fysiek pijn doet. Ik zet mijn laptop op mijn borst om mezelf aan de grond te houden en klik lamlendig door nieuwssites, mijn sollicitatiepresentatie, smurfenveilingen en mijn favoriete online winkel voor retrokneuzen.

Er verschijnt een pop-up: mijn ouders hebben ingelogd op Skype. Ik bel ze zo snel dat het bijna gênant is. Mijn moeder verschijnt op het scherm, te dichtbij en met een frons op haar gezicht.

'Stom ding,' moppert ze, maar dan klaart ze op. 'Smurfin! Hoe is het met je?'

'Prima en met jullie?' Voor ze antwoord geeft, vult het scherm zich met de gulp van haar spijkerbroek. Ze blijft een volle minuut lang om mijn vader roepen. 'Nigel! Nigel!' De klank en het ritme van haar stem zijn zo vertrouwd dat ik verschrompel van heimwee. Uiteindelijk geeft ze het op.

'Hij is vast nog op het veld,' zegt ze terwijl ze weer gaat zitten. 'Hij kuiert zo wel naar binnen.'

We kijken elkaar lang aan. Ik heb haar zo zelden voor me alleen, zonder dat de orkaankracht van mijn vaders persoonlijkheid het gesprek stuurt, dat ik nauwelijks weet waar ik moet beginnen. Het lukt me niet om iets te zeggen over het weer, of hoe druk ik het heb gehad. Terwijl ik zorgvuldig mijn woorden probeer te kiezen knijpt ze haar sluwe blauwe ogen tot spleetjes, en ik besef dat ik beter de vraag kan stellen die me de afgelopen weken zo dwars heeft gezeten, misschien al wel mijn hele leven. Het is iets wat ik haar jaren geleden al had moeten vragen.

'Voordat ik geboren was, toen je pap leerde kennen… Hoe kon je toen je droom opgeven?'

De vraag blijft hangen in de dode statische lucht tussen ons in. Het duurt lang voor ze antwoord geeft en ik krijg het gevoel dat ik die vraag misschien beter voor me had kunnen houden. Als ze me weer aankijkt, is haar blik zelfverzekerd en resoluut.

'Vraag je me eigenlijk of ik spijt heb van mijn keuze? Nee.' Ze leunt achterover in haar stoel, ik ga fatsoenlijk rechtop zitten op de bank, en plotseling is het of er geen scherm meer tussen ons in staat. Geen rand om haar gezicht of het mijne en geen eigenaardig opdringerig previewschermpje dat ons afleidt met ons eigen hoofd. Ik heb het gevoel dat ik haar hand zou kunnen pakken. Zo dicht zijn we elkaar niet meer genaderd sinds ik haar voor het laatst heb gezien, toen ik haar omhelsde op het vliegveld en haar geur van shampoo en zonlicht inademde. Ik wacht af terwijl ze nadenkt, en de klok tikt verder tot het moment dat mijn vader binnen zal komen en ons zal onderbreken.

'Hoe zou ik er ook maar een seconde spijt van kunnen hebben? Ik heb je vader en ik heb jou.' Dat is haar antwoord, en ze glimlacht zoals ik wist dat ze zou doen. Hoe zou ze iets anders kunnen zeggen?

'Maar vraag je je nooit af waar je nu zou zijn als je voor je carrière had gekozen in plaats van voor hem?'

Opnieuw geeft ze niet direct antwoord. 'Gaat dit over de sollicitatie? Maak je je druk over wat er zal gebeuren als je je grote kans mist?'

'Zoiets. En het begint me ook te dagen dat ik andere... kansen zou kunnen mislopen als ik die baan wel krijg.'

'Ik denk niet dat je je droom waar dan ook voor moet opgeven. Je wilt dit, dat kan ik aan alles merken. Ik hoor het aan je stem. De tijden zijn veranderd, liefje. Je hoeft helemaal niets meer op te geven en je hoeft niet te kiezen zoals ik. Je moet gewoon je uiterste best doen.'

Aan haar kant slaat ergens op de achtergrond een deur dicht en ze kijkt weg van het scherm. 'Daar is je vader.'

Ik begin een beetje in paniek te raken. Ik kan haar niet vertellen over de verandering in mijn relatie met Josh, over onze wedstrijd en de dingen die ik hoe dan ook kwijt zal raken als dit voorbij is. Er is geen tijd. Er is alleen nog tijd voor dit.

'Stel dat ik me in jouw positie zou bevinden en ik liep door een boomgaard. Wat zou jij me aanraden, als ik zou overwegen om op een of andere manier van mijn pad af te wijken?'

Ze kijkt weer weg van het scherm en ik hoor zware schoenen de trap van het kantoor op stampen. Haar antwoord overtuigt me ervan dat ze het zaadje van 'wat als' altijd in haar hart heeft meegedragen. 'Wat ik jou zou aanraden? Ik zou zeggen dat je verder moet lopen. Ik wil dingen voor jou. Hou je blik op de prijs, en wat je ook doet, blijf gewoon doorlopen.'

'Wat is hier aan de hand?' Pap duikt op, kust mams kruin en ziet mij op het scherm. 'Je had me moeten komen halen. Hoe is het met mijn meisje? Klaar om Jimmy in het stof te laten happen bij het sollicitatiegesprek? Stel je zijn gezicht eens voor als jij die baan krijgt. Ik zie het zo voor me.' Hij ploft neer in de stoel naast mam en staart stralend naar het plafond, genietend van mijn fictieve overwinning en zijn eigen grappigheid.

Ik zie het op het kleine previewschermpje; mijn gezicht betrekt. Je zou het vanuit de ruimte kunnen zien en mam merkt het zeker. 'O. Nu snap ik het. Lucy, waarom heb je dat niet gezegd?'

Pap dendert door zonder op antwoord te wachten. Volgend onderwerp. 'Wanneer kom je naar huis?'

Ik geef toe dat ik expres een pauze inlas om het effect groter te maken. 'Het komende lange weekend.' Dat is het antwoord dat ik al tijden dolgraag wilde geven, en als ik mijn vaders gezicht zie openbreken in een grote grijns ben ik blij dat ik het heb gezegd. Mam blijft me strak aanstaren.

'Gewoon door blijven lopen, tenzij er boven in een boom iets zit wat net zo bijzonder is als dit.'

'Mens, waar heb je het over? Hoor je niet wat ze zegt? Ze komt naar huis!' Paps zitting kraakt mee in het ritme van zijn stationaire stoeldansje.

Net zoals mam ooit, sta ik nu voor de poort van een angstaanjagende, extreem betekenisvolle boomgaard, en het is van levensbelang dat ik me focus op de uitgang aan de andere kant en dat ik daarbij geen moment omhoogkijk.

Het is vrijdag. Het zou vandaag afschuwelijke mosterdkleurige overhemddag moeten zijn, maar dat is niet zo. Mijn ingepakte koffer ligt in de kofferbak van mijn auto, en ik heb me de afgelopen twee dagen zo druk gemaakt over dit weekend dat ik geen vast voedsel heb kunnen verdragen. Ik heb uitsluitend op smoothies en thee geleefd en twee uur per nacht geslapen.

Het is een opluchting dat het zover is. Hoe eerder we hier weg zijn, hoe eerder we het achter de rug hebben. In mijn hoofd heb ik alle mogelijke scenario's doorgenomen, ieder moment dat ik wakker was en in mijn dromen. De enige zekerheid die ik heb, is dat het hoe dan ook binnenkort voorbij zal zijn.

Josh is al meer dan een uur in meneer Bexleys kantoor. Er was sprake van stemverheffing, meneer Bexley heeft zelfs geschreeuwd en daarna bleef het stil. Ik ben er niet bepaald kalmer van geworden.

Helene is eerder al naar binnen geweest om tussenbeide te komen. En, nog ijzingwekkender, Jeanette sprintte drie kwartier geleden voorbij om zich in de schermutselingen te storten. Misschien bestaat Josh' strategie uit een enorme ontslagronde en is ze erbij gehaald voor advies.

Toen ze weer vertrok stond ze even stil bij mijn bureau. Ze keek me aan en begon te lachen. Haar lachje had iets hysterisch, alsof ze net een geweldige mop had gehoord.

'Succes,' zei ze. 'Je zult het nodig hebben. Hier kan personeelszaken niets meer aan doen.'

Ze zijn er vast achter gekomen. Iemand heeft mij en Josh samen gezien, en we zijn erbij. Danny heeft het aan iemand verteld. Het is bekend geworden. Dit is een scenario dat ik niet had voorzien. Ik buig voorover en druk mijn wang tegen mijn knie. *Adem in, adem uit.*

'Schat!' Helene loopt geschrokken naar mijn bureau. Ik probeer te gaan staan en zwaai heen en weer op mijn benen. Ze dwingt me om weer te gaan zitten en geeft me mijn flesje water.

'Gaat het wel?'

'Ik ga flauwvallen. Wat gebeurt er daarbinnen?'

'Ze hebben het over de sollicitatiegesprekken. Josh' plannen voor de toekomst komen niet helemaal overeen met die van Bexley.' Ze trekt er een stoel bij en gaat naast me zitten.

Nog even, dan gaat ze me ontslaan. Ik begin gierend naar adem te happen. 'Zit ik in de problemen? Is hij daarbinnen een soort voorbereidend gesprek aan het voeren? Waarom krijg ik dat niet? En wat doet personeelszaken hier? Ik blijf maar geschreeuw horen. En Jeanette zei iets engs. Dat ik succes nodig zal hebben. Zit ik in de problemen?' Ik eindig met dezelfde zielige vraag waarmee ik begon.

'Natuurlijk niet. Ze hebben slaande ruzie, schat. Ze zijn het zo vaak niet met elkaar eens. Ik vond het beter om Jeanette erbij te halen om ze eraan te herinneren dat er zoiets als professionele etiquette bestaat. Er is niets zo afschuwelijk als twee mannen die als honden naar elkaar staan te blaffen.'

Helene kijkt me op een vreemde manier aan. Ik moet er verschrikkelijk uitzien.

'Is alles...' Ik slik mijn woorden in, maar ze laat me er niet mee wegkomen.

'Is alles wat?'

'Is alles goed met hem? Gaat het goed met Josh?'

Ze knikt, maar ik weet dat het helemaal niet goed met hem gaat. De afgelopen twee dagen waren uitputtend. Josh was een en al ernstige beleefdheid, maar tegenwoordig kan ik de nuances van zijn blik beter lezen dan ooit. Hij is afgepeigerd. Verdrietig. Gestrest. Hij kan niet beslissen wat beter is; wel oogcontact of niet.

En ik begrijp hem. Echt waar.

Ik heb gemerkt dat ik niet naar hem moet kijken, maar naar mijn computerscherm, omdat de kans dat mijn maag een salto maakt dan kleiner is. Zolang ik het blauw van zijn ogen of de vorm van zijn mond niet zie, kan ik de vlinders uit mijn systeem houden. Die mond die ik steeds opnieuw heb gekust. Niemand kan me zoenen zoals hij, en dat bewijst maar weer hoe oneerlijk de wereld is.

De pijn over zijn opmerking dat hij geen hulp nodig heeft om van me te winnen is wat afgezwakt, het is nu een blauwe plek waarop ik maar blijf drukken. Wat misselijk om dat te zeggen. Maar als de rollen omgedraaid waren geweest, en Helene was ons komen pesten, dan had ik misschien wel precies hetzelfde gezegd. Ik ben niet bepaald een onschuldig slachtoffer in onze privé-oorlog.

We zijn zo omdat we iemand hebben gevonden die even goed kan incasseren als uitdelen. En één ding weet ik heel zeker: ik ga uitdelen tijdens het sollicitatiegesprek. Zelfs in mijn slaap weet ik nog welk antwoord ik zal geven op elke vraag die ze me kunnen stellen. Hij zal wel degelijk hulp nodig hebben om me te verslaan.

Helene observeert me met een zachte, meelevende blik. 'Het is lief dat je bezorgd om hem bent, schat, maar Josh is een grote jongen. Ik zou me eerder zorgen maken om Bexley. Ik weet wel op wie ik mijn geld zou zetten.'

'Maar waarom is meneer Bexley –'

'Daar kan ik niets over zeggen. Dat is iets vertrouwelijks tussen hen. Laten we het over jóúw sollicitatie hebben. Hoe ging het gesprek met Danny?'

'Goed. Hij gaat een e-book voor me maken van Bloedzomer, die oude thriller. Dat is mijn vaders favoriete boek. Hij doet het dit weekend, voor een vriendenprijsje.'

'Nou, dat is aardig van hem. Misschien houdt hij er nog wel een adviesklus aan over als je presentatie indruk maakt op de commissie. Hoe gaat het met je vader? Wanneer ga je naar huis, schat? Je ouders zullen je wel missen.'

'Het komende lange weekend. Ik moet er echt weer eens heen. Nu we het er toch over hebben: ik wil een week vrij nemen.' In de stilte die volgt, realiseer ik me dat ik mijn gebruikelijke vragende achtervoegsel 'als jij het goed vindt' niet aan mijn zin heb vastgeplakt. Mijn oude ik zit ongelovig met haar hoofd te schudden.

Ik kijk mijn lieve, gulle vriendin aan, en zoals ik al wel wist, knikt ze. 'Dat is prima. Ga er maar even tussenuit voordat je aan je nieuwe baan begint.' Haar vertrouwen in mij heeft nooit gewankeld.

Ondanks mijn pas verworven assertiviteit raak ik het gevoel dat er iets ergs aan de hand is maar niet kwijt. Meneer Bexleys deur blijft dicht.

'Ga naar huis, lieverd. Niemand zou op vrijdagmiddag om deze tijd nog mogen bellen, dat zou strafbaar moeten zijn. Wat zijn je plannen voor dit weekend?'

Ik heb het eigenaardige gevoel dat ze me aan het testen is.

Ik kan slecht liegen, behalve tegen Josh. 'Ik denk dat ik een uitstapje ga maken met een… vriend. Of eigenlijk niet echt een vriend. Ik kan maar niet besluiten of ik het wel moet doen.'

'Vriend' lijkt wel een woord uit een andere taal dat ik raar heb uitgesproken. 'Frind.'

Ze heeft mijn aarzeling opgemerkt en glimlacht. 'Je moet gewoon gaan. Ik hoop dat je het geweldig hebt met je vriend. Je hebt er een nodig. Ik snap best dat je eenzaam bent sinds je Valerie bent kwijtgeraakt.'

Onverwachts pakt ze mijn schouders vast en ze kust me op beide wangen. 'Ik zie je hersens werken. Dit weekend moet je het allemaal even van je af zetten, dat vind ik echt. Vergeet de sollicitatie. Op een dag is dat niet meer dan een vage herinnering.'

'Hopelijk een goede herinnering. Een herinnering aan een overwinning.'

'Dat is verder aan de personeelsgoden. Ik weet dat je gedaan hebt wat je kunt.'

Dat is waar, dat moet ik toegeven. 'Als dat e-book niet de mist in gaat, dan ben ik er nu al klaar voor.'

'Ik ben je baas, en ik beveel je om eens gek te doen dit weekend. Je bent de afgelopen dagen aan het wegkwijnen. Moet je je ogen zien, helemaal rood. Je ziet er al net zo beroerd uit als Josh. We hebben jullie allebei tot de rand van een zenuwinzinking gedreven door met die promotie te komen.' Ze perst spijtig haar lippen op elkaar.

'Soms wou ik dat dit nooit gebeurd was,' zeg ik. 'Alles. De fusie. Dit kantoor. Die nieuwe baan. Dit is alweer het einde van iets, en daar ben ik nog niet klaar voor.'

'Het spijt me.' Ze klopt op mijn hand. 'Het spijt me ontzettend.'

'Ik heb mijn administratie bijgewerkt, voor het geval ik moet vertrekken. Ik heb mijn cv naar vijf of zes recruitmentbureaus gemaild. De laatjes van mijn bureau zijn leeg. Ik ben min of meer ingepakt. Voor het geval dat.'

Helene kijkt naar Josh' bureau dat er zelfs nog hygiënischer bij ligt dan anders. Hij heeft hetzelfde gedaan als ik. Je zou een operatie kunnen uitvoeren op die tafel.

'Ik wil je niet kwijt. We zouden wel iets voor je vinden in een ander team. Een plek waar je je lekker zou voelen. Ik wil niet dat je het hele weekend gaat zitten sippen omdat je denkt dat je geen opties hebt.'

'Maar dan zou ik in de lift de hele tijd tegen de nieuwe adjunct-directeur op botsen. Wat een vernedering.'

Ik kan het me nu al helemaal voorstellen. Mijn hele lichaam zou warm worden en de kleine haartjes op mijn huid zouden overeind komen. Hij zou met een koele, professionele blik op me neerkijken. Ik zou hem beleefd groeten en me herinneren dat hij me ooit tegen de wand van de lift drukte en daarmee het spel totaal veranderde. En dan zou ik mijn verdieping bereiken, en hij zou zijn reis naar de top vervolgen.

Het is beter om helemaal weg te gaan dan om naar hem te moeten kijken aan de vergadertafel en af en toe een glimp van hem op te vangen in de parkeerkelder. Hij zal een andere vrouw vinden om te folteren en te fascineren. Op een dag zal ik misschien een gouden ring aan zijn vinger ontdekken.

'Waarom zou ik mezelf dat aandoen?'

Ik denk dat ik er een behoorlijk grimmig gezicht bij trek, want Helene doet een poging om me op te vrolijken.

'Doe eens gek, dit weekend. Geloof me, het komt allemaal wel goed.'

'Ik zal de telefoons doorschakelen naar mijn mobiel en ik laat het je weten als er iets dringends gebeurt.'

Ik moet naar beneden, naar mijn auto. Ik wil mijn kofferbak opendoen, naar mijn ingepakte spullen kijken en besluiten dat ik de grote vraag nog even wil blijven ontwijken. De 'Wat voel ik voor Josh'-vraag. De autosleutels in mijn tas vangen het licht. Ik kan gewoon in de auto stappen en wegrijden.

Ik klop op mijn zakken en ontdek dat ik een enorm probleem heb: mijn mobiel is verdwenen. Ik kijk onder mijn bureau, in mijn tas, in alle mappen en tussen mijn papieren. Ik kan me niet eens meer herinneren wanneer ik hem voor het laatst heb gezien.

Ik vind hem terug op de wastafel in de dametoiletten. Als ik weer bij mijn bureau ben, komt Josh net uit zijn bespreking met meneer Bexley. Er zit geen haar verkeerd.

Hoofdstuk 19

'Waar ging dat allemaal over?' Ik sla mijn armen om de rugleuning van mijn stoel.

'Verschil van inzicht op professioneel gebied.' Hij haalt zorgeloos een schouder op en vestigt daarmee de aandacht weer op zijn overhemd; het is bleekgroen en ik heb het nooit eerder gezien. Ik probeer de hele dag al te besluiten of het een voorbode van onheil is, of gewoon een mooi overhemd.

'Wat moet dat met die groene bloes?'

'Groen leek me toepasselijk, na de scène die ik in de Starbucks heb getrapt.'

Meneer Bexley steekt zijn hoofd uit zijn kantoor en kijkt ons allebei hoofdschuddend aan. 'Regelrecht naar de ratsmodee. Ik voorspel het je, regelrecht naar de ratsmodee.'

Een heks uit een toneelstuk van Shakespeare had het hem niet kunnen verbeteren.

Josh lacht. 'Richard, alsjeblieft.'

'Hou je mond, Bexley,' hoor ik Helene zwakjes roepen.

Meneer Bexley snuift en slaat de deur van zijn kantoor dicht. Josh pakt het doosje pepermuntjes van zijn bureau en stopt het in zijn zak. Hij zet zijn telefoon op voicemail en schuift zijn stoel aan. Zijn bureau biedt precies dezelfde aanblik als op de eerste dag dat ik hem zag. Steriel. Onpersoonlijk. Hij loopt naar het raam en kijkt naar buiten.

We zijn weer terug bij dat eerste moment. Ik sta bij mijn bureau, terwijl de zenuwen me van binnenuit aan stukken scheuren. Bij het raam staat een enorme man met glanzend donker haar, zijn handen in zijn zakken. Terwijl hij zich omdraait hoop ik maar dat hij er minder fantastisch uitziet dan ik vermoed. Het licht vangt zijn kaak, en ik weet eigenlijk al genoeg.

En als hij me met die ogen aankijkt weet ik het zeker.

Hij neemt me op van mijn kruin tot aan de punten van mijn schoenen. Zeg het, denk ik wanhopig. *Je bent mooi. Alsjeblieft, laten we vrienden zijn.*

'Vertel me wat er verdomme aan de hand is.'

'Ik heb geheimhoudingsplicht.'

Wat een slimme strategie, hij heeft het enige argument gebruikt waarvan hij weet dat ik er niets tegen in kan brengen.

'Zeg op, dat was toch geen informeel gesprek waarin ze je de baan hebben aangeboden?'

'Nee.'

Ik ga fluisterend verder: 'Weten ze het van… ons?'

'Nee.'

Mijn twee grote angsten lijken ongegrond.

'Dus… hoe komen we hier weg? Moet ik nog steeds mee?'

'Ja. Dat ding daar…' hij wijst terwijl hij mijn jas van de kleerhanger haalt, '…is een lift. Die heb je al eerder gebruikt, samen met mij zelfs. Ik neem het proces stap voor stap met je door.'

'Stel dat iemand ons ziet?'

'Daar kom je nú mee? Lucinda, je bent onbetaalbaar.'

Ik geef een paar klappen op mijn toetsenbord om mijn computer af te sluiten, pak mijn handtas en trippel achter hem aan. Ik probeer mijn jas van zijn arm te trekken, maar hij schudt zijn hoofd en maakt een afkeurend geluid. De deuren van de lift gaan open en hij trekt me naar binnen, met zijn hand om mijn middel.

Ik draai me om. Helene leunt tegen haar deurpost en staat erbij alsof ze het allemaal nogal amusant vindt. Dan gooit ze haar hoofd in haar nek en ze klapt met een verrukt lachje in haar handen. Josh zwaait naar haar terwijl de deur dichtschuift.

Met twee handen duw ik hem naar de andere kant van de lift. 'Blijf daar staan. Dit valt veel te veel op. Ze heeft ons gehoord. Ze zag ons. Je draagt mijn jas. Ze weet dat jij dat nooit zou doen.' Ik ben schor van schaamte.

'Alleen doe ik dat dus wél.' Zijn vinger draait rondjes boven de noodknop. Ik pak zijn hand in een stalen greep en hij doet zijn best om niet te lachen.

Als we in de kelder zijn sluip ik voor hem uit. 'De kust is veilig.'

Ik ga naar mijn auto en doe de kofferbak open. Mijn koffer ligt scheef op zijn kop, en dat vat ik op als een slecht voorteken. Ik wil in mijn auto springen, met piepende banden wegscheuren en hem kwijtraken in een dolle achtervolging. Ik heb het nog niet bedacht of hij grijpt mijn koffer en loopt ermee naar zijn auto. Ik pak mijn kledinghoes, sluit mijn auto af en bedenk iets.

'Als we mijn auto hier achterlaten dan weet Helene het. Ze zal hem zien.'

'Moeten we hem onder een stapel takken verstoppen in het bos?'

Wat een goed idee. Ik wrijf over mijn buik. 'Ik wil niet...'

'Je hoeft me echt niet te vertellen dat je dit niet wilt, ik zie het zo aan je gezicht. Ik wil ook niet, maar we gaan toch.'

Hij reageert een beetje kortaf. Mijn spullen zitten veilig in zijn kofferbak en mijn handtas staat op de passagiersstoel.

'Kan ik mijn auto even naar huis brengen?'

'Ja, dag. Dan probeer je te ontsnappen. Als iemand maandag vragen gaat stellen, zeg je dat hij weer stuk is gegaan. Dat is het perfecte alibi, want je auto is ruk.'

'Josh... Ik ben aan het flippen.' Ik moet mijn handen op de deur van zijn auto leggen om mezelf overeind te houden. Eerder vond ik al dat alles te snel ging, maar nu hebben we warpspeed bereikt. Hij trekt zijn das los en doet twee knoopjes open. Hij is prachtig, zelfs in deze afschuwelijke kelder.

'Ja, dat is wel duidelijk.' De rimpel in zijn voorhoofd wordt dieper. 'Ik ook. Je ziet eruit of je uitgeput bent.'

'Ik kon niet slapen. Waarom ben jij aan het flippen?'

Hij negeert me. 'Je kunt in de auto slapen.' Hij houdt de deur voor me open en probeert me naar binnen te vouwen, maar ik zet me schrap met mijn hakken.

'Het sollicitatiegesprek. De baan.'

'Ze kunnen verrekken. Dat gesprek komt vanzelf. Hoe het ook afloopt, we verzinnen wel iets.' Hij pakt mijn schouders vast.

'Zo makkelijk gaat dat niet. Ik ben bij de fusie iemand kwijtgeraakt die belangrijk voor me was: mijn vriendin Val. Ik kon mijn baan houden, zij is hem kwijtgeraakt en nu zijn we geen vrienden meer. Dit is maar een voorbeeld,' zeg ik er snel bij. Ik had Joshua Templeman bijna verteld dat hij belangrijk voor me is. Ik wekte de indruk dat we vrienden waren.

Hij knijpt zijn ogen halfdicht. 'Ze klinkt als een eikel.'

'Dat is de reden dat ik zo'n eenzame loser ben. Luister, morgen ga ik je familie ontmoeten. En geef toe: het is bijna zeker dat we elkaar binnenkort naakt zullen zien. Er ligt best wel wat druk op.'

Hij negeert me opnieuw. 'Dit is onze laatste kans om deze rotzooi op te ruimen.'

Ik aarzel nog steeds, koppig als een ezel.

'Dit weekend wordt moeilijk voor me,' zegt hij. 'Maar als jij erbij bent, is het misschien wat minder erg.'

Misschien komt het doordat die kleine bekentenis me zo verrast, maar mijn knieën worden slap genoeg om in de auto te kruipen en de regie tijdelijk over te dragen aan de daarvoor minst geschikte persoon aller tijden. Nooit gedacht dat ik dat ooit zou doen.

Ik voel me zwak en verslagen. Zelfs toen ik mijn koffer inpakte en een jurk kocht, was ik ervan overtuigd dat ik op het laatste moment een manier zou vinden om te ontsnappen of eronderuit te komen. Alleen in mijn ergste gefantaseerde rampscenario's reed ik in zijn auto de ondergrondse parkeergarage uit.

De zon begint al onder te gaan als we de drukke avondspits in rijden. Het lijkt alsof de hele stad op hetzelfde idee is gekomen: het is hoog tijd om te ontsnappen naar de frisse, lieflijke heuvels.

Ik kan de ongemakkelijke stilte niet meer verdragen. 'Hoe lang is het eigenlijk rijden?'

'Vier uur.'

'Google Maps zegt vijf,' flap ik er zonder na te denken uit.

'Ja, als je rijdt als een oude oma. Blij dat ik niet de enige ben die thuis een beetje heeft zitten cyber-stalken.'

Hij zucht als een auto ons afsnijdt en trapt op de rem. 'Lul.'

'Hoe gaan we die vier uur doorkomen?' Ik weet wel wat ik wil doen, lekker in deze warme leren stoel blijven liggen en naar hem staren. Ik wil me naar hem toe buigen en mijn gezicht tegen zijn stevige schouder drukken. Ik wil ademen, dit allemaal in mijn geheugen griffen, voor als ik het op een dag nodig heb.

'Dat is ons al zo vaak gelukt.'

'En waar logeren we eigenlijk? Zeg alsjeblieft niet dat we bij je ouders slapen.'

'We slapen bij mijn ouders.'

'O, fuck. Waarom? Waarom?' Ik schiet overeind in mijn stoel.

'Grapje. De receptie is in een hotel. Patrick heeft een heleboel kamers geboekt. Als we inchecken zeggen we dat we bij de trouwerij horen.'

'Is het een gribus?'

'Sorry, nee, in de verste verte niet. Ik zal zorgen dat je je eigen kamer krijgt.'

Hij lijkt zijn belofte om me met geen vinger aan te raken dodelijk serieus te nemen. Dat is een emmer koud water op het brandende vuurtje in mijn hart. Ik blijf zitten met de verkoolde resten, en weet niet eens of ik wel opgelucht ben.

'Waarom slaap jij dan niet bij je ouders?'

Hij schudt zijn hoofd. 'Wil ik niet.' Zijn mondhoeken zakken treurig naar beneden en ik geef hem spontaan een klopje op zijn knie.

'Ik geef je wel dekking, oké? Net als met paintball. Maar dit aanbod geldt alleen dit weekend.'

'Bedankt dat je me probeerde te beschermen. Je werd flink geraakt. Ik snap trouwens nog steeds niet waarom je dat deed.'

Hij knijpt zijn ogen dicht tegen de zon en ik vind een zonnebril in het handschoenenkastje. Ik adem erop en poets hem met mijn mouw.

'Je had mij aangewezen als laatste die voor de vlag moest gaan. Ik kon het best gemist worden.'

'Dat deed ik omdat je erbij stond alsof je ieder moment kon omvallen. Bedankt.' Hij pakt de bril aan.

'O. Ik dacht dat het gewoon weer zo'n trucje van je was. Dat niemand me dan zou dekken. Lucy Hutton, het menselijke schild.'

‘Ik heb je altijd beschermd.’ Hij kijkt in de spiegel en wisselt van baan.

Er flakkert een kaarsje op, in de buurt van mijn hart. ‘Je had mijn blauwe plekken eens moeten zien.’

‘Die heb ik gezien.’

‘O, ja. Toen je mijn snurkosaurus uittrok.’ Ik laat mijn wang tegen de stoel rusten en doe mijn ogen open. Naast zijn mondhoek zit een lachrimpeltje en we staan stil voor een stoplicht. ‘Je hebt geen idee hoe erg ik het vind dat je me in die pyjama hebt gezien. Ik heb hem een paar jaar geleden met kerst van mijn moeder gekregen.’

‘Je hoeft je er niet voor te schamen. Hij stond je geweldig.’

Ik lach en iets van de stress verdwijnt. De stad gaat over in de buitenwijken en terwijl de zon steeds verder zakt passeren we grote stukken groen. Ik ben nog nooit zo ver buiten de stad geweest. Ik moet hoognodig eens een beetje gaan leven, in plaats van steeds weer als een braaf schaap dezelfde route van en naar B&G af te leggen.

‘Je zei dat ik mee moest voor morele ondersteuning. Kun je me vertellen waarom? Ik heb het gevoel dat ik gewaarschuwd en bewapend moet komen opdagen.’

‘Ik heb…’ Hij zwijgt en zucht.

‘Bagage?’ probeer ik. ‘Over wie gaat dit?’

‘Vooral over mij. Ik heb een paar fouten gemaakt en niet genoeg mijn best gedaan voor iets belangrijks. En dat moet ik me nu laten inwrijven. Dat zal een beetje pijn doen.’

‘Medicijnen.’ Zonder na te denken reduceer ik het tot één woord. ‘Het spijt me. Dat was lomp.’

‘Je praat met een kampioen als het om lompheid gaat, weet je nog?’ Hij rolt met zijn schouders, hij kan niet wachten om een ander onderwerp aan te snijden.

Ik besluit genade te tonen. ‘Ik moet in het weekend eens gaan rondsnuffelen hier in de buurt. Misschien kan ik wat spullen kopen om mijn flat een beetje aan te kleden.’ Ik gluur opzij. *Vissen naar gezelschap om op antiekjacht te gaan? Echt, Lucy, doe normaal.*

‘Ik weet zeker dat je nieuwe beste vriend Danny dolgraag met je mee wil.’

Ik sla mijn armen over elkaar, en volgens het extreem nauwkeurige digitale klokje zeggen we daarna drieëntwintig minuten niets meer.

Ik ben de eerste die breekt onder de stilte. ‘Voor dit weekend voorbij is heb ik je hoofd gekraakt. Ik moet erachter komen wat er in dat duivelse brein van jou omgaat.’

‘Ga je gang.’

‘Ik meen het, Josh. Je verwoest mijn geestelijke gezondheid.’ Ik buig naar voren, zet mijn ellebogen op mijn knieën en wrijf over mijn gezicht.

‘Mijn duivelse brein overweegt op dit moment om iets te gaan eten.’

‘Dat van mij overweegt om jou te wurgen.’

‘Ik overweeg ook om van een brug te rijden, dan hoef ik niet naar de bruiloft.’ Hij kijkt me aan. Het lijkt maar half een grapje.

‘O, fijn. Let op de weg, anders komt je wens misschien wel uit.’ Als we even later over een brug rijden, hou ik wantrouwig toezicht op wat hij doet.

‘Ik denk aan… het benzineverbruik van mijn auto.’

‘Bedankt voor deze waardevolle inzichten in wat je bezighoudt.’

Hij werpt me een peinzende blik toe. ‘Ik denk aan dat ik je gekust heb, op de bank. Ik denk daar angstaanjagend vaak aan. Ik blijf maar denken aan hoe raar het zal zijn om niet meer iedere dag tegenover je te zitten.’

Het probleem met eerlijk zijn is dat het verslavend werkt. ‘Kom maar door met die gedachten.’

Hij glimlacht om mijn dwingende toon. ‘Dit heeft nog nooit iemand gedaan.’

‘Wat, je brein kraken? Ik pak er een hamer bij als het moet.’

‘De moeite genomen om me te leren kennen. En ik had nooit gedacht dat jij het zou doen.’

‘Wil je dat ik stop?’

Hij antwoordt zo zacht dat ik het bijna niet versta. ‘Nee.’

Ik draai mijn hoofd opzij en doe alsof ik van het uitzicht geniet. We parkeren bij een wegrestaurant en hij raakt mijn hand aan. Door zijn volgende opmerking begint mijn hart te knetteren van stompzinnige hoop, al weet ik heel goed dat hij een grapje maakt.

'Kom. Het is tijd voor een romantisch etentje.'

Tijdens mijn eerste nepdate met Joshua Templeman zijn alle tafels bezet, dus we zitten naast elkaar aan de bar. Ik hang op een barkruk. Hij heeft me geholpen om erop te klimmen, en mijn benen bungelen alsof ik vijf jaar oud ben. We bestellen en ik ben direct vergeten wat ik heb gekozen. Hij legt zijn kin in zijn hand en we spelen het Staarspel om de tijd te verdrijven.

Als hij niet zulke mooie handen had zou ik dit weekend misschien door kunnen komen. Of als hij niet zo lekker rook. Mijn ogen maken een wandelingetje. Iedereen hier ziet er flets uit in het tl-licht, ikzelf niet uitgezonderd, maar op de een of andere manier gloeit hij van vitaliteit. Ik merk op dat hij bijna onzichtbare sproeten heeft op zijn neus. Ik heb blijkbaar tijdens heel onze werkrelatie mijn haatbril op gehad, want ik moet toegeven dat ik zelden zo'n knappe man in het wild ben tegengekomen.

Alles aan hem is aangenaam. De kwaliteit en luxe druipen van hem af, alles is precies goed. Ieder onderdeel is met zorg geconstrueerd en perfect onderhouden. Ik kan niet geloven dat ik zoveel tijd heb verspild aan hem niet bewonderen.

'Je bent net een beeldschoon renpaard.' Ik zucht verward. Ik had echt beter mijn best moeten doen om vannacht wat slaap te krijgen.

Hij knippert met zijn ogen. 'Bedankt. Je bloedsuikerspiegel is veel te laag. Je bent helemaal wit weggetrokken.'

Waarschijnlijk klopt dat. Mijn maag maakt gorgelende geluiden. Een groepje lachende studenten loopt iets te dicht langs ons heen en hij legt zijn hand beschermend op mijn onderrug. Zoals iemand tijdens een echte date zou doen, om duidelijk te maken dat ik van hem ben. Hij bestelt een glas sinaasappelsap en dwingt me om het op te drinken. Een stukje verderop onderdrukt een trucker een boer die hij vervolgens langzaam en met een kreun laat ontsnappen. Op de achtergrond sissen de pannen, als ruis op de radio.

'De sfeer hier zou beter kunnen,' zegt Josh. 'Sorry. Waardeloze date.'

De serveerster kijkt hem voor de vijfde keer schuin aan en likt haar lippen. Ik raak zijn pols aan en blijf hem vasthouden. 'Niks mis mee.'

Het eten komt. Ik prop mijn tosti naar binnen en moet mezelf eraan herinneren om te kauwen. Hij heeft een soort gegrilde kipfilet besteld. De minuten daarna gaan voorbij in een roes van smaak en zout. Hij pikt een paar frietjes van mijn bord alsof dat doodnormaal is.

'Waar lunch jij eigenlijk? Dat heb ik me altijd afgevraagd.'

'Ik ga in de lunchpauze naar de sportschool. Ik ren zes kilometer, neem een douche en op de terugweg drink ik een grote proteïne-shake.'

'Zes kilometer? Train je voor de apocalyps of zoiets? Misschien moet ik dat ook maar gaan doen.'

'Ik heb te veel energie, anders word ik rusteloos.'

'Als je dat niet zou doen knapt er misschien iets in je, en dan vermoord je me. Jouw lichaam is waanzinnig. Dat weet je toch wel? Ik heb nauwelijks een paar centimeter huid gezien, maar het is wáánzinnig.'

Hij kijkt me aan alsof hij nog nooit zoiets belachelijks heeft gehoord. Een beetje ongemakkelijk neemt hij een slok van zijn drankje.

'Ik ben zoveel meer dan mijn waanzinnige lichaam.' Hij zegt het met een soort spottende waardigheid, en het klinkt zo nuffig dat we allebei in lachen uitbarsten.

Ik laat mijn hand over zijn armen glijden, van de schouder tot de pols. 'Weet ik. Je bent gewoon te veel voor een ukkie als ik.'

'Nee, niet waar. Ik wilde je vragen of je nog steeds boos bent over wat er laatst gebeurde. Wat ik tegen Bexley zei, dat ik geen hulp nodig had om van je te winnen.'

'Wat zeggen ze ook weer? Je kunt beter wraak nemen dan boos worden.' Ik duw mijn bord van me af en lik mijn vingers schoon. Ik eet als een boerderijdier. 'En het is trouwens niet waar. Je hebt wel degelijk hulp nodig om van mij te winnen. Ik ga ervoor vechten.'

Ik giet mijn tweede glas sinaasappelsap achterover, en daarna mijn water en dat van hem.

'Genoteerd.' Hij veegt zijn vingertoppen af met een servetje. 'Wauw, jij eet als een bouwvakker.'

'Voor dit weekend roep ik een staakt-het-vuren uit. Dit weekend zijn we gewoon onszelf.'

'Wie zouden we anders zijn?'

'Werknemers van B&G. Concurrenten. Stiekeme overtreders van de regels van personeelszaken. Aartsvijanden. Man, ik voel me opeens een stuk beter.'

Ik spring van mijn kruk en merk dat ik veel stabieler op mijn benen sta. 'Ik heb geen zin in verrassingen, Josh. Als ik op weg ben naar een of ander wespennest, dan wil ik het weten.'

Er trekt een schaduw over zijn gezicht. Hij trekt het bonnetje onder de rand van zijn bord uit en werpt me een vaag minachtende blik toe als ik mijn portemonnee wil opgraven.

'We zijn gewoon onszelf. Ik ben gewoon mezelf.' Hij legt een paar bankbiljetten neer. 'We gaan weer verder.'

Ik ga naar de wc. Als ik mijn handen was, kijk ik in de spiegel en ik maak een sprongetje van schrik. Ik heb weer kleur. Of eigenlijk, ik geef licht als een neonreclame. Felblauwe ogen, gloeiende roze wangen, mijn haar is blauw-zwart. Mijn lippen zijn rood als kersen, al is mijn lippenstift allang verdwenen.

Misschien heeft dat bord met vast voedsel me weer tot leven gewekt, maar ik durf te wedden dat ik er altijd zo uitzie als ik een tijdje van Josh' onverdeelde aandacht heb kunnen genieten.

'Hou... je... kop... erbij,' zeg ik streng tegen mezelf. De vrouw die de toiletten binnenkomt, kijkt me bevreemd aan. Ik droog mijn handen en ren naar buiten.

Hoofdstuk 20

De avondlucht is doortrokken van de geur van onweer.

Josh leunt tegen de auto en kijkt uit over de snelweg. De manier waarop hij zijn lichaam draait heeft iets gracieus. Als ik dit beeld een naam moest geven dan zou ik het *Smachten* noemen.

'Hé, is alles goed?'

Hij kijkt me aan op een manier die me recht in mijn hart raakt. Alsof hij zichzelf ervan moet overtuigen dat ik hier echt ben. Dat ik niet alleen in zijn hoofd besta.

'Ben je verdrietig?'

'Nog niet.' Hij sluit zijn ogen.

'Ik rij wel.' Ik steek mijn hand uit.

Hij schudt zijn hoofd. 'Je bent mijn gast, ik rij. Je bent moe.'

'O, nu ben ik opeens je gast?' Ik loop zo dreigend mogelijk op hem af en hij houdt zijn handen achter zijn rug. Ik glimlach en hij glimlacht terug. Het verbaast me dat de sterren boven ons hoofd niet exploderen tot zilverpoeder. De droevige blik waarop ik hem betrapte is weg, zijn ogen glinsteren nu geamuseerd.

'Mijn gijzelaar. Mijn gechanteerde, onwillige gevangene. Mijn Stockholmtaartje.'

'Sleutels.' Ik sla mijn armen om zijn middel en probeer ze uit zijn dichte vuist te wringen. Dan leun ik tegen hem aan en verstevig mijn greep.

'Laat los. Toe nou.' Ik wrik de sleutel los, en hij slaat zijn armen om mijn schouders. Zo blijven we nog even staan. Auto's rijden in een constante stroom voorbij.

'Ik wil dat je weet dat ik niets van je verwacht dit weekend,' zegt hij boven mijn hoofd.

Ik leun naar achteren en kijk naar hem op. 'Wat er ook gebeurt, ik ben er vrij zeker van dat we maandagochtend nog leven. Tenzij seks met jou dodelijk is, want in dat geval ben ik er geweest.'

'Maar...' protesteert hij hulpeloos.

Ik knijp nog harder en druk mijn wang tegen zijn borstbeen. 'Het gaat gebeuren, Josh. We moeten het gewoon uit ons systeem zien te krijgen. Ik geloof dat we daarnaartoe hebben gewerkt.'

'Je klinkt nogal berustend.'

'Het enige wat ik kan doen, is me vooraf verontschuldigen voor de dingen die ik met je ga uitvoeren.'

Hij lacht huiverend en duwt me weg.

'Luister, het is maar een weekend.' Ik hou mijn toon luchtig. Ik denk dat het me gelukt is om ons allebei te overtuigen.

Ik moet mijn stoel bijna een kilometer naar voren schuiven, en dat vereist nogal wat geschok met mijn bekken. Hij schuift de passagiersstoel zonder commentaar naar achteren en ziet me worstelen. Ik klik mijn gordel vast en draai de spiegel in de kabouterstand.

'Wil je een telefoonboek om op te zitten? Hoe komt het dat je zo klein bent gebleven?'

'Gekrompen in de was.' Ik voeg in op de snelweg.

'We zijn al over de helft.' Zijn knie wipt op en neer.

'Probeer je een beetje te ontspannen.' Dit is voor het eerst dat ik merk dat hij nerveus is. Hij draait zich half om en blijft naar me staren. Doen we eigenlijk wel eens iets anders?

'Waarom doen we dat? Zo naar elkaar staren?'

'Ik weet waarom ik het doe. Maar jij mag het eerst zeggen.'

Hij denkt dat ik hem zal dwingen zijn kaarten op tafel te leggen, maar dat doe ik niet. 'Ik probeer er altijd achter te komen wat je denkt.' Ik glimlach triomfantelijk alsof ik wil zeggen: 'Zie je wel, ik kan best eerlijk zijn. Soort van.'

'Ik staar omdat ik het fijn vind. Je bent interessant om naar te kijken.'

'Bah. Interessant. Slechtste compliment ooit. Mijn arme, verschrompelde ego.'

Onmiddellijk geef ik mezelf een mentaal tikje. Vissen naar complimentjes is een doodzonde. 'Laat maar, ik maakte maar een grapje. Hé, zie je die oude boerderij daar? Daar wil ik wonen.'

'Het zit hem vooral in je ogen.' Zijn woorden blijven hangen in de ruimte tussen onze schouders. Een fijne mist van regendruppeltjes daalt neer op de voorruit. Ik pak het stuur wat steviger vast.

'Die waanzinnige ogen van je. Ik heb nooit eerder zulke ogen gezien.'

'Gossie, bedankt. Waanzinnig.' Ik merk dat ik toch zit te glimlachen. 'Maar ik ben bang dat het klopt.'

'Je zei dat mijn lichaam waanzinnig was. Ik bedoel het op dezelfde manier. Het helpt dat je nu niet naar me kunt kijken. Daardoor kan ik het zeggen.'

Het is harder gaan regenen. Ik zet de ruitenwissers op de middelste stand en probeer me te concentreren op de auto voor ons. Hij zet de radio uit, hoewel ik niet weet waarom, maar het komt over als een dreigement. Alsof er een deur op slot gaat en ik niet meer weg kan.

'De allermooiste ogen die ik ooit heb gezien.' Hij benadrukt het alsof hij wil dat ik begrijp hoe belangrijk dat is.

Gelukkig is het zo donker dat hij me niet ziet blozen. 'Bedankt.'

Hij zucht diep en als hij weer verdergaat is het alsof hij met fluweel langs mijn gevoelige oorschelp strijkt. Ik kijk opzij maar hij maakt een bestraffend geluid.

'Maar die kleine rode cupidomond van je...' Hij gaat niet verder en maakt een geluid dat tussen een kreun en een zucht in zit. Ik heb kippenvel op mijn armen en bijt op mijn lip om te voorkomen dat ik iets terugzeg. Hoe stiller ik ben, hoe meer hij misschien loslaat.

'Je droeg een keer een witte blouse en ik kon je bh zien. Die was van gekleurd kant, roze of zachtpaars of zoiets. De omtrek was heel vaag zichtbaar. Dat was op een van die dagen dat we slaande ruzie kregen, en je vroeger weg bent gegaan omdat je zo kwaad was.'

'Dat gebeurt zo vaak. Je zult iets preciezer moeten zijn.' Ik wou dat hij me niet aan dat soort momenten zou herinneren.

'Ik heb 's nachts in bed zo vaak aan die gekleurde kanten bh onder die witte blouse liggen denken. Het is gewoon gênant,' biecht hij op. Hij verschuift in zijn stoel.

Zijn stem dringt als rook mijn oor binnen. 'En die droom waar je me over vertelde? Je droeg alleen een laken, en een onbekende man drukte zich tegen je aan.'

'O, ja. Die stomme droom van mij.'

'Ik dacht dat je misschien bedoelde dat ik het was, in je droom.'

'Dat was allemaal gelogen,' flap ik eruit.

'Oké,' zegt hij na een lange stilte. 'Goed gedaan. Je hebt me er aardig mee beziggehouden.'

Hij was zo goed op dreef en ik heb het kapotgemaakt. Ik heb onmiddellijk spijt. Hij gaat wat rechter op zijn stoel zitten.

'Eerlijk gezegd had ik de meest pornografische droom van mijn hele leven. Maar het ging anders dan ik je heb verteld.'

Hij zakt weer onderuit in de stoel. Ik weet dat hij zijn gezicht heeft weggedraaid en ik kan me voorstellen hoe opgelaten hij zich voelt. Als hij mij een droom had verteld en ik had aangenomen dat die over mij ging, dan zou ik me ook belachelijk voelen als ik zijn leugen had geloofd.

'Die droom ging echt wel over jou, Josh.'

Nu is het mijn beurt om te praten alsof hij er niet bij is. Mijn stem klinkt schor. Het gaat steeds harder regenen, en als ik een grote bocht neem, reflecteert het licht van de koplampen in de ogen van een dier langs de kant van de weg.

'Ik dacht aan jou toen ik naar bed ging, en ik wilde je treiteren door dat korte zwarte jurkje te dragen. Ik wilde dat je naar me zou kijken en… dat je me zou opmerken. Eigenlijk weet ik nog steeds niet precies waarom ik die jurk aan wilde. En die nacht dook je op in mijn droom. Je drukte me tegen het bed en ik raakte verstrikt in de lakens.'

Hij ademt gejaagd uit. Ik moet dit kwijt.

'Het kwam door iets wat je die dag tegen me had gezegd. Je zei: "Ik ga je zo fucking hard afbeulen." Daar zou iedere vrouw een erotische droom van krijgen. Zelfs als ze je wel kan schieten.'

Stilte. Ik zet door.

' "Ik ga je zo fucking hard afbeulen." Dat zei je tegen me in mijn droom. En je glimlachte naar me en toen ik wakker werd kwam ik bijna klaar.'

'Je meent het,' weet hij uit te brengen.

'Ik kwam bijna klaar bij de gedachte dat jij me tegen het bed drukte en naar me glimlachte.'

Vanuit mijn ooghoek zie ik dat hij zijn handen tot vuisten heeft gebald op zijn knieën.

'Is dat alles wat ervoor nodig is? Want dat kunnen we regelen.'

'Ik was totaal in shock en deed hartstikke raar de volgende dag. Moeten we hier van de snelweg af?'

Als we de afrit naderen, maakt hij een geluid dat klinkt als een verstikte ja. Ik geef richting aan en sla af. Hij verschuift weer in zijn stoel. Ik werp een steelse blik op zijn kruis. Een behulpzame lantaarnpaal geeft me prachtig zicht op een scherpe, lange hoek.

'Waarom heb je dan gelogen over die droom?'

'Ik wilde er helemaal niks over zeggen, maar je ging maar door. En dat kon ik toch niet opbiechten? Ik schaamde me dood, je zou me ermee gepest hebben. En dus heb ik gelogen.'

'Dat piepkleine jurkje...' Hij mompelt iets in zichzelf.

We zitten allebei op dezelfde manier te kronkelen in onze stoel. Hij werpt een schuine blik op mijn schoot, en we begrijpen elkaar precies.

De hoofdstraat van Port Worth is breed en omrand met heuveltjes vol petunia's en geraniums, die rood opgloeien in de koplampen en onder de koperen straatlantaarns. Overdag is het hier ongetwijfeld prachtig.

'Dat was op dezelfde dag dat ik dacht dat je loog over je date. Daar naar links en dan de weg zo ver mogelijk volgen.'

Hij kan er vast om lachen. Het is eigenlijk best grappig als je erover nadenkt. 'Ja, daar loog ik inderdaad over.'

Er valt een stilte, en deze keer zit ik tot over mijn oren in de problemen.

'Verdomme, Lucinda, waar slaat dat op? Waarom heb je dat gedaan?' Hij is razend.

'Omdat je daar maar achter je bureau zat en me aankeek alsof ik een loser was.'

'Godverdomme. Is mijn gezicht dan zo moeilijk te lezen?'

Als ik niks zeg, schudt hij zijn hoofd. 'Dus eigenlijk is het allemaal mijn eigen schuld? Dat Danny als een hondje om je heen loopt te snuffelen?'

'Ja, het was een leugen, maar je hield maar niet op. Je zei dat je naar dezelfde bar zou gaan. Hoe kon ik daar in mijn eentje gaan zitten? Ik moest wel iemand gaan zoeken. En Danny van de designafdeling was de enige van wie ik wist dat hij ja zou zeggen.'

'Je zou daar niet alleen hebben gezeten, want ik zou ook komen. Dan was je met mij geweest.'

Mijn mond valt open en hij steekt zijn hand op om te voorkomen dat ik iets zeg.

'Je denkt dat hij gewoon vrienden wil zijn, maar hij wil meer van je. Dat is overduidelijk. De volgende keer dat ik hem zie zal ik hem even een paar dingen uitleggen over jou en mij. Zodat hij weet waar hij aan toe is.'

'O, doe je dat? Ik denk dat je eerst maar eens een paar dingen aan mij moet uitleggen.'

'Hier moeten we zijn.'

Ik parkeer voor het Port Worth Grand Hotel. Het staat luxueus en goudkleurig te stralen, en het licht van onze koplampen valt op het perfect onderhouden gazon. Iemand van de parkeerservice geeft me een teken. Ik zet de motor uit en krijg het voor elkaar om op bibberige benen uit de auto te stappen en mijn tas te pakken.

Ik loop naar de kofferbak, maar een ander hoteltype, gekleed als een speelgoedsoldaat, is onze bagage al aan het uitladen. Josh staat er verveeld en geïrriteerd bij.

'Bedankt.' Ik geef de medewerkers een fooi. 'Heel erg bedankt.'

Josh loopt naar de balie, en de receptionist krimpt zichtbaar in elkaar als hij de blik in zijn ogen ziet. Ik draai een rondje om mijn as in de lobby. Alles is rood; verschillende tinten aardbei, robijn, bloed en wijn. Aan de muur hangt een enorm verbleekt tapijt met een middeleeuws tafereel. Een leeuw en een eenhoorn knielen neer voor een vrouw. Aan het uitbundig met kroonlijsten afgewerkte plafond hangt een kroonluchter, en een wenteltrap slingert zich in concentrische cirkels vier verdiepingen omhoog. Het is alsof je midden in een hart staat.

Aan de bar zit een man in pak. 'Niet mis, hè?' merkt hij op.

'Het is prachtig.' Ik heb mijn handen als een schoolmeisje voor mijn buik gevouwen. Ik kijk waar Josh is gebleven, maar ik zie hem niet.

'Als je hier aan de bar zit, is het zelfs nog mooier,' zegt het pak en hij wenkt dat ik naar hem toe moet komen.

'Leuk geprobeerd,' zegt Josh geïrriteerd. Hij komt naar me toe, slaat een arm om me heen en dirigeert me in de richting van de lift.

'Sorry, kerel,' roept de man lachend.

'Hoeveel sleutels heb je daar?'

Hij drukt op het liftknopje en houdt één kaart omhoog, alsof hij heeft gewonnen met pokeren. 'Er waren maar een paar kamers gereserveerd voor de bruiloft. Ik heb geprobeerd om een eigen kamer voor je te krijgen, maar het hele hotel is vol. Dit is Patricks idee van een goeie grap.'

Ik weet wanneer hij liegt, en dat is nu niet het geval. Hij is ongelooflijk opgefokt. Ik kijk over mijn schouder. De receptionist wordt getroost door zijn manager.

Als we onze kamer hebben gevonden, moet hij het pasje vier keer door de gleuf in de deurklink halen. Ik heb twee pogingen nodig om langs hem heen te komen als hij de deur openhoudt, maar als ik per ongeluk tegen hem aan bots is het of al mijn ronde damesdelen als een bal door een flipperkast schieten. Tiet, heup, kont.

Onze koffers worden afgeleverd. Josh geeft fooi. De deur gaat dicht en we zijn alleen.

Hoofdstuk 21

Hij legt het pasje langzaam en doelbewust op de ladenkast. Heel even ben ik bang. Hij komt als een enorme donkere massa op me af, een en al vibrerende atomen, en als hij zijn tenen tegen die van mij drukt, duurt het even voor ik weer scherp zie.

Het Staarspel is nog niet eerder gespeeld in een afgesloten hotelkamer.

Met een snelle beweging maakt hij de knoop van mijn jas los. Het verraderlijke kledingstuk valt open alsof het wil zeggen: 'Ga je gang, jongen!'

Hij laat zijn hand naar binnen glijden en slaat zijn blik neer als ik meegeef onder zijn hand. Hij legt zijn vingers tegen mijn onderrug en drukt zachtjes tegen mijn ruggengraat.

'We gaan ervoor.' Ik zou sonnetten moeten schrijven. Ik schuif mijn hand tussen zijn riem en trek hem mee in de richting van het bed. Hij laat me voorzichtig op de rand van het matras zakken en pakt mijn enkel vast. Ik voel dat hij beeft. Hij schuift mijn schoenen van mijn voeten en zet ze netjes naast het bed.

Het is eeuwen geleden dat ik de huid van een man tegen de mijne heb gevoeld. Zolang ik Josh ken, heb ik als een non geleefd. Waarschijnlijk is de verwarring van mijn blik af te lezen als ik dat opeens bedenk.

'Ik was net vooral boos op mezelf.' Hij knielt neer tussen mijn voeten, als een braaf jongetje dat zijn gebedjes voor het slapengaan gaat opzeggen.

Hij kijkt koppig naar me op. Ik zie alweer aankomen dat hij er na een zoen op mijn wang tussenuit knijpt, dus ik sla mijn been om zijn middel en trek hem tussen mijn dijen. Hij maakt een geluid dat klinkt als 'oef'. Ik pak zijn hoofd in mijn handen en kus hem.

Hij houdt meestal van zachte zoenen, maar vanavond wil ik het ruw. Ik duw zijn mond open op het moment dat onze lippen elkaar raken. Hij probeert me af te remmen, maar ik sta het niet toe. Ik bijt zachtjes tot hij zijn heupen tegen me aan drukt en met een harde bons tegen me aan komt liggen.

Eerder dacht ik al dat ik verslaafd aan hem was, maar dat was te zacht uitgedrukt. Ik wil een overdosis. Aan het eind van dit weekend hang ik waarschijnlijk ergens zonder benen rond in een steegje, niet meer bij machte om mijn eigen naam te zeggen. Maar lust is tenminste iets wat ik begrijp, iets waarmee ik kan omgaan, en eerlijk gezegd is het de enige uitlaatklep die we hebben. Met mijn benen en armen hou ik hem in een ijzeren greep. Tot mijn verrassing heb ik opeens het gevoel dat ik val, en als ik mijn ogen opendoe besef ik dat hij is opgestaan en me met zich meedraagt.

'Ga je me vannacht vermoorden?' vraagt hij tegen mijn mond.

Ik kus hem woest. 'Ik ga mijn best doen.'

Mijn vorige vriend, de laatste man met wie ik een eeuwigheid geleden seks heb gehad, was ongeveer één meter zeventig. Hij had me nooit kunnen optillen, dan had hij een tussenwervel verrekt in zijn kwetsbare jongensruggengraat.

Josh laat zich in de fraaie leunstoel zakken die ik vaag heb opgemerkt toen we binnenkwamen.

Voordat ik hem kende, moest ik altijd lachen om mannen die er een show van maakten om te laten zien hoe sterk ze waren, maar misschien wil ik stiekem toch wel gedragen en vertroeteld worden. Mijn rok is zo ver omhooggekropen dat mijn ondergoed te zien is, maar zijn blik dwaalt niet af naar beneden. Het woord 'gentleman' komt bij me op.

Hij steekt zijn hand op. Ooit zou ik zijn teruggedeinsd, maar nu druk ik me ertegenaan.

'Rustig aan.'

Ik schud ongelovig mijn hoofd, maar hij kijkt me recht aan. 'Alsjeblieft.'

De twijfel slaat toe. 'Wil je dit niet?'

Hij beweegt zijn heupen. Het zware, pijnlijk harde bewijs ligt tegen me aan. Hij wil me zo graag, dat zijn ogen weer die typische donkere seriemoordenaarskleur hebben. Ik druk mijn wenkbrauwen tegen die van hem. We ademen tegen elkaar aan, onze lippen raken elkaar nauwelijks.

Hij wil zijn mond tegen mijn huid drukken. Bijten. Eten. Verslinden. Hij wil me, met alles erop en eraan. Vochtige huid en koude lucht. Vingers die in me glippen. Ik kan zijn gefluisterde woorden nauwelijks verstaan boven mijn moeizame ademhaling uit. Gefrustreerde tranen en uitgelopen mascara maken een rorschachvlek op het kussen van de stoel.

Ik weet al wat ik van hem zal krijgen. Hij zal me verleiden, kwellen, en me met dreigende woorden waarschuwen als ik te dichtbij kom. Hij zal me in iedere door hem gewenste houding rollen, zijn bazige handen zullen pakken, wiegen, knijpen en strelen.

Maar ik weet ook dat hij me aan het lachen zal maken. Aan het zuchten. Hij zal me plagen, me berispen voor mijn theatrale gedoe, me laten glimlachen als ik hem wel kan wurgen. Als ik opstandig ben, krijg ik uitstel, als ik instem een kus. En dat is natuurlijk wat hij wil bereiken. Uitstel. Hij wil met me spelen tot aan mijn orgasme, uren na zijn eerste aanraking. Hij zal zorgen dat dit paasei dagenlang meegaat en stukje voor stukje smelt op zijn tong. En dat wil hij zo vaak doen dat we de tel kwijtraken en waarschijnlijk ondertussen ergens om het leven komen. Hij wil er zeker van zijn dat ik verslaafd aan hem ben. Ik weet heel goed wat ik in bed van hem zal krijgen. Hetzelfde als hij me altijd heeft gegeven.

Mijn hoofd raakt gevuld met allerlei pornografische beelden als hij mijn lippen likt. Zijn blik zakt af naar het transparante kant boven aan mijn kousen. Hij probeert iets te zeggen maar het lukt niet.

Met onhandige vingers pruts ik aan zijn overhemd, ik trek aan de knopen tot er een draadje knapt.

'Waarom komt je huid zo goed uit in alle kleuren? Zelfs in dat afgrijselijke mosterdgeel.' Ik druk mijn mond tegen zijn nek. 'Je bent prachtig, onmenselijk knap onder die felle kantoorlampen.'

'Groen, de kleur van de afgunst. Ik ben de laatste tijd een jaloerse psychopaat.'

'Mosterdgeel, de kleur van kolonels. Laten we het verbranden.'

'Oké, Taartje, jij mag mijn overhemd verbranden. In een olievat in een steegje.' Hij lacht en daarna begint hij te zingen tegen mijn keel, waardoor het nog moeilijker wordt om de knoopjes open te krijgen. Ik laat mijn handen naar binnen glijden.

'Je bent net een anatomieposter onder al die strak gestreken zakenkleren. Dat vermoedde ik altijd al. Clark Kent.'

'Rustig.' Hij haalt mijn handen uit zijn overhemd. Ik stribbel een beetje tegen, maar hij houdt me voorzichtig vast en trekt zijn hoofd naar me toe.

We zoenen weer; zacht als zijde, lichter dan ik had kunnen geloven nadat ik hem zo heb mishandeld met mijn ruwe pootjes. Hij duwt zijn duimen voorzichtig in mijn polsen en ik krom mijn rug, druk mijn borsten tegen hem aan terwijl we elkaar pijnlijk traag kussen. Mijn wilde ongeduld is iets getemperd. Misschien lukt het hem zelfs wel om me het idee van uitstel te verkopen.

'Ik denk dat je vroeger altijd veel te hard van stapel bent gelopen,' zegt hij alsof hij mijn gedachten leest. 'Waarom die haast?'

Gekust worden door Josh, met zijn zachte volle lippen, is een genot dat zich kan meten met seks. Hij heeft alleen aandacht voor mij en mijn reacties, hij leert wat ik fijn vind, hij geeft, maar houdt nog wat achter en praat met me zonder woorden. Op hetzelfde moment als hij doe ik mijn ogen een klein stukje open.

Mijn maag maakt een duikeling als hij glimlacht tegen mijn lippen.

'Hoe gaat het met jou?' fluistert hij, en ik hap de woorden zachtjes van zijn tong.

'Hoe zou je zeggen dat het met me gaat?'

Hij laat mijn polsen voorzichtig los. Als hij ervan overtuigd is dat ik het luie ritme zal vasthouden legt hij zijn handen op mijn billen en hij knijpt stevig.

'Je doet het geweldig. Godsamme, Luce.'

'Reken maar.' Het is opwindend om te weten dat ik nu wanneer ik maar wil mijn mond op hem mag drukken. Ik laat mijn blik over zijn lichaam glijden alsof ik een krijgsheer ben, en hij een net veroverd gebied. Hij huivert onder mijn onderzoekende blikken.

'Zullen we een bijzonder spelletje spelen?' vraag ik. Het heet Wie komt eerst.'

'Ook wel bekend onder de naam Gouden medaille, zilveren medaille.'

We lachen. Ik ben bezig met de knoopjes van zijn manchetten als zijn telefoon gaat. Hij negeert hem en bijt zachtjes in mijn onderlip.

'Zo mooi,' zegt hij. 'Gewoon zo mooi.'

De telefoon gaat maar door, en als hij eindelijk ophoudt, slaak ik een zucht van verlichting. En dan gaat hij opnieuw. Josh kijkt me aan. Gefrustreerd haal ik mijn schouders op en ik klim van zijn schoot.

'Ik zet hem wel uit.'

Hij graaft in zijn zak en ik inspecteer het resultaat van mijn inspanningen. Hij ligt half in de stoel, zijn benen zijn overal, zijn overhemd hangt los, zijn haar is een puinhoop en zijn donkere ogen staan verdwaasd.

'Je ziet eruit als een maagdelijke knaap die net is onteerd op de achterbank van de auto.'

Zijn ogen glanzen geamuseerd. 'Zo voel ik me ook.' Hij heeft eindelijk zijn telefoon te pakken en werpt er een terloopse blik op. Dan kijkt hij nog een keer. 'Het is mijn moeder. O, shit, ik was haar helemaal vergeten.'

Ik ga naar de badkamer om me te verstoppen, plotseling verlegen bij de gedachte om aan haar voorgesteld te worden. Ik weet niet goed wat ik moet doen, en luister met mijn oor tegen de deur naar zijn sussende toon. Ik was mijn handen, druk tegen mijn gezwollen lippen en staar mezelf aan in de spiegel. Ik zie eruit als een pornoversie van mezelf.

Door de deur heen zegt hij: 'Luce, het spijt me, maar ik moet een paar minuten naar beneden.'

Ik doe de deur open. 'Is alles in orde?'

'Mam is beneden. Ze heeft tafelstukken gemaakt van de rozen uit haar tuin, maar ze kan niemand vinden die haar wil helpen om ze naar binnen te dragen en ze begint overstuur te raken. Kansloze bende hier, ik moet naar beneden om iemand in elkaar te trimmen.' Hij knoopt zijn overhemd weer dicht.

'Natuurlijk. Toe maar. Ga maar een of andere minderjarige hotelmedewerker aan het huilen maken. Wil je dat ik kom helpen?'

'Nee, je bent moe. Zal ik iets voor je bestellen en naar de kamer laten brengen? Of kan ik koffie voor je meenemen?'

'Nee, hoeft niet. Ik neem even een douche als je weg bent. Als je terugkomt lig ik verleidelijk over het bed gedrapeerd in iets met kant.'

Hij kreunt en trekt zijn broek recht. Hij lijkt zo verscheurd dat ik bijna medelijden met hem krijg.

'Je kunt haar niet daar beneden in haar eentje laten ploeteren.'

'Ik weet niet hoelang het duurt, hopelijk ben ik binnen een paar minuten terug. Dus ontspan je, ik ben er zo weer.'

'Het geeft niet. Ik ben echt niet geïnteresseerd in seks met een man die zijn moeder niet gaat helpen als ze overstuur is. Ga maar.'

De badkamer is bijna net zo groot als mijn slaapkamer. Ik neem een douche. Als ik mijn tanden poets bestudeer ik mijn gezicht, bleek zonder make-up, en ik herinner mezelf eraan dat hij me eerder zo heeft gezien. Nog wel erger, eigenlijk.

Hij heeft me zwetend gezien, kotsend, met koorts en slapend. Hij heeft me boos, gefrustreerd en bang gezien. Opgewonden, eenzaam en verdrietig. Hoe ik er ook uitzie, het lijkt hem niet af te schrikken. Hij bekijkt me altijd op precies dezelfde manier. Dat geeft me genoeg zelfvertrouwen om de badkamer te verlaten in mijn snurkosaurus-shirt en slaapshorts. Op het moment dat ik mijn koffer inpakte leek dat een grappig idee, maar nu ik een glimp van mezelf opvang in de spiegel boven het dressoir lijk ik wel een meisje van tien. Pech. Lucy in een negligé zou nep zijn.

De stilte blijft voortduren. Ik kijk op mijn telefoon. Niks. Ik sla het dekbed terug en kruip in bed. Ik kan een kreun van opluchting niet onderdrukken. Na alle stress en spanning van de afgelopen dagen is dit allemaal lang niet zo eng als ik me had voorgesteld. Het bed wordt snel warm en ik trappel met mijn voeten van genoegen.

Ik leun achterover in de kussens en zet de tv aan. Ik vind een zender waarop *ER* wordt uitgezonden, en dat is op een vreemde manier troostend. Josh heeft deze aflevering vast al gezien. Terwijl ik probeer medische blunders te ontdekken worden mijn ogen droog en moe, en ik doe ze dicht. Ik verbijt een geeuw en druk op de play-knop van mijn geheugen om mijn zenuwen een beetje te kalmeren.

Ik ben weer terug. Het is de avond dat ik mijn stomme trots opzijzette en naar zijn flat ging, de favoriete plek in mijn geest. Ik heb het me gemakkelijk gemaakt op de bank, de zachte kussens ondersteunen mijn rug. Hij zit naast me, de bank zakt in onder zijn gewicht, en ik weet dat het goed met me zal gaan zolang hij daar is. Ik heb geen idee hoelang we hiermee doorgaan. Ik hou de hand vast van de meest intense en fascinerende man die ik ooit heb ontmoet. Hij kijkt me aan met een felle, tedere blik in zijn ogen. Een blik alsof hij van me houdt.

Nu weet ik zeker dat ik dit droom.

Als ik wakker word valt de zon door een spleet in de gordijnen op mijn kussen. Mijn eerste gedachte is: nee, ik lig veel te lekker.

Mijn tweede gedachte is: nu kan ik Josh eindelijk zien slapen.

Met onze gezichten naar elkaar toe en onze ogen dicht hebben we de hele nacht het Staarspel gespeeld. Zijn wimpers rusten glanzend en donker op zijn jukbeenderen. Ik zou een moord doen voor zulke wimpers, maar die lijken altijd overdadig verstrekt te worden aan de meest mannelijke mannen. Hij houdt me als een teddybeer in zijn armen. Ik haat hem niet. Helemaal niet, en dat is een ramp. Ik strijk met mijn vinger over zijn voorhoofd en hij fronst. Ik druk de rimpel weg.

Ik kom omhoog op mijn elleboog en moet een paar keer kijken om te geloven dat de wekker echt 12:42 aangeeft. Hoe is het mogelijk dat we pas na twaalven wakker zijn geworden? Door de gedeelde uitputting van de afgelopen dagen hebben we ons indrukwekkend verslapen.

'Josh.' Het heeft geen zin om hem formeel bij zijn volledige naam te noemen als we in hetzelfde bed slapen. 'Hoe laat is de bruiloft?'

Hij schrikt en doet zijn ogen open. 'Hoi.'

'Hoi. Hoe laat begint het?' Ik probeer me uit bed te laten glijden maar hij houdt mijn arm steviger vast.

'Twee uur. Maar we moeten er eerder zijn.'

'Het is bijna één uur. 's Middags.'

Hij verschiet. 'Ik heb sinds de middelbare school niet meer zo lang geslapen. We komen te laat.' Maar toch geeft hij mijn elleboog een zetje, als de standaard van een fiets, en ik plof weer neer op het matras. Ik vang een glimp op van zijn blote arm. Hij draagt een zwart hemd.

'Mooie arm.' Ik laat mijn hand over iedere strakke, glooiende curve glijden. Ik doe het nog een keer. Hij kijkt toe, en de derde keer gebruik ik mijn nagels. Kippenvel. Mmm. Ik buig me voorover om hem te zoenen. 'Jij bent me er eentje, Joshua Templeman.' Ik veeg zijn haar van zijn voorhoofd. Het zit flink in de war, en ik trek een paar minuten uit om het te fatsoeneren.

'Doe ik te hard mijn best om je te verleiden?' Hij rolt me tegen zich aan.

Ik had nooit gedacht dat hij een knuffelaar zou zijn. 'Je kunt het altijd nog wat harder proberen.'

Hij is zo lief. Met hem in bed liggen is enorm knus. Zonder erbij na te denken vraag ik iets wat ik altijd al wilde weten. 'Wanneer had je voor het laatst een vriendin?'

De vraag galmt na alsof ik op een gong heb geslagen. Goed gedaan, Lucy. Begin over andere vrouwen terwijl je met hem in bed ligt.

'Eh...' Er valt een lange stilte. Zo lang dat ik denk dat hij weer in slaap is gevallen of gaat uitleggen dat hij getrouwd is geweest. Hij is te jong. Toch? Hij probeert het opnieuw. 'Nou, eh...'

'Vertel me nu niet dat je zit te wachten tot je scheiding erdoor komt of zoiets.'

Zijn arm glijdt over mijn rug en ik laat mijn hoofd langzaam op zijn schouders zakken. Ik kan mijn ogen nauwelijks openhouden, zo lekker lig ik. Zo warm. Omringd door zijn geur en katoenen lakens.

'Niemand is masochistisch genoeg om met mij te trouwen.'

Ik begin hem een beetje verontwaardigd te verdedigen. 'Er is vast wel iemand. Je bent om op te vreten. En je bent heel netjes. Groot en gespierd. Je hebt een baan. En een mooie auto. Perfecte tanden. Eigenlijk ben je het tegenovergestelde van de meeste vriendjes die ik heb gehad.'

'Dus dat waren allemaal afzichtelijke, werkloze viezeriken... En kleiner dan jij? Dat kan toch helemaal niet?'

'Je hebt in mijn dagboek zitten lezen. Mijn vorige vriend was zo klein dat hij in mijn spijkerbroeken paste.'

'Maar hij was vast aardig. Als hij mijn tegenpool is, moet hij potverdikkeme wel heel aardig zijn geweest.' Hij kijkt naar de muur.

'Dat was hij ook wel. Maar jij kunt ook aardig zijn. Op dit moment ben je aardig.'

Ik voel tanden in mijn sleutelbeen en snuif geamuseerd.

'Oké, je bent nooit aardig.' De tanden verdwijnen en ik krijg een zacht kusje op dezelfde plek.

'En wanneer zijn die miniman en jij uit elkaar gegaan?' Hij begint lui mijn keel te kussen, teder en met zorg. Als ik mijn hoofd achteroverbuig om het hem makkelijker te maken zie ik de wekkerradio weer. De echte wereld komt in rap tempo dichterbij. Ik vraag me af of ik een mueslireep in mijn tas heb.

'Een paar maanden voor de fusie van B&G. Het ging al een tijdje niet goed. Er was veel stress op het werk en ik zag hem niet veel, dus we spraken af om even afstand te nemen. We zijn nooit meer bij elkaar gekomen.'

'Dat is best lang geleden.'

'Vandaar dat ik de hele tijd aan het droogneuken ben met jou. Maar je hebt nooit antwoord gegeven. Wacht, niks zeggen, ik wil het niet weten.' De gedachte dat hij dit soort dingen met een andere vrouw doet is te veel.

'Waarom niet?'

'Jaloers,' brom ik, en hij begint zachtjes te lachen.

Maar dan wordt hij weer serieus, en hij lijkt zich pijnlijk ongemakkelijk te voelen als hij het uitlegt. 'Ik had iets met iemand, maar dat eindigde in de week dat we naar het nieuwe B&G-gebouw verhuisden. Zij zette er een punt achter.'

'En B&G heeft alweer een relatie verwoest.' Ik kan mijn tong wel afbijten, maar ik kan het niet binnenhouden. 'Ik wil wedden dat ze lang was.'

'Ja, behoorlijk lang.' Hij pakt zijn horloge van het nachtkastje.

'Blond.'

Hij doet het om en kijkt niet naar mij. 'Ja.'

'Wel verdomme, waarom zijn het altijd lange blonde vrouwen? Ik wil wedden dat ze donkere ogen heeft en hartstikke bruin is, en dat haar vader plastisch chirurg is.'

'Je hebt míjn dagboek zitten lezen.' Hij kijkt een beetje verontrust.

Ik druk mijn gezicht tegen zijn schouder. 'Ik gokte dat zij ook het tegenovergestelde van mij zou zijn.'

'Ze was...' Hij slaakt een weemoedige zucht en mijn hart schiet in een kramp. Mijn innerlijke holbewoonster verschijnt aan de ingang van haar grot en begint territoriaal te grommen.

'Ze was gewoon heel aardig.'

'Gadverdamme, aardig. Walgelijk.'

'En haar ogen waren bruin.' Hij geeft me even de tijd om dat te verwerken.

'Dat klinkt als een uitstekende reden om haar te dumpen. En ik bedenk opeens dat jouw ogen veel te blauw zijn. Dit gaat nooit werken.'

Ik had gehoopt op een gevat antwoord, maar zijn stem klinkt dof: 'Had je echt gedacht dat dit zou werken?'

Nu is het mijn beurt om 'eh'... te zeggen. Ik zit alweer half in mijn schulp als hij zucht.

'Sorry. Dat kwam er verkeerd uit. Ik kan er ook niks aan doen dat ik zo'n cynische eikel ben.'

'Dat is niet echt nieuws voor me.'

'Daarom heb ik ook geen vriendin. Ze ruilen me allemaal in voor een aardige vent.'

Hij staart zo droevig naar het plafond dat er een afschuwelijke gedachte bij me opkomt. Hij smacht naar iemand. Die lange blonde heeft zijn hart gebroken toen ze bij iemand introk die minder gecompliceerd was. Dat zou ook zijn vooroordeel tegen aardige jongens verklaren. Ik probeer een manier te bedenken om ernaar te vragen, maar hij kijkt op de klok.

'We moeten opschieten.'

Hoofdstuk 22

'Kun je me even een stoomcursus geven over de hoofdrolspelers in jouw familie? Zijn bepaalde onderwerpen taboe? Ik wil liever niet aan je oom vragen waar zijn vrouw uithangt als ze vermoord blijkt te zijn.' Ik rommel in mijn tas.

'Voordat ik gisteravond vijfenveertig losse bloemstukken het hotel in heb gedragen omdat die kloothommels geen karretje voor mijn moeder konden vinden, had ik haar al een paar maanden niet gezien. Ze belt me meestal op zondag, om me bij te praten over hoe het gaat met de buren en haar vrienden, al laten die me koud. Ze was chirurg, vooral harten en transplantaties. Kleine kindjes en van die heilige types. Ze zal dol op je zijn. Stapeldol.'

Ik druk mijn hand op mijn hart. Ik wil dat ze dol op me is. O, jee.

'Ze zal zeggen dat ze je nooit meer laat gaan. Maar goed. Mijn vader is een slager.'

Ik krimp in elkaar.

'Zo worden chirurgen ook wel genoemd, en als je mijn vader hebt ontmoet, weet je waarom. Hij was meestal oproepbaar voor operaties op de Spoedeisende Hulp. We hoorden er altijd alles over tijdens het ontbijt. *Een of andere randdebiel had een biljartkeu door zijn nek gekregen.* Auto-ongelukken, vechtpartijen, mislukte moorden. Hij was altijd bezig met dronkenlappen vol grindwonden, vrouwen met blauwe ogen en gebroken ribben. Hij kon alles repareren.'

'Dat is een zware baan.'

'Mijn moeder was ook chirurg, maar zij is nooit een slager geweest. Zij voelde zich altijd echt betrokken bij de persoon op haar tafel. Maar mijn vader… die werkte met vlees.'

Josh zit op de vensterbank. Een paar minuten lang blijft hij in gedachten verzonken, en ik zoek in mijn koffer naar mijn kleren om hem wat privacy te gunnen. Ik begin in de badkamer aan mijn make-up.

Na een paar minuten loer ik door de spleet in de deur. In de spiegel op het dressoir zie ik zijn glorieuze blote bovenlichaam. Hij heeft mijn tas opengeritst en houdt mijn jurk tussen twee vingers. Aan zijn gezicht te zien begrijpt hij precies waarom ik hem heb gekozen. Dan haalt hij zijn handen over zijn gezicht.

Ik geloof dat ik de verkeerde jurk heb gekozen.

Donderdag tijdens de lunch ben ik naar het boetiekje vlak bij ons kantoor gerend. Op dat moment leek dat een goed idee. Ik had iets moeten dragen dat ik al langer had, maar daar is het nu te laat voor.

Hij klapt de strijkplank uit en gooit zijn overhemd eroverheen.

Ik doe de deur open met mijn voet. 'Wauwie. Naar welke sportschool ga jij? Naar allemaal?'

'Die onder in het McBride-gebouw, een half blok van kantoor.'

Ik moet een mond vol kwijl wegslikken. 'Weet je zeker dat we naar de bruiloft van je broer moeten?'

Nooit eerder heb ik zo'n groot deel van zijn lichaam tegelijk gezien. Zijn huid glanst van gezondheid, gespierd goud, smetteloos. De scherpe lijnen van zijn sleutelbeen en heupen vormen een indrukwekkend frame, en daartussenin liggen individuele spieren, die stuk voor stuk een doel met een afgevinkt hokje vertegenwoordigen. Platte, vierkante borstspieren met afgeronde hoeken. Zijn huid spant over het soort buik waaraan je je normaal gesproken alleen tijdens de Olympische zwemfinale kunt vergapen.

Terwijl hij zijn shirt strijkt beweegt het allemaal. Over zijn biceps en onderbuik lopen van die uitgesproken mannelijke aderen. Aderen die op spieren liggen en die tegen je zeggen: 'Hier is keihard voor gewerkt.' De richels van zijn heupen wijzen naar zijn kruis, dat inmiddels schuilgaat onder een pantalon.

De hoeveelheid inspanning en doorzettingsvermogen die ervoor nodig is om dit lichaam alleen al in stand te houden moet verbijsterend zijn. En het is typisch iets voor Josh.

'Waarom zie je er zo uit?' Ik klink alsof ik ieder moment een hartstilstand kan krijgen.

‘Verveling.’

‘Mij verveelt het niet. Kunnen we niet hier blijven, dan haal ik iets uit de minibar om je mee in te smeren.’

‘Wow, dat is nog eens een hitsige blik.’ Hij zwaait met het strijkijzer naar me. ‘Ga eens afmaken wat je daarbinnen aan het doen was.’

‘Voor iemand die er zo uitziet, ben je behoorlijk bleu.’

Het duurt even voor hij reageert. Hij aait met het strijkijzer over zijn kraag. Ik kan merken dat het hem veel moeite kost om zonder overhemd voor me te blijven staan.

‘Waarom voel je je zo ongemakkelijk?’

‘Ik ben eerder met meisjes uit geweest die…’ Hij gaat niet verder.

Ik sla mijn armen over elkaar en er komt stoom uit mijn oren. ‘Wat voor meisjes?’

‘Ze zeiden allemaal… Op een bepaald moment hebben ze me stuk voor stuk duidelijk gemaakt dat mijn persoonlijkheid niet…’

‘Niet wat is?’

‘Dat ik niet echt prettig gezelschap ben.’

Zelfs het strijkijzer staat te dampen van verontwaardiging. ‘Ze wilden je alleen vanwege je lichaam? En dat zeiden ze erbij?’

‘Ja.’ Hij strijkt een van de manchetten voor de tweede keer. ‘Dat zou ik vleiend moeten vinden, toch? In het begin was dat ook zo, maar het bleef maar gebeuren. Het is niet fijn om steeds te moeten horen dat je geen relatiemateriaal bent.’ Hij buigt zich over het overhemd en onderzoekt het op kreukels.

Eindelijk begrijp ik de code achter het speelgoedautootje. Alsjeblieft, zie *míj*. Zoals ik echt ben.

‘Weet je wat ik denk, als ik eerlijk ben? Dat je nog steeds fantastisch zou zijn, zelfs als je eruit zou zien als meneer Bexley.’

‘Klinkt leuk, maar ik slik niet alles voor zoete koek, Taartje.’ Hij glimlacht vaag en blijft strijken.

Ik sta bijna te trillen door de behoefte om hem iets duidelijk te maken wat ik zelf niet helemaal begrijp. Het enige wat ik weet, is dat ik het naar vind dat hij zo’n slecht gevoel heeft over zo’n belangrijk aspect van zichzelf. Ik neem me voor om hem wat minder als lustobject te bekijken en draai me om terwijl hij zijn overhemd aantrekt. Het is zeeblauw.

'Ik vind dat zo'n prachtige kleur. En hij past bij wat ik ga dragen, maar dat wist je al.' Ik krimp in elkaar bij de gedachte aan mijn jurk. Ik pak mijn handtas en graaf mijn lippenstift op.

'Mag ik eens kijken?' Hij hangt zijn stropdas los om zijn nek en neemt de lippenstift van me over om de onderkant te lezen. 'Vlammenwerper. Wat toepasselijk.'

'Wil je dat ik iets minder opvallends opdoe?' Ik duik weer in mijn handtas.

'Ik vind dat rood hartstikke fantastisch.' Hij kust me op mijn mond voor ik de lippenstift begin aan te brengen. Hij kijkt toe terwijl ik daarmee bezig ben, deppen, nog een laag, en tegen de tijd dat ik klaar ben, lijkt het alsof hij iets zwaars heeft moeten doorstaan.

'Ik kan er gewoon niet tegen als je dat doet,' zegt hij.

'Haar omhoog of los?'

Hij kijkt moeilijk, maar tilt mijn haar op en zegt: 'Omhoog.' Nadat hij het heeft losgelaten schept hij het met zijn handen op als sneeuw. 'Los.'

'Dan wordt het half omhoog en half los. Hou op met dat gewriemel, je maakt me zenuwachtig. Ga anders even naar de bar, drink jezelf wat moed in. Ik rij wel naar de kerk.'

'Kun je over een kwartiertje beneden zijn?'

Als hij weg is, vult de stilte de hotelkamer als een opzwellende ballon. Ik ga op het voeteinde zitten en bekijk mezelf kritisch. Mijn haar valt los rond mijn schouders en mijn mond is een klein rood hartje. Ik zit erbij alsof ik gek aan het worden ben. Ik trek alles uit, schiet corrigerend ondergoed aan om een paar bobbels weg te werken, maak mijn kousen vast en werp een blik op mijn jurk.

Het plan was om een beschaafde kleur marineblauw te kopen, een jurk die ik vaker zou kunnen dragen, maar toen ik die zeeblauwe jurk zag, wist ik dat ik hem moest hebben. De kleur had niet beter bij zijn slaapkamermuren kunnen passen.

De verkoopster verzekerde me dat hij me fantastisch stond, maar Josh wreef over zijn gezicht alsof hij nu zeker wist dat hij met een totale psychopaat te maken had. En ik kan het ook niet ontkennen; ik schilder mezelf min of meer in het blauw van zijn slaapkamer. Met een paar slangenmensachtige bewegingen weet ik de rits dicht te krijgen.

Ik besluit de enorme wenteltrap naar beneden te nemen in plaats van de lift. Hoe vaak doet zo'n kans zich voor? Het leven lijkt op dit moment een aaneenschakeling van mogelijkheden om nieuwe herinneringen te maken. Ik daal in grote cirkels af naar de prachtige man met het bleekblauwe shirt aan de bar.

Hij slaat zijn ogen naar me op, en ik word zo verlegen dat ik nauwelijks nog een voet voor de andere krijg. 'Psychopaat, psychopaat,' fluister ik tegen mezelf als ik mijn elleboog op de bar leg.

'Hoe gaat het met jou?' probeer ik, maar hij staart me alleen maar aan.

'Ik weet het, ik ben een psychopaat, met mijn jurk in dezelfde kleur als jouw slaapkamer.' Gegeneerd strijk ik de jurk glad. Het is een retromodel, met een diepe hals en een strakke taille. Ik pik de geur op van de lunch die in het restaurant van het hotel wordt geserveerd en mijn maag begint meelijwekkend te jammeren.

Hij schudt zijn hoofd alsof ik gek ben. 'Je bent mooi. Jij bent altijd mooi.'

Terwijl ik vanbinnen begin te gloeien van plezier denk ik aan mijn manieren. 'Bedankt voor de rozen. Ik heb je nooit echt bedankt. Ik vond ze prachtig. Niemand heeft me ooit eerder bloemen gestuurd.'

'Lippenstiftrood. Vlammenwerperrood. Ik heb me nog nooit zo'n ellendeling gevoeld als op dat moment.'

'Ik heb het je vergeven, weet je nog?' Ik stap tussen zijn knieën en pak zijn glas. Ik snuffel. 'Goh, dat is sterke limonade.'

'Ik heb het even nodig.' Hij slikt diep. 'Ik heb ook nog nooit bloemen gekregen.'

'Er zijn zoveel domme vrouwen die niet weten hoe ze het een man naar de zin moeten maken.'

De dingen die hij me net heeft verteld, zitten me nog steeds dwars. Natuurlijk, veertig procent van de tijd is hij een ruziezoekende, calculerende, territoriale klootzak, maar de overige zestig procent is hij grappig en lief en kwetsbaar.

Ik blijk alle limonade te hebben opgedronken.

'Klaar?'

'Laten we gaan.'

Terwijl we wachten tot de auto wordt gebracht, kijk ik omhoog naar de hemel. 'Ze zeggen dat het geluk brengt als het regent op je trouwdag.'

Als we een paar minuten gereden hebben druk ik mijn hand op zijn wiebelende knie. 'Ontspan je alsjeblieft. Ik snap niet waarom je je hier zo druk over maakt.'

Hij geeft geen antwoord.

Het kerkje is ongeveer tien minuten van het hotel vandaan. De parkeerplaats staat vol rillende vrouwen in pasteltinten. Met hun armen om hun lichaam geslagen proberen ze hun mannelijke begeleiders en kinderen de goede kant op te drijven.

Net als ik mezelf ook warm wil gaan wrijven trekt Josh me naar zich toe en hij duikt de kerk in. 'Hallo, ik spreek je straks wel,' roept hij onderweg tegen de verschillende familieleden die hem verbaasd begroeten voor hun blik afdwaalt naar mij.

'Je bent zo onbeschoft.' Ik glimlach tegen iedereen die we passeren en probeer af te remmen met mijn hakken.

Zijn vingers glijden over de binnenkant van mijn arm en hij zucht. 'Voorste rij.'

Hij sleurt me mee door het gangpad. Ik ben een klein wolkje in het kielzog van een straaljager. De organist slaat voorzichtig een paar proefakkoorden aan maar mist de juiste toetsen – waarschijnlijk omdat ze Josh' gezicht heeft gezien – en maakt een paar angstige misthoorngeluiden. We naderen de voorste bank. Josh' hand klemt nu als een bankschroef om de mijne.

'Ha.' Het klinkt zo verveeld dat hij een Oscar verdient. 'We zijn er.'

'Josh!' Een vrouw die zijn moeder moet zijn, springt op om hem te omhelzen. Hij laat me los en slaat zijn armen om haar heen. Ik moet hem één ding nageven; voor zo'n cactusachtig type omhelst hij met volle overtuiging.

'Hoi.' Hij kust haar wang. 'Je ziet er goed uit.'

'Dat scheelde weer niks,' zegt de man op de bank schamper, maar Josh lijkt het niet te merken.

Josh' moeder is een dametje. Blond, met van die zachte kuiltjes in haar wangen die ik altijd al heb willen hebben. Haar lichtgrijze ogen worden vochtig als ze opkijkt naar haar enorme, beeldschone zoon.

'O. Ach.' Ze straalt door het complimentje en werpt een blik op mij. 'Is dit...'

'Ja. Dit is Lucy Hutton. Lucy, dit is mijn moeder, dokter Elaine Templeman.'

'Prettig kennis met u te maken, dokter Templeman.' Voor ik met mijn ogen kan knipperen trekt ze me in haar armen.

'Alsjeblieft, zeg maar Elaine. Eindelijk, Lucy,' zegt ze in mijn haar. Ze laat me los en bekijkt me eens goed. 'Josh, ze is prachtig!'

'Ontzettend prachtig.'

'Nou, jou laat ik nooit meer gaan,' zegt ze, en ik kan niet voorkomen dat ik dommig begin te grijnzen. Josh kijkt me aan alsof hij wil zeggen: 'Zie je nu wel.' Hij veegt zijn handen af aan zijn broek en heeft een bijna hysterische blik in zijn ogen. Misschien is hij fobisch voor kerken.

'Ik ga haar in een doosje doen. Wat een poppetje! Kom hier vooraan bij ons zitten. Dit is Josh' vader. Anthony, moet je zien wat een schatje. Anthony, dit is Lucy.'

'Aangenaam,' zegt hij ernstig, en ik knipper geschokt met mijn ogen. Voor me zit Joshua, versneld vooruit gespoeld. De man is nog steeds belachelijk knap, een statige zilveren vos in een stemmig maatpak. Nu hij zit, zijn we even groot, dus hij moet een reus zijn als hij opstaat. Elaine legt haar hand in zijn nek en als hij naar haar opkijkt, glimlacht hij bijna onmerkbaar.

Dan richt hij zijn angstaanjagende laserblik op mij. Erfelijkheid blijft iets verbazingwekkends.

'Aangenaam,' zeg ik ook maar. We staren elkaar aan. Misschien moet ik proberen om hem te charmeren. Dat is een oeroude reflex, maar ik hou me in en denk er even over na. Dan besluit ik om het niet te doen.

'Hallo, Joshua.' De lasers worden op Josh gericht. 'Dat is even geleden.'

'Ha,' zegt Josh. Hij grijpt mijn pols en trekt me mee, zodat ik tussen hem en zijn moeder in kom te zitten. Een buffer. Ik neem me voor om hem daar straks op aan te spreken.

Elaine stapt tussen Anthony's voeten en aait zijn haar in een wat netter model. Belle heeft dit beest getemd. Ze gaat zitten en ik draai me naar haar om.

'Dit moet zo spannend voor u zijn. Ik heb Patrick één keer ontmoet, onder minder aangename omstandigheden.'

'Ja, dat heeft Patrick me verteld, op zondag bellen we elkaar altijd even. Je was behoorlijk ziek, zei hij. Voedselvergiftiging.'

'Volgens mij was het een virus.' Josh pakt mijn hand en streelt hem als een geobsedeerde tovenaar. 'En hij zou haar gezondheid niet met derden moeten bespreken.'

Zijn moeder kijkt naar onze handen en glimlacht.

'Wat het ook was, ik was compleet gevloerd. Waarschijnlijk herkent hij me vandaag niet eens. Hoop ik. Ik ben je zoon enorm dankbaar dat hij me erdoorheen heeft gesleept.'

Elaine werpt een steelse blik op Anthony. Ik heb Josh te dicht in de buurt van de hete brij gebracht: het feit dat hij geen stethoscoop draagt.

'De bloemen zijn prachtig.' Ik wijs naar de enorme bossen roze lelies aan het eind van iedere bank.

Elaine vervolgt fluisterend: 'Bedankt dat je met hem mee bent gekomen. Dit is moeilijk voor hem.' Ze werpt Josh een bezorgde blik toe.

Elaine verontschuldigt zich om als moeder van de bruidegom Mindy's ouders te gaan begroeten, en helpt twee angstaanjagend oude mensjes in hun bank. De kerk loopt langzaam vol; er klinken verrukte, verraste kreten en gelach als familie en vrienden herenigd worden.

Eerlijk gezegd begrijp ik niet wat er zo moeilijk is aan deze situatie. Alles lijkt in orde, ik snap niet wat het probleem is. Anthony knikt mensen toe. Elaine kust en knuffelt. Iedereen met wie ze praat, begint te glimmen.

Ik ben een eenzaam romannetje tussen twee broeierige boekensteunen. Anthony is geen type dat prijs stelt op gebabbel.

Ik laat vader en zoon in stilte sudderen op de glanzend gepoetste bank en hou Josh' hand vast. Ik heb geen idee of hij ook maar iets aan me heeft, maar dan vangt hij mijn blik en fluistert: 'Bedankt dat je er bent. Dat maakt het nu al makkelijker.'

Daar blijf ik over piekeren terwijl Elaine weer gaat zitten en de muziek begint.

Patrick neemt zijn plaats in voor het altaar, werpt een scheve blik op zijn broer en monstert mij alsof hij probeert te bepalen hoe goed ik hersteld ben. Hij glimlacht naar zijn ouders en ademt diep uit.

We gaan allemaal staan als Mindy binnenkomt in een enorme roze suikerspinjurk. De jurk is hysterisch en overdreven, maar ze maakt een dolgelukkige indruk als ze naar het altaar loopt. Ze slaagt erin om tegelijkertijd als een maniak te grijnzen en te huilen, en daarom vind ik die jurk opeens mooi.

Ze gaat voor Patrick staan en ik kan haar voor het eerst goed bekijken. Jezus. Ze is verpletterend. Punten voor Patrick.

Bruiloften doen altijd iets raars met me. Ik word emotioneel als vrienden speciale gedichten voordragen of als de geestelijke stilstaat bij de onverbrekelijke band van het stel. Ik loop vol tijdens de geloften. Ik krijg een zakdoekje van Elaine en dep mijn ooghoeken. Ik kijk gespannen toe als de ringen om de vingers worden geschoven en slaak een zucht van opluchting als ze blijken te passen en moeiteloos op hun plek glijden.

En als de magische woorden 'U mag nu de bruid kussen' worden gesproken slaak ik een diepe, gelukkige zucht, alsof dit de laatste scène van een perfecte film was.

Ik kijk Elaine aan, en we laten allebei hetzelfde verrukte lachje ontsnappen terwijl we beginnen te klappen. Aan twee kanten zuchten de mannen toegeeflijk.

Het bruidspaar loopt met hun splinternieuwe gouden ringen over het middenpad. Iedereen staat op en praat en roept tot het geploeter van het antieke orgel nauwelijks nog te horen is. Voor het eerst valt me op dat sommige mensen nieuwsgierige blikken op Josh werpen. Waar gáát dat over?

'Ze gaan foto's maken op de boulevard. Ik hoop dat Mindy niet wegwaait,' zegt Elaine terwijl ze beleefd naar iemand wuift. 'Wij gaan nu allemaal naar het hotel, eerst even iets drinken en daarna een vroeg diner en de toespraken. Op een bepaald moment willen we Josh even lenen voor een paar familiefoto's.'

'Klinkt goed. Toch, Josh?' Ik knijp in zijn hand.

De afgelopen minuten was hij heel ergens anders met zijn hoofd, en met een schok keert hij terug in zijn lichaam. 'Prima. Kom, we gaan.'

Ik kijk over mijn schouder naar zijn ouders, die hopelijk eerder verwonderd dan geschrokken toekijken als hij zijn arm door de mijne haakt en met me de kerk uit rent.

'Doe eens rustig, Josh. Wacht. Mijn schoenen.' Ik kan hem nauwelijks bijhouden. Hij laat zich bijna horizontaal in de passagiersstoel vallen en barst uit in een kreunend gezucht.

Het is lastig om te bepalen wanneer ik achteruit kan steken. Iedereen wil tegelijkertijd weg van de parkeerplaats.

'Wil je direct terug? Of zal ik eerst nog een rondje rijden?'

'Rij maar even rond. Helemaal naar huis. Neem de snelweg.'

'Ik ben een onafhankelijke waarnemer. Ik verzeker je dat het best goed ging.'

'Je hebt gelijk,' verklaart hij somber.

'Pardon? Kun je dat zo meteen nog even herhalen, zodat ik het kan opnemen? Dat wil ik als ringtone: "Lucy Hutton, je hebt gelijk."' Plagen is vast de beste manier om hem uit zijn dip te krijgen.

Hij kijkt me aan. 'Ik kan ook je voicemail voor je inspreken als je wilt. "Dit is de telefoon van Lucy Hutton. Ze heeft het te druk met janken op de bruiloft van een totale vreemde om aan de telefoon te komen, maar laat een bericht achter."'

'O, schei toch uit. Ik kijk gewoon te veel films. Het was zo romantisch.'

'Wat ben je toch schattig.'

'Joshua Templeman vindt me schattig. De wonderen zijn officieel de wereld nog niet uit.' We grijnzen naar elkaar.

'Je zat vast niet zomaar te huilen. Droom je ervan om zelf te trouwen?'

Ik schiet in de verdediging. 'Nee, natuurlijk niet. Wat suf. En bovendien heb ik een denkbeeldige verloofde, weet je nog?'

'Maar waarom moet je dan huilen bij het jawoord van iemand die je niet kent?'

'Omdat het huwelijk een van de laatste oude riten van onze beschaving is, denk ik. Dat iemand genoeg van je houdt om bereid te zijn om met een gouden ring rond te lopen, dat willen we toch allemaal wel? Je weet wel, om iedereen te laten zien dat je je hart hebt verpand.'

'Ik weet niet of dat tegenwoordig nog wel zo relevant is.'

Ik probeer te bedenken hoe ik het uit kan leggen. 'Het is een oerding. Hij draagt mijn ring. Hij is van mij. Hij zal nooit van jou zijn.'

De optocht van auto's voert ons langzaam terug naar het hotel. Ik geef de autosleutels af en Josh probeert me naar de zijkant van het gebouw te duwen.

'Josh, nee. Kom mee.'

'Zullen we naar de kamer gaan?' Hij gaat vol in de remmen. Hij weegt een ton.

'Doe niet zo belachelijk. Je moet uitleggen wat er met je aan de hand is.'

'Het is stom,' mompelt hij. 'Het gaat nergens over.'

'We gaan gewoon naar binnen.' Ik pak zijn hand stevig vast en neem hem mee. De deuren worden voor ons opengehouden.

Ik adem zo diep mogelijk in en loop door een zaal die minstens voor de helft is gevuld met Templemans.

Hoofdstuk 23

In een mooie ruimte naast de balzaal mengen we ons in het gezelschap. Tijdens de eindeloze champagnereceptie voeren we bijna twee uur lang ongemakkelijke gesprekjes met allerlei mensen. En als ik zeg mengen, dan bedoel ik daarmee dat ik Joshua meetroon van het ene naar het andere verre familielid terwijl hij naast me staat en toekijkt. Ondertussen blijf ik champagne wegklokken om mijn zenuwen tot bedaren te brengen. Het brandt als benzine in mijn lege maag. Ieder voorstelrondje gaat als volgt.

'Lucy, dit is mijn tante Yvonne, de zus van mijn moeder. Yvonne, Lucy Hutton.'

Als hij zijn plicht heeft gedaan, begint hij mijn arm te strelen, hij legt zijn hand op het stukje blote rug onder mijn haar of hij pakt mijn hand weer vast. En maar staren. Hij kan zijn ogen niet van me afhouden. Waarschijnlijk is hij met stomheid geslagen door mijn talent voor onbenullige kletspraat.

Na een tijdje neemt zijn moeder hem mee naar de tuin aan de zijkant, en ik kijk toe door het raam terwijl hij poseert met verschillende combinaties van familieleden. Hij glimlacht geforceerd. Als hij me betrapt bij mijn spionageactiviteiten, wenkt hij dat ik moet komen, en we stellen ons samen op voor een charmant rozenstruikje. De camera klikt, en mijn oude ik vraagt zich hoofdschuddend af hoe we ooit op dit punt zijn aanbeland. Joshua Templeman en ik, zij aan zij, glimlachend vastgelegd op dezelfde foto? Iedere nieuwe ontwikkeling lijkt even onmogelijk.

Hij draait een slag en neemt mijn kin in mijn hand. 'Prachtig,' zegt de fotograaf. Hij neemt nog een foto, en als Josh' lippen de mijne raken, vergeet ik de rest van de wereld. Het liefst zou ik mijn oude wantrouwen afschudden, maar het voelt allemaal net iets te veel als een dagdroom. Zo'n dagdroom die ik vroeger nog wel eens had, en waar ik mezelf om haatte.

Patrick en Mindy staan aan de andere kant van de tuin, dweperig samengesmolten voor een andere camera, en het dringt tot me door dat ik er zelf ook behoorlijk romantisch bij hang. De man die me zo lang heeft gehaat, is nu met me aan het pronken, drukt me dicht tegen zich aan. Als we weer naar binnen gaan, kust hij mijn slaap. Hij fluistert in mijn oor dat ik mooi ben, draait me negentig graden en stelt me voor aan nog een paar andere familieleden. Hij is me aan het showen.

En wat ik nog steeds niet begrijp is waarom.

Tijdens ieder gesprekje, na iedere uitwisseling over hoe prachtig Mindy eruitzag en hoe mooi de ceremonie was, komt de onvermijdelijke vraag.

'En, Lucy, hoe heb je Josh ontmoet?'

'We kennen elkaar van het werk,' verklaarde Josh de eerste keer toen de stilte te lang bleef duren, dus dat is nu het standaardantwoord.

'O, en waar werk je?' is de volgende vraag. Geen van zijn familieleden heeft ook maar het flauwste idee waar hij werkt of wat hij doet. Ze voelen zich opgelaten; alsof het een enorme schande is om te stoppen met je studie geneeskunde. Maar een uitgeverij heeft tenminste nog iets glamoureus.

'Het is zo fijn om je weer met iemand te zien,' zegt de zoveelste oudtante. Ze werpt me een betekenisvolle blik toe. Misschien gaan er geruchten dat hij homo is.

Ik verontschuldig me en trek hem achter een pilaar.

'Je moet iets meer moeite doen. Ik ben uitgeput. Nu is het mijn beurt om aan jou te friemelen terwijl je praat.' Een passerende ober biedt me het zoveelste borrelhapje aan. Hij kent me inmiddels, want ik heb er al minstens twaalf op. Ik ben zijn beste klant. Ik ben geobsedeerd door het eten, en de ober heeft beloofd dat het diner stipt om vijf uur begint. Ik kijk steeds op Josh' horloge, maar de kans is groot dat ik voor die tijd al van honger ben gestorven.

'Ik zou niet weten wat ik moest zeggen.' Hij merkt de blauwe paintball-plek op mijn bovenarm op en begint zich er in stilte over op te winden.

'Vraag ze iets over zichzelf, dat werkt meestal.' Ik ben me er pijnlijk van bewust dat we de hele tijd door iedereen in de gaten worden gehouden. 'Je moet me vertellen waarom iedereen me aangaapt alsof ik de bruid van Frankenstein ben. Niet lullig bedoeld, griezel.'

'Ik vind het verschrikkelijk als mensen me persoonlijke vragen stellen.'

'Dat heb ik gemerkt. Ze weten geen donder over je. En je hebt mijn vraag niet beantwoord.'

'Ze kijken naar mij. De meesten hebben me niet meer gezien sinds het Grote Schandaal.'

'Moet ik daarom je vriendinnetje spelen? Zodat iedereen vergeet dat je geen arts bent? Dan kun je beter je visitekaartje uitdelen. En blijf van me af. Ik kan zo niet denken.' Ik trek mijn arm terug.

'Als ik eenmaal begin, kan ik er gewoon niet meer mee ophouden.' Hij trekt me dichter tegen zich aan en drukt zijn mond tegen mijn oor. 'Ben je overal zo zacht?'

'Wat denk je zelf?'

'Ik wil het zeker weten.' Zijn lippen glijden langs mijn oorlel en ik kan me niet meer herinneren waar we het ook alweer over hadden.

'Waarom doe je zo zoenerig en vriendjesachtig?' Ik kijk hem strak aan, en als hij antwoord geeft, weet ik heel zeker dat hij iets voor me achterhoudt.

'Dat heb ik al gezegd. Je bent mijn morele steun.'

'Waarvoor? Wat mis ik?' Ik ga iets harder praten en een paar hoofden draaien onze kant op. 'Josh, ik heb het gevoel dat ik sta te wachten op een of andere genadeklap.'

Hij streelt mijn hals. Ik huiver zo heftig dat hij het kan zien. Als hij zich vooroverbuigt om me te kussen doe ik mijn ogen dicht en vergeet ik alles om me heen. Ik wil alleen hier bestaan; in het donker, met zijn arm tegen mijn rug. Zijn lippen zeggen: 'Lucy, maak je niet zo druk.' Hij speelt vals.

Ik doe mijn ogen weer open. Een stel waarvan ik denk dat het Mindy's ouders zijn, staat overduidelijk over ons te kletsen. Ze inspecteren me met hun bemoeizuchtige ogen.

'Probeer me niet af te leiden. We moeten het diner nog door zien te komen. Je gaat nu direct een paar onderwerpen verzinnen om met je familie over te praten. Waarom doe je zo verlegen?' Zodra ik het zeg, begrijp ik het. 'O. Omdat je gewoon écht verlegen bent.'

Door die nieuwe openbaring bekijk ik hem opeens op een iets andere manier. 'Ik heb de hele tijd gedacht dat je gewoon een arrogante klootzak was. Ik bedoel, dat ben je. Maar dat is niet alles. Je bent ook echt ontzettend verlegen.'

Hij knippert met zijn ogen en ik weet dat ik raak heb geschoten.

Er komt een vreemd gevoel opzetten in mijn borst. Het zet uit, wordt twee keer zo groot, en dan nog een keer. Het houdt niet op; veren en pluisjes vullen mijn borst als een kussen. Ik weet niet wat er gebeurt maar het vult mijn keel en ik krijg geen adem. Hij lijkt aan te voelen dat er iets met me gebeurt, maar dringt niet aan; hij slaat een arm om mijn schouders en legt zijn hand tegen mijn wang. Opnieuw probeer ik iets te zeggen, maar het lukt niet. Hij houdt me gewoon vast en ik klamp me machteloos vast aan zijn revers. In de verte sprankelt de rode lobby als een juweel.

'Josh,' zegt Elaine hartelijk. 'Dus hier ben je.'

Zonder me los te laten draait hij zich om, zodat mijn schoenen over de marmeren vloer slepen.

Elaines ogen glinsteren net iets te helder als ze ons aankijkt. 'Komen jullie ook als jullie er klaar voor zijn? Jullie zitten aan onze tafel.'

'Ik neem hem zo mee naar binnen.'

Het gezwollen gevoel in mijn borst neemt af als ik me realiseer dat zijn moeder blij is om hem met iemand te zien. Ik ga er wat rechter bij staan. Mensen schuifelen naar binnen om hun stoel op te zoeken en rekken hun nek als ze langs ons heen lopen.

'Wie ben ik?' probeer ik nog een laatste keer. 'Je huishoudster? Je pianolerares?'

'Jij bent Taartje,' zegt hij alleen maar. 'Je hoeft niets te verzinnen. Kom, dan hebben we dat zo ook maar weer gehad.'

Een beetje ongerust merk ik dat Josh verstijft als we onze tafel naderen. We gaan zitten en bestuderen een paar minuten lang de tafelversiering en onze naamkaartjes. Die van de andere gasten zijn geprint, maar dat van mij is met de hand geschreven, ik neem aan omdat pas zo laat bekend was dat ik zou komen. Aan de tafel is plaats voor acht personen. Ik, Josh, zijn moeder en vader, Mindy's ouders en Mindy's broer en zus. Ze hebben me aan de tafel met de naaste familie gezet. Als ik dat had geweten toen ik me zo onbezonnen aanbood als Josh' chauffeur dan had ik mezelf in mijn gezicht gestompt.

Ik klets wat met Mindy's broer, die links van me zit. Er wordt geproost. Ik zit uit alle macht te hopen dat Josh iets zal zeggen, wat dan ook. Ik wil hem net een por tegen zijn dij geven als Elaine de stilte verbreekt. Het is de gevreesde vraag.

'Lucy, vertel iedereen eens hoe je Josh hebt ontmoet.'

Inwendig begin ik te krijsen. Ik heb die vraag vandaag al minstens acht keer beantwoord, en het wordt maar niet makkelijker. 'Nou. Nou, eh...'

O, shit, ik klink als een per uur betaalde escort die niet eens een acceptabele leugen klaar heeft. Wat hadden we ook weer afgesproken? Ik ben Taartje? Dat kan ik ze niet vertellen. Als ik Josh ooit zou willen vernederen, dan is dit het moment. Ik kan het mezelf bijna horen zeggen: *hij heeft me gedwongen om mee te gaan.*

'We werken samen,' zegt Josh kalm terwijl hij een broodje in tweeën scheurt. 'Daar kennen we elkaar van.'

'Een kantoorromance,' zegt Elaine met een knipoog naar Anthony. 'Dat zijn de beste. Wat dacht je, toen je hem voor het eerst zag?'

Ik herken een geboren romanticus als ik er een zie. Zij is zo'n moeder die ieder complimentje voor een van haar kinderen opvat als een compliment voor zichzelf. Ze bekijkt hem met ogen vol liefde, en ik ga spontaan een beetje van haar houden.

'Ik dacht: mijn hemel, die is groot.' Iedereen lacht, behalve Anthony. Hij controleert of zijn vork wel schoon is.

'Hoe groot ben jij, Lucy?' vraagt Mindy's moeder Diane aan mij. Nog zo'n gevreesde vraag.

'Wel één meter vijftig.' Mijn vaste antwoord, waar iedereen altijd om moet lachen.

Het personeel begint de voorgerechten uit te delen en mijn maag gorgelt hongerig.

'En wat dacht jij toen je Lucy zag?' Elaine doet een voorzet. We kunnen net zo goed midden op tafel gaan zitten, als decoratiemateriaal. Dit begint belachelijk te worden.

'Ik had nog nooit zo'n goeie glimlach gezien,' antwoordt Josh uitgestreken.

Diane en Elaine kijken elkaar aan, ze bijten op hun lippen en hun wenkbrauwen komen omhoog. Ik ken die blik; het is de Hoopvolle Moeder-blik.

Maar zelfs ik kan me niet inhouden en roep uit: 'Meen je dat nou?'

Als hij liegt dan overtreft hij zichzelf. Ik ken zijn gezicht beter dan dat van mezelf, en ik kan hem niet op een leugen betrappen. Hij knikt en gebaart naar mijn bord.

Ik krijg te horen dat Patrick en Mindy op huwelijksreis naar Hawaï gaan.

'Daar heb ik altijd al naartoe gewild. Ik kan wel wat zon gebruiken. Vakantie klinkt erg aantrekkelijk op dit moment.' Terwijl ik mijn bord, dat ik zo ongeveer heb schoongelikt, wegduw, herinner ik me dat ik een reisje naar Sky Diamond Strawberries in het verschiet heb. Ik begin erover tegen Josh, want hij vindt aardbeien fascinerend, maar zijn moeder onderbreekt me.

'Is het druk op het werk?' vraagt Elaine.

Ik knik. 'Ontzettend druk. En voor Josh geldt hetzelfde.'

Anthony snuift zacht en trekt een smalend gezicht. Man, die uitdrukking komt me bekend voor. Josh verstijft, en Elaine kijkt haar man bestraffend aan.

Het hoofdgerecht wordt opgediend en ik begin het met smaak te ontmantelen. De spanning veroorzaakt steeds meer haarscheurtjes in de sfeer aan tafel. Ik zal wel ontzettend traag van begrip zijn, maar ik kan er maar niet achter komen wat erachter zit. Inderdaad, Anthony heeft niet veel gezegd, maar hij lijkt me niet onaardig. Elaine wordt steeds nerveuzer, glimlacht steeds geforceerder terwijl ze probeert de stemming erin te houden. Ze werpt steeds weer een smekende blik op Anthony.

Als de obers de borden afruimen, maken alle belangrijke gasten zich op voor hun toespraak. Anthony haalt een kaartje uit zijn binnenzak. Tijdens het testen van de microfoon schuif ik mijn stoel een stukje dichter naar die van Josh en hij legt zijn arm om mijn schouder. Ik leun tegen hem aan.

De getuigen zeggen een paar woorden en Mindy's vader heet Patrick welkom in de familie. Ik glimlach, want je kunt horen dat hij het meent. Hij vertelt hoe fijn hij het vindt dat hij er een zoon bij heeft gekregen. Josh drukt me dichter tegen zich aan en ik laat het toe.

Anthony gaat op het podium staan en staart met een blik die aan afkeer grenst naar zijn kaartje. Hij buigt zich naar de microfoon. 'Elaine heeft een paar suggesties voor me opgeschreven, maar ik denk dat ik ga improviseren.' Hij praat langzaam en doelbewust, met iets sarcastisch in zijn toon dat erfelijk lijkt te zijn onder de mannelijke Templemans.

'Ik heb altijd grote dingen verwacht van mijn zoon.' Hij grijpt de randen van de katheder vast en kijkt uit over het publiek. Zijn woordkeus impliceert dat hij maar één zoon heeft, maar misschien zoek ik er te veel achter.

'En hij heeft me niet teleurgesteld. Niet één keer. Ik heb nooit het telefoontje gekregen dat alle ouders vrezen. Het "Hé pa, ik zit vast in Mexico"-telefoontje. Dat heeft Patrick me nooit geflikt.' De mensen lachen nu harder.

'Ik trouwens ook niet,' mompelt Josh in mijn oor.

'Toen hij afstudeerde, hoorde hij bij de beste vijf procent van zijn jaargang. Het is een voorrecht geweest om hem te zien opgroeien tot de man die nu voor jullie zit,' vervolgt Anthony. 'Hij heeft zich ontwikkeld tot iemand met talloze goede eigenschappen en wordt gerespecteerd onder zijn gelijken.'

Ik kan geen bijzondere emotie ontdekken in zijn stem, maar hij kijkt net iets te lang naar Patrick.

'Ik moet toegeven dat ik mezelf terugzag in Patrick, op de dag dat hij zijn studie medicijnen afrondde. En het was een opluchting voor me om te weten dat onze medische dynastie zou worden voortgezet.'

Naast mijn oor ademt Josh scherp in. Zijn arm om mijn schouders voelt steeds meer aan als een bankschroef.

Anthony heft zijn glas. 'Maar ik geloof dat je zo sterk bent als de persoon die je kiest om je leven mee te delen, en door met Melinda te trouwen geeft hij me vandaag opnieuw een reden om een trotse vader te zijn. En Mindy, ik moet zeggen dat je een uitstekende Templeman hebt gekozen om mee te trouwen. Welkom in de familie.'

We heffen ons glas, maar Josh doet niet mee. Ik kijk over mijn schouder, naar twee mensen die met hun hoofden bij elkaar zitten te smiespelen terwijl ze naar ons loeren. Mindy's moeder staart met onverholen medelijden naar Josh.

Mindy en Patrick snijden de taart aan en voeren elkaar een stukje. Ik heb me de hele dag al lopen verheugen op die taart, en ik word niet teleurgesteld. Een enorm stuk van iets machtigs met chocolade wordt voor me op tafel gezet.

'Goeie speech. Bedankt voor die opmerking,' zegt Josh tegen zijn vader.

'Het was een grapje.' Anthony glimlacht naar Elaine, maar ze vind het niet leuk.

'Hilarisch.' Haar blik wordt ijzig.

Ik weet wanneer het tijd is om van onderwerp te veranderen. 'Die taart is een moordwapen van chocolade. Hopelijk blijft de schade beperkt.'

'Je zou versteld staan van de ellende die een vetrijk dieet aanricht in de slagaderen,' wil Anthony kwijt.

'Maar het is toch niet erg om jezelf af en toe te trakteren? Dat hoop ik tenminste niet.' Ik hark de taart met mijn vork naar binnen.

'Liever niet nee. Verzadigd vet, transvetten, als je ze eenmaal in je aderen hebt, gaan ze niet meer weg. Tenzij je een hartaanval krijgt, dan mag iemand als Elaine je weer oplappen.'

‘Hij is nogal streng voor zichzelf.’ Elaine probeert me gerust te stellen als ik mijn vork kletterend laat vallen en mijn hand tegen mijn borst druk. ‘Er is niks mis met af en toe iets lekkers. Dat is zelfs goed.’

‘Ze vroeg om mijn mening, dus die heb ik gegeven,’ verklaart Anthony plechtig.

Het valt me op dat hij geen stuk taart voor zich heeft staan. Dat doet me denken aan de personeelsvergadering; Josh at toen ook geen taart. Ik kijk opzij en tot mijn verrassing pakt Josh zijn vork en hij begint zijn punt naar binnen te werken. Steeds weer proppen we een hap in onze gulzige monden tot Anthony's voorhoofd samentrekt van afschuw. Hij is het blijkbaar niet gewend dat zijn wijze adviezen in de wind worden geslagen.

‘Genotzucht is een gevaarlijke eigenschap. Het kan heel moeilijk zijn om jezelf weer in het gareel te krijgen als je eenmaal begint toe te geven aan onzinnige impulsen.’ Anthony heeft het niet over de taart. Josh laat zijn vork vallen.

Elaine zit er ellendig bij. ‘Anthony, alsjeblieft. Laat hem met rust.’

‘Kom mee,’ zeg ik tegen Josh, en tot mijn verrassing staat hij gehoorzaam op en loopt hij met me naar de donkere kant van de lege dansvloer.

‘Kun je alsjeblieft uitleggen wat er aan de hand is? De spanning is niet te harden. Het spijt me, maar je vader is een lul. Doet hij altijd zo?’

Hij haalt zijn hand door zijn haar. ‘Zo vader, zo zoon.’

‘Nee, jij bent niet zo. Hij gedraagt zich stijlloos en hij maakt je moeder overstuur. En die speech was bizar.’ Telkens als ik het gevoel krijg dat ik Josh moet beschermen sta ik weer te duizelen. Ik pak zijn hand, die hij tot een vuist heeft gebald.

Hij kijkt naar mijn vingers. ‘Het eten is voorbij. We hebben het overleefd. Dat is het enige wat me iets kan schelen.’

‘Maar waarom heb ik het gevoel dat iedereen naar jou kijkt? Alsof ze zich afvragen of het wel goed met je gaat. Met iets van: “Hou vol, ouwe reus.”’

‘Ik neem aan dat ze vinden dat ik niet al te erg hoef te lijden.’ Hij slaat zijn arm om mijn middel.

Ik krijg het warm door die vleiende opmerking, al kan het ook door die tweeduizend eersteklas taartcalorieën komen. 'Dat zien ze verkeerd. Niemand kan je laten lijden zoals ik.' Als beloning voor mijn gevatte opmerking krijg ik een glimlach. 'Gaat het wel goed met je? Vertel me alsjeblieft over dat Grote Schandaal waar ze allemaal over zitten te fluisteren. Ik kan me niet voorstellen dat jouw beslissing om geen arts te worden zoveel opwinding heeft veroorzaakt.'

Het komt niet vaak voor dat Josh dingen voor zich uit schuift, maar nu doet hij het. 'Het is een lang verhaal. Eerst naar de wc.'

'Als je uit het raam klimt, word ik razend.'

'Ik kom terug, dat beloof ik. En dan vertel ik je het hele sneue verhaal. Red je het een minuutje?'

'Ik heb vriendschap moeten sluiten met de helft van de mensen in deze zaal, weet je nog? Ik vind wel iemand om mee te kletsen.' Ik kijk hem na en neem een zo nonchalant mogelijke houding aan.

Ik heb Mindy nog niet gesproken. Buiten werd ze steeds weer verplaatst door de fotografen, maar ze heeft naar me geglimlacht en ik heb de indruk dat ze aardig is. Ze staat dichtbij geanimeerd te praten met een ouder stel. Als zij weglopen glimlach ik en ik zwaai voorzichtig. Ik vind het vervelend voor haar dat er vreemden op haar bruiloft zijn.

'Hallo Mindy, ik ben Lucy. Ik ben Joshua's, eh… introducee. Bedankt dat ik mocht komen. De dienst was prachtig, en ik vind je jurk geweldig.'

'Leuk om je te ontmoeten. Ik kon niet wachten.' Ze glimlacht breed en neemt me openlijk nieuwsgierig met haar donkere ogen op.

'Jij bent het meisje dat de ijspegel heeft gesmolten.'

'O! Eh… Gesmolten, dat weet ik niet… IJspegel?' Soms maak ik de mooiste volzinnen.

'Je weet toch wel dat Josh en ik een jaar samen zijn geweest?' Ze maakt een handgebaar alsof het niets voorstelt.

'Wat? Nee.' Mijn maag klapt dubbel. En nog een keer. Ze strijkt haar haar glad, hoewel het perfect in model zit. Het is blond. Zij is lang, bruin en ze heeft donkere ogen. Zij is de lange blonde.

Mijn mond vormt waarschijnlijk een perfect cirkeltje. Ik ben sprakeloos, alles valt op zijn plek. Hoe vernederend moet het zijn om in je eentje naar de bruiloft van je ex-vriendin te gaan? Zeker als ze met je broer trouwt.

'Hoelang is het geleden dat je Patrick hebt ontmoet?' Ik probeer mijn stem neutraal te houden. Ik klink als het navigatiesysteem van mijn auto.

'Ik heb hem natuurlijk leren kennen toen ik nog met Josh was. Toen er op Josh' werk al die toestanden waren vanwege de fusie ging ik met Patrick praten omdat ik wilde begrijpen waarom Josh zo afstandelijk deed. Hij is niet zo'n prater, dat hoef ik je niet te vertellen.'

Ik kijk naar alle vreemden die zich de hele avond aan Josh hebben zitten vergapen. Ze hebben zich allemaal afgevraagd hoe het voor hem moet zijn om deze beeldschone vrouw met zijn broer te zien trouwen. Een jaar. Dan zijn ze zeker met elkaar naar bed geweest. Deze onberispelijke, slanke blondine heeft in zijn bed gelegen. Zijn mond gekust. Ik slik zuur weg.

'Patrick en ik hadden gewoon een klik. Het is nogal een achtbaan geweest; we hebben ons pas een halfjaar geleden verloofd. Ik heb er nog steeds een rotgevoel over, maar Josh en ik pasten niet bij elkaar. Ik vond zijn buien soms beangstigend. Ik weet nog steeds nauwelijks waar ik met hem over moet praten. Het spijt me, dat was lomp. Zeg alsjeblieft niet dat ik dat heb gezegd.'

Ik heb het gevoel dat ik ieder moment in tranen kan uitbarsten, en Mindy ziet het met groeiende verontrusting aan.

'Het spijt me, Lucy, ik nam aan dat hij dat wel verteld zou hebben. Hij is zo gelukkig met jou. Ik had nooit verwacht dat hij zo ontzettend verliefd kon worden, dat is hij op mij in ieder geval nooit geweest. Maar misschien is het juist wel logisch. Intense mannen zoals hij vallen meestal behoorlijk hard als het uiteindelijk gebeurt.'

Ik dwing mezelf om te glimlachen, maar het is niet overtuigend. Ik wil het niet op mijn geweten hebben dat ik Mindy's blije bruiloftsstemming bederf, maar vanbinnen breek ik in stukjes. Hoe heb ik zo stom kunnen zijn om te denken dat hij zonder dubbele agenda met me liep te pronken? Ik ben morele ondersteuning op de bruiloft van zijn ex-vriendin. Als dat geen schoolvoorbeeld is van een gelegenheidsvriendinnetje dan weet ik het niet meer.

'O, Lucy. Het spijt me dat ik je overstuur heb gemaakt, zeker als het nog pril is tussen jullie. Maar Josh is helemaal van jou.'

Het lukt me om slapjes te lachen. Echt niet.

'Patrick was totaal verrast. Hoe zei hij het ook weer? Iets als: "Ik heb nooit eerder gemerkt dat Josh een hart had."'

'Hij heeft een hart.' Een egoïstisch hart, dat dan weer wel.

Een weddingplannerachtig type wenkt Mindy en ze zwaait.

'Hij gaat helemaal voor jou.' Mindy klopt op mijn arm. 'Ik moet nu het bruidsboeket gaan gooien. Ik zal op je mikken.'

Beeldschoon en beheerst slalomt ze tussen de gasten door. Ze is alles wat ik nooit zal zijn.

Armen glijden van achteren om mijn middel. Een kus in mijn nek, verdund door mijn haar. Het effect is zo sterk dat ik diep moet slikken. De diskjockey roept alle ongetrouwde dames op de dansvloer, en het punt waarop ik ga flippen komt steeds dichterbij. Mijn handpalmen zweten, ik moet hier weg.

'Hoi. Waar zijn al je nieuwe vrienden?' Hij begint me in de richting van de groeiende groep mededingers te duwen.

'Nee, Josh, dat wil ik niet.'

De mensen kijken naar ons. Ik voel de onbedwingbare behoefte om een scène te schoppen, maar weet dat het niet kan. Tranen komen omhoog en ik raak steeds meer in paniek. Anders is hij altijd zo opmerkzaam, maar nu heeft hij niets in de gaten.

'Waar is je wil om te winnen gebleven?' Josh geeft me een laatste harde duw en ik val tussen de kluwen vrouwelijk overschot, van wie de jongste het slissende bloemenmeisje is en de oudste een vrouw van begin vijftig die haar beenspieren staat te rekken. Iedereen kijkt naar het boeket. Het is prachtig. We willen het allemaal.

Ik spot Josh' moeder langs de kant. Ze glimlacht naar me, maar dan betrekt haar gezicht en er verschijnt een bezorgde blik in haar ogen.

Geen idee hoeveel er van mijn gezicht af te lezen is. Mindy vangt mijn blik, en ik zie dat het haar oprecht spijt dat ze me zo overstuur heeft gemaakt. Josh gaat bij zijn moeder staan om het beter te kunnen zien en ze wisselen een blik uit. Ze maakt een gebaar, hij buigt zijn hoofd en ze zegt iets tegen hem. Hij werpt me een scherpe blik toe.

Het wordt me allemaal te veel.

'Daar gaan we!' Mindy draait ons haar rug toe en maakt een paar theatrale proefzwaaien. Het boeket lijkt op een taart van roze lelies.

Ik merk nauwelijks dat de bloemen met een klap tegen mijn borst slaan. Ze vallen in de wachtende armen van het bloemenmeisje, dat verrukt begint te gillen. De verzamelde menigte staat hoofdschuddend te lachen om mijn gebrek aan spiercoördinatie. 'Ze had het kunnen vangen,' zeggen ze tegen elkaar.

Ik ben zo teleurgesteld dat ik het boeket níét heb gevangen dat de paniekaanval op volle kracht toeslaat.

Ik lach beleefd en krijg het voor elkaar om tussen de toeschouwers door rustig naar de andere kant van de dansvloer te lopen. Dan maak ik vaart. Ik moet weg uit deze zaal. Ik weet dat Josh achter me aan zal komen, dus in plaats van de meest voor de hand liggende schuilplaats te kiezen – de damestoiletten – schiet ik de gang voor het personeel in en ik kom uit in de tuin naast het hotel.

Een paar stropdassen staan rokend met hun telefoon te prutsen en nemen me verveeld op. Ik ga op een drafje verder en begin dan echt te rennen, mijn puntige hakken raken de grond nauwelijks. Ik wil pas stoppen als ik bij het water ben. Ik wil in een roeiboot springen en wegvaren naar een onbewoond eiland.

Dan pas kan ik onder ogen zien wat er is gebeurd.

Ik voel iets voor Joshua Templeman. Ik heb onomkeerbare, onnozele en onverstandige gevoelens voor hem. Waarom zou dit anders zoveel pijn doen? Waarom wilde ik niets liever dan dat trouwboeket vangen en hem zien glimlachen? Bevend loop ik verder langs de waterkant.

Veel te snel komen er voetstappen op me af. Ik verbijt mijn ongeduld en doe mijn mond al open om hem precies te vertellen wat ik van hem denk.

Maar dan zie ik dat het zijn moeder is.

Hoofdstuk 24

'O, hallo,' weet ik uit te brengen. 'Ik had even frisse lucht nodig.'

Elaine werpt één blik op me, doet haar tas open en diept een pakje papieren zakdoekjes op. Even weet ik niet wat ik ermee moet, maar als ik een zakdoekje tegen mijn oog druk blijkt het nat te worden.

In het afnemende licht van de zonsondergang staren we naar het donkere, glinsterende water. Ik ben zo overstuur dat ik niet eens doorheb dat ik op het punt sta om mijn hart uit te storten bij zijn moeder. Op dit moment is ieder luisterend oor goed genoeg. Ik zie haar toch nooit meer terug.

'Hij heeft me nooit over Mindy verteld.'

Ze is verontwaardigd en kijkt boos over haar schouder. 'Dat had hij wel moeten doen. Je had er niet op deze manier achter mogen komen.'

'Alles valt opeens op zijn plek. Ik snap niet dat ik zo stom ben geweest. Ongelofelijk, hoe hij zich heeft gedragen.'

'Alsof hij verliefd op je is.'

'Ja.' Mijn hart breekt nog wat verder. 'Hij heeft ooit gezegd dat hij een goede acteur is. Ik kan er gewoon niet bij.' Mijn laatste sprankje dwaze hoop is uitgedoofd.

Ze zegt niets, en legt haar hand op mijn schouder. 'Ik denk niet dat hij een spel met je heeft gespeeld.'

Van het woord 'spel' krijg ik nog meer buikpijn.

'Het spijt me, maar je hebt geen idee hoe goed hij is in spelletjes. Iedere dag, al zolang we samenwerken, van maandag tot en met vrijdag. Maar dit is inderdaad de eerste keer dat hij in het weekend met me probeert te sollen.'

Elaine kijkt langs me heen. Ik zie Josh' silhouet, hij beent met geagiteerde passen op en neer langs de zijkant van het gebouw. Als ze haar hoofd schudt staat hij stil.

'Waarom ben je vandaag meegegaan?' Ze lijkt oprecht geïnteresseerd.

'Hij had nog iets van me tegoed. Hij zei dat hij me meenam voor morele ondersteuning. Geen idee waarom, maar ik ben nog gegaan ook. Ik dacht dat het ermee te maken had dat hij zijn studie medicijnen had opgegeven. En nu krijg ik te horen dat zijn ex-vriendin met zijn broer trouwt? Ik ben in een soap terechtgekomen.'

Elaine pakt mijn elleboog en houdt me tegen. Met een vertederde glimlach om haar lippen begint ze te praten. 'Ik spreek hem iedere zondag, en ik ken je al net zo lang als hij. Een beeldschoon meisje, de blauwste ogen, de roodste lippen, het zwartste haar. Hij beschrijft je alsof je in een sprookje thuishoort. Hij weet alleen nooit helemaal zeker of je de prinses bent of de schurk.'

Ik bal mijn handen tot vuisten. 'Schurk. Ik voel me een totale idioot omdat ik ook maar één moment heb geloofd dat hij...' Het lukt me niet om mijn zin af te maken.

'Jij bent het meisje dat hij Taartje noemt. Toen ik die bijnaam voor het eerst hoorde, wist ik genoeg. Je moet van me aannemen dat hij nog nooit zo naar iemand heeft gekeken als naar jou.'

Deze aardige vrouw begint me te irriteren. Het is wel duidelijk dat ze zo bevooroordeeld is dat ik haar niet meer als klankbord kan gebruiken. Ze kan niet geloven dat haar zoon tot zoiets misselijks in staat is. Ik doe mijn mond open, maar ze snoert me streng de mond.

'Eerder was hij met Mindy. Ik ben zo blij met haar als schoondochter. Schat van een meid. Assepoester legt het af tegen haar.'

'Ze is geweldig. Met haar heb ik geen probleem.'

'Maar ze heeft Josh nooit uitgedaagd. Jij wel, al sinds de dag dat je hem leerde kennen. Je krijgt hem kwaad. Je bent nooit bang voor hem geweest. En je hebt geprobeerd om hem te begrijpen, al was het maar om hem de baas te blijven in die kantooroorlog van jullie. Je ziet hem écht.'

'Ik heb mijn best gedaan om dat te voorkomen.'

'Josh en zijn vader zijn niet makkelijk. Sommige mannen zijn heerlijk in de omgang, Patrick, bijvoorbeeld. Redelijk, kalm, altijd glimlachen. Josh heeft ook een bijnaam voor hem: de Aardige Vent. En het is nog waar ook. Patrick ís aardig. Je moet sterk zijn om van iemand als Josh te houden, en ik denk dat jij dat bent. Patrick is een open boek, Josh is een kluisje. Maar hij is het waard. Je gelooft het misschien niet, en na vanavond kan ik je dat niet kwalijk nemen, maar zijn vader ook.'

Elaine wenkt dat Josh moet komen en hij loopt op ons af.

'Alsjeblieft, pak hem niet al te hard aan.' Vermanend voegt ze eraan toe: 'Je had dat boeket kunnen vangen. Als je je armen een klein stukje had uitgestoken.'

'Ik kon het echt niet.'

Ze kust me op mijn wang en omhelst me zo hartelijk dat ik mijn ogen dichtknijp. 'Op een dag wel. Mocht je besluiten om te blijven, we ontbijten om tien uur met het hele gezin in het restaurant. Ik zou dolgraag willen dat jullie daar allebei bij zijn.' Ze loopt weg over het pad en onderschept Josh halverwege. Daar beginnen ze druk te overleggen. Fijn, ze waarschuwt de vijand voor wat hem te wachten staat. Ik heb er schoon genoeg van om hier te zijn, bij dit water, onder deze lucht. Ik ga op een laag betonnen bankje zitten en probeer mijn hart weer in mijn borst te proppen. Zelfs zijn eigen moeder geloofde dat hij verliefd op me was.

'Je bent achter de Mindy-toestand gekomen.' In de twintig meter die hij moest overbruggen om me te bereiken heeft hij ongetwijfeld zijn argumenten op een rijtje gezet.

'Ja. Goed gedaan. Ik ben er met open ogen in getrapt.'

'In getrapt?' Hij gaat naast me zitten en wil mijn hand pakken, maar ik trek hem weg.

'Hou op met die flauwekul. Ik weet best dat je een showtje met me hebt opgevoerd voor Mindy en haar familie. Misschien had je iemand moeten huren die er beter uitzag dan ik.'

'Geloof je serieus dat dat de reden is dat je hier bent?' Hij heeft het lef om geschokt te kijken.

'Stel je eens voor dat het andersom zou zijn. Ik neem jou mee naar de bruiloft van mijn ex-vriend en doe of ik niet van je af kan blijven. Ik geef je het gevoel dat je bijzonder bent. Belangrijk. Dat je mooi bent.' Mijn stem trilt. 'En dan kom je erachter hoe het zit, en plotseling moet je je afvragen of het wel echt was.'

'Dat jij hier bent, heeft niets met Mindy te maken. Helemaal niets.'

'Maar zij is toch de lange blonde die je na de fusie heeft gedumpt? Over haar hadden we het, vanochtend in bed. Je arme gebroken hartje. Waarom heb je het vanochtend niet verteld?' Ik sla mijn handen voor mijn gezicht en steun met mijn ellebogen op mijn knieën.

Josh draait zich naar me toe. 'We lagen in bed, en je begon net een beetje naar me te kijken alsof je niet de pest aan me had. En ze heeft mijn hart niet gebroken.'

Ik onderbreek hem. 'Ik had het best kunnen opbrengen om mee te gaan als je zogenaamde vriendinnetje, maar daar had je vooraf eerlijk over moeten zijn. Het was een klotestreek, en eerlijk gezegd ben ik vooral kwaad op mezelf omdat ik niet zag aankomen dat je me zoiets zou flikken.'

Josh wordt steeds ongeruster. Hij legt zijn hand op mijn schouder en draait me voorzichtig naar zich toe. We staren elkaar aan. 'Ik wilde dat je erbij zou zijn omdat ik je altijd bij me wil hebben. Het kan me niet schelen dat ze met Patrick is getrouwd, wat mij betreft is het voltooid verleden tijd. Als ik je dit vanochtend had verteld dan had ik toch alles bedorven? Ik wist hoe je zou reageren. Precies zoals nu.'

'Logisch toch dat ik zo reageer?' Ik klink als een jengelende, vuurspuwende draak. 'Heb ik je niet letterlijk gevraagd of er een of ander gevoelig onderwerp was waarvan ik op de hoogte moest zijn, zodat ik gewaarschuwd was? Je had het me op kantoor al kunnen vertellen. Dagen geleden. Niet nu.'

'Je was nooit meegegaan als je het had geweten. Dan zou je niet hebben geloofd dat dit weekend ook maar iets meer zou kunnen zijn dan een toneelstukje. Hoe je ook gereageerd zou hebben, het zou niet goed zijn geweest.'

Met tegenzin geef ik tegenover mezelf toe dat hij waarschijnlijk gelijk heeft. En als hij me zover had gekregen dat ik was meegegaan, dan zou ik waarschijnlijk een of ander personage hebben verzonnen. En ik weet wel zeker dat ik valse wimpers zou hebben gedragen.

Hij raakt mijn pols aan. 'Geloof het of niet, ik maakte me vooral druk om andere dingen. Mijn moeders bloemstukken. De stemming van mijn vader. Jouw bloedsuikerspiegel. Dat ik je dit moest uitleggen is een beetje op de achtergrond geraakt.' Hij kijkt uit over het water en trekt zijn das los. 'Mindy is een aardige meid, maar ik heb je niet meegenomen om haar te bewijzen dat ik verder ben gegaan met mijn leven. Het kan me niet schelen wat ze denkt.'

'Ik kan gewoon niet geloven dat je zo lauw kunt doen over deze situatie.' Ik kan geen enkele emotie aflezen uit zijn blik.

Hij staart naar het water en denkt even na. 'Laten we het zo stellen, ze zou nooit mijn vrouw zijn geworden. We pasten niet bij elkaar.'

Als ik hem 'mijn vrouw' hoor zeggen, verstijf ik. Zonder te knipperen staar ik voor me uit, mijn pupillen zijn grote zwarte gaten. Mijn keel wordt gortdroog van angst en paniek. Ik heb totaal geen zin om te onderzoeken waarom ik me zo voel. Ik spring nog liever in het water om hard weg te zwemmen.

Gespannen kijkt hij opzij. 'Wil je me misschien de echte reden geven waarom dit je zo dwarszit, nu ik je heb bezworen dat je hier niet bent als onderdeel van een of andere ingewikkelde wraakoefening? Behalve dan dat ik heb gelogen door informatie achter te houden en dat iedereen naar ons zat te staren? Mensen die je nooit meer hoeft te zien?'

Dit komt iets te dicht bij mijn verwarde kluwen van nieuwe gevoelens. Een tijdlang doe ik mijn best om een antwoord te bedenken dat ook maar half geloofwaardig klinkt, maar als dat niet lukt, sta ik op en loop ik zo snel terug naar het hotel dat hij grote passen moet nemen om me bij te houden.

'Wacht.'

'Ik pak de bus naar huis.' Binnen probeer ik de liftdeur voor hem dicht te laten schuiven maar hij werkt zich zonder moeite met zijn schouders naar binnen. Nadat ik op het knopje heb gedrukt, pak ik mijn telefoon om uit te zoeken wanneer er een bus gaat. Ik heb geen idee hoe laat het is, en ik heb een aantal telefoontjes gemist. Als Josh iets wil zeggen, steek ik mijn hand op en hij slaat geïrriteerd zijn armen over elkaar.

Ik scrol afwezig door mijn berichten; Danny heeft vanmiddag een paar keer geprobeerd om me te bereiken. Ik heb een aantal berichtjes in de trant van: *Heb je een voorkeur voor een bepaald lettertype... Oké, dan kies ik zelf wel... Kun je me even terugbellen als het uitkomt?*

De lift zegt ping.

Josh staat erbij alsof hij ieder moment knettergek kan worden. Ik weet hoe hij zich voelt.

'Laat me met rust,' zeg ik met zoveel waardigheid als ik kan opbrengen, en ik loop naar het eind van de gang. Daar staan een paar leunstoelen in een erker. Overdag zou dit een fijne plek zijn om een boek te lezen. 's Avonds, als het laatste perzikkleurige licht van de avondzon wegtrekt, kun je hier perfect gaan zitten koken van woede.

Ik ga zitten en bel het vervoersbedrijf. Om kwart over zeven vertrekt er nog een late bus, en die stopt toch al bij het hotel om iemand op te pikken. De goden zijn me gunstig gezind.

Ik kan naar de kamer gaan, maar dan moet ik het gesprek met Josh afmaken en ik ben helemaal opgebrand. Een lege huls, er is niets meer van me over. Ik moet het nog even uitstellen.

Danny neemt al op voor de telefoon twee keer is overgegaan. 'Hoi,' zegt hij een beetje stijfjes. Niets is zo irritant als een onbereikbare klant, neem ik aan. En helemaal eentje die je een gunst verleent.

'Hoi, sorry dat ik niet bereikbaar was. Ik was op een bruiloft en het geluid van mijn telefoon stond uit.'

'Geeft niet. Ik ben net klaar.'

'Ontzettend bedankt. Is het allemaal goed gegaan?'

'Ja, het meeste wel. Ik ben het nu thuis op mijn iPad aan het nakijken, ik blader er nog even doorheen. De opmaak ziet er goed uit. Van wie is die bruiloft?'

'Van de broer van een ontzettende eikel.'

'Je bent daar met Joshua.'

'Hoe raad je het?'

'Ik had al zo'n idee.' Hij lacht. 'Maak je niet druk. Je geheim is veilig bij mij.'

'Dat hoop ik maar.' Op dit moment zal het me een zorg zijn. Het zou mijn verdiende loon zijn om vernederd te worden in de gangen van B&G.

'Wanneer kom je terug? Ik wil je graag het resultaat laten zien.'

'Morgen. Ik bel je als ik weer in de stad ben, dan kunnen we ergens afspreken.'

'Het is handiger voor mij als je maandagavond bij mij thuis zou willen komen. Ik heb alles bijgehouden zoals je hebt gevraagd. De tijd die ik erin heb gestoken, en wat ik denk dat het zou kosten als je dit op de normale commerciële manier zou willen doen. Of als je er iemand voor zou willen aannemen.'

'Indrukwekkend. Misschien kan ik pizza's meenemen als bedankje.'

'Graag.' Danny's stem zakt ondeugend een halve octaaf. 'En, wat had je aan bij die bruiloft?'

'Een blauwe jurk.' In de weerspiegeling van het raam duikt Joshua boven me op. Ik spring bijna uit mijn stoel van schrik.

Hij pakt me de telefoon af en kijkt wie er belt. 'Dit is Joshua. Bel haar niet terug. Ja, dat meen ik.' Hij hangt op en stopt mijn telefoon in zijn zak.

'Hé, geef terug.'

'Zet dat maar uit je bolle hoofd. Dus je ging ervandoor om stiekem met hem te bellen?' De blik in zijn ogen is dreigend, duister.

'Het ging over werk!'

Hij pakt mijn handen en dwingt me om overeind te komen. Ergens vlakbij gaat een deur open. We zijn te dicht bij de kamers om ons een van onze karakteristieke schreeuwwedstrijden te kunnen permitteren. We persen allebei onze lippen op elkaar en marcheren onze kamer binnen. Ik probeer de deur niet dicht te gooien.

'Nou?' Josh slaat zijn armen over elkaar.

'Het ging over werk.'

'Tuurlijk, joh. Een zakelijk telefoontje. Eten? Wat had je aan?' Hij knijpt zijn ogen tot spleetjes en bekijkt me alsof hij overweegt om me te villen. Ik snap hoe hij zich voelt. Ik wil hem een ram tegen zijn kop verkopen. Er hangt zoveel razende energie in de lucht dat het bijna naar zwavel begint te ruiken. Het probleem met Joshua is dat hij zelfs als hij woedend is een lust voor het oog blijft. Misschien nog wel meer dan anders. Een en al glinsterende zwarte ogen en strakke kaaklijnen. Warrig haar en verwoed getrek aan de zoom van zijn overhemd. Daardoor wordt het moeilijker om boos op hem te blijven, ik moet al die dingen proberen te negeren. Het is een onmogelijke opgave, waarmee ik al worstel zolang ik hem ken. Maar toch, ik zet door.

'Je hebt het recht niet om me de les te lezen. Ik wist al dat dit een ramp zou worden toen ik bij je in de auto stapte.' Ik schop mijn schoenen door de kamer. 'Ik ga zo weg. Er komt een bus.' Ik pak mijn tas.

Hij steekt bezwerend zijn hand op. 'Na Danny en Mindy hebben we voor vandaag wel genoeg jaloerse onthullingen gehad, vind je ook niet? Ik word gek als je niet voor één keer naar me wil luisteren.' Hij trekt zijn manchetknopen los, gooit ze op het dressoir en schuift mopperend zijn mouwen omhoog. 'Kleine teringlijer. Wat heeft ze aan? Wil die eikel dood?'

Door de uitdrukking op zijn gezicht vraag ik me af of ik zelf misschien ook een doodswens heb. Ik probeer me achter de leunstoel te verschansen om mezelf de illusie te geven dat ik nog een kant op kan, maar hij wijst tussen zijn schoenen.

'Hou op met je verstoppen. Kom hier.'

'Ik zou maar met iets goeds komen.' Ik steek de kamer over, ga met mijn handen in mijn zij voor hem staan en maak me zo groot mogelijk. Hij heeft een aantal lange seconden nodig om te besluiten hoe het nu verder moet.

'Eerst twee simpele problemen. Danny en Mindy.' Hij staat erbij alsof hij de leiding neemt over een directievergadering. Het enige wat ontbreekt, is een powerpointpresentatie.

'Zie je iets in Danny? Zou je ooit van hem kunnen houden?' De koning van de seriemoordenaars heeft vast ook zulke ogen.

'Ik belde Danny over iets wat met werk te maken heeft. Met mijn sollicitatie. Dat weet je al! Neem me niet kwalijk dat ik mijn geheimen niet prijs wil geven aan mijn directe concurrent.'

'Geef antwoord op mijn vraag.'

'Nee en nee. Hij helpt me met iets wat ik tijdens mijn presentatie wil gebruiken. Het is een ontwerpklus, hij is gaan freelancen. Hij bewijst me een enorme gunst door er in het weekend aan te werken, maar het kan me niet schelen of ik hem ooit nog zie.'

De krankzinnige blik in zijn ogen wordt wat milder. 'En Mindy laat mij koud. Daarom heeft ze me verlaten voor mijn broer.'

'Dat had je moeten vertellen. Bij je thuis, op de bank. Dan had ik geprobeerd om het te begrijpen. Toen waren we bijna vrienden.' Maar eigenlijk zit iets anders me nog meer dwars. Hij vertrouwde me niet met die informatie.

'Ik had je eindelijk zover dat je op mijn bank wilde zitten, en dan zou ik je moeten vertellen dat ik zo'n belabberd vriendje was dat mijn vorige vriendin met mijn broer is geëindigd? Dat lijkt me niet bepaald een aanbeveling voor mijn karakter. Goh, wie zou nu niet willen blijven na zo'n verhaal?' Zijn wangen worden donkerder. Hij schaamt zich kapot.

'En waarom was ik ook weer hier? Morele ondersteuning, weet je nog?'

Hij probeert een paar keer iets terug te zeggen, maar het lukt niet.

'Als er al iemand is die mijn hart heeft gebroken, dan was het niet Mindy. Het was mijn vader.' Hij wrijft met zijn hand over zijn gezicht. 'Je hebt altijd gelijk gehad over de reden dat ik morele ondersteuning nodig had. Er is helemaal geen grote samenzwering, het gaat over die medicijnenstudie. Dat ik het heb opgegeven, gefaald heb, een teleurstelling was. Je bent hier omdat ik verdomme bang ben voor mijn eigen vader.'

'Wat heeft hij dan gedaan?' Ik durf het nauwelijks te vragen. Als ik aan vaders denk, dan zie ik die van mij voor me. Een enorme, grappige explosie van lawaai, al sinds ik heel klein was, iemand die me altijd verraste met smurfen en schurende stoppelbaardzoenen. Ik weet dat er slechte vaders bestaan, en als ik de blik op Josh' gezicht zie, wens ik hem van harte een betere toe.

'Hij heeft me mijn hele leven genegeerd.'

Het klinkt alsof dit de eerste keer is dat hij dat hardop zegt, en hij staart doodongelukkig naar de vloer. Ik sluip naar hem toe. De zoveelste bizarre caleidoscopische twist? Het is pijnlijk om hem zo te zien.

'Sloeg hij je? Heeft hij je gedwongen om medicijnen te studeren?'

Hij haalt zijn schouders op. 'Het Britse koninklijk huis heeft het altijd over *the heir and the spare*, de erfgenaam en de reserve. Ik ben de reserve. Patrick is de oudste en mijn vader is niet iemand die zijn inspanningen gaat verdunnen, als je begrijpt wat ik bedoel. Het is nooit hun bedoeling geweest om meer dan één kind te krijgen. Ik was een verrassing.

'Je was vast gewenst.' Ik pak zijn verkreukelde mouw en schud hem zacht en onbeholpen door elkaar. 'Je ziet toch zo hoeveel je moeder van je houdt?'

'Maar voor mijn vader zat ik niet in de planning. Hij heeft altijd alleen oog gehad voor Patrick, en moet je zien waar die nu is. De beste zoon, in feite de enige zoon, de trots van zijn vader op zijn trouwdag.'

Hij weigert me aan te kijken. We graven op dit moment in oeroude, pijnlijke grond.

'Niets van wat ik deed was ook maar een opmerking waard. Hij wilde geen cent bijdragen aan mijn opleiding, dat heeft mijn moeder gedaan. Ik heb me suf gestudeerd, alsof ik niet kon wachten om afgestraft te worden. Hij kon geen enkele waardering opbrengen voor wat ik deed.' Hij klinkt verstikt en bitter.

Mijn woede is inmiddels verdampt en ik kan niets anders bedenken dan mijn armen om hem heen slaan en hem vasthouden tot mijn armen er pijn van doen.

'Ik dacht dat als ik ook arts zou worden, dat hij dan misschien...'

'Dat hij je echt zou zien.' Net zoals zijn moeder al zei.

'En ondertussen liet dat perfecte wonderkind van een Patrick, die toch al niks verkeerd kon doen, het allemaal zo makkelijk lijken. Het probleem met Patrick is dat hij zo aardig is. Hij is zo godvergeten aardig. Hij doet alles voor iedereen, hij komt zelfs midden in de nacht uit bed om naar me toe te rijden en me met jou te helpen. Man, hoe aardig kun je zijn? Dat maakt het onmogelijk om hem te haten. En dat wil ik. Ontzettend graag.'

'Hij is je broer.' Ik schuif mijn arm door die van hem. 'Natuurlijk doet hij alles voor je.'

'Ze hebben één perfecte zoon, en dan ben ik er nog. Ik kan net zo goed ergens de beste in zijn, al is het maar in de klootzak uithangen. Aardig word ik toch nooit. Stel je eens voor hoe het is om op te groeien met zo'n vader. Ik moest wel zo worden.'

Ik denk aan de lompe manier waarop Josh bij B&G overal overheen dendert, en zijn verlegenheid en onzekerheid probeert te verbergen achter dat masker.

'Ik vind het vervelend om te zeggen, Josh, maar onder al die flauwekul ben je eigenlijk ook best aardig.'

'Ik heb geen zin meer om ergens de op een na beste in te zijn. Ik wil nooit meer op de tweede plaats komen.' Hij zegt het met ijzeren vastberadenheid. Ik denk weer aan de nieuwe baan, en ergens diep vanbinnen zucht ik. *Ze kunnen de pot op.*

'Heb je daarom altijd zo'n hekel aan me gehad? Ik ben hartstikke aardig. Ik ben veel te aardig en dat heb je altijd vreselijk gevonden.' Ik pluk aan de mouw van mijn jurk.

'Ik kon niet aanzien dat je je uiterste best deed voor mensen die misbruik maakten van je goedheid. Daarom wilde ik voor je opkomen, je daartegen beschermen. Maar dat kon niet, want je haatte me, en dus moest ik zorgen dat je voor jezelf ging opkomen.'

'En omdat ik zo aardig was kon je me onmogelijk haten?' vraag ik, zo hoopvol dat het gewoon sneu is.

Hij zet zijn duim onder mijn kin en zorgt dat ik omhoogkijk. 'Ja.'

'Wat een droevig verhaal is dit.' Als hij een kus op mijn wang drukt, weet ik dat hij zijn excuses wil maken, en dat ik ze waarschijnlijk zal accepteren.

'Begrijp me niet verkeerd. Ik heb geen traumatische jeugd of zoiets gehad, altijd een dak boven mijn hoofd enzovoort. En mijn moeder is geweldig,' zegt hij met genegenheid in zijn stem. 'Ik mag niet klagen.'

'Ja, dat mag je wel.'

Hij kijkt me verrast aan.

'Niemand zou genegeerd moeten worden of het gevoel moeten krijgen dat hij onbelangrijk is. Je hebt een heleboel bereikt in je carrière, en je mag trots zijn op jezelf.' Ik benadruk het laatste woord. 'Je mag zoveel klagen als je wil. Ik zit in Team Josh, weet je nog?'

'Is dat zo?' Iets van de spanning smelt weg. 'Ik had nooit gedacht dat ik die woorden uit je Vlammenwerpermond zouden horen. Niet na vanavond.'

'Je bent niet de enige. Wat gebeurde er toen je klaar was met je bachelor geneeskunde? Toen kon je vader je toch niet meer negeren?'

'Mam maakte er een enorme toestand van. Ze gaf een feest en nodigde zo'n beetje iedereen die ik ooit gekend heb uit. Dat was in ons huis hier, aan het strand. Achteraf gezien was het een wereldfeest, maar mijn vader was er niet bij.'

'Hij kwam niet opdagen?' Ik laat mijn wang tegen zijn borst rusten. Zijn handen glijden over mijn rug, alsof hij míj probeert te troosten.

'Ja, hij vond het niet belangrijk genoeg om zijn dienst in het ziekenhuis ervoor om te ruilen, zoals mam hem gevraagd had. Hij kwam gewoon helemaal niet. Toen Patrick klaar was met zijn bachelor gaf pap hem de Rolex van opa. Voor mij vond hij het niet eens de moeite om zijn gezicht te laten zien. Hij heeft altijd geweten dat ik er niet geschikt voor was. Hij moet me geminacht hebben omdat ik toch zo mijn best deed.'

'Dus omdat je vader niet op je feestje is geweest heb je al vijf jaar geen normaal gesprek meer met hem gevoerd? Ik snap wel dat dat erg is voor je moeder. Ze loopt constant met van die schitterogen rond omdat ze niet wil gaan huilen.'

'Die avond werd ik ontzettend dronken. Ik zat in mijn eentje in het zand bij het water en ik dronk de whisky recht uit de fles. Alleen. Melodramatisch. Achter me was dat huis vol mensen, maar niemand merkte zelfs maar dat de eregast verdwenen was.'

Hij kijkt alsof dat grappig is, maar ik weet dat het vanbinnen veel pijn moet doen. Ik weet nog dat ik ooit, duizend jaar geleden, tijdens een vergadering naar hem keek en me afvroeg of hij wel eens het gevoel had dat hij in een isolement zat. Nu weet ik het antwoord.

'Dus je zat daar. Dronken. Wat deed je? Heb je binnen een rel getrapt?'

'Nee, maar ik besefte opeens dat alles waarvoor ik zo hard had gewerkt – zijn goedkeuring – helemaal niets had opgeleverd. Misschien ben ik wel net als hij. Waarom zou je het proberen? Ik besloot ter plekke dat ik er klaar mee was. Ik nam me voor om de eerste de beste baan die ik kon krijgen aan te nemen.'

Hij draait me om in zijn armen, drukt me tegen zich aan en wrijft sussend over mijn schouder.

'Ik stak er geen energie meer in om contact met hem te krijgen, en daarmee had ik de grootste bron van stress uit mijn leven gewerkt. Ik hield er gewoon mee op. Ik dacht: als hij een vader voor me wil zijn, dan mag hij zelf het initiatief nemen.'

'En dat heeft hij niet gedaan?'

Hij blijft praten alsof hij me niet heeft gehoord. 'Wat me dwars blijft zitten, is dat hij niet eens onder de indruk was toen ik mijn master bedrijfskunde haalde door 's nachts te studeren terwijl ik overdag bij Bexley werkte. Alsof hij er geen mening over had. Alsof ik niet eens aanwezig of opvallend genoeg was om teleurgesteld in te zijn. Maar dat was hij wel. Steeds weer, mijn hele leven lang. Mijn carrière is een lachertje voor hem.'

Het verbaast me hoe boos ik ben. Ik zie Anthony's gezicht voor me, dat constant sarcastisch verwrongen gezicht.

'Hij heeft met jou iets heel bijzonders verloren. Waarom is hij zo?'

'Weet ik niet. Als ik het zou weten, kon ik het misschien veranderen. Zo is hij gewoon altijd met mij omgegaan, en met de meeste mensen.'

'Maar Josh, ik snap iets niet. Je bent veel te hoog opgeleid voor wat je bij B&G doet.'

'Wij allebei,' zegt hij.

'Waarom blijf je?'

'Voor de fusie overwoog ik iedere dag wel een keer om ontslag te nemen, maar ik had binnen de familie al een reputatie als iemand die het snel opgaf.'

'En na de fusie?'

Hij kijkt weg en zijn mondhoeken komen omhoog. 'Het werk had zo zijn aantrekkelijke kanten.'

'Je vond het veel te leuk om ruzie met mij te maken.'

'Ja,' geeft hij toe.

'Hoe ben je eigenlijk bij Bexley terechtgekomen?'

'In een vlaag van woede heb ik op een stuk of twintig banen gesolliciteerd. Dit was het eerste aanbod dat ik kreeg. De nederige dienaar van Richard Bexley.'

'Het kon je niet eens iets schelen? Ik wilde zo graag bij een uitgeverij werken dat ik moest huilen toen ik hoorde dat ik was aangenomen.'

Hij kan het fatsoen opbrengen om schuldig te kijken. 'Ik kan me voorstellen dat je het oneerlijk zou vinden als ik de promotie zou krijgen.'

'Nee, het proces is op basis van verdienste. Maar Josh, je weet vast wel dat dit mijn droom is. B&G is mijn droom.'

Hij zegt niks. Wat zou hij kúnnen zeggen?

'Dus je hebt me echt niet alleen meegenomen om Mindy te laten zien dat je dolgelukkig bent met een of ander lekker dom mokkel?'

Ik ken zijn gezicht beter dan dat van mezelf, en ik kan geen spoor van een leugen ontdekken als hij antwoord geeft.

'Ik kon het niet aan om hem onder ogen te komen zonder jou. Ik ben een blamage. Gestopt met medicijnen, een administratief baantje, vriendin kwijtgeraakt aan mijn broer. Hij vindt me een nul. Mindy en Patrick mogen van mij tien kinderen krijgen en honderd jaar getrouwd blijven, dat doet me niks. Ik wens ze veel geluk.'

Ik sta mezelf toe om te zeggen: 'Oké. Ik geloof je.'

We blijven een tijdje zwijgen voor hij verdergaat. 'Het ergste is dat ik me maar blijf afvragen waar ik nu geweest zou zijn als ik die medicijnenstudie had afgemaakt.'

'Er zijn zoveel dingen die ik niet over mezelf weet. Ik lijk wel de burgemeester van een stad waar ik nooit ben geweest.'

Hij glimlacht om mijn formulering. 'Als je zou weten hoeveel kleine wonderen er gebeuren als je alleen maar inademt, dan zou je gek worden. Een klep kan sluiten en niet meer opengaan, er kan een slagader splijten, je kunt doodgaan. Ieder moment. In dat kleine stadje van jou gebeuren de hele tijd wonderen.' Hij drukt een kus op mijn slaap.

'O, shit.' Ik klamp me angstig aan hem vast.

'Je zou de statistieken niet geloven, over mensen die 's avonds naar bed gaan en nooit meer wakker worden. Normale, gezonde mensen, die niet eens oud zijn.'

'Waarom zeg je dit tegen me? Zit je daarover te tobben?'

Het blijft heel lang stil. 'Vroeger wel. Nu niet meer zo vaak.'

'Ik vond het veel fijner om te denken dat ik gewoon vol bleke botten en rode drab zat. Waarom moet ik stilstaan bij de mogelijkheid dat ik vanavond misschien wel doodga?'

'Snap je nu waarom ik niet geschikt ben voor kletspraatjes? Sorry dat mijn vader je de stuipen op het lijf joeg met die taart. Hij is gewoon jaloers omdat hij zich niet genoeg kan laten gaan om ergens van te genieten. Ik had in geen jaren taart gegeten. Man, wat was dat lekker.'

'We zijn een stel vieze varkens, allebei. Zullen we beneden gaan kijken of er nog wat over is?'

Hij kijkt me voorzichtig hoopvol aan. 'Dus je gaat niet weg?'

Ik herinner me dat ik van plan was om de bus naar huis te pakken. 'Nee, ik ga niet weg.'

Het helpt dat hij op het dressoir is gaan zitten. Dat betekent dat ik alleen maar op mijn tenen hoef te gaan staan om zijn gezicht in mijn handen te kunnen nemen. Er springen tintelende vonkjes over tussen onze lippen, en zijn opgeluchte zucht is zoeter dan suiker. Zijn hartslag versnelt onder mijn vingertoppen. We hebben een behoorlijk ingewikkeld spel gespeeld om dit punt te bereiken.

Het helpt dat hij blijft zitten, want nu kan ik zijn lippen naar me toe trekken.

Hoofdstuk 25

Als ik hem kus, ademt hij lang en diep uit, tot hij helemaal leeg moet zijn. Ik wil het tekort weer aanvullen. Pas nadat er een paar dromerige, smeltende minuten voorbij zijn gegaan besef ik dat ik via de kus tegen hem praat. *Jij doet ertoe. Je bent belangrijk voor me. Dit is belangrijk.*

Ik weet dat hij het begrijpt, want zijn handen trillen als hij zijn nagel omhoog laat glijden langs de zijnaad van mijn jurk, over mijn schouder naar mijn nek. Hij vertelt mij ook dingen. *Jij bent wat ik wil. Jij bent altijd mooi. Dit is echt belangrijk.*

Hij speelt een korte eeuwigheid met de rits van mijn jurk en trekt hem dan naar beneden. Het klinkt alsof er een naald over een plaat krast. Hij kust me dieper. Ik wurm me tussen zijn knieën, niets of niemand krijgt me nog weg bij deze man of uit deze kamer. Ik ga hem zoenen tot ik sterf van uitputting. Als ik de scherpe rand van zijn tanden op mijn lippen voel, weet ik dat hij hetzelfde wil.

Ik laat mijn jurk op de grond vallen, stap eruit en buig voorover om hem op te rapen. Verlegen probeer ik me erachter te verschuilen, maar dat ziet er zo dom uit dat ik hem naast me hou. Om mijn jurk mooi te laten aansluiten moest ik er een ivoorkleurige body onder aan, een soort badpak. Mijn kousen worden met jarretels omhooggehouden.

Josh staat erbij alsof hij een mes in zijn buik heeft gekregen. 'Nondeju,' zegt hij zwakjes.

Ik geef hem de jurk en zet mijn handen in mijn zij. Hij inspecteert iedere lijn en welving van mijn lichaam en vouwt ondertussen mijn jurk netjes op. Zonder hulp van mijn hakken zijn mijn benen belachelijk kort, en mijn kleine knietjes worden week als hij zo naar me kijkt.

'Je bent een beetje stilletjes, Josh.' Ik duw mijn vinger onder het schouderbandje van het belachelijke ding dat ik draag en aarzel.

Hij slikt.

Ik leg mijn handen om zijn nek, knijp kort alsof ik hem wil wurgen en trek hem van de kast. Hij is stevig en zwaar, de warmte slaat onder mijn handen van zijn spieren. Ik kom dichterbij, druk mijn gezicht tegen zijn keel en adem in. Ik sluit mijn ogen en smeek mezelf om dit goed te onthouden. *Zorg dat je je dit nog herinnert als je honderd jaar oud bent.*

Hij laat zijn handen langs mijn middel glijden en grijpt mijn billen, en als ik zijn keel begin te zoenen drukt hij me dichter tegen zich aan.

'Overhemd uit. Opschieten.' Mijn stem klinkt ruw en dwingend. Een beetje verdwaasd begint hij de knoopjes open te maken. Als hij het overhemd van zich af laat glijden zie ik zijn rug in de spiegel op de kast. 'Je hebt nog paintballplekken. Ik ook.'

Ik betast zijn borst en breek de zoen af zodat ik kan zien wat ik doe. De spieren zijn als legostenen op elkaar gestapeld, en ik duw met mijn vingertoppen om te zien hoe zijn huid meegeeft. Zijn handen liggen nog steeds op mijn kont, maar zijn wat afgezakt om de lintjes die mijn kousen omhooghouden te strelen. Om te voorkomen dat ik gênant hard ga kreunen kus ik hem weer en ik kronkel nog wat dichter tegen hem aan.

'Ik had mijn plan al helemaal klaar.' Eindelijk vindt hij zijn stem terug en hij duwt me soepel achteruit naar het bed. Hij trekt het dekbed weg en legt me met gemak op de lakens. 'Het had iets romantischer moeten worden dan een hotelkamer.'

Josh denkt aan romantiek? Mijn hart begeeft het bijna. Hij kust me zo teder dat ik zou kunnen huilen.

'Zie je wel,' zegt hij tegen mijn mond. 'Ik haat je niet, Lucy.'

Zijn tong raakt de mijne, onderzoekend en verlegen. Hij laat zich op zijn elleboog zakken, houdt me gevangen tussen zijn biceps, en dat roept een herinnering op aan het moment dat hij me tegen een boom drukte, me dekking gaf, me beschermde.

Ik heb je altijd beschermd.

Ik zucht en hij ademt in.

Ik rek me uit en kronkel onder zijn gewicht. 'Je bent zo groot. Het is opwindend.'

'En jij bent zo piepklein. Ik vraag me af op welke manieren we allemaal bij elkaar passen. Al sinds de dag dat we elkaar voor het eerst zagen, denk ik nergens anders aan.'

'O, natuurlijk. Die gedenkwaardige dag dat je me van top tot teen bekeek en daarna uit het raam ging staan staren.'

Hij bijt heel zacht in mijn keel. Boven mijn hoofd laat hij zijn vingers in de mijne glijden en we houden elkaars hand vast. Hoe is het gelukt om hier terug te komen? Op deze plek vol tederheid, uitgeput na een wederzijdse woedeaanval. Het is zo lief, zo ontzettend zacht en teder en... Josh.

'Als we dit vanavond laten gebeuren, dan ga je morgen niet raar doen, oké?' Hij kijkt me ernstig aan en lijkt zich schrap te zetten. 'Ga je weer een van je beruchte paniekaanvallen krijgen?'

'Geen idee. Waarschijnlijk wel.' Ik probeer er een grapje van te maken, maar hij vindt het absoluut niet leuk.

'Ik wou dat ik wist hoeveel ik van je heb. Hoeveel krijg ik?' Hij kust mijn hals en klemt zijn vingers strakker om die van mij.

'Tot de sollicitatiegesprekken krijg je alles,' zeg ik, en hij ademt beverig uit, alsof ik hem de eeuwigheid heb aangeboden in plaats van een paar dagen.

We zoenen weer, en de wrijving van mijn dij tegen zijn kruis spoort hem aan tot een iets sneller ritme. Zijn mond is nat, zacht, heerlijk. Telkens als hij ophoudt, al is het maar om even adem te halen, trek ik hem weer naar me toe.

Na een hele tijd pakt hij het bandje op mijn schouder vast. Hij laat het wellustig door zijn vingers glijden, trekt het strak, laat het zachtjes terugschieten en herhaalt dat nog een keer.

'De rits zit aan de zijkant,' zeg ik, al is smeken eigenlijk een beter woord.

Hij negeert me en laat zijn vingers over het strikje tussen mijn borsten glijden. 'Dat is het kleinste strikje dat ik ooit heb gezien.' Hij buigt zijn hoofd en bijt erin.

We doen het zo rustig aan dat het me niet zou verbazen om het ochtendlicht te zien als ik mijn ogen weer opendeed. Hij is altijd totaal anders dan ik verwacht. Zacht in plaats van hard. Langzaam in plaats van snel. Verlegen in plaats van brutaal. De pogingen tot voorspel van mijn vorige vriendjes waren meestal haastwerk, maar hun geklungel is niet meer dan een vage herinnering nu ik het intense genoegen heb om onder Josh te liggen.

Hij haalt zijn hand door mijn haar en ik krijg kippenvel als ik zijn nagels op mijn hoofdhuid voel. Hij likt het weg, trekt zich soepel terug en knielt tussen mijn voeten, waarschijnlijk om beter zicht te hebben. Voor mij is dat ook best gunstig. Zijn buikspieren trekken samen en ik maak een geluid dat klinkt als 'ohhgah'.

'Hoe krijg je het voor elkaar om er zo uit te zien?'

'Ik heb niks beters te doen dan naar de sportschool gaan.'

'Vanaf nu wel.' Ik ga zitten, volg de spieren met mijn mond en doe iets wat ik altijd al heb willen doen. Ik leg mijn handen op zijn billen. Het is fantastisch.

Hij woelt door mijn haar als ik zijn buik begin te zoenen. Ik kan er niets aan doen. Ik vind een plukje haar, er groeit een dun laagje op zijn borst. Het loopt in een streepje naar beneden en verdwijnt onder de band van zijn broek.

'Hitsige blik,' zegt hij beverig.

'Je meent het. Ik wil je opsnuiven. Je ruikt altijd ontzettend lekker.' Ik duw mijn neus tegen zijn huid en adem zo diep als ik kan in. Hij begint te lachen en ik kijk grijnzend naar hem op.

Zijn vingers liggen op de rits in mijn zij. 'Ik zit helemaal onder de blauwe plekken,' zeg ik, bij wijze van disclaimer. Na een laatste blik op zijn wasbord trek ik mijn buik in.

'Je bent schattig als je verlegen bent. Ik doe het rustig aan.' Hij schuift één bandje naar beneden en laat het op mijn arm rusten. Daarna doet hij hetzelfde aan de andere kant. Hij bijt op zijn lip. 'Ik ga erbij zitten. Ik voel me veel te groot.'

We wisselen snel van positie en als hij tegen het hoofdeinde leunt, nestel ik me tussen zijn benen. Hij begint over mijn schouders te wrijven, een tedere, nogal vreemd getimede massage, en ik doe mijn ogen dicht. De meeste mannen zouden nu mijn rits openmaken om te gaan voelen, maar hij is niet zoals de meeste mannen.

'Toen je ziek was zat je ook zo.'

Hij blijft me masseren, en de wrijving tussen onze lichamen wordt steeds intenser. Hij schuift mijn haar opzij en drukt zijn mond tegen de zijkant van mijn nek. Ik kan me inmiddels nauwelijks mijn eigen naam nog herinneren.

Hij laat zijn hand het satijn binnenglijden en weegt mijn borst. Langzaam en voorzichtig knijpt hij even. Met een kreun drukt hij zijn mond weer in mijn nek.

Ik maak een geluid. Het is het soort scherpe inademing dat je meestal hoort als mensen extreem veel pijn hebben, alleen heb ik het gevoel dat ik al halverwege een orgasme ben.

'Stel je eens voor wat we allemaal gaan doen,' zegt hij, bijna tegen zichzelf.

'Ik wil me niks voorstellen, ik wil het meemaken.' Mijn voeten schrapen hulpeloos over de lakens, alsof ik geëlektrocuteerd word.

'En dat gebeurt ook. Maar vannacht is niet genoeg, dat weet ik nu al. Ik heb je al eerder gezegd dat ik dagen nodig heb. Weken.'

Ik merk nauwelijks dat mijn rits naar beneden gaat. Hij helpt me voorzichtig uit het elastische satijn, en de streling van zijn grote handen op mijn lichaam is subliem. Ik word geknuffeld en beklopt, mijn huid wordt verwarmd, alles wordt bewonderd. Als het me lukt om mijn ogen open te doen, is zijn adem stomend heet op mijn oor en zit het crèmekleurige kledingstuk opgestroopt rond mijn middel. Hij maakt mijn kousen los en buigt over mijn schouder om me te kunnen bekijken.

'Mmm.' Hij haakt zijn vingers onder de rand bij mijn heupen, schuift hem langs mijn benen naar beneden, zodat ik op mijn kousen na naakt ben.

Ik leun tegen zijn broekspijp, waardoor ik me nog bloter en kwetsbaarder voel. Ik trek mijn knieën op, probeer me te verstoppen, maar het heeft geen zin. Hij maakt zachte, sussende geluiden in mijn oor. Zijn enorme hand streelt mijn heupen, mijn dij, omklemt mijn middel. De andere volgt al snel.

'Lucy,' is alles wat hij lijkt te kunnen zeggen. 'Lucy. Hoe kan ik dit na vannacht opgeven? Serieus. Hoe?'

Ik heb kippenvel. Ik vraag me hetzelfde af en buig mijn hoofd opzij. We zoenen. Hees en ademloos zeg ik: 'Ik overleef deze nacht waarschijnlijk niet. Trek alsjeblieft je broek uit.'

'Dat wil ik geborduurd op een kussen,' zegt hij.

Ik lach tot ik naar adem lig te happen. 'Je bent zo grappig. Dat heb ik altijd al gevonden. Ik mocht nooit om je lachen van mezelf, maar ik wilde het wel.'

'Aha, dus dat is een van je regels.' Hij glijdt van het bed, met zijn hand op de knoop van zijn broek. 'Dus het doel van het spel is om niet te lachen?'

'Het doel is om de ander aan het lachen te krijgen. Toe nou. Ik krijg het koud.' En eerlijk gezegd word ik ongeduldig. Als ik huiver, trekt hij de lakens en dekens over me heen. Ik begluur hem als een oude viespeuk terwijl hij de gulp van zijn broek openritst.

'Ik heb mijn eigen regels. En ik wil iets anders bereiken met het spel.'

Het is een hele belevenis om Josh zijn broek te zien uittrekken. Hij draagt zo'n strakke zwarte boxershort. De voorkant is behoorlijk uit model gerekt.

'Vertel op. Toe nou.'

Hij schuift de boxershort naar beneden en mijn mond valt open. Mijn koortsachtige verbeelding was jammerlijk ontoereikend. Ik sta op het punt om hem te vertellen hoe groots hij is als hij het licht uitknipt en we plotseling in het donker zitten.

'Nee! Josh, dat is hartstikke oneerlijk. Licht aan. Ik wil naar je kijken.'

Ik sla naar de lamp, maar als hij onder de dekens schuift en ik zijn warme lichaam tegen het mijne voel, maken we allebei hetzelfde ongelovige geluid. Huid tegen huid. De hitte.

Ik heb geen idee waar hij precies is, hij is overal. Ik voel zijn adem in mijn haar, maar dan rollen we een stukje om en uit zijn zucht maak ik op dat zijn hoofd zich bij mijn ribbenkast bevindt. Het is verontrustend en erotisch, en ik spring bijna uit mijn vel als hij zijn hand over mijn ribben laat glijden.

Hij rekent af met mijn kousen, schuift ze voorzichtig omlaag over mijn benen. Hij raakt mijn enkel en knijpt zachtjes in mijn zij. Overal zijn handen.

'Je bent zo zacht, het is gewoon belachelijk. En waar mijn hand ook heen gaat, het past allemaal precies. Ik had gelijk.'

Hij demonstreert wat hij bedoelt. Keel, borst, ribben, heupen. Dan laat hij zien dat ook zijn mond perfect past. Bij iedere kus en bij ieder duwtje raak ik meer verhit. Hij likt het laagje zweet weg dat als een nevel over mijn huid ligt en ergens ver weg klinken jammerende, smekende geluidjes waarvan ik me realiseer dat ik ze zelf maak. Hij let er niet op en toont geen medelijden. Hij drukt zijn perfecte mond waar hij maar wil, centimeter voor centimeter brengt hij me in kaart. En dat is allemaal prima, alleen moet zijn lichaam ook hoognodig verkend worden. Als hij op de helft van zijn reis langs mijn ruggengraat is geeft hij toe aan mijn smekende gefluister.

'Laat me je alsjeblieft aanraken.'

Hij laat zich vermurwen en rolt over me heen. Mijn handen glijden via zijn nek naar de grote spieren van zijn bovenarmen. Ik knijp. Ik bijt. Met beide handen streel ik een biceps, ik weeg spieren in mijn hand. Het is zo'n genot om weer iemand aan te raken. Zijn huid is als satijn, mijn handpalmen tintelen. Mijn mond past op iedere plek waar ik bij kan. Langzaam wennen mijn ogen aan het donker, en zijn ogen glanzen terwijl ik de tijd neem om alle nieuwe spieren, pezen en gewrichten die ik tegenkom te onderzoeken.

In het donker laat ik me tegen hem aan glijden, ik voel hem zuchten en trek hem omlaag om te zorgen dat hij op me gaat liggen.

'Ik ben best zwaar. Ik verpletter je.'

'Ik heb een mooi leven gehad.'

Hij lacht schor en verheugd voordat hij gehoorzaamt. Hij drukt me zo diep in het matras dat ik de helft van de lucht in mijn longen kwijtraak.

'O, dat is fijn. Zo zwaar. Heerlijk.'

Na een minuutje gaat hij weer op zijn knieën op het matras zitten, omdat ik langzaam dood dreig te gaan. Ik steek mijn hand uit en pak zijn intrigerende erectie beet. Hij laat me aaien en spelen tot ik aan zijn hortende ademhaling hoor dat hij het niet meer uithoudt, en dat komt door mij. Ik heb alles wat er te winnen valt gewonnen. Maar dan voel ik zijn mond tegen mijn heupbeen en begint hij mijn dijen te kussen.

Ik moet lachen, deels omdat zijn stoppels kietelen en deels omdat ik terugdenk aan onze ruzie over werkkleding van eeuwen geleden. Hij kust mijn dijen eerbiedig en met open mond, en fluistert dingen die ik niet goed kan verstaan. Het voelt alsof het complimentjes zijn; zijn hete adem wordt afgewisseld met likjes, beetjes en nog meer kussen. Ik heb de zachte druk van zijn mond nooit kunnen weerstaan, en er kan geen misverstand over bestaan wat hij van plan is. Ik spreid mijn benen en staar in het donker omhoog naar het plafond.

De eerste aanraking is een werveling, de manier waarop je aan de bovenkant van een smeltend ijsje likt. Ik adem zo snel in dat ik snuif, en hij kust de binnenkant van mijn dij, een beloning. Ik ben niet meer in staat om een menselijk woord uit te brengen.

De tweede is een zoen, die me doet denken aan de kus die hij reserveert voor eerste afspraakjes; kuis, zacht, zonder tong. Een belofte aan alles wat gaat komen. Ik druk het kussen tegen me aan en besluit dat hij nooit meer een eerste date zal hebben, met wie dan ook.

De derde is weer een kus, maar deze vervalt zo snel van kuis naar begerig dat ik nauwelijks kan bijhouden wat er gebeurt. Hij neemt alle tijd van de wereld en iedere minuut die verstrijkt raakt mijn lichaam zowel meer ontspannen als verder opgewonden. Ik vind mijn stem terug en krijg het voor elkaar om verstaanbaar en nuffig te klinken. 'Ik geloof niet dat hier iets over in het handboek van personeelszaken staat.'

Hij huivert en kreunt. 'Sorry,' zegt hij. 'Je hebt gelijk.' Hij stopt niet maar gaat een onduidelijk aantal minuten door met het overtreden van de personeelsregels.

Ik beef, en de verblindende persoonlijke explosie aan de horizon komt steeds dichterbij. Eerlijk gezegd verbaast het me dat ik het zo lang heb volgehouden. Ik duw mijn vingers in zijn haar en geef er een rukje aan.

'Ik kan er niet meer tegen. Alsjeblieft. Ik heb meer nodig, veel meer.' Ik glij weg, klamp me aan hem vast en trek hem met bovenmenselijke inspanning aan zijn arm omhoog. Hij zucht toegeeflijk, gaat op zijn knieen zitten en eindelijk klinkt het magische geluid van scheurend folie.

Hij probeert autoritair te klinken, maar door de ademloze trilling in zijn stem mislukt dat volkomen. 'Eindelijk heb ik je.'

'Eindelijk heb ik jóú,' werp ik tegen.

Tot mijn verrassing knipt hij de lamp aan. Verblind sluit ik mijn ogen en als ik ze weer opendoe kijkt hij me aan. Het zwart en saffierblauw van zijn ogen doet vreemde dingen met me.

'Hé, Taartje.' Onze vingers verstrengelen zich boven mijn hoofd.

Zijn eerste beweging is voorzichtig, en mijn lichaam kan het hebben. Daarna accepteert het nog meer. Hij duwt zijn slaap tegen de mijne, maakt een wanhopig geluid alsof hij pijn heeft, alsof hij dit probeert te overleven. Ik span onwillekeurig mijn spieren aan en hij schiet hard vooruit. Mijn hoofd slaat bijna tegen het hoofdeinde en ik lach.

'Sorry,' zegt hij, en hij kust mijn wang.

'Niet sorry zeggen, doe het nog een keer.'

Hoofdstuk 26

We hebben het Staarspel nog nooit gespeeld als ik in je was.' Hij beweegt zijn heupen en ik knipper met mijn ogen.

Ik had gerekend op genot en druk, omdat hij zo groot is en ik zo klein. Toch zijn het de emoties die maken dat ik geen woord kan uitbrengen, het komt door zijn ogen en de uitdrukking op zijn gezicht als hij zijn heupen soepel begint te bewegen. Het komt niet hard aan, het is geen tandenverbrijzelend gebeuk. Hij beweegt met afgemeten beheersing. Dit is het meest opwindende moment van mijn hele leven, en ik kan alle verschillende sensaties nauwelijks verwerken. Een gevoel dat op flippen lijkt, komt opzetten in mijn borst.

Ik kan me niet beheersen onder die ogen. Hartstochtelijke ogen. Intense, felle, onbevreesde ogen. Hij wil dat ik me helemaal laat gaan. Hij verwacht niet minder van me.

'Praat met me.' Hij raakt mijn neus aan met die van hem. Zijn ademhaling is zwaar en regelmatig.

'Je had gelijk... Op de een of andere manier pas je in me. O, dat was fijn.' Ik kom nauwelijks uit mijn woorden. 'Ik ben een klein beetje aan het flippen.'

'Fijn, zeg je?' Hij kijkt me geamuseerd aan. 'Ik kan wel beter dan fijn.'

Hij laat mijn vingers los, laat zijn hand onder mijn dijen glijden en tilt me een paar centimeter van het bed.

'Fijn is goed, fijn is prima,' bazel ik. Het volgende geluid dat ik maak is een grom.

Joshua Templeman weet precies waar hij mee bezig is.

Mijn ogen rollen weg in mijn hoofd. Ik weet dat dat zo is, want hij glimlacht en begint zijn heupen weer te bewegen. De dekens schuiven weg en ik zit op de voorste rij, en mijn blik glijdt van zijn schitterend golvende spieren naar zijn gezicht.

'Ik doe niet aan fijn of aardig,' zegt hij. Langzaam beginnen we met elkaar mee te bewegen, een soort rollende wrijving. Ik heb nog nooit zoiets gevoeld. Het wordt me duidelijk dat geen enkele man het ooit goed heeft gedaan. Tot nu toe.

Hij fronst geconcentreerd zijn wenkbrauwen. Het moet komen door de hoek waarin hij ons zo soepel heeft gemanoeuvreerd, want het lijkt of een schakelaartje in mijn lichaam steeds weer een duwtje krijgt.

'Hé.' Hij raakt het weer, en het genot is zo intens dat er een snik blijft steken in mijn keel. Het gebeurt steeds opnieuw; dit is een spel dat ik nooit eerder heb gespeeld. Ik heb de kracht niet meer om mijn armen op zijn schouders te laten liggen. Iedere doelbewuste stoot van zijn lichaam in het mijne brengt me dichter bij iets waarvan ik vrij zeker weet dat het dodelijk zal zijn.

'Ben je moe?' Ik probeer attent te blijven, maar hij verhoogt het tempo.

Mijn huid raakt bedekt met een dun laagje zweet en ik zoek houvast bij de lakens. Misschien draag ik niet veel bij, maar dat lijkt hem niets te kunnen schelen. Het enige wat ik nog kan is mijn schouders in het matras drukken en overleven.

'Ik ga dood,' waarschuw ik. 'Josh, ik ga dood.'

Hij pakt mijn enkel en legt hem op zijn schouder. Terwijl hij mijn been tegen zich aan drukt bestudeert hij geboeid mijn gezicht en hij voert het tempo nog verder op. Zijn wenkbrauwen trekken samen. Het Staarspel is op zijn best als Josh mijn tot nu toe nooit ontdekte g-spot raakt. Die is blijkbaar spontaan ontstaan.

'Jezus. Jezus... Josh.' Hij begint te lachen, en ik ga er bijna aan onderdoor.

Ik zit met het volgende. Dit gaat nooit zo. De eerste keer seks met iemand is ongemakkelijk, en je probeert te achterhalen wat de ander wel of juist niet prettig vindt. Dat heeft zelden de vorm van een wederzijdse heftige en vochtige neukpartij waarbij je probeert je orgasme uit te stellen. Maar dat is precies wat ik doe. En hij weet het.

'Lucy, hou het niet tegen.'

'Doe ik niet,' protesteer ik, maar om me te straffen voor mijn leugen gaat hij er met meer kracht tegenaan. Ik mompel een bedankje.

'Graag gedaan,' zegt hij en hij tilt me wat meer rechtop. Ik heb geen idee hoe hij dit volhoudt. Ik ga een bedankbrief schrijven aan zijn personal trainer. Als ik ooit weer een pen kan vasthouden. Ik bijt op mijn lip, ik wil niet dat er een eind aan komt. Dat laat ik hem weten.

'Ga door, blijf hier voor altijd mee doorgaan,' smeek ik. Ik ben bijna in tranen. 'Niet stoppen.'

'Wat ben je weer koppig, Taartje.'

'Ik wil niet dat er een eind aan komt. Alsjeblieft, Josh. Alsjeblieft, alsjeblieft, alsjeblieft...'

Hij drukt zijn wang tegen mijn kuit, een lief en teder gebaar.

'Er komt geen eind aan,' zegt hij.

Ik zie dat hij zelf ook de controle begint te verliezen. Zijn ogen schitteren, en hij kijkt omhoog naar het plafond, alsof hij ergens om bidt. Zijn huid gloeit prachtig goudkleurig op in het licht van de lamp.

Het is een regelmatige, diepe stoot zoals de andere, maar ik breek.

Het is geen zoete, tamme sensatie die me overvalt. Mijn tanden klappen op elkaar, ik grijp me aan hem vast en wring mezelf uit. Waarschijnlijk wordt het hele hotel wakker van mijn gekerm, maar ik kan het niet binnenhouden. Het is gewelddadig. Ik schop hem bijna tegen zijn kaak, maar hij pakt mijn voet en houdt me vast. Ik kook over van genot, mijn lichaam kronkelt, knijpt, schudt me door elkaar en ik ben stapelknettergek op Joshua Templeman. Hij heeft gelijk. Dit is niet genoeg. Dit moet dagenlang doorgaan. Weken. Jaren. Miljoenen jaren.

Ik val, dieper en dieper, en als ik opkijk, zie ik dat hij ook zover is. Hij leunt tegen mijn been en ik voel hem trillen bij de ontlading. Hij kijkt op me neer, plotseling verlegen, en ik streel zijn wang.

Hij laat me voorzichtig zakken. Ik kan me niet voorstellen hoe ik hem ooit zou kunnen laten gaan. Ik sla mijn armen om zijn schouders en druk mijn mond tegen zijn wenkbrauwen. Mijn lichaam voelt leeg en schoon, alsof ik een paar kilometer heb hardgelopen. Hij moet het idee hebben dat hij een triatlon achter de rug heeft.

Hij kijkt me aan. 'Hoe gaat het met jou?' fluistert hij zacht.

'Ik ben een geest. Ik ben overleden.'

'Ik wist niet dat ik zo dodelijk was,' zegt hij voor hij zich pijnlijk langzaam van me losmaakt. Ik jammer en bedel en zeg: 'Nee, nee, nee.' Ik ben verslaafd, een junk, en ik wil alweer een volgend shot nu het vorige nog door mijn aderen giert. Ik probeer hem vast te houden maar hij kust mijn voorhoofd en verontschuldigt zich.

'Het spijt me, het moet,' zegt hij en hij loopt naar de badkamer. Ik kijk naar zijn kont en laat me in de kussens vallen.

De beste seks van mijn hele leven. De beste kont die ik ooit heb gezien.

'Echt waar, joh?' roept hij vanuit de badkamer. Blijkbaar heb ik het hardop gezegd.

Ik leg mijn onderarm over mijn ogen en probeer mijn ademhaling weer rustig te krijgen. Het matras deukt in, en hij trekt de dekens over mijn afkoelende huid voor hij het licht uitdoet.

'Nu word je vast helemaal onuitstaanbaar. Maar godsamme, Josh. Godsamme.' Ik kom niet meer uit mijn woorden.

'Jij ook godsamme.' Hij neemt me in zijn armen.

Ik druk mijn wang genietend tegen zijn bezwete huid.

'Laten we een spel bedenken voor als we wakker worden. Ik trek het niet als je raar gaat doen.'

'We zeggen elkaar beleefd goedemorgen, en dan doen we het nog een keer.' Ik klink alsof ik een hersenbloeding heb gehad. Ik val in slaap met mijn oor tegen zijn borst, luisterend naar zijn lach.

Op de een of andere manier overleef ik tot de ochtend. Tijdens het handen wassen werp ik een blik in de spiegel.

'O, shit.'

'Wat?'

Ik doe de deur op een kiertje open. De kamer wordt vaag verlicht door de straaltjes zonlicht die door de zware gordijnen weten te dringen.

'Ik ben vergeten mijn make-up eraf te halen. Ik zie er weer uit als Alice Cooper.'

Mijn oogmake-up zit in zwarte vlekken rond mijn ogen en maakt ze melkblauw en luguber.

'Alweer? Heb je er dan eerder uitgezien als Alice Cooper?'

'Ja, de ochtend nadat ik ziek was. Toen begon ik bijna te krijsen toen ik mezelf zag.' Ik poets mijn tanden en doe mijn haar in een knot.

'Ik vind het juist lekker als je een beetje verlopen bent.'

'Nou, dan kun je nu je lol op.'

In de douche probeer ik vergeefs het ingepakte zeepje open te krijgen. De deur kraakt, en hij stapt naar binnen, kalm, alsof we dit iedere dag doen. Ik sta te knetteren van lust; een vreemde mengeling van vreugde en angst.

'Een zeepje in taartjesformaat,' merkt hij op terwijl hij het van me overneemt en in de verpakking bijt. Hij laat het ronde stukje zeep naar buiten floepen en houdt het tussen duim en wijsvinger omhoog. 'Dit wordt leuk.'

De aanblik van zijn vochtige, goudkleurige huid is zo duizelingwekkend dat ik een paar minuten niets anders kan doen dan staren, met mijn tong uit mijn mondhoek als een hond. Het water stroomt door de richels tussen zijn spieren voor het overloopt naar de vlakten.

De schaduw van haar begint in het midden van zijn borst, waaiert uit naar zijn tepels en kruipt in een dunne streep naar zijn navel. Na al die reclames met glimmende kerels in ondergoed was ik bijna vergeten dat mannen haar hebben. Ik volg het water naar beneden, naar het dikkere haar, de indrukwekkende uitstulping van zijn erectie. Alles is nat. Prachtige geaderd, genoeg om bibberende knieën van te krijgen. Hij was in me. Dat wil ik weer. Vaak genoeg om de tel kwijt te raken.

'Je bent...' Ik schud mijn hoofd. Ik moet mijn ogen even dichtdoen, om te bedenken hoe ik ook weer moet praten. Hij is te veel. Hoe is het me in hemelsnaam gelukt om dit grote gouden wezen te vangen in een glazen hoteldouche.

Hij kijkt me aan met die fantastische ogen. 'O, nee, ik ben spuuglelijk,' fluistert hij, zogenaamd treurig. Hij drukt de zeep tegen mijn sleutelbeen en begint kleine cirkeltjes te maken, eerst plakkerig, dan glad.

'Mijn trainer wist heel zeker dat deze vermomming me aan de vrouw zou helpen. Wat een gruwelijke verspilling van tijd en energie.'

Blijkbaar kijk ik uit mijn ogen alsof ik in een opiumkit heb rondgehangen, want hij lacht.

Ik druk mijn duim in de lachrimpels in zijn wang. 'Je bent schitterend. Beeldschoon. Je bent niet te geloven.'

Ik deins achteruit tot ik tegen de tegels sta om beter zicht te hebben, en nu is het zijn beurt om mij centimeter voor centimeter te bekijken. Mijn armen doen pijn van de moeite die het kost om mijn lichaam niet te bedekken. Naast al die perfecte spieren maak ik een nogal sponzige indruk. Zijn blik wordt duisterder als hij me van top tot teen opneemt.

'Kom hier,' zegt hij zwakjes. Ik pak zijn uitgestoken hand.

Wat een manier om de dag te beginnen. Douchen met je collega en aartsvijand. Op het moment dat ik het denk, besef ik hoe achterhaald die gedachte is.

Ik kan niet tegen mezelf blijven liegen. Hij trekt me weg van de ijskoude tegels, zet me voor de douche en controleert de temperatuur nog een keer voor hij me eronder duwt. Dan slaat hij zijn armen van achteren om me heen en hij geeft me iets wat je alleen maar een knuffel kunt noemen. Ik druk me steviger tegen zijn onderlichaam aan om hem te laten kreunen.

'Hoe gaat het met jou? Niet raar? Aan het flippen?' Hij zeept de huid onder mijn borsten in, mijn ribben. Hij tilt mijn arm op en inspecteert hem. We vergelijken de afmeting van onze handen.

'Nee, het gaat goed. Waarom gaan we er eigenlijk van uit dat jij niet raar gaat doen? De meeste meiden zijn juist bang dat ze weer zo'n type hebben getroffen dat een vroege sportschoolsessie verzint om te kunnen ontsnappen. En in jouw geval zou dat niet eens ongeloofwaardig zijn.'

'Ik ben hier al veel langer klaar voor dan jij,' zegt hij. Hij lijkt te weten dat ik mijn haar niet nat wil maken en draait ons een slag. Zijn glibberige handen glijden over mijn heupen.

'O.'

'Ja.'

'Hoelang?

'Heel lang.'

'Ik had geen idee.'

'Ik ben goed in geheimen.' Hij is vaag geamuseerd.

Ik krijg het zeepje te pakken, het is al een eind op weg om een doorschijnend plakje te worden. Het blijft kleven aan mijn hand, en dat geeft me een goed excuus om hem te strelen terwijl hij de waterdruppels van mijn kaak likt.

We kijken elkaar aan, neus tegen neus, ogen halfgesloten, en alles zet uit. Aan de randen is niets dan koude lucht, maar onder deze straal wordt het heter en heter, tot het zweet me uitbreekt. Dat komt door de kus.

De minuten en uren glijden voorbij terwijl ik Joshua Templeman zoen. De zon klimt niet hoger aan de hemel, de boiler raakt niet leeg, we hoeven niet op een bepaalde tijd uit te checken. Hij neemt de tijd voor me. Hij is een zeldzame man, want hij bereikt iets wat bijna onmogelijk is: door me te kussen houdt hij me in het hier en nu.

Dat vond ik altijd het moeilijkst tijdens eerdere relaties: mijn hersens uitschakelen. Maar hier is niemand anders dan wij. Onze lippen vinden een ritme; de langzame opwaartse beweging van een slinger, de zachte boog naar beneden, steeds weer, tot er niets anders meer bestaat dan zijn lichaam, het mijne en het water dat over ons heen spoelt en straks ergens een wolk zal vullen.

Een woord als 'intimiteit' is ontoereikend. Misschien is het de manier waarop hij mijn gezicht draait met zijn duim, zijn vingers achter mijn oor en in mijn haar legt. Als ik een mond vol lucht probeert te happen, ademt hij hem in. Mijn hoofd draait opzij, dromerig en zwaar, en hij neemt mijn gezicht in zijn hand. Ik kijk naar hem op, en de emoties barsten als sterretjes los. Hij moet het in mijn ogen zien, want hij glimlacht.

Als zijn handen op mijn lichaam liggen, merk ik pas goed hoe groot ze zijn. Hij legt ze op mijn ribben en schuift omhoog om te demonstreren hoe perfect ik ze kan vullen. Als ik het niet meer kan verdragen draait hij me om naar de muur en maakt hij met zijn vingers vleugeltjes op mijn schouderbladen.

Zijn nagels krassen zacht over mijn huid en hij fluistert in mijn nek dat ik mooi ben. Het allerlekkerste aardbeientaartje. Ik ben de smaak die hij nooit meer uit zijn mond zal krijgen. En dat hij wil dat ik zeker van mijn zaak ben, heel zeker, voor ik een beslissing neem over ons.

Hij likt het water van mijn schouder en laat een grote hand tussen mijn bovenbenen glijden. Mijn voeten glijden een stukje uit elkaar op de tegels. En nog een stukje. Ik huiver, en hij slaat zijn arm om mijn borst.

Bij de eerste aanraking van zijn vingers maak ik een geluid dat nagalmt in de douche. Met iedere zachte draaiende beweging windt hij me strakker op, en ik reik achter me en pak hem vast. Ons gezamenlijke gekreun weerkaatst tegen de tegels.

'Ik wil het allemaal,' zegt hij in mijn oor. Ik herhaal zijn woorden. Ik voel natte, hete spieren tegen mijn lichaam, overal om me heen, hij knabbelt aan mijn oorlel en stoot in mijn ontoereikend kleine hand. Het lijkt hem niet te hinderen, hij begint zelfs te grommen.

Ik heb zo mijn eigen problemen, zoals zorgen dat ik niet zoveel lawaai maak, dat ze me buiten de kamer kunnen horen. Dat is verrassend moeilijk, met al die hemelse wrijving. 'Sst,' zegt hij half lachend. Ik begin te wankelen, en zijn tanden schrapen over de achterkant van mijn nek. Ik verstevig mijn greep op hem. We spannen allebei tegelijk ons lichaam en knappen min of meer op hetzelfde moment.

Deze keer is het als een bloem die opengaat. Zijn wang rust tegen de tegels boven me en we kijken elkaar aan, bevend en zonder een woord te zeggen. Het is vreemd om elkaar zo los te zien gaan, maar ik geloof dat ik eraan zou kunnen wennen.

Ik zou niet weten hoe je een moment als dit op een gepaste manier kunt afronden. Hoe maak je de overgang naar de werkelijkheid? We moeten een koperen gedenkplaat in deze kamer aanbrengen.

'O, shit! Het ontbijt begint bijna. We moeten opschieten. Ik moet mijn koffer inpakken.'

'Zullen we het gewoon overslaan?' Zijn hand volgt de curve van mijn taille en heupen. Omhoog, omlaag. Naar binnen, naar buiten.

'Je moeder zit te wachten. Kom op.'

'Nee,' jammert hij ongelukkig en hij begint mijn schouders te masseren.

'Nee,' zeg ik op mijn beurt, en ik duik weg onder zijn handen en stap uit de douche. Snel sla ik een handdoek om en ik kijk op de wekker naast het bed. 'Schiet op, nog een kwartier. Snel.'

'Ik verleng de kamer wel een nacht. We kunnen nog uren blijven. We kunnen hier blijven wonen.'

'Josh, ik vind je moeder aardig. En misschien is het suf om haar blij te willen maken, en misschien zie ik haar na vandaag nooit meer terug, maar ik weet dat ze je mist. Misschien is dat wel mijn rol dit weekend. Dat ik je dwing om tijd met je familie door te brengen.'

'Wat lief van je. Je dwingt me om dingen te doen die ik niet wil. En natuurlijk zie je haar weer terug.'

'Oké. Laat ik het zo stellen: ik ben uitgenodigd voor het ontbijt en ik ga. Ik rammel. Je hebt alle energie uit me gesekst. Doe maar wat je wilt.'

Het lukt me om wat mascara op mijn ogen te krijgen en ik heb net de helft van mijn bovenlip in de Vlammenwerper gezet als hij achter me komt staan. Ik bestudeer ons in de spiegel.

Het contrast is nog nooit zo opvallend – of zo erotisch – geweest. De manier waarop ik afsteek naast zijn enorme, gespierde glorie maakt dat ik bijna terugkom op mijn beslissing. Hij pakt mijn haar samen en drukt een kus op de zijkant van mijn nek. We kijken elkaar aan in de spiegel en ik laat een haperende zucht ontsnappen.

Ik wil zeggen dat hij deze kamer voor de rest van ons leven moet reserveren. *Als ik meer tijd had, zou ik kunnen zorgen dat je van me ging houden.* Die gedachte vliegt me naar de keel.

Ik zou blind moeten zijn om de genegenheid in zijn blik niet te zien als hij zijn armen om me heen slaat. Het is de ontluikende knop van iets wat fantastisch zou kunnen worden, maar ik betwijfel serieus of het in de echte wereld zou overleven. De bubbel waarin we zitten, is niet de realiteit. Ik zou willen dat het zo was, en ik zou hier dolgraag blijven wonen. Dit zou ik allemaal hardop tegen hem moeten zeggen, maar ik kan de moed niet opbrengen.

Ik sluit mijn ogen. 'We kunnen ontbijten en dan met de snelheid van het licht terugrijden naar jouw appartement.'

'Oké. Goeie lippenstift, trouwens.'

Ik kleur de rest van mijn mond en hap één keer af. Hij pakt de tissue van me aan voor ik hem kan verfrommelen en houdt hem bewonderend omhoog.

'Net een hartje.'

'Als je een klein wit schildersdoekje koopt, dan zal ik het voor je zoenen. Dan heb je een aandenken aan me.' Ik knipoog om het luchtig te houden.

De sarcastische repliek die ik verwacht komt niet, hij draait zich om en loopt de badkamer uit. Als ik een paar minuten later met mijn toilettas onder mijn arm naar buiten kom, heeft hij een spijkerbroek en een rood T-shirt aan.

'Ik heb je nog nooit in het rood gezien. Hoe kan het dat alle kleuren van de regenboog je staan?'

Hij legt mijn mobiele telefoon bij mijn tas, samen met de witte roos die nog in de revers van zijn jasje zat.

'Dat denk je maar.' Hij ritst zijn koffer dicht en blijft bij het raam uitkijken over het water.

Ik diep mijn spijkerbroek op uit mijn tas, en een zwarte kasjmier trui waarvan ik nu blij ben dat ik hem heb meegenomen. Het is hier kouder, de lucht is frisser dan ik gewend ben. Ik kleed me aan, maar hij kijkt niet. Ik spriets luidruchtig parfum in mijn decolleté, maar hij beweegt geen neusvleugel.

'Het komt wel goed met dat ontbijt.'

'Ja, tuurlijk,' zegt hij vaag.

Snel schiet ik een paar flatjes aan en besluit mijn haar in een rommelige, vochtige knot te laten zitten. Ik ga achter hem staan, sla mijn armen om zijn middel en laat mijn wang tegen de kromming van zijn schouderblad rusten.

'Wat is er aan de hand?'

'Ik ben een onenightstand. Dat is precies wat ik wilde voorkomen. Ik probeerde iets op te bouwen, het was niet mijn bedoeling om jou het gevoel te geven dat je iets af kon sluiten.'

'Ho! Waar haal je dat idee vandaan?' Ik trek aan zijn elleboog tot hij zich omdraait.

'Je praat de hele tijd alsof het al voorbij is. Een lippenstiftkus als aandenken? Waarom zou ik een aandenken nodig hebben?'

'Binnenkort werken we niet meer samen.'

'Ik heb niet zo lang naar je lopen smachten en ik heb niet zoveel doorstaan en opgegeven voor één nachtje. Het is niet genoeg.'

Hij heeft natuurlijk gelijk. Het sollicitatiegesprek hangt als een zwaard van Damocles boven ons hoofd. Plotseling lijkt alles heel dringend.

'Mag ik vanavond bij jou slapen?' is het enige wat ik kan bedenken. 'Mag ik in je bed slapen?'

'Vooruit dan,' zegt hij nukkig en ik trek hem aan de lusjes van zijn spijkerbroek mee naar zijn koffer.

Ik werp een blik op het bed. Hoe is het mogelijk dat er op één plek zoveel kan veranderen? Misschien denkt hij wel hetzelfde. Hij kust mijn wenkbrauw zo zacht dat de tranen achter mijn ogen prikken.

Bij het uitchecken, vang ik een glimp op van de rekening. Die magische hotelkamer kost ongeveer een week huur. Hij zet een krabbel alsof hij Zorro is en houdt me dicht tegen zich aan. Mijn wang drukt tegen zijn perfecte borstspier.

'Hebt u een prettig verblijf gehad?' De elegant opgedofte receptioniste glimlacht net iets te breed naar Josh terwijl ze alles afhandelt. Ze lijkt mijn aanwezigheid met opzet te verdringen, of misschien is ze gewoon verblind. Ze draagt haar blonde haar in een wrong en haar bleekroze lippenstift steekt te fel af tegen haar gebruinde huid. Een hotel-Barbie.

'Ja, bedankt,' zegt hij afwezig. 'Fantastische waterdruk in de douche.' Ik vang zijn blik. Zijn lachrimpeltjes worden dieper.

De receptioniste zit overduidelijk te fantaseren over Josh onder de douche. Haar ogen dwalen steeds af van zijn spierballen naar het scherm van haar computer, en van het scherm naar zijn gezicht. Ze slaat nietjes in de rekening, vouwt hem op en gaat op zoek naar de perfecte envelop, hoewel de klant aan de balie naast ons het zonder moest doen.

Ze doet een heleboel dingen om tijd te rekken en beter zicht te hebben. Hij wordt op de hoogte gesteld van de voordelen van een vaste klantenkaart, waardoor hij bij zijn volgende verblijf een gratis fles wijn, en waarschijnlijk ook haar, zal aantreffen op zijn bed. Ze controleert zijn adres en telefoonnummer nog een keer.

Ik ben zo geïrriteerd dat ik haar met mijn blikken probeer te doden. Hij merkt het niet op en kust mijn slaap. Eigenlijk kan ik het haar niet eens kwalijk nemen.

Een man die zo gebouwd is, met zo'n gezicht, en die ook nog eens zo belachelijk lief en teder is? Ik zou er zelf ook in blijven als ik daar tegenaan moest kijken, en dan ben ik nog wel degene die op zijn aandacht mag rekenen. Het is alsof je een gebutste nachtclubportier ziet knuffelen met een peuter in een tutu, of een kooivechter een kushandje ziet werpen naar zijn liefje op de eerste rij. Niets is aantrekkelijker dan de combinatie van brute, rauwe mannelijkheid en tederheid.

Niets is aantrekkelijker dan Josh.

Ze werpt een harde, calculerende blik op mij. Ik spreid mijn vingers tegen zijn borst. Van mij, zegt dat gebaar. Mijn jaloerse innerlijke holbewoonster kan het niet laten.

'Zullen we uw auto voorrijden?'

'Ja,' zegt Josh, op hetzelfde moment dat ik 'nee' zeg.

'Nee, we gaan eerst nog ontbijten. Kunnen we onze bagage hier achterlaten?'

'Natuurlijk.' Ze loert naar Josh' kale linkerhand. Naar mijn kale linkerhand.

'Bedankt, meneer Templeman.'

'Als we hier ooit nog terugkomen wil ik dat je een neptrouwring draagt,' mopper ik terwijl we door de lobby naar het restaurant lopen.

Josh struikelt bijna over zijn eigen voeten. 'Waarom zou je dat in godsnaam zeggen?'

We lopen langs de balzaal waar de schoonmakers bezig zijn om enorme trossen Mindy-roze ballonnen naar beneden te halen.

'Die receptioniste wilde je bespringen. Ik kan het haar niet kwalijk nemen, maar jezus. Ik stond er gewoon bij. Ben ik onzichtbaar of zo?'

Josh kijkt me schuin aan. 'Wat lekker primitief van je.'

We duwen de dubbele glazen deuren open en hij trekt me opzij. We loeren door de deuropening naar binnen. Ik zie zijn familie zitten en steek mijn hand al op om te zwaaien, maar hij houdt me tegen en begint onverstaanbaar tegen me te foeteren.

'Een buffet!' zeg ik, hoorbaar verrukt. 'Moet je die croissantjes zien, gewone én met chocolade. Snel, er zijn er niet zoveel meer.'

'Ik ga nog één keer proberen om je over te halen. Zullen we gewoon gaan? Gisteren ging het helemaal zo slecht niet, ik heb familie gesproken. Laten we de verliezen beperkt houden.'

'Je wilt er zomaar vandoor gaan, als Thelma en Louise?'

'Ze waren allemaal gek op jóú.'

'Ik ben volkomen onweerstaanbaar. Josh, kom op. Croissants. Niemand zal je iets aandoen zolang ik bij je ben. Ik heb mijn onzichtbare paintballgeweer bij me. Neem me mee naar binnen, voer me iets van bladerdeeg en rij me daarna naar die fraaie blauwe slaapkamer van je.'

Hij drukt een klein kusje op mijn lippen.

Ik kijk over mijn schouder naar de receptie. 'Vooruit, dapper zijn. Vergeet je vader en concentreer je op je moeder. Wees een heer. Ik ga naar binnen.'

Ik slinger door de ruimte zonder te weten of hij achter me aan komt. Als hij daar blijft staan, dan wordt dit een beetje ongemakkelijk.

Hoofdstuk 27

Aan de tafel bij het raam zitten Elaine, Anthony, Mindy en Patrick. Iedereen stopt met praten als ik dichterbij kom. Ik zwaai sukkelig. Ze lijken allemaal verrast.

'Hallo.'

'Lucy! Hallo!' Elaine is de eerste die zich herstelt en werpt een blik op de tafel. O. Er zijn geen lege stoelen meer. We zijn nauwelijks vijf minuten te laat, dus ze hadden blijkbaar niet verwacht dat we zouden komen opdagen. Josh loopt gelukkig te treuzelen.

'Snel, snel!' Ik scan de andere tafels.

'Meer stoelen,' zegt Elaine happend naar adem. Ze begrijpt het precies. Als hij bij de tafel komt en merkt dat er geen stoelen voor ons zijn, dan zal hij verschrompelen.

Anthony zit als een echte vader aan het hoofdeinde van de tafel en blijft zijn opgevouwen krant lezen. Nee, wacht, een medisch tijdschrift. *Jeez.* Aan niets is te merken dat hij zich ervan bewust is dat er nog meer mensen in de ruimte zijn.

Er wordt druk geschoven en het lukt me om twee lege stoelen te regelen bij een nabijgelegen tafel. Tegen de tijd dat Josh opduikt met een bord croissants en een kop thee zitten we er allemaal zo achteloos mogelijk bij, terwijl we de borden terug proberen te schuiven naar de oorspronkelijke eigenaar.

'Goedemorgen,' roepen we in koor.

'Ha,' zegt hij voorzichtig en hij zet het bord en de thee voor me neer. 'Ik heb de laatste voor je meegenomen.' Het bord ligt vol croissants en aardbeien. Hij streelt mijn nek.

'Lief van je. Bedankt.'

'Ik ga ook even iets voor mezelf halen,' zegt hij en hij loopt weer weg. Elaine kijkt hem half verdrietig en half geamuseerd na, en loert naar Anthony.

Ik glimlach naar Mindy om te laten zien dat ik niet overstuur meer ben. Waarschijnlijk straal ik een soort post-orgastische nucleaire gloed uit, want ze glimlacht behoedzaam terug.

'Hoe voel je je vandaag, mevrouw Templeman?'

De vraag kwam spontaan bij me op, maar Mindy verschiet van schrik als ze me 'mevrouw Templeman' hoort zeggen. Misschien ben ik uitzonderlijk empathisch, maar ik heb het idee dat ik een bom heb laten vallen. De woorden galmen na in mijn oren, ze weerkaatsen tegen de muren, dringen door in mijn botten. Mevrouw Templeman. Inderdaad, lekker primitief.

'Mevrouw Templeman. Dat klinkt zo...' Ze zucht, slaat haar handen voor haar gezicht en giebelt. Ga uit mijn hoofd, Mindy.

'Sorry dat we een kleinere tafel hebben genomen,' begint Elaine, maar ik schud mijn hoofd.

'Geeft niet. Ik heb een lasso moeten gebruiken om hem hier te krijgen.' Ik doe net of ik een touw boven mijn hoofd rondslinger en de vrouwen barsten in lachen uit. De mannen blijven in stilte lezen en eten.

'Ik zie het zo voor me. De kleine cowgirl die hem bokkend en briesend achter zich aan sleept.'

'Ik weet niet waarom hij altijd overal zo moeilijk over moet doen,' verklaart Patrick mild. Hij giet een mondvol koffie naar binnen en krimpt in elkaar.

Waarschijnlijk heeft hij het altijd zo druk dat hij iedere maaltijd in pijnlijke, gloeiend hete slokken en happen naar binnen werkt. Misschien is dat een doktersding. Meer een kwestie van de brandstof inbrengen dan ervan genieten.

'Hij is verlegen. Laat hem met rust.'

Patrick fronst zijn wenkbrauwen alsof ik zijn brutale kleine zusje ben, en begint dan te lachen. Hij kijkt naar Josh.

'Verlegen, zeg je.' Ik zie dat hem iets begint te dagen, net als gisteren bij mij. Verlegenheid kan veel verschillende vormen aannemen. Sommige mensen zijn verlegen en zacht, andere zijn verlegen en hard. Of, zoals in Josh' geval, verlegen en ingepakt in militaire bepantsering.

'Josh en Lucy, bedankt voor jullie cadeau,' zegt Mindy als Josh gaat zitten. Ze vangt mijn blik en glimlacht, blijkbaar in de veronderstelling dat ik het heb uitgekozen.

'Ik heb nooit gezien wat hij heeft uitgezocht.' Ik neem een enorme hap croissant. Josh heeft een arm over de rug van mijn stoel gelegd en drukt zijn warme hand plat tegen mijn schouder.

'Een prachtige set kristallen Waterford-champagneglazen, met onze initialen erin gegraveerd. En twee flessen Moët.'

'Goed gedaan, Josh.'

'Het was een mooie bruiloft,' zegt Josh tegen Mindy. Ik analyseer zijn blik als ze elkaar aankijken. Dit is waarschijnlijk de eerste keer dat ze tegenover elkaar zitten sinds ze uit elkaar zijn gegaan. Ik zit bijna te beven van concentratie terwijl ik probeer om restjes liefdesverdriet, lust, wrok of eenzaamheid te ontdekken. Het is dat ik geen snorharen heb, anders zouden ze trillen.

'Bedankt,' zegt Mindy. Ze kijkt weer naar haar trouwring en staart dan met zoveel hulpeloze toewijding naar Patrick, dat mijn blik naar Josh schiet. Als hij ooit verkeerd gaat reageren dan is het nu. Hij glimlacht, kijkt naar zijn bord en dan naar mij. Als hij mijn slaap kust, ben ik overtuigd.

'Hoe heb je Lucy zo lang geheim kunnen houden voor ons?' vraagt Mindy terwijl ze haar grapefruit doorsnijdt.

'O, je weet wel. Ik hou haar opgesloten in mijn kelder.'

'Het is niet zo erg als het klinkt. Hij heeft het daar best comfortabel gemaakt.' Iedereen lacht. Behalve Anthony, natuurlijk.

Ik realiseer me iets verfrissends. Ik zit niet mijn best te doen. Dat verklaart waarom ik me zo op mijn gemak voel, aan een tafel met vreemden. Als ze me aardig vinden, fijn. Zo niet, dan kan ik daar ook mee leven. Ik heb de neiging om ontspannen onderuit te zakken, net zoals wanneer ik bij mijn eigen familie ben. En als ik mijn hoofd een klein stukje draai, dan hoef ik Anthony helemaal niet te zien.

Mindy somt een paar andere cadeaus op. Patricks nieuwe gouden ring knipoogt in het bleke zonlicht dat zo nu en dan door de wolken valt, en hij raakt hem steeds weer aan met zijn duim. Mindy blijft maar vertederd naar hem kijken.

Josh' ontbijt bestaat uit twee gepocheerde eieren, een geroosterde volkorenboterham en een berg verlepte spinazie. Hij drinkt zijn koffie in twee slokken op. Ik kijk naar mijn eigen bord en knijp onder de tafel in mijn buik. Zijn lichaam is een tempel. Als dit zo doorgaat is dat van mij binnenkort een hut van boter.

'Meer koffie?' Ik sta op en besluit wat fruit voor mezelf te halen. Ik kan niet alleen maar croissantjes eten.

Josh pakt mijn pols en kijkt naar me op. Blijf, smeekt hij met zijn ogen. Ik geef hem een vriendelijk klopje en hij staat met tegenzin zijn mok af.

'Ik ben zo terug. Nog iemand?'

Ik neem de tijd om met het koffieapparaat te klungelen. Het is allemaal een beetje opgeprikt, en ik weet best dat ik eigenlijk een indringer ben. Ik ben de enige aan die tafel die geen Templeman is.

Terwijl ik vechtend met de lange plastic tang een tweede stuk watermeloen probeer te vangen word ik me vaag bewust van vinnige stemmen, en als ik er een trosje druiven naast leg valt het kwartje. O, shit.

Ik haast me terug naar de tafel en zet mijn bord en Josh' mok neer. Mindy zit er als bevroren bij en kijkt angstig toe. Patrick lijkt gelaten.

'Wat ik me afvraag, is waarom je een bachelor medicijnen zou weggooien. Iedere sukkel kan bedrijfskunde studeren.' Anthony heeft zijn leesvoer opzijgelegd en probeert Josh met een doordringende blik te intimideren.

Echt, ik was misschien twee minuten weg van die tafel. Hoe kon dit zo snel uit de hand lopen? Iedere atoombom heeft blijkbaar een rode knop, en het kost nauwelijks tijd om die in te drukken. Ik leg mijn hand in Josh' nek, alsof ik een pitbull bij zijn halsband pak.

'Rot toch op. Als je er ook maar iets van afwist, dan zou je weten dat het bijna onmogelijk is om een studie bedrijfskunde af te maken naast een fulltimebaan. En dat is me gelukt. En ik zat bij de beste twee procent van mijn jaar. Ik heb vier banen aangeboden gekregen, en twee van die bedrijven bellen me nog steeds af en toe.'

'Het verbaast me dat je het hebt afgemaakt als het zo moeilijk was,' zegt Anthony. 'Ik dacht dat opgeven je favoriete hobby was.'

'Hé,' brul ik. Ik ben blijven staan, en merk dat ik mijn handen in mijn zij heb gezet.

'Lucy, ze zijn gewoon...' Elaine weet niet wat ze moet doen. 'Misschien moet je buiten met Josh gaan praten, Anthony.'

De mensen aan de tafels om ons heen hebben hun bestek neergelegd en een houding aangenomen waaruit een levendige interesse of een opgelaten afkeer spreekt.

Josh lacht vals. 'Waarom, zodat we lekker ouderwets op de vuist kunnen gaan? Hij zou niets liever willen.'

Anthony rolt met zijn ogen. 'Je moet –'

'Wat harder worden? Is dat wat je wilt gaan zeggen? Dat zeg je al tegen me zolang ik leef.' Josh kijkt vertwijfeld naar me op. 'Kunnen we nu gaan?'

'Ik denk dat jullie dit misschien moeten uitpraten.' Voor je het weet, zijn er weer vijf jaar voorbij.

'Ze is zo'n sentimenteel handtastelijk typje,' zegt Anthony tegen Elaine. 'Fantastisch.'

Josh knijpt zijn ogen tot vervaarlijke spleetjes. 'Geen kwaad woord over haar.'

'Ze kan de verleiding anders niet weerstaan om zich ermee te bemoeien.'

'Stil,' zegt Elaine tegen Anthony. Ze is woest. 'Het enige wat ik van je gevraagd heb, is dat je beleefd blijft. Hou je mond dicht.'

Ik kijk Anthony aan, en hij mij. Zijn honende blik glijdt van mijn kruin naar beneden. Dan snuift hij en hij gaat met stijf dichtgeknepen mond uit het raam zitten staren, gehoorzaam aan zijn vrouw.

O, man. Dit ga ik niet twee keer in mijn leven pikken, en al helemaal niet van een andere Templeman. Ik ben woest. 'Je zoon is ongelooflijk getalenteerd. Gefocust. Belachelijk intelligent. Hij is onmisbaar om de uitgeverij draaiend te houden.'

'O, ja, likt hij de postzegels? Neemt hij de telefoon op?'

We staren elkaar strak aan en ik lach blaffend. 'Denk je echt dat dat is wat hij doet?'

'Sla niet zo'n toon tegen me aan, jongedame. Zijn functie staat gewoon onder zijn e-mails. Assistent van de directeur. Wie denk je wel niet dat je bent?'

Hij probeert zijn autoriteit te herstellen. Misschien moet ik braaf zijn en gaan zitten. Josh geeft gehoor aan zijn instinct om me te beschermen en staat op uit zijn stoel, maar ik gebaar dat hij weer moet gaan zitten.

Laat dit maar aan mij over.

'Ik ben iemand die je nakomeling beter kent dan jij. Hij is de persoon waaraan de financiële en de salesafdeling verslag uitbrengen. Ze doen het in hun broek voor hem. Een man van vijfenveertig heeft me ooit in de gang buiten de vergaderkamer gesmeekt om een paar documenten af te geven omdat hij zelf niet naar binnen durfde. Ik heb hele teams als mieren zien wegkruipen, ze checken hun cijfers dubbel en driedubbel, en zelfs dan vindt Josh altijd nog wel een foutje. En daarna meldt zo iemand zich meestal ziek door de stress.'

Anthony wil gaan bulderen, maar ik ben hem voor. Ik ben zo razend dat ik hem zou kunnen wurgen. Echt, ik zou het liefst mijn handen om zijn nek slaan en knijpen.

Ik ben Lara Croft, klaar om te schieten, mijn ogen brandend van wraaklust.

'De reden dat Bexley Books voor de fusie niet compleet is geïmplodeerd, is dat Josh ze heeft aangeraden om het personeelsbestand met vijfendertig procent terug te brengen. Ik heb hem daarom gehaat, het was keihard. En hij kan hard zijn, u hebt geen idee. Maar het betekende dat honderdtwintig andere mensen hun baan konden houden. Hun hypotheek konden betalen. Dus heb het léf niet om net te doen alsof hij niets voorstelt. O, en ik weet toevallig ook dat Josh alle onderhandelingen voor de fusie heeft gedaan. Een van de bedrijfsadvocaten vertelde me in de keuken dat hij, ik citeer, een "meedogenloze klootzak" is.'

Ik lijk maar niet op te kunnen houden. Ik loop helemaal leeg.

'Zijn baas, die alleen in functie mededirecteur is, is een dikke, luie pad die zo onder de pillen zit dat hij nauwelijks zijn schoenveters kan strikken. Josh houdt het bedrijf draaiend. Dat doen wij met zijn tweeën.'

Ik laat mijn blik over de tafel glijden. Josh duwt zijn vingers in de band van mijn spijkerbroek.

'Sorry dat ik een scène maak. Ik vind jullie allemaal aardig. Alleen jou niet.' Ik kijk Anthony ijzig aan.

'Ik heb meer tijd met Josh doorgebracht dan wie dan ook, en ik moet zeggen: je weet niet wat je mist. Je hebt Josh. Hij is een vervelende, moeilijke etterbak en de helft van de tijd haat ik hem of drijft hij me tot waanzin, en dat is overduidelijk erfelijk. Je keek net op precies dezelfde manier naar me als Josh toen ik hem voor het eerst ontmoette. Van top tot teen, en dan uit het raam. Je weet alles over mij? Je weet alles over hem? Ik dacht het niet.'

'Ik heb geprobeerd om hem te stimuleren. Sommige mensen hebben een flinke duw nodig,' zegt Anthony.

'Je kunt het niet allebei hebben. Je kunt hem niet volledig negeren en toch zijn keuzes afzeiken.'

Anthony legt zijn hand tegen zijn voorhoofd en wrijft alsof hij hoofdpijn voelt opkomen. 'Mijn vader heeft mijn jongere broer ook gepusht.'

'En, hoe is dat bevallen?'

Hij kijkt weg. Niet zo heel erg goed, blijkbaar.

'Hij is geen arts. Leer ermee leven.'

Anthony gaapt me met uitpuilende ogen aan.

'Maar ik wil dat je dit weet. Hij zou het wel kunnen, als hij zou willen. Hij kan godverdomme worden wat hij wil. Hij heeft geen fout gemaakt, hij is niet gestopt omdat hij niet goed genoeg is. Hij heeft er zelf voor gekozen.'

Ik ga briesend zitten. Mindy en Patrick gapen elkaar aan. Shit, het hele restaurant zit met zijn mond open. Ergens begint iemand te klappen en valt dan snel weer stil.

'Het spijt me, Elaine.' Ik neem een grote slok thee en knoei bijna op mijn trui. Mijn handen trillen.

'Je hoeft je niet te verontschuldigen omdat je hem op die manier hebt verdedigd,' zegt ze zwakjes. Met 'op die manier' bedoelt ze als een hondsdolle leeuwin, neem ik aan.

Ik haal ergens de moed vandaan om naar Josh te kijken. Hij zit erbij alsof hij volkomen in shock is.

'Ik...' Anthony's stem sterft weg en ik torpedeer hem met mijn beste dreigende blik. Dezelfde vernietigende, gevoelloze blik waarop ik zijn zoon al duizend keer heb getrakteerd.

'Ik... eh...' Hij schraapt zijn keel en bestudeert zijn bestek.

'Ja, dokter Templeman? Mogen wij het ook horen?' Mijn bravoure is adembenemend.

'Ik weet niet veel van je werk, Josh.' Alle monden zakken nog verder open. Behalve die van mij, want dat gun ik hem niet. Ik staar hem strak aan, draai mentaal een roestig vismes rond in zijn buik en trek een wenkbrauw op.

'Ik wil graag meer over je werk horen, Josh.'

Ik onderbreek hem. 'Nu je weet dat hij succes heeft? Nu je weet dat hij bijna zeker de adjunct-directeur van een grote uitgeverij wordt? Nu heb je eindelijk iets te vertellen tegen je golfmakkers.'

'Squash,' verklaart Patrick terloops. 'Hij speelt squash.'

Ik heb Anthony de aframmeling van zijn leven gegeven. Hij kan geen woord uitbrengen. Het is geweldig.

'Je zou van hem moeten houden en trots op hem moeten zijn, al zou hij in de postkamer werken. Of als hij werkloos was en knettergek en onder een brug woonde. We gaan nu. Elaine, het was me een genoegen, ik vond het ontzettend leuk om je te leren kennen. Mindy, Patrick, nogmaals gefeliciteerd en geniet van jullie huwelijksreis. Sorry dat ik een scène heb gemaakt. Anthony, het was dope, gast.'

Ik sta op. 'En nú gaan we ervandoor als Thelma en Louise.' Josh komt overeind en kust zijn moeder op haar wang.

Ze graait hulpeloos naar zijn pols. 'Maar wanneer zie ik je weer?' Ze kijkt naar Josh, maar ook naar mij.

Ik zie zijn kaak verstrakken en kan de smoesjes die hij staat te verzinnen al bijna horen. Misschien verdwijnt hij wel voorgoed van de radar van de familie Templeman. Mijn volgende woorden verrassen zelfs mij. Zeker omdat ik eigenlijk net voorgoed afscheid van ze heb genomen.

'Als je binnenkort een keer naar de stad komt, dan kunnen we samen lunchen, en daarna misschien naar de film. Anthony, je bent ook uitgenodigd.'

Zijn kaak, die er losjes bij hangt, zwaait heen en weer in de wind.

'Maar alleen als je bereid bent om beleefd te blijven en je zoon opnieuw te leren kennen. Josh wordt niet meer afgekraakt, dat snap je ook wel. Behalve door mij, want dat vindt hij lekker.'

'Wij gaan hier even samen over praten. Naar buiten. Nu.' Elaine komt overeind en wijst naar de openslaande deuren van de tuin. Anthony zit erbij als een man die naar de galg moet. Ik herken een verscheurende collega-leeuwin als ik er een zie.

Ik pak Josh' hand en we lopen tussen het ademloze publiek door.

'Van de zaak,' zegt de man bij de kassa. 'Mevrouw, dat was beter dan de schouwburg.'

Ik haal onze koffers op bij de receptie, gelukkig niet bij de wellustige blondine. Ik zou waarschijnlijk haar kop van haar romp hebben geschopt. Samen, met synchrone passen, benen we de lobby uit, als twee op gerechtigheid beluste officieren van justitie op tv.

Ik laat de auto halen en draai me om naar Josh.

'Oké, geef me er maar van langs.' Ik heb net een verschrikkelijk gênante scène geschopt. Mensen staan zelfs over me te praten terwijl ze op hun taxi wachten. Ik word de ster in twintig verschillende versies van die-rel-in-dat-restaurant.

Josh tilt me op. 'Bedankt,' zegt hij. 'Ontzettend bedankt.'

Als we elkaar kussen, klinkt er applaus.

'Je bent niet boos omdat ik je gered heb? Jongens hoeven niet gered te worden.'

'Deze wel. En je mag zelfs kiezen wie je wil zijn. Thelma of Louise.' Als de auto komt, zet hij me weer op de grond.

'Jij bent de knappe, dus ik neem aan dat jij Thelma bent.'

Hij schuift de bestuurdersstoel naar achteren. We zijn nog geen halve straat op weg als hij in lachen uitbarst.

'Je zei tegen mijn vader dat het "dope" was.'

'Als een slechte scenarioschrijver die denkt dat de jonkies zo praten.'

'Precies. Het was onbetaalbaar.' Hij veegt een traan weg met zijn duim.

'Ik vind het alleen rot voor je moeder. Ze leek erg overstuur.'

'Maak je geen zorgen, ze laat hem alle hoeken van de kamer zien voor dat geintje.'

'Daar twijfel ik niet aan. Daarom denk ik dat ik zo goed met haar kan opschieten.'

Hij denkt even na. 'Ik weet niet hoe ik vanaf dit punt verder moet met mijn vader.'

'Alles is op te lossen.' Ik probeer mijn eigen woorden te geloven. Ik doe het raampje een stukje omlaag en laat de bries over mijn gezicht spelen. De zon verwarmt mijn benen, en Josh glimlacht weer.

Ik sta mezelf niet toe om na te denken over hoe dit moet aflopen.

De rit zou een uur of vijf moeten duren, maar ik zweer dat Josh hem terug weet te brengen naar drie. Maar de tijd betekent niets voor ons als we slingerend over het platteland de zoute zeewind achter ons laten.

De herinneringen krijgen extra glans door het zonlicht dat door de bomen langs de weg valt en citroen- en kopertinten op onze armen werpt. Onze ogen lichten blauw op, die van hem saffier, die van mij turquoise. Ik herken mijn eigen gezicht nauwelijks in de zijspiegel van de auto.

Ik ben veranderd. Vandaag ben ik een ander mens. Vandaag is een gedenkwaardige dag.

Ik zal altijd aan de reis naar huis terugdenken als aan een montage van filmbeelden, en daar was ik me tijdens de rit al van bewust. Ieder detail was helder en sprankelend. Toen al wist ik dat ik deze herinneringen op een dag nodig zou hebben.

De regisseur van de film moet Frans zijn. In Frankrijk geven ze een voorkeur aan cabriolets, maar de raampjes zijn open, dus we komen een eind. De lucht is ongewoon warm voor de tijd van het jaar en geurt naar kamperfoelie en gemaaid gras.

De hoofdrol in de film wordt gespeeld door een mooi meisje, dat met haar Vlammenwerperrode mond glimlacht naar een prachtige man. Zijn zonnebril staat hem zo ijselijk cool dat je er direct zelf een wilt gaan kopen.

Hij legt zijn hand op haar gezicht en kust haar. Zegt iets charmants en maakt haar aan het lachen. Het is zo'n moment waarbij je op pauze wilt drukken, want wat het ook is dat ze aanprijzen, je bent verkocht.

Geluk. Een beter leven. Rode lippenstift en die zonnebril.

De soundtrack zou moeten bestaan uit sfeervolle indie; hoopvol, maar met een droevig, bitterzoet rafelrandje, zodat je hart pijn doet zonder dat je weet waarom. In werkelijkheid bestaat de filmmuziek uit hairmetal uit de jaren tachtig, die ik heb aangetroffen op een bedenkelijke iPod-playlist met de titel Sportschool.

'Dus die spieren zijn serieus ontstaan terwijl je naar Poison en Bon Jovi luisterde?' kraai ik, en hij kan het niet ontkennen. De raampjes zijn open, de stereo staat op tien en de weg strekt zich als een tong voor ons uit.

We zingen mee. De teksten van nummers die ik in geen jaren gehoord heb rollen zo uit mijn mond. Zijn vingers trommelen op het stuur. Het leven is op dit moment makkelijker dan ademhalen.

We stoppen niet één keer. Als we stoppen, al is het maar om naar de wc te gaan, kan de werkelijkheid ons inhalen. We zijn bankrovers. Kinderen die weglopen van kostschool. Verliefde tieners die er samen vandoor gaan.

Ik heb een fles water in mijn tas, en Josh heeft zijn blikje met pepermuntjes. We delen de buit, en het is een feestmaal.

Een hele tijd later biecht ik aan mezelf op waarom deze film zo belangrijk is. Ik had mezelf wijs kunnen maken dat het kwam doordat maandagochtend dreigend dichterbij kwam, en er maar één prijs was voor twee waardige winnaars. Misschien gaf het intense gevoel dat ik leefde de doorslag. Ik voelde me door en door jong en barstte zowat door de angstaanjagende, opwindende zekerheid dat mijn leven op het punt stond om ingrijpend te veranderen.

Misschien was het de kick omdat ik die bullebak zijn vet had gegeven, de koppige roes omdat ik me had verzet tegen zo'n verschrikkelijke man. Dat ik Josh had gered, de sterke was geweest. Dat ik het voor hem had opgenomen, hem had verdedigd als een leeuwin.

Of misschien kwam het door de geur van lente in de lucht, de klavervelden die we voorbijreden. Rode rozen tegen een hek. Leren stoelen en Josh' huid.

Nee, het was iets anders: het inzicht dat er iets onomkeerbaars en definitiefs aan het gebeuren was. Dat besef rolde bij iedere omwenteling van de autowielen door mijn hoofd, bij iedere hartslag die het bloed door mijn tere, vliesdunne aderen stuwde. Ieder moment kon een piepklein klepje het begeven onder de druk van de cholesterol in die croissants. Ik kon ieder moment doodgaan.

Maar dat gebeurde niet. Ik viel in slaap, mijn wang tegen de warme stoel, mijn gezicht naar hem toe, zoals het altijd is geweest. Zoals het altijd zal zijn.

Als ik mijn ogen een klein stukje opendoe, zijn we in de parkeergarage.

'We zijn thuis,' zegt hij.

Ik denk het ondenkbare. Iets wat ik de hele tijd al had moeten weten. Mijn ogen zakken dicht en ik doe of ik slaap.

'Je moet wakker worden,' fluistert hij. Een kus op mijn wang. Een wonder.

Ik hou van Joshua Templeman.

Hoofdstuk 28

We gaan zijn appartement binnen en hij zet mijn koffer naast die van hem in de slaapkamer, alsof ik terug ben in mijn eigen huis. Ik ga een plas doen en als ik klaar ben, is hij met de concentratie van een wetenschapper een kop thee voor me aan het zetten.

Na één blik op mijn gezicht weet hij genoeg. 'O, nee. Zeg dat het niet zo is.'

Mijn maag zakt in mijn schoenen en ik zoek steun bij de rand van het aanrecht. Hij weet het. Hij kan gedachten lezen. Mijn ogen zijn liefdeshartjes.

'Je bent compleet aan het flippen,' constateert hij vlak.

Het enige wat ik nog kan, is met mijn ogen draaien en op mijn lip bijten. Ik kijk opzij naar de voordeur. Hij is te snel, ik kom nooit langs hem heen.

'Vergeet het maar. Ga op de bank zitten,' zegt hij streng. 'Hup. Opschieten.'

Ik doe mijn schoenen uit en rol me op de bank op tot een bal. Het lintenkussen hou ik dicht tegen me aan gedrukt.

Hij heeft gelijk. Ik ben ontzettend aan het flippen. Dit is de moeder van alle paniekaanvallen. Ik kan niet eens meer praten.

Ik spreek mezelf toe in mijn hoofd.

Je houdt van hem. Je houdt van hem. Dat is altijd al zo geweest, veel meer dan je hem ooit hebt gehaat. Iedere dag, terwijl je naar hem zat te staren en je iedere kleur en uitdrukking en nuance kende.

Ieder spel dat je ooit hebt gespeeld, was bedoeld om contact met hem te maken. Met hem te praten. Zijn blik op je te voelen. Te zorgen dat hij je zou opmerken.

'Wat ben ik toch een idioot,' hijg ik.

Ik doe mijn ogen open en begin bijna te gillen. Hij staat over me heen gebogen met een mok en een bord.

'Paniekaanvallen van dit niveau accepteer ik niet,' zegt hij en hij geeft me een boterham. Hij zet de mok op de koffietafel, verdwijnt even en komt terug met mijn grijze fleecedeken.

Het lijkt wel of hij wéét dat ik een soort schok heb gehad. Hij stopt me aan alle kanten in en brengt me een extra kussen. Geen idee hoe mijn gezicht eraan toe is. Ik durfde mezelf niet aan te kijken in de spiegel op de wc.

Ik begin te klappertanden en pak de boterham, die er eigenlijk best goed uitziet. Het is geen broddelwerk; hij is zelfs schuin doormidden gesneden, zo heb ik ze het liefst.

Ik kauw als een eekhoorn, en gebruik mijn voorpootjes om de korstjes af te scheuren. Met bolle wangen kijk ik schichtig om me heen.

'Je hebt geen woord meer tegen me gezegd sinds je wakker bent geworden. Je lijkt wel getraumatiseerd. Je handen trillen. Lage bloedsuikerspiegel? Nachtmerrie? Wagenziek?' Hij zet zijn bord weg. Zijn eigen boterham is onaangeroerd. 'Je bent nog moe. Je hebt buikpijn.' Door de deken heen begint hij mijn voeten warm te wrijven. Als hij weer verdergaat, is zijn stem zo zacht dat ik hem nauwelijks kan verstaan.

'Het is tot je doorgedrongen dat je met mij een verschrikkelijke fout hebt gemaakt.'

'Nee,' roep ik met volle mond uit. Ik doe mijn ogen dicht. De zorgrimpel in zijn voorhoofd is onverdraaglijk.

'Nee?'

Ik voel me verschrikkelijk. Ik heb de schitterende bubbel van energie waarin we naar huis zijn gereden kapotgemaakt.

'Het is vandaag zondag,' zeg ik na veel wikken en wegen.

'Morgen is het maandag,' vult hij aan. We nippen allebei aan onze mok. Het Staarspel heeft weer een aanvang genomen. Ik zit barstensvol vragen die ik dolgraag wil stellen, maar ik heb geen idee hoe ik moet beginnen.

'Waarheid of durven,' zegt hij. Hij weet altijd precies de juiste woorden te vinden.

'Durven.'

'Lafbek. Oké, ik daag je uit om de hele pot mosterd in de koelkast leeg te eten.'

'Ik hoopte op een sexy opdracht.'

'Je krijgt er een lepel bij.'

'Waarheid.'

'Waarom ben je aan het flippen?' Hij neemt een hap van zijn boterham.

Ik zucht zo diep dat mijn longen er pijn van doen. 'Ik was hier niet klaar voor, en nu voel en denk ik allemaal enge dingen.'

Hij bestudeert me uitgebreid, zoekt naar sporen van een leugen. Hij kan niets vinden. Het was de ingekorte versie, maar het was wel waar.

'Waarheid of durven?'

'Waarheid,' zegt hij zonder met zijn ogen te knipperen. Het zachte licht van de late middag komt door het raam naar binnen en ik kan de kobaltblauwe vlekjes in zijn ogen onderscheiden. Ik moet de mijne dichtdoen; hij is zo mooi dat het pijn doet, en dat moet even zakken.

'Wat zit er achter die tekentjes in je agenda?' Het komt opeens in me op. De vorige keer heeft hij geen antwoord gegeven, en ik betwijfel of hij dat nu wel zal doen.

Hij kijkt glimlachend naar zijn bord. 'Het is een beetje kinderachtig.'

'Ik verwacht niet minder van je.'

'Ik noteer of je een jurk of een rok draagt. J, of R. Ik zet een streepje als we ruzie hebben, en wanneer je naar iemand anders glimlacht. En als ik zin heb om je te zoenen. De puntjes zijn gewoon mijn lunchpauze.'

'O. Waarom?' Er trekt een rilling door mijn buik.

Hij denkt even na. 'Als je zo weinig van iemand krijgt, neem je overal genoegen mee.'

'Hoelang doe je dat al?'

'Sinds de tweede dag bij B&G. De eerste dag verliep een beetje in een waas. Ik ben nog steeds van plan om het allemaal in een grafiek te verwerken. Sorry. Het klinkt krankzinnig als ik het hardop zeg.'

'Ik wou dat ik het zelf had bedacht, als je je daardoor beter voelt. Ik ben net zo gestoord.'

'Je had de overhemdcode anders behoorlijk snel gekraakt.'

'Waarom draag je ze eigenlijk in een vaste volgorde?'

'Ik wilde weten of het je zou opvallen. En toen je het eenmaal had opgemerkt, ergerde je je er kapot aan.'

'Het is me altijd opgevallen.'

'Ja, weet ik.' Hij glimlacht, en ik ook. Hij pakt mijn voet vast en begint weer te wrijven.

'Die vaste-dagen-van-de-weekoverhemden waren op een vreemde manier geruststellend.' Ik ga liggen en kijk naar het plafond. 'Wat er ook aan de hand was, ik kon erop rekenen dat ik iets wits zou zien als ik binnenkwam. Of gebroken wit. Crème, zachtgeel, mosterd, babyblauw, slaapkamerblauw, duifgrijs, marineblauw, zwart.' Ik tel ze af op mijn vingers.

'Je vergeet dat mijn arme mosterdhemd is vervangen. Maar goed, binnenkort hoef je die stomme overhemden niet meer te zien. Bexley heeft tegen de sollicitatiecommissie gezegd dat ze vrijdag een beslissing moeten nemen.'

'Maar dat is maar één dag na de gesprekken.' Ik had gedacht dat ze een week of twee de tijd zouden nemen. Dus komende vrijdag ben ik ofwel de overwinnaar, of ik ben werkloos. 'Ik word niet goed.'

'Hij heeft gezegd dat ze een stel flapdrollen zijn als ze niet binnen vijf minuten al weten wie de juiste kandidaat is.'

'Hij moet het niet flikken om de sollicitatiecommissie te beïnvloeden. Dit moet eerlijk gaan. Shit, ik had er nog niet aan gedacht dat ik straks direct aan Bexley moet rapporteren, zonder jou als buffer. Ik zweer het, Josh, die vent heeft röntgenogen.'

'Ik wil hem blind maken met bijtend zuur.'

'Heb je bijtend zuur in je la?'

'Dat zou jij moeten weten. Jij hebt in mijn bureau en in mijn agenda gesnuffeld.' Hij klinkt bestraffend, maar zijn blik blijft vriendelijk, en als hij de holte van mijn voet met zijn duim masseert begin ik te spinnen.

'Zou je echt ontslag nemen als ik het word?' vraagt hij voorzichtig.

'Ja. Het spijt me, maar het moet wel. Eerder zei ik dat uit trots, maar nu weet ik dat er niets anders op zit. En je moet weten dat ik met plezier ontslag neem als ze jou geschikter vinden. Ik zou blij voor je zijn Josh, echt waar. Ik weet beter dan wie dan ook hoe hard je ervoor gewerkt hebt.' Ik krom mijn rug en zucht. 'Je zou mijn baas zijn. En al zou het superspannend en sexy zijn om bij iedere gelegenheid met de adjunct-directeur te vozen, we zouden gegarandeerd betrapt worden.'

'En als jij de baan krijgt?'

'Ik kan niet van je verwachten dat je ontslag neemt, maar ik zou je baas niet kunnen zijn. Ik zou je de hele tijd ongepaste opdrachten geven, tot Jeanette een toeval zou krijgen.'

'En als ik je baas was, dan zou ik je afbeulen. Zo fucking hard.'

'Mmm. Ik zou iedere nacht gruizig dromen.'

'Je hebt tegen mijn ouders gezegd dat ik op het punt stond om de adjunct-directeur algemene zaken te worden. Meende je dat, of was dat gewoon het zoveelste punt op je lange lijst met bluf over mij? Het geeft niet als je het niet meende.'

'Als ik in de sollicitatiecommissie zat, zou ik onze cv's naast elkaar leggen en dan zou ik dat van jou waarschijnlijk net iets beter vinden dan dat van mij. Je bent zo goed in wat je doet. Ik heb je manier van werken altijd bewonderd.' Ik wrijf met mijn hand over mijn borst om de pijn wat te verlichten.

'Zo hoeft het niet te gaan. Het gaat niet alleen om de cv's, de gesprekken zijn ook belangrijk. Jij bent charmant. Mensen zijn altijd direct dol op je.'

'Dat zeg jij. Ik heb je in actie gezien. Als je een beetje moeite doet, dan ben je net zo'n politicus uit de jaren vijftig. Gladder dan glad.'

Hij lacht. 'Maar jij hóúdt van B&G. En iedereen daar haat mij. Wat dat betreft, ben je in het voordeel. En bovendien heb jij dat supergeheime wapen waar Danny zijn weekenden aan opoffert.'

'Ja.' Ik kijk weg.

'Het heeft te maken met e-books, als ik niet helemaal gek ben,' zegt Josh.

'Waarom kun je niet een keer gewoon gek zijn? Deze ene keer wil ik een geheim voor je kunnen bewaren.'

'Je hebt op dit moment ook een geheim voor me. We zijn nog niet bij de bron van je angstaanval.'

'En daar komen we ook niet.' Ik trek de deken helemaal over mijn hoofd.

'Heel volwassen,' merkt hij op. Hij pakt mijn andere voet, knijpt in mijn tenen en maakt kringetjes met zijn duimen. 'Je kunt dingen toch nooit lang voor me verborgen houden. Ik ken je te goed. Ik krijg het er wel uit.'

'Blijkbaar ben ik een open e-book voor je.' Ik grom in het donker. 'Heeft meneer Bexley je verteld over mijn digitaliseringsproject? Verpest het alsjeblieft niet voor me, Josh. Mijn hele presentatie is erop gebaseerd.'

'Denk je echt dat ik je dat zou aandoen?'

'Nee. Misschien.'

Ik verwacht een vlijmscherpe reactie. Hij zegt niets, maar blijft mijn voet masseren.

Ik sla de deken terug van mijn gezicht. 'Waarom glimlachte je niet naar me toen je me voor het eerst zag, waarom zei je niet "Aangenaam kennis met je te maken" of zoiets? We hadden al die tijd vrienden kunnen zijn.' Wat een tragedie. Ik heb zoveel gemist, en nu is er geen tijd meer.

'Wij hadden nooit vrienden kunnen zijn.'

Ik probeer mijn voet terug te krijgen, maar hij laat hem niet gaan.

'Dus dat is het pijnlijke punt.' Hij knijpt in de holte van mijn voet.

'Ik heb altijd vrienden met je willen zijn. Maar je glimlachte niet terug. En sinds dat moment bleef je me maar aftroeven.'

'Ik kon het niet. Als ik terug had geglimlacht en we vriendschap hadden gesloten, dan was ik waarschijnlijk verliefd op je geworden.'

Het feit dat hij de verleden tijd gebruikt, dooft het oplaaiende sprankje vreugde weer uit. Want het is niet gebeurd, hij is niet verliefd op me. Ik probeer eroverheen te praten.

'Dat zei je tegen me na de liftkus. Dat we nooit vrienden zouden zijn.'

'Toen was ik boos. Ik moest je afleveren bij Danny, en je zag er oogverblindend uit.'

'Arme Danny. Hij is zo aardig. Je moet je excuses aanbieden omdat je ons telefoongesprek op die manier hebt afgekapt. Hij is altijd alleen maar aardig voor me geweest, en het enige wat hij van mij heeft gekregen zijn twee waardeloze dates en een verloren zaterdag.'

'Hij mocht je kussen.' Hij zit erbij alsof hij planeten zou willen verwoesten. 'En hij doet dat freelancewerk niet helemaal vanuit de goedheid van zijn hart.'

'Onder andere omstandigheden zou hij een hartstikke leuke vriend zijn.'

Josh staart me met seriemoordenaarsogen aan. 'Andere omstandigheden.'

'Ik neem aan dat je me in je kelder gaat vastketenen omdat je me als seksslaaf wilt houden?'

Dit gesprek is een wandeling over het slappe koord. Eén misstap en hij weet het. Hij zal begrijpen dat ik verliefd ben, dan val ik. Geen vangnet.

'Ik heb geen kelder.'

'Pech voor mij.'

'Ik koop wel een huis dat er een heeft.'

'Oké. Mag ik mee op huizenjacht?'

Ik glimlach, ondanks het feit dat ik het gevoel heb dat de wereld ieder moment kan vergaan. Ik hou van de manier waarop we elkaar plagen, het geeft me energie, het is een intens genot om te weten dat hij altijd het perfecte antwoord klaar heeft. Ik heb nooit iemand als hij ontmoet; het is net zo verslavend om met hem te praten als om hem te zoenen.

'Waarheid of durven,' zegt hij na een korte stilte.

'Ik ben niet aan de beurt.'

'Echt wel.'

'Waarheid.' Ik heb geen keus. Anders kan ik die pot mosterd alsnog leegeten.

'Vertrouw je me?'

'Weet ik niet. Ik wil het wel. Waarheid of durven?'

Hij knippert met zijn ogen. 'Waarheid. Vanaf nu alleen nog maar waarheid.'

'Heb je hier ooit met een vriendin gewoond?'

'Nee. Ik heb nooit samengewoond. Waarom vraag je dat?'

'Je slaapkamer is meisjesachtig.'

Hij glimlacht. 'Soms ben je echt een klootzak.'

'Bedankt. Hé, denk je dat ik naar huis moet? Ik heb niks bij me om morgen aan te trekken.'

'Geloof het of niet, maar ik heb een wasmachine en een droger.'

'Wat nieuwerwets.' Ik loop naar de slaapkamer, ga op mijn knieën zitten en rits mijn koffer open. 'Ik hoop dat Helene niet merkt dat ik dezelfde kleren draag als vrijdag.'

'Ik durf te stellen dat de enige die bij B&G zo goed op je let de persoon is die je beschamende outfit gaat wassen.'

Ik ga op mijn hurken zitten en kijk om me heen in de slaapkamer. De smurf die ik hem heb gegeven, staat naast het bed, bij een bos witte rozen met omkrullende en uitvallende bloemblaadjes. Hij had geen vaas, dus hij heeft ze in een pot gezet. Ik doe mijn ogen dicht en kan me niet meer bewegen.

Ik hou zoveel van hem dat het voelt alsof ik met naald en draad word bewerkt. Er worden gaatjes geprikt, draden strakgetrokken. De liefde wordt steekje voor steekje vastgezet, ik zal me nooit meer los kunnen maken van dit gevoel. De kleur van de liefde is ongetwijfeld deze tint zeeblauw.

Als zijn voeten in de deuropening verschijnen, pak ik mijn vuile kleren en ik druk ze tegen mijn borst. 'Waag het niet om naar mijn ondergoed te kijken.'

'Dat zou onbeleefd zijn,' zegt hij toegeeflijk. 'Ik doe mijn ogen wel dicht.'

Ik ga op het bed zitten en laat mijn handen over het dekbed glijden, speel met de zachte stof. Ik duw mijn vuist in het kussen. Hij droomt, hij leeft, en daar zal hij zonder mij mee doorgaan. Als hij binnenkomt, zit ik met mijn hoofd in mijn handen.

'Taartje,' zegt hij, en ik weet dat het hem oprecht spijt.

Ik krijg een vreemd gevoel vanbinnen. Ik moet mijn hart luchten. Hij is de enige persoon die ik niet zou moeten vertrouwen, maar ik barst bijna uit elkaar door het geheim dat ik van hem hou. Het doet pijn.

'Praat met me. Ik wil weten waarom je zo overstuur bent. Zorg dat ik het kan begrijpen.'

'Ik ben bang voor je.' Ik ben bang dat hij achter mijn grootste, gloednieuwe geheim komt.

Hij lijkt niet beledigd. 'Ik ben ook bang voor jou.'

Als onze lippen elkaar raken is het alsof het de eerste keer is. Nu die bleekblauwe liefde door mijn aderen stroomt is het bijna te intens. Ik probeer me terug te trekken maar hij duwt me voorzichtig op het bed.

'Dapper zijn,' zegt hij. 'Kom op, Luce.'

Mijn hart ligt op mijn tong en ik voel zijn adem als we elkaar weer kussen. Ik beef, hij kan mijn angst proeven.

'Aha,' zegt hij. 'Ik geloof dat ik begin te begrijpen wat het probleem is.

'Nee, je begrijpt het niet.' Ik draai mijn gezicht weg. Buiten gaat de zon onder na een verwarrende dag. Het fraaie, parelmoerkleurige licht dringt door de doorschijnende gordijnen. Het moment lijkt te bevriezen, en voor het in de kluis van mijn geheugen verdwijnt, wordt er een datumstempel op gezet.

Hij kust me alsof hij me kent. Alsof hij me begrijpt. Ik wil hem wegduwen, maar hij vlecht zijn vingers door de mijne. Ik bijt hem, en hij glimlacht tegen mijn lippen. Als ik mijn knie net ver genoeg omhoogbreng om kracht te kunnen zetten en weg te schuiven, haakt hij zijn hand onder mijn been.

'Je bent mooi als je bang bent,' zegt hij.

Ik kan niets zeggen als zijn mond langs mijn oor glijdt. Hij zucht. Mijn wereld wordt nog iets kleiner. Hij kust een kloppende ader, en als ik bedenk dat hij nadenkt over al mijn innerlijke wondertjes komt de eerste traan opzetten. Hij rolt via mijn wang mijn nek in.

'Nu komen we ergens,' zegt hij en hij likt de traan weg.

Ik grijp zijn haar en trek hem tegen me aan terwijl hij kusjes in mijn nek drukt. Bij iedere kus word ik verliefder. Als hij zijn hand over mijn lichaam laat glijden, krimp ik in elkaar.

'Laat dokter Josh eens even kijken,' zegt hij. In één beweging trekt hij mijn trui en T-shirt uit.

Met vaste hand streelt hij mijn hals, mijn bh, de huid tussen mijn borsten en mijn buik. Het licht hierbinnen is zacht maar helder, en hij kan iedere ader en paintballplek onderscheiden als hij op me neerkijkt. Zijn wimpers vormen zo'n perfecte waaier dat ik nog een traan voel opkomen.

Ik hou zoveel van hem dat ik het niet veel langer meer binnen zal kunnen houden. Ik tril ervan. Ik schiet vonken. Hij maakt het nog moeilijker om vol te houden als hij begint te praten en voorzichtig mijn beschadigde huid streelt.

'Het spijt me dat je door mij zoveel blauwe plekken hebt opgelopen. Ik had je moeten beschermen tegen mezelf, maar ik sta al zo lang in deze stand. Val aan voor ze je kunnen aanvallen, zoiets. Je moest dit dagen, weken, maanden over je heen laten komen, en ik denk niet dat iemand anders er zo mee om had kunnen gaan als jij.' Ik wil reageren, maar hij schudt zijn hoofd en gaat verder.

'Iedere dag, iedere minuut. En ondertussen zat ik maar naar je te kijken. Wat ik je heb aangedaan, is de grootste fout van mijn leven.

'Het geeft niet,' weet ik eruit te krijgen. 'Het is al goed.'

'Nee, het is niet goed. Ik weet niet hoe je me al die tijd hebt kunnen verdragen. Het spijt me.' Hij drukt zijn mond op de blauwe plek op mijn ribben.

'Ik vergeef het je. Je vergeet dat ik me ook als een ontzettende heks heb gedragen tegenover jou.'

'Maar dat zou je nooit hebben gedaan als ik gewoon terug had geglimlacht.'

'Ik wou dat je dat gedaan had.' Mijn stem breekt verraderlijk. Ik had net zo goed kunnen zeggen: "Ik wou dat je van me hield." Ik hou mijn adem in. Dat belachelijk slimme brein van hem heeft de puntjes vast binnen een paar seconden met elkaar verbonden. Ik worstel me omhoog op het bed, maar hij kruipt met gemak over me heen en drukt mijn hoofd in het kussen.

'Het maakt niet uit. Ik hield van je op het moment dat ik je zag.'

Ik val achterover, door het bed heen. Hij slaat een arm om mijn middel en ik schok alsof hij me heeft opgevangen.

'Je houdt... Wat? Ik?'

'Lucinda Elizabeth Hutton. De enige echte.'

'Ik.'

'Lucy, de erfgename van de Sky Diamond Strawberries- dynastie.'

'Ik.'

'Kun je je identiteitsbewijs laten zien zodat ik het zeker weet?' Zijn ogen stralen, en mijn favoriete glimlach ligt om zijn lippen.

'Maar ik hou van jóú.' Ik hoor zelf hoe ongelovig ik klink.

Hij lacht. 'Weet ik.'

'Hoe kan het dat je altijd alles weet?' Ik schop met mijn voeten tegen het matras.

'Ik kwam er pas een paar minuten geleden achter. Je hart was aan het breken.'

'Ik kan ook niets voor je verborgen houden. Het is verschrikkelijk.' Ik probeer mijn gezicht in het kussen te drukken.

'Je hoeft je niet voor me te verstoppen.' Hij pakt mijn kin en kust me.

'Je bent eng. Je zult me pijn doen.'

'Waarschijnlijk ben ik inderdaad een beetje eng. Maar ik zal je nooit meer pijn doen. En iedereen die het probeert, komt erachter hoe eng ik kan zijn.'

'Je haat me.'

'Ik heb je nooit gehaat. Geen seconde. Ik heb áltijd van je gehouden.'

'Bewijs het maar. Dat lukt je nooit.' Ik ben tevreden omdat ik hem voor een onmogelijke uitdaging heb gesteld. Hij rolt op zijn zij en laat zijn wang op zijn bovenarm rusten. Mijn hart gaat tekeer.

'Wat is mijn lievelingskleur?' vraagt hij.

'Makkie. Blauw.'

'Wat voor blauw?'

'Slaapkamerblauw.' Ik wijs naar de muur. 'De muren. Je overhemd. Mijn jurk. Bleek tiffanyblauw.'

Hij trekt me overeind tot ik zit en gaat naar het voeteneind. Hij doet de deur van zijn klerenkast open en daar hangen alle overhemden op volgorde van kleur.

'Josh, wat ben je toch een ei.' Ik wijs er lachend naar, maar hij grijpt mijn enkels en trekt me naar het voeteneinde. In de manshoge spiegel zie ik mezelf, eindelijk zit ik op het bed in zijn zeeblauwe slaapkamer. De muren hebben de kleur van mijn ogen. Wat ben ik toch traag van begrip.

'Maar dat is het mooiste blauw ter wereld.'

'Weet ik. Jezus, Lucinda. Ik dacht dat je me direct door zou hebben als je deze kamer zag.'

Hij gaat naast me op bed zitten en trekt een knie op. Ik laat me tegen de perfecte kromming van zijn lichaam zakken.

'Ik snap niet hoe het mogelijk is dat je de kleur van je eigen ogen niet herkent.'

'Er is me wel meer ontgaan. Hé, Josh.'

'Ja, Taartje.'

'Je houdt van me.' Hij hoort de verwarring en verwondering in mijn stem, en ik zie hem glimlachen in de spiegel.

'Sinds het moment dat ik je voor het eerst zag. Sinds het moment dat je naar me glimlachte, heb ik het gevoel gehad dat ik achterover in een ravijn viel. Dat is nooit opgehouden. Ik heb geprobeerd om je met me mee naar beneden te sleuren, op de ergste, stomste en meest sociaal gestoorde manier die maar mogelijk is.

'We zijn zo verschrikkelijk tegen elkaar geweest.' Hij krimpt in elkaar en begint me weer te strelen. 'Ik bedoel, hoe kunnen we ooit een nieuwe start maken?'

'Tijd voor een nieuw spel. Het Nieuwe-Startspel.'

Ik glimlach. Mijn ogen stralen, door de hoop en verwachting dat deze fusie de meest opwindende, hartstochtelijke en uitdagende gebeurtenis uit mijn hele leven gaat worden. 'Aangenaam kennis te maken. Ik ben Lucy Hutton.'

'Joshua Templeman. Zeg maar Josh.' Hij glimlacht verblindend terug, en nu huil ik echt. De tranen lopen langs mijn hals naar beneden.

'Josh.'

'Dat klinkt hemels uit jouw mond.'

'Josh, alsjeblieft. We zijn net een minuut collega's en je zit nu al met me te flirten. Laat me eerst even mijn jas ophangen.'

Hij maakt mijn bh los. 'Sta me toe.'

'Bedankt.' We spelen het Staarspel in de spiegel, en zijn blik wordt donkerder. Hij vult zijn handen met mijn bleke huid.

'Ik ben opgegroeid op een aardbeienkwekerij. Die is naar mij vernoemd.'

'Ik ben dol op aardbeien. Ik ben zo verliefd dat ik bijna niets anders meer eet. Mag ik je Taartje noemen? Dan is het een weggevertje dat ik van je hou.'

'Je houdt van me! Maar we kennen elkaar pas een minuut.'

'Toch is het zo. Sorry, maar ik ga altijd nogal snel. Ik hoop dat je me niet brutaal vindt als ik zeg dat je ogen ongelooflijk zijn, Lucy. Iedere keer als je knippert ga ik een beetje dood.'

'Wat ben jij een gladde prater. En je gelooft het nooit, maar ik hou ook van jou. Zoveel. Telkens als ik die donkerblauwe ogen van je zie, krijg ik een elektrisch schokje.'

Ik tast achter me om zijn T-shirt uit te trekken. Hij werkt mee en doet het zelf. 'Toegegeven: ik ken je pas een paar minuten, maar sinds ik je ken, heb ik me zo vaak afgevraagd wat er onder dat overhemd zit. Niet te geloven, dat lichaam van jou. Maar ik val op je hersens en je hart. Niet op die indrukwekkende vermomming.'

Hij kijkt naar het plafond. 'Ik denk dat ik komend weekend mijn slaapkamer ga schilderen. En daar zal ik ontzettend van balen, de hele tijd dat ik ermee bezig ben. En ik neem met plezier afscheid van mijn huidige vriendin, Mindy Thailis, een lange saaie blondine. Zij is jou niet, en dat kan ik niet uitstaan. En dat maakt het feit dat ik alleen slaap en wanhopig celibatair ben in deze Lucy-blauwe slaapkamer nog romantischer wanneer ik het uiteindelijk opbiecht.'

Hij schuift me tussen de lakens en we gaan lepeltje-lepeltje liggen. Mijn wang rust op zijn bovenarm en hij kust mijn nek. Ik huiver.

'Klinkt als een goed plan. Het levert vast iets op. Wanhopig, zei je? Vertel eens: wat is het doel van het Nieuwe-Startspel?'

'Hetzelfde als van alle andere. Dat je van me gaat houden.'

'Mijn doel was om je te laten glimlachen. Wat suf.'

'Ik lachte me rot, iedere dag als ik naar huis reed. Misschien voel je je nu beter.'

'Een beetje. Maar jij hebt gewonnen. Ik zal er voor eeuwig mee moeten leven dat jij alle spelletjes hebt gewonnen.' Ik weet bijna zeker dat ik lig te pruilen. Hij rolt me op mijn buik en begint mijn ruggengraat te kussen.

'Vertrouw je me, nu je alles weet?'

Even liggen we tegen elkaar aan te sudderen. Ik huiver onder de aanraking van zijn lippen.

'Ja. En als jij de baan krijgt, dan ben ik blij voor je.'

'Ik heb al ontslag genomen. Vrijdag was mijn laatste werkdag. Jeanette kwam binnen om het papierwerk in orde te maken. Ik heb vakantie.'

'Wat de fuck,' brul ik tegen het bed.

'Ik wil die baan helemaal niet als dat betekent dat ik jou niet kan krijgen. Ik kan niets bedenken wat zoveel waard is.'

'Maar ik heb niet eens de kans gehad om je te verslaan.' Ik weet niet of ik moet lachen of gillen.

'Je moet het nog steeds tegen de andere kandidaten opnemen. Ik heb gehoord dat er eentje bij zit die een echte kanshebber is. Een onafhankelijke commissie zou kunnen besluiten dat je volkomen incompetent bent.'

Ik geef hem een elleboogstoot en hij lacht.

'Maar je zult altijd weten dat je die baan had kunnen krijgen. Als we ruziemaken, moet ik altijd bang zijn dat je me dat voor de voeten gooit.'

'Ik heb al een oplossing bedacht. Het is zo machiavellistisch dat zelfs jij het een perfecte oplossing zult vinden. En we kunnen gewoon doorgaan met die competitieve bullshit waar we het zo goed op doen.'

'Ik durf het bijna niet te vragen.'

'Ik ben het nieuwe hoofd van de financiële afdeling van Sanderson Print. De aartsrivaal van B&G.'

'Josh, wat? Nee.'

'Goed, hè? Ik ben een kwaadaardig genie!' Hij drukt een kus tussen mijn schouderbladen en ik wriemel tot ik me kan omrollen.

'Hoe heb je dat voor elkaar gekregen?' Ik ben er duizelig van.

'Ze zeuren al tijden aan mijn kop dat ik eens moet komen praten. Dat heb ik dus maar gedaan, en ik heb duidelijk gemaakt dat ik aan de slag wil met hun totaal verziekte financiële situatie voordat ze helemaal kopje-onder gaan. Dat vonden ze een goed idee. Niemand was zo verrast als ik, maar dat heb ik goed verborgen gehouden.'

'Heb je daarom een dag vrij genomen?'

'Ja. En ik moest een nieuw speelgoedautootje kopen. Het duurde een eeuwigheid, maar toen deden ze me een officieel aanbod. Daarom had ik geen hulp nodig om jou te verslaan. Dat wilde ik helemaal niet.'

Ik laat mijn hand over zijn schouder glijden, over de glorieuze bolling van zijn arm. 'Dus het is al geregeld.'

'Ik moest ze van een paar dingen op de hoogte stellen, in verband met conflicterende belangen.'

'Zoals?'

'Ik heb onthuld dat ik verliefd ben op de aanstaande adjunct-directeur van B&G.'

Ik zie zo voor me hoe hij dat heeft gezegd, koeltjes en kalm. 'Dat heb je niet gezegd. Vonden ze dat geen probleem?'

'Mijn nieuwe baas leek het wel schattig te vinden. Uiteindelijk is iedereen romantisch. Ik moest een paar geheimhoudingsdingen tekenen. Als ik je ook maar iets vertel, krijg ik een proces aan mijn broek. Gelukkig heb ik een geweldige pokerface als het om jou gaat.'

'O, man, hoe boos was meneer Bexley? Hij is niet bepaald een romanticus.'

'Ziedend. Hij stond op het punt om de beveiliging te bellen, maar gelukkig kwam Helene binnen om de boel te sussen. Toen ik ze eenmaal de reden dat ik wegging had verteld, waren ze heel begripvol. Helene zei dat ze het altijd wel had geweten.'

'En die reden was?'

'Dat ik nog maar één weekend over had om te zorgen dat je verliefd op me zou worden.'

Ik gaap hem vol afgrijzen aan. 'Dat heb je niet gezegd.'

'Jawel. Je had Jeanettes gezicht moeten zien.'

'Een grote gok, Josh. We hadden regelrecht naar de ratsmodee kunnen gaan.'

'Gelukkig pakte het goed uit.'

Hij drukt zijn mond tegen mijn schouder en zucht, ademt, alsof ik een droom ben waaruit hij nooit meer wakker wil worden. Hij snuift me op alsof hij een verlopen junk is.

'Weet je zeker dat je me dit niet kwalijk gaat nemen? Je hebt een grote kans laten lopen, Josh.'

'Ik zal de hele dag tot over mijn oren in de cijfers zitten. Ik kan mijn kruistocht om de ene na de andere uitgeverij van de financiële ondergang te redden gewoon voortzetten.'

'Probeer er alsjeblieft mee op te houden om mensen aan het huilen te maken. Het is tijd om je echte zelf te worden. Je bent een Aardige Vent.'

'Ik beloof niks. Maar eerlijk gezegd past die baan bij Sanderson beter bij me. En het mooie is dat ik daardoor iedere avond naast jou op de bank kan zitten. Ik had geen betere beslissing kunnen nemen.'

'Iedere avond? Het aankomende lange weekend kan ik niet. Ik ga een week naar Sky Diamonds. Ik neem aan dat je dan nog niks hebt.'

'Mag ik mee?' zegt hij terwijl hij mijn schouders blijft kussen. 'Ik weet de weg, ik heb de hele reis al uitgestippeld, vluchten en huurauto's. Ik zal door het stof gaan voor je vader. Ik weet al precies wat ik moet zeggen.'

'Ik snap niet wat je toch met die plek hebt.'

'Ik moet erheen zodat ik bij het begin kan beginnen. Zodat ik alles over je te weten kan komen.'

'Jij houdt wel heel veel van aardbeien.'

'Ik hou van jou, Lucy Hutton. Je hebt geen idee hoeveel. Wil je mijn beste vriend worden?'

Ik ben zo belachelijk verliefd dat ik besluit om eens te proberen hoe het hardop klinkt. 'Ik ben verliefd op Joshua Templeman.'

Hij fluistert in mijn oor: 'Eindelijk.'

Ik trek me terug. 'Ik zal het wachtwoord van mijn computer moeten veranderen.'

'O, ja? Waarin?'

'IKHARTJEJOSH.'

'4EV@,' vult hij aan.

'Heb je mijn wachtwoord gehackt?'

Hij draait me op mijn rug en glimlacht. Zijn ogen stralen ondeugend.

Er zit niets anders op. Als de witte vlag van zijn lakens over me neerdaalt, is het Haatspel voorbij. Het is een oergevoel. Een wonder. En het duurt voor eeuwig.

'Ja, zo is dat. Voor eeuwig. Welk spel zullen we nu spelen?' Ik kijk naar hem op en speel het Staarspel tot zijn ogen beginnen te sprankelen.

'Het Of zoiets-spel klonk heel intrigerend. Kun je me laten zien hoe het in zijn werk gaat?'

Hij trekt de dekens over ons heen en sluit de rest van de wereld buiten.

Hij lacht, mijn favoriete geluid op de hele wereld.

Dan is er alleen nog stilte. Hij kust me.

Het echte spel kan beginnen.

Dankwoord

Met dit boek is mijn droom werkelijkheid geworden.

Ik had een geweldig cheerleaderteam dat me steeds heeft aangemoedigd om mijn dromen uit te laten komen: Kate Warnock, Gemma Ruddick, Liz Kenneally en Katie Saarikko. Jullie hebben stuk voor stuk een rol gespeeld door jullie steun en duwtjes in de rug en jullie hebben me enorm geïnspireerd. Jullie zijn allemaal even bijzonder.

Bedankt Christina Hobbs en Lauren Billings omdat jullie mijn pogingen tot schrijven hebben gesteund en me hebben voorgesteld aan mijn schat van een agent, Taylor Haggerty van Waxman Leavell Literary Agency.

Taylor, bedankt dat je me hebt geholpen om mijn droom waar te maken.

Ik bedank ook de lieve en efficiënte mensen van HarperCollins, in het bijzonder mijn redacteur Amanda Bergeron. Jullie gaven me het gevoel dat ik bij de familie hoorde.

Over familie gesproken, veel liefs voor mijn ouders Sue en David, mijn broer Peter en mijn man Roland. Rol, bedankt dat je in me geloofde. En al kan mijn mopshondje Delia niet lezen, ze heeft me geweldig geholpen en ik zal voor eeuwig van haar houden.

Carrie, wie of wat je ook bent: dat ene woord, 'aartsvijand', was een geschenk. Jij gaf me de vonk waardoor het vuurtje van dit boek ging branden. Daar ben ik je heel dankbaar voor.